Vorwort

Geneigter Leser,

dieses Buch schildert, wie Sie feststellen werden, ein Ihnen fremdes 19. Jahrhundert. Verschiedentlich haben Unbilden der Natur dazu geführt, dass der Mensch technologische Neuerungen früher entwickelte, als es in unseren Zeitläufen der Fall war – andere Objekte der Forschung wurden jedoch vernachlässigt.

Migrationen brachten einige Laute und Buchstaben auf das europäische Festland, die dem geneigten Leser vielleicht unbekannt sind – dazu gehören das Eth (Ð/ð) und das Thorn (Þ/þ), die wie das stimmhafte bzw. stimmlose englische „Th" ausgesprochen werden. Das Æ/æ wird als „ä" oder „äi" gesprochen.

Die Übersetzungen aus dem Friesischen können Sie dem Anhang entnehmen.

Lassen Sie sich mitnehmen in eine Zeit, in der Forscher Helden waren und Wissenschaften Mysterien!

Die Autoren bedanken sich für ihr Gedankenexperiment bei Maxwell und seinem Dämon, bei Professor Galvani und seiner Gasbatterie und bei Lilienthal und seinen Obsessionen.

Ebenso schulden sie der Puppe Inge Dank, die im richtigen Augenblick zerbrach, um ein Quell der Inspiration zu sein, dem Lied „Toys in the Attic" und der Band Abney Park, die sie lehrte, was eigentlich Steampunk ist.

Sie bedanken sich bei Oliver Hoffmann und Oliver Graute von Feder&Schwert dafür, dass sie die Wirklichkeit veredeln, bei den treuen Testlesern Marc und Lydia sowie bei Nils für ehrliche Meinungen und technisches Wissen, bei Bettina Köhn für die Übersetzung ins Helgoländer Friesisch, bei Kindern wie Nathan, Amelie und Tomke für das Entleihen ihrer Namen

W0221954

sowie bei den Besuchern der Steampunk-Party, insbesondere Christoph und Alex, für die regen Diskussionen.

Die Autoren danken weiterhin ihren Kindern, dem größten gemeinsamen Projekt, und einander – für das Teilen von Leidenschaften.

Dramatis personae

Æmelie von Erlenhofen – hochbegabte Naturwissenschaftlerin
Albert, Ðomas, Friedrick – zu den Friesen übergelaufene Deutsche
Birke und Witteke – friesische Priesterinnen
Domek von Pommern – Freund und Förderer Æmelies
Eiken – Tomkes Ehemann
Elsbeð von Niederbroich – Gräfin auf Æsta
Ephraim Hoesch – Fabrikbesitzer auf Æsta
Erich von Pappelheim – Stadtkanzler von Æsta, Herzog
Gerhard Temmhort – Offizier der *Wolkenkohle*
Ingken, Onnen, Roerd – friesische Piraten
Lotte – Hure im Freudenhaus von Madame
Madame – Besitzerin eines Bordells mit Opiumhöhle
Maschinen-Margaret – Erfinderin erstaunlicher Automaten
Naðan von Erlenhofen – Künstler aus Aquis
Stenni und Tutti – Margarets Kinder
Piotr – polnischer Bonvivant
Professor Roþblatt – Leiter des Spitals auf Æsta
Redjeven Hauke – Anführer der helgoländer Friesen
Tomke – friesische Luftschiffpiratin
Ynge – Æmelies Puppe

(…) wo der naive Mensch hinter jedem Busch und jeder Wolke Geister und Kobolde vermutet, dort setzt der moderne Mensch das Walten der Naturgesetze an die Stelle des Zufalls und an die Stelle des Dämons.

– Rudolf Lämmel, Von Naturforschern und Naturgesetzen, 1927

Prolog: Zeuge der Kindheit

Porzellanmalerei

Als ich das Geräusch höre, dieses Zuschnappen, als wären es keine Gliedmaßen, sondern Scheren, die sich dort bewegen, weiß ich eigentlich schon, dass es aus ist. Aber nicht immer will der Kopf glauben, was sich das Herz bereits eingestanden hat. Mein Kopf glaubt es erst, als die Puppe, die ich an mich presse, die Augen öffnet, diese himmelblauen Glasaugen, und zu mir sagt:

„Sie ist tot, Naðan. Lauf weg!“

Venedig an einem Wintertag

Öl auf Leinwand

Ich vermochte nicht zu sagen warum, aber irgendwie sah es bizarr aus. Venedig eignete sich ausgezeichnet als Kulisse für ein Ölgemälde, aber der von mir gewählte impressionistische Stil wollte nicht recht zu dem glatten, tückischen Eis passen, das die Kanäle bedeckte und sich, teils zu gefährlichen Schollen frierend, in die Untergeschosse der Häuser zu bohren drohte. Geradezu pittoresk wirkte eine eingefrorene Gondel, als habe man sie absichtlich dort platziert, zum Amüsement des Beobachters.

Ich löste den Blick von der Staffelei und erwog, zunächst eine Kohleskizze zu fertigen. Ich zierte mich ein wenig, denn manchmal erstellte ich Kohleskizzen, die dann besser waren, als jedes fertige Bild es sein würde. Dann konnte ich es auch bei der Kohleskizze belassen – aber niemand würde Geld dafür ausgeben. Welch Dilemma! Bei Æmelies Skizzen sah das anders aus – von ihr erwartete man keine Kunst, nur schnöde, möglichst offensichtlich dargestellte Fakten, doch von einem Maler erwartete man Ölschinken.

Seufzend kramte ich meinen Zeichenblock aus der ledernen Umhängetasche. Die Kohlestifte steckten in einem kleinen Metalldöschen, das ich vorsichtig neben mir auf die Bank legte. Allmählich wurde es kalt, trotz des Kissens, das ich mir vorsorglich mitgenommen hatte, um mich darauf zu setzen, und der Decken, in die ich mich gehüllt hatte.

Ich schlug den Block auf, die Stimmen ausblendend, die erneut versuchten, auf mich einzudringen.

Der Himmel verhieß Schnee – bleigraue Wolken zogen auf –, und war dieser Anblick dort, wo ich herkam, alltäglich, so war er in Venedig nur im Winterhalbjahr möglich. Das Sommerhalbjahr war dort völlig eisfrei, es gab keine Stelle des Mittelmeeres, die zufror, und die Bäche rannen klar zwischen grünen Halmen und durstigen Baumwurzeln aus den Alpen herunter. Kaum vorstellbar – und was für ein Motiv für ein Gemälde! Aber nein, wann mussten Æmelie und ich hier anreisen? Im Winter – als hätten wir nicht genug Eis und Schnee zu Hause in Aquis!

„Im Sommer", hatte sie gesagt, „ist dort alles voller Touristen. Reiche Leute aus dem Norden, die die warmen Monate genießen, und um die Hotels auch im Winter vollzubekommen, richten sie Kongresse aus."

Sehr klug von ihnen, doch wie frustrierend für einen Künstler, der eine schöne Wissenschaftlerin zur Frau hatte!

Es war so ein Triumph für sie gewesen … wäre sie ein Mann, so wäre sie schon seit Jahren geladen, doch als Frau musste sie hart dafür arbeiten, und es musste schon der Prototyp für den Ersatz der Galvanischen Primärzelle, vielleicht sogar der Dampfmaschine sein, damit man überhaupt darüber nachdachte, einer Frau auf einem Kongress das Wort zu gewähren.

Doch nun überschlugen sie sich vor Lob, und alle wollten sie die Zusage, die Pläne für ihre Fabriken erwerben zu dürfen. Doch Æmelie hielt sich zurück, sie würde sich erst entscheiden, wenn der Prototyp serienreif war.

Auf meinem Block sah ich die Skizze, die ich zuletzt angefertigt hatte – Æmelie in ihrem ernsten schwarzen Anzug, den Zylinder auf dem Kopf, den auch ihre männlichen Kollegen trugen, die Haare im Nacken streng zum Knoten gebunden, damit man ihr das Frausein so wenig wie möglich ansehen und zum Vorwurf machen konnte. Wie auf ein ungebetenes Kommando hörte ich wieder die Stimmen, die aus dem Café hinter mir an mein Ohr drangen:

„Sie müssen verstehen, mein Herr, dass ich diese Zusage noch nicht machen werde." Æmelie wiederholte, was sie nun schon seit Stunden herunterbetete. Ich wünschte mir, Domek wäre da – trotz unserer Differenzen –, denn der Spross der Herzogsfamilie von Pommern verstand sich darauf, mit Aufmerksamkeit und Öffentlichkeit umzugehen und hatte Æmelie vor zwei Jahren unter seine Fittiche genommen.

„Sie wissen aber auch, junge Dame, dass wir eigene Wissenschaftler haben, die nach dem Gleichen forschen. Wir werden Ihnen den Vorzug geben, wenn Sie augenblicklich unterschreiben." Einer der Männer raschelte mit Papier, doch Æmelie lachte nur.

„Forschung ist eine Sache, die Verwendung der Ergebnisse eine andere. Wenn ich wieder daheim bin, werde ich am Prototyp arbeiten und alles andere meinem Anwalt überlassen."

„Gut", schaltete sich die Stimme einer älteren Dame ein, der Gemahlin eines Großindustriellen aus München, wie Æmelie mir gesagt hatte. Sie war eine knallharte Geschäftsfrau und durchaus geeignet, ihren Mann zu vertreten. „Dann geben Sie mir schon mal die Adresse, und ich sende ihm ein Telegramm."

Æmelie schien zu zögern. Ich schlug die Skizze von ihrem Triumph vorsichtig um und setzte den Kohlestift auf der nächsten Seite auf – zog mit lockerer Hand einen jener berühmten Brückenbögen, über den eine Frau mit einem aufgespannten Regenschirm flanierte. Auch sie ergänzte ich; bevor sie die Brücke verlassen konnte, wurde sie rasch von mir eingefangen.

„Dieser Anwalt ist hoffentlich keine Frau, sondern jemand, mit dem man sachlich reden kann? Diese Galvanische Gasbatterie, wie Sie sie nennen, ist schließlich kein Säugling, der für immer an Ihrer Mutterbrust hängen muss." Die Stimme war unangenehm, und das klackende Geräusch eines Spazierstockes begleitete das Auf- und Abschreiten ihres Besitzers. Ich zwang mich, mich nicht nach ihm umzudrehen. Es waren zahlreiche unangenehme Menschen auf dem Kongress gewesen, das war mir nicht entgangen – und viele von ihnen schienen sich dem Ziel verschrieben zu haben, eine junge Wissenschaftlerin zu verunsichern.

Entsprechend empört rang Æmelie nach Luft, doch die Industriellengattin stand ihr bei.

„Es gibt keinen Grund, so etwas zu unterstellen, Professor. Nicht wahr, meine Gute? Wir Frauen lassen uns nicht ewig so behandeln!"

Auch ich hatte etwas dagegen, dass man Frauen so behandelte. Insbesondere die meine, die, schön und klug, wie sie war, einen verarmten, adligen Künstler geheiratet hatte und diesem sein verarmtes, adliges Künstlerdasein gewährte, während sie sich zu einer angesehenen Forscherin mauserte, die mit dem Patent auf die Galvanische Gasbatterie – oder die Erlenhofen-Brennstoffzelle, wie ich sie bereits in Gedanken zärtlich nannte – zu Ruhm und Reichtum kommen würde.

„... natürlich zum Patent anmelden!", nagte diese abscheuliche Unterhaltung erneut an meiner Geduld und Konzentration, als habe sie meine Gedanken gelesen.

„So natürlich ist das nicht. Wenn Sie etwa einen Forschungsvertrag mit uns abschließen und auf das Patent verzichten, sichern wir Ihnen eine lebenslange Pension und die nötigen finanziellen Mittel für alles, woran Sie immer schon forschen wollten. Hatten Sie nicht auch einmal eine Schwäche für die Konstruktion von Flugmaschinen? Auch dafür fänden Sie Zeit."

„Was für ein Unsinn, hören Sie nicht auf ihn, Frau von Erlenhofen!", schaltete sich erneut die Stimme der betagten Dame ein. Sie schnalzte mit der Zunge. „Im Übrigen wird es mir hier zu kalt. Wollen wir uns nicht in ein Teehaus setzen?"

Ich zog noch einige uninspirierte Striche, die mich der Tatsache gemahnten, dass meine Muse sich bereits für heute verabschiedet hatte. Oder vielmehr, dass meine Muse in einen Schlagabtausch mit entsetzlich engstirnigen Menschen vertieft war. Dann schlug ich den Block zu und verstaute ihn, den Kohlestift, das Döschen und die im eisigen Wind bereits viskos werdenden Ölfarben in meiner abgegriffenen Tasche.

„Liebling", warf ich ein, „wollen wir nicht gehen? Es ist spät, und vielleicht willst du über all diese freundlichen Angebote nachdenken."

Ich warf der Runde aus grimmig blickenden Menschen ein verhaltenes Lächeln zu, das nicht erwidert wurde. Æmelie jedoch strahlte, als sei ich ihr Erlöser in schwerer Stunde – was ich vermutlich auch war. Ja, das waren wir füreinander, Æmelie und ich.

Zu schade, dass der letzte Tag unseres Zusammenseins auf Erden nicht nur angebrochen war, nein, er wurde auch bereits alt – doch dieser Umstand war mir natürlich nicht bewusst, sonst hätte ich sicher etwas anderes mit meiner Zeit anzufangen gewusst, als mich mit einer klapprigen Staffelei, einer kleinen Leinwand und meiner Ledertasche zu beladen und hinter Æmelie und ihren geschätzten Kollegen und Gönnern herzustolpern.

Es war der vierte Tag des 7. Internationalen Kongresses der Gesellschaft für Außerordentliche Naturwissenschaften – Schwerpunkt Elektrizität. Der letzte Tag in Æmelies Leben.

Der düstere Flur einer kleinen Kaschemme

Schwarze Kreide

Ich weiß nicht mehr, was ich dachte, als sie kamen. Der Schlaf hatte mich bereits fest im Griff, doch Æmelie, die entschlossen zu sein schien, die anstehenden Entscheidungen nicht zu überschlafen, sondern wachen Geistes zu überdenken, weckte mich mit einem Rütteln an der Schulter.

„Naðan!“

Es gab eigenartige Geräusche im Flur unseres Gästehauses – ich muss ganz ehrlich sagen, dass ich auch für kleines Geld etwas mehr Komfort und Vertrauenswürdigkeit erwartet hätte. Es waren Geräusche, als stolpere jemand immer wieder über ein und dieselbe Stufe, und ich kannte diese Stufe, sie ragte auch tagsüber heimtückisch im schlecht erleuchteten Flur auf und ließ den Unvorsichtigen stolpern, vor allem, wenn er gleichzeitig mehrere unhandliche Dinge trug.

Æmelie hatte sich aufgesetzt und drückte ihre alte, am Hinterkopf bereits gesprungene Puppe Ynge an sich, eine Marotte, die sie noch aus ihren einsamen Kindertagen behalten hatte.

„Sicher nur ein Betrunkener, der nach Hause kommt“, brummte ich, denn, wie gesagt, unser Gästehaus war nicht die feinste Adresse in Venedig.

„Es hört sich gleichmäßig an. Wie ein Automat“, wisperte sie. Aus einem anderen Zimmer schrie ein Mann auf Italienisch, ich hörte verschiedene unschöne Worte heraus, die mir zu meinem Leidwesen bekannt waren, doch Æmelie zerrte fortwährend an mir.

„Steh auf!“ Die Dringlichkeit in ihrer Stimme ließ mich gehorchen, töricht stand ich da in meinem Nachthemd. Ich nahm meinen Spazierstock, fühlte mich unangemessen ausgerüstet und schrecklich unbekleidet.

„Ich gehe nachsehen, Liebste!“, seufzte ich und tastete im bleichen Licht des Mondscheins, das der Schnee durch die Ritzen der Fensterläden widerspiegelte, nach der Petroleumlampe auf dem Nachttisch. Den Stock klemmte ich mir unter den Arm, um nach Streichhölzern zu tasten, doch Æmelie seufzte pragmatisch und öffnete mit einem Ruck die Fensterläden. Das an das Schattenspiel einer Photographie erinnernde Licht der Nacht fiel herein und erlaubte ihr, einige Skizzen zusammenzuraffen.

„Was machst du denn?“

„Hörst du das denn nicht?“, fragte sie atemlos, und in ihren Augen glänzte die Angst. Immer noch waren stolpernde Geräusche im Flur. Mehr nun, als sei der ganze Flur voll von taumelnden, betrunkenen Gestalten. Eine Tür öffnete sich, der Beleidigungen schreiende Mann trat in den Korridor – und erst als er einen schrecklichen, gepeinigten Laut von sich gab, wurde mir klar, dass Æmelie recht haben musste.

„Durch das Fenster?“, flüsterte ich, mit einem Mal schien mein flatterndes Herz meinen ganzen Brustkorb auszufüllen und drohte, mich zu ersticken. Dann endete der Schrei des Mannes im Flur mit einem schnappenden Geräusch.

Æmelie blickte hinaus, aber natürlich sah sie dort das, was wir immer sahen, wenn wir hinausblickten: Ein Stockwerk unter uns gähnten ein schmutziger, gefrorener Kanal und die ungepflegte, vom kalten Wind arg mitgenommene Hauswand.

„Ich … ich weiß nicht. Wenn wir stürzen und einbrechen, werden wir sterben“, zitterte ihre Stimme, mit einem Mal zaghaft, zu mir herüber.

„Wenn wir den Flur betreten …“, entgegnete ich, „es hört sich so an, als stürben wir dann auch!“

„Klettere voraus!", bat sie, wobei sie rasch die Hose ihres Anzugs anzog und das Nachthemd an der Hüfte zu einem Knoten band. „Dann sehe ich, wo du hingreifst." Schließlich hielt sie mir noch Ynges Porzellanleib entgegen.

Ich schluckte, befestigte den Spazierstock, mit dem ich mich notfalls zu wehren wusste, am Gürtelband meines Nachthemds und zog ebenfalls eine Hose an. Die Puppe Ynge steckte ich in meinen Gürtel.

Im Flur war es ruhiger geworden. Das aber, so wurde mir klar, musste daran liegen, dass die tumben Schritte gelernt hatten, die tückische Stufe zu überwinden. Nun versuchten sie sich gar an einer Türklinke, der Türklinke unserer verriegelten Zimmertür, die in dem kleinen Zimmer keine zwei Meter von uns entfernt war. Ein frostklirrendes Messer schnitt mitten in die riesige, zitternde Luftblase, zu der mein Herz geworden war und hinterließ einen kleinen Hautbeutel, der des Schlagens nicht mehr mächtig schien.

„Nun gut. Du musst mir direkt folgen!", flüsterte ich, zwang mich zu Entschlossenheit und schwang mich auf das Fensterbrett. Ich sah hinunter. Es war eiskalt unter mir – und wir würden sterben. Wir würden hinabstürzen, einbrechen, versinken und im Frühjahr als aufgedunsene Leichen wieder zum Vorschein kommen, und die Puppe Ynge wäre vermutlich das, was von uns noch am besten erhalten sein würde.

Zusammen mit dem steinernen Fensterbrett ergriff ich den letzten Rest Mut, der in mir war. Ich küsste Æmelie nicht – wie hätte ich auch ahnen können, dass es die letzte Gelegenheit war?

Ich ließ mich hinab, sie hielt meine Armgelenke, während meine Füße auf einem schmucklosen Gesims Halt fanden.

„Komm herunter!", rief ich, denn Geräusche von drinnen übertönten das nächtliche Schwanken und Schnaufen Venedigs und den eisigen Wind. Es waren die Geräusche grober Hiebe, von zersplitterndem Holz. Æmelie ließ mich los, um zur Tür herumzufahren, ich wollte nach ihr greifen, verlor den Halt am Fensterbrett – mit einem raschen Schritt wollte ich mich mit dem Rücken gegen die Hauswand strecken, um meinem Körper keinen Drall nach vorn und unten zu gewähren, doch meine Füße rutschten vom schmalen, überfrorenen Sims, als meine Ohren Æmelies gellenden Schrei hörten. Ich fiel – ich fiel und wusste, dass wir uns in nur wenigen Augenblicken wiedersehen würden, in irgendeinem fernen, unwahrscheinlichen Paradies, in das auch Wissenschaftler gelangten. Doch dann prallte ich auf dem Eis auf, die Scholle knackte bedrohlich, mit einem abscheulichen Geräusch entstand ein Riss, und etwas anderes knackte an meinem Gürtel. Als bäte ich um ein Omen, was das Schicksal Æmelies anging, riss ich Ynge heraus – beim Sturz hatte das Porzellan ihres Kopfes einen weiteren, tiefen Riss erhalten, der sich vom Hinterkopf, an dem kostbare, seidige Haare befestigt waren, bis zu einem ihrer Augen zog. Grausig sah der Sprung aus. Grausig waren die Geräusche aus unserem Zimmer. Æmelie schrie, ich sah ihr Gesicht am Fenster, sah, wie ihre Finger den Rahmen umklammerten, als sie versuchte, mir einfach mit einem verzweifelten Sprung zu folgen. Doch irgendetwas musste sie bereits gepackt haben, mit einem grässlichen, reißenden Geräusch verschwand sie vom Fenster. Ihr letzter Blick zu mir herunter war leer, ihr Schrei erstarb. *Nein …*

Ich hätte mich geweigert zu akzeptieren, was ich sah, hätte nicht in dem Moment, in dem ich ihre Stimme zum letzten Mal hörte – mit diesem sterbenden, seufzenden Schrei, dessen Konsequenz mein Geist sich zu erfassen weigerte –, Ynge ihre himmelblauen Augen geöffnet. Im Dunkel der Nacht schienen sie eine spiegelnde Schwärze zu sein, als sie mit Æmelies Stimme sprach: „Sie ist tot, Naðan. Lauf weg!“

Wie kann man begreifen, dass die, neben der man Nacht für Nacht eingeschlafen ist, deren warmen Körper man stets als Teil seines Lebens geschätzt hat, nun fehlt? Manchmal frage ich mich: Tut es weh, weil ich sie vermisse?

Oder tut es so schrecklich weh, weil ich den Schmerz empfinde, den ihr Fehlen der Welt verursacht? Trauere ich um mich, der ich nun so schrecklich leer und unvollständig bin, oder um sie, weil sie nun fort ist, ihrer Existenz beraubt, all der wunderbaren und mannigfachen Möglichkeiten, die sie wahrgenommen hätte?

Hätte die Welt nicht auf einen erfolglosen Künstler und eine sprechende Puppe verzichten können statt auf eine geniale, schöne, beherzte Frau wie sie? Wenn sie zuerst geklettert wäre, dann wäre sie gestürzt und mit einem verstauchten Fußgelenk auf einer Eisscholle gelandet, die nicht brach.

Dann wäre ich unter den Hieben der Eindringlinge zerbrochen, und Ynge desgleichen, aber die Welt wäre vielleicht ein Stück heiler, müsste nicht um Æmelie von Erlenhofen trauern.

Wo ist sie, wenn sie nicht mehr hier ist? Kann man einfach zerbrechen und aufhören zu sein? Ist sie in ein Paradies gelangt, wie uns die Religionen stets trösten – oder entspringt nicht auch diese Vorstellung nur einer trauernden Sehnsucht? In welches Paradies gelangen Wissenschaftler?

Ich stelle mir vor, ich gelange auf einen alten Speicher, wenn ich sterbe. Ich stelle es mir vor, seit Ynge zu mir spricht. Dort sind all die alten Schaukelpferde, all die verstaubten Plüschbären. All die Brummkreisel und Murmeln und Springteufel und verstummten Spieluhren mit den kleinen Tänzerinnen, und da sind auch die Puppen mit ihren glänzenden Augen, und ich nehme Ynge dann auf den Schoß, und wir setzen uns genau neben *sie*. Das werden wir tun, und dort lässt man uns dann in Ruhe.

Die Polizisten waren äußerst aufgeregt. Ich kannte einige der weniger ausgefallenen Schimpfworte, die sie benutzten, doch es dauerte einige Zeit, bis sie jemanden auftrieben, der Deutsch mit mir sprach. Es war ein sehr schlechtes Deutsch, er konnte aber einige Flüche erstaunlich fehlerfrei aussprechen.

„Scheiße, Scheiße, die Sache mit deine Frau, Signor!", pflegte er zu sagen, und ich wusste das zu schätzen.

Ich hielt die Puppe Ynge an mich gedrückt und strich mit meinem Daumen über den Riss in ihrem Kopf, als könne ich ihn im Laufe der Zeit wegwischen wie einen Streifen Farbe.

Ein Mann, der seine gewichtige schwarze Polizeimütze unentwegt in seinen Händen knetete, hatte mir einen Tee gebracht, der auf dem Tischchen neben mir langsam kalt wurde.

Ich sah mich um, zum ersten Mal, glaube ich. Ich hatte keine Erinnerung daran, wie ich von der Eisscholle im dunkel gähnenden Kanal auf den Posto di Polizia gekommen war – das einzige, was mir in den Sinn kam, wenn ich darüber nachdachte, war die rasche Folge der Gaslaternen, die an mir vorüberzogen, während ich scheinbar unbeweglich war.

Die Polizeiwache des Viertels war kleiner, enger und baufälliger, als sie es bei diesem Aufkommen an krimineller Energie sein sollte. Es war mitten in der Nacht, und die Polizei hatte einige Zeit gebraucht, bis sie Carabinieri in unser Gästehaus hatte entsenden können. Ich weiß nicht einmal mehr, was ich ihnen sagte, wie ich Æmelies Tod schilderte. Danach jedenfalls hatte ich mich neben den Tee gesetzt und leise mit der Puppe gesprochen. Ich strich ihr abwechselnd über das Haar und den hässlichen Riss, der ihr Gesicht entstellte.

„Bist du da drin, Æmelie?", wisperte ich. Natürlich, Æmelies Körper mochte tot sein, aber sie hatte es geschafft, ihren begnadeten Geist in die Puppe zu übertragen. Nun konnte ich sie auf dem Schoß wiegen. Ich küsste ihr seidiges Haar, kämmte sie mit meinen Fingern.

„Bist du da drin? Sag was, Æmelie!“ Ich lachte leise, dann begann ich zu weinen. „Sag doch etwas!“

Ein Mann setzte sich neben mich, knetete seine Mütze und schob meinen Tee ein wenig beiseite. Mit beinahe blindgeweinten Augen blinzelte ich ihn an, sah den mitleidigen Blick, den er der Puppe Ynge und mir zuwarf.

„Sie hat mit mir geredet. Die Puppe!“, sagte ich, und wieder bahnte das Lachen sich seinen Weg durch die tränenverhangenen Mauern meines Inneren nach draußen.

Er lächelte mitleidig, und ich wusste, er verstand mich ohnehin nicht. Er hätte mich nicht einmal verstanden, wenn er meine Sprache gesprochen hätte.

Ich wandte mich von ihm ab, zog meine kaltgefrorenen, blutig gestoßenen Füße, für die man mir warme Socken geborgt hatte, auf den knarzenden Stuhl und barg Ynge an meiner Brust. Ihre Kleider rochen nach Æmelies warmem Körper, und ich vergrub mein Gesicht darin und schloss die Augen, wartete darauf, dass man mich endlich würde aufwachen lassen aus einem Traum, in dem Frauen starben und Puppen sprachen.

Der Tatort eines Mordes

Bleistiftskizze

Ich wachte mit einem Schmerz auf, der sowohl daraus geboren war, dass ich stundenlang in einer verkrümmten Haltung auf einem ungepolsterten Holzstuhl gekauert hatte als auch aus der bitteren Gewissheit, dass die vergangene Nacht kein Traum mit schlechtem Sinn für Humor gewesen war.

Nein, meine Æmelie war tot, und das schmerzte in jedem Winkel meiner selbst.

„Von dir gegangen, Signor", hatte der Polizist gesagt, dem man scheinbar in mehreren Sprachen taktvolle Worte beigebracht hatte.

Aber sie war ja nicht von mir gegangen. *Ich* war von *ihr* gegangen, gefallen – und dann hatte man sie getötet. Blut sei am Tatort, viel Blut, aber ihre Leiche sei nicht zu finden. Vielleicht, Signor, hatte Æmelie sich in Sicherheit gebracht, schwer verletzt. Oder aber man hatte sie mitgenommen, wie offenbar die Hälfte unseres Reisegepäcks, alles, was für ihre Forschungen wichtig war und einiges mehr, beispielsweise den Holzkoffer für meine Leinwände. Vielleicht … hatte man sie nur entführt.

Ob man es mir zumuten könne, den Tatort zu besuchen?

Die Puppe nickte langsam, und ich ahmte sie nach, mit der gleichen, langsamen Bewegung. Wir blickten einander an, und sie klimperte mit den langbewimperten Augen.

Ich drückte sie wieder an meine Wange. „Æmelie", sagte ich.

„Ich bin Ynge. Die Puppe", wisperte sie.

„Aber du hast ihre Stimme."

„Verzeih", sagte die Puppe einfach.

Die Polizisten sahen mich eigenartig an, doch dann gaben sie mir spitze Schuhe und einen Lodenmantel – mit beidem stieg ich in die Kutsche, die in der Morgendämmerung vor der Polizeistation wartete. Undeutlich war alles um mich her, selbst der Schmerz in meinem Inneren war ungewiss, zögerlich, vage. Nur der Blick aus den himmelblauen Puppenaugen schien mir wahr und klar und richtig.

„Sie ist nicht da, Æmelie. Dein Körper ist nicht da."

„Du wirst schon sehen, warum", antwortete die Puppe, und ich sah den Polizeibeamten triumphierend an, der mit mir in die Kutsche gestiegen war, doch er blickte betreten aus dem Fenster. Das Pferd setzte sich in Bewegung, die Hufe klapperten, als wollten sie, dass ich ein Lied dazu sänge. Aber ich tat es nicht. Ynge summte ein leises Gutenachtlied, aber es harmonierte nicht mit dem Walzertakt zwischen Kopfsteinen und Hufeisen.

○ ○ ○

Ich verstand, dass sie mich für einen Idioten hielten. Solche Worte waren mir in fast jeder Sprache der bekannten Welt geläufig, und wenn nicht, verstand ich sie intuitiv. Natürlich kapierten sie nicht, warum ich, ein erwachsener Mann, eine Puppe auf dem Arm hielt. Aber sie sprach mit der Stimme meiner Frau, deren Blut den Boden und viele der Gegenstände, die darauf verteilt lagen, bedeckte. Ich hätte mir nie verziehen, wenn Ynge etwas zugestoßen wäre. Ich hielt sie so, dass sie alles sehen konnte. Es roch seltsam – hinterließ der Tod solch einen Geruch?

„Signor, wenn du uns sagen könnte, was fehlt von den Sachen der Signora Dottoressa?", hatte der Polizist in seinem gebrochenen Deutsch gefragt, und ich hatte bereits festgestellt, dass außer unseren Kleidern beinahe alles mitgenommen worden war – meine lederne Tasche und meine Staffelei jedoch klemmten in einer Nische zwischen dem kleinen, altersschwachen Tisch und der Wand, wo ich sie hingestellt hatte. Auf dem Boden, im Blut, lag Kreide. Nicht meine schwarze, mit der ich zeichnete, sondern Æmelies weiße Schulkreide, mit der sie während ihres Vortrags auf die Tafel des großen Kongresssaales geschrieben hatte.

„Was soll ich sehen?“, fragte ich Ynge. „Wo ist dein Körper, Æmelie?“

Als die Puppe nicht antwortete, nahm ich zunächst Æmelies Zylinder, der vom Hutständer gefallen war, auf und strich mit dem Daumen über die teure, feine Seide. Ich setzte ihn auf, denn in dem seltsamen Zustand, in dem sich mein Geist befand, schien dies der geeignete Platz dafür, dann öffnete ich meine Umhängetasche und zog vorsichtig meinen Notizblock hervor. Ich schlug ihn auf – da war Æmelie, trug den Zylinder, den ich gerade aufhatte, und den ernsten schwarzen Anzug, der sie so klein, zierlich und schlank machte. Sie sah mich ernst an und zeigte mir etwas mit dem Stock, den sie in der Hand hielt.

Æmelie. Die Erlenhofen-Zelle. Ich nahm den Zylinder wieder ab.

„Sie haben dich deshalb getötet, nicht wahr?“, flüsterte ich in Ynges kleines, muschelartiges Porzellanohr. Eine seltsam heiße Träne rann mir aus dem rechten Auge, und ich konnte sie gerade noch wegwischen, bevor sie hinab tropfte auf die Zeichnung. Hastig klappte ich den Skizzenblock zu.

War sie tot? War dieses Bild, die hastigen Striche auf dem Papier, das, was von ihr übriggeblieben war?

Wie konnte das sein?

Der Polizist sah mir wortlos zu. Der Tatort war bereits dokumentiert, und er ließ es zu, dass ich wahllos Dinge vom Boden aufnahm, auf dem Bett aufreihte und betrachtete.

Sie war tot, und die Dinge, die sie einst mit Leben erfüllt hatte, waren jetzt leblos. Der Zylinder nur ein Hut. Der Anzug nur ein Kleidungsstück. Das Blut … das Blut war nur eine Flüssigkeit.

Aber die Skizze war mehr. Ich hängte mir die Tasche um.

„Ich werde ein richtiges Bild daraus machen, Æmelie.“

„Ynge.“

„Ein Gemälde. Æmelie von Erlenhofen auf dem Kongress der … ach, was schert es mich, wie der hieß?“ Ich lachte auf, ein bitteres, durchdringendes Geräusch, das den Polizisten erschrecken ließ.

„Signor?“, kam eine Stimme aus dem Flur. „Könnte du mitfahren zu der Dottore Belluni?“

In meine Ledertasche knüllte ich ein Hemd, ein zweites zog ich an und ersetzte damit das Nachthemd, das ich noch unter dem Mantel trug. Ich stopfte auch dieses zu meinen Farben und den Döschen mit Kreide, Kohle und Bleistiften. Eine Hose dazu, meine Taschenuhr. Ich fasste an den Zylinder auf meinem Kopf, vergewisserte mich, dass er da war.

„Ich weiß immer noch nicht, was du mir zeigen wolltest, Ynge“, sagte ich eingeschnappt.

„Warte nur“, antwortete sie endlich.

○ ○ ○

Den Weg zu Dottore Belluni legten wir wieder mit der Polizeikutsche zurück. Ich sah nicht hinaus – Venedig war mir gleichgültig geworden, seine gefrorenen Kanäle, seine malerischen Brücken und Balustraden und all dieses dumme Zeug. Warum hatte es jemand als zweckmäßig erachtet, eine Stadt auf einer modernden Lagune zu errichten? Warum hatte es jemand als zweckmäßig erachtet, für eine Galvanische Gasbatterie meine Frau zu ermorden? Wider Erwarten regte sich Hoffnung in mir, obgleich Vernunft und Gefühl dagegenhielten. Vielleicht hatte man Æmelie verschleppt. Ich musterte Ynge skeptisch – hätte sie aber gesprochen, wenn dieser grässliche, gebrochene Blick meiner Frau nicht Wirklichkeit gewesen wäre?

Ich seufzte und schloss die Augen. Obgleich ich nicht schlief, weigerte ich mich, sie zu öffnen, bis das Rumpeln und Trappeln vor dem Haus des Dottores verstummte.

Die Haushälterin öffnete uns, eine junge, brünette Frau, deren Schürze eng wie ein Mieder um den drallen Körper lag.

Sie lächelte mich an, und erst, als ich mich von ihr abwandte, wurde mir bewusst, dass zwei Polizisten ein etwa menschengroßes Bündel aus dem Kofferraum der Kutsche holten – Æmelies Leiche, deren Entdeckung man mir vorenthalten hatte?

„Was ist das, Herr Gendarm?", fragte ich den Gesetzeshüter, von dem ich glaubte, er sei der gewesen, der bruchstückhaft des Deutschen mächtig war. Unter ihren großen Mützen sahen sie alle gleich aus, alle mir gleichgültig.

„Corpus Delicti, Signor", erwiderte dieser und ließ mich eine lange Weile mit der Haushälterin allein, die mich in einem dunkelplüschigen Salon mit Tee und Petit Four versorgte. Sie gurrte immer wieder das Wort „Bambola!" und wies dabei auf Ynge, die ich neben mich auf ein Kissen gesetzt hatte. Ich überlegte, ob die Puppe wohl auch Nahrung brauchte, denn Æmelie hatte meinen Träumen von irrwitzigen Maschinen mehrmals mit dem Verweis auf das Gesetz der Energieerhaltung den Wind aus den Segeln genommen. Wenn Ynge sprach, musste sie auch Energie aufnehmen, und vielleicht tat sie das in Form von Tee und Petits Fours.

„Möchtest du etwas essen?", fragte ich Ynge. „Muss ich an dir eine Schraube aufziehen? Hast du …"

Ein Gedanke durchfuhr mich. Ich nahm die Puppe und rüttelte sie vorsichtig. Ich löste die Schleifen und Knöpfe ihres Kleidchens und zog sie aus, auch ihre kleinen ledernen Schühchen, die Strümpfe, die Bluse. Der Porzellanleib lag weiß und unversehrt vor mir, kleine Kinderspeckfalten waren in ihn hinein modelliert. Ich rüttelte die Puppe Ynge erneut.

„Hat sie dir so eine Zelle eingebaut? Um dich zu betreiben – und einen Phonographen und eine Vorrichtung, um ihre Seele einzufangen?"

„Signor?", piepste die Haushälterin, als habe ihr eigener Phonograph soeben beschlossen, seine Funktionen einzustellen.

„Ich spreche in deinem Kopf, weil du verrückt geworden bist“, antwortete die Puppe mit Æmelies Stimme. Sie klang neckend, als wolle sie mich ärgern. „Du Traumtänzer!“

„Es steht einem Traumtänzer wohl gut zu Gesicht, verrückt zu sein“, antwortete ich mit Würde und begann, die Puppe wieder anzuziehen.

Mittendrin traten der Dottore, ein langbärtiger Mann, der vermutlich wesentlich älter aussah, als er war – eine Tatsache, die sicherlich von ihm beabsichtigt war – und einige Wachtmeister an mich heran. Ich legte Ynge so hin, dass keine neugierigen Blicke ihrer Nacktheit gewahr wurden – obgleich sie ja ein geschlechtsloses Wesen war, sah man von ihren eindeutig weiblichen Kulleraugen und den Schillerlocken ab – und beharrte darauf, sie zu Ende anzukleiden, bevor ich meine Aufmerksamkeit dem perfekten Deutsch des Doktors zuwandte. Er musste bereits eine ganze Weile reden, dachte ich bei mir, als der Polizist, der so mühevoll meine Sprache beherrschte, sich zu mir herab und in mein Blickfeld beugte.

„Identifizieren, Signor. Könntest du der Mann angucken? Per Dio, un brutto gioco!“

○ ○ ○

Mit Ynge folgte ich dem Dottore und den Polizisten in den Keller.

„Ist es das, was du mir zeigen wolltest?“, fragte ich die Puppe. Mein Flüstern hallte von den feuchten Wänden wider. Wir kamen in einen Kellerraum, dessen ebenfalls nasse Wände mit kalten, akkuraten Platten verfliest waren. Venedigs Keller waren wahrscheinlich alle von einer kalten Feuchtigkeit durchdrungen, in alle Ritzen, in alle Poren schlüpfte sie und machte den Ort zu einem widerlichen, vollgesogenen Schwamm, den ich kaum mehr ertragen konnte. Ich schüttelte mich.

„Wie geht es Ihnen, Herr von Erlenhofen?“, fragte der Dottore sacht, dem mein Schauder nicht entgangen war.

„Ich hasse es hier", lächelte ich, und er lächelte unbestimmt zurück.

Inmitten des gefliesten Raums, umgeben von rostenden Metallschränken und -tischen, stand eine Liege, auf der eine Leiche aufgebahrt war. Nein, nicht aufgebahrt, sie lag mit dem Gesicht nach unten, und der haarlose Kopf, die breiten Schultern und die Narben gaben mir sogleich zu verstehen, dass es nicht Æmelies Körper war.

Tot jedoch war dieser Mann ohne Zweifel, lange tot, und von ihm ging der Geruch aus, den ich bereits in dem Raum bemerkt hatte, in dem Æmelie ihr Leben ließ.

Ich trat näher heran, der Dottore wollte mich am Arm zurückhalten, doch ich streifte seine Hand ab und beugte mich über den Mann.

„Sie müssen ihn nicht so genau anschauen", versuchte er noch, mich zu hindern, doch ich spürte weder Grauen noch Ekel. Dottore Belluni hatte die Wirbelsäule offen gelegt, die blutleeren, lappenartigen Haut- und Muskelschichten säuberlich aufgeschnitten und beiseite geklappt, so dass der gelblichweiße Knochen offen lag.

„Wer ist der Mann?" fragte ich das Innere des Körpers.

„Das wissen wir nicht. Er lag im Korridor hingestreckt in einer nach Schwefel stinkenden Pfütze, vermutlich verdünntes Vitriol-Öl – der Hauswirt hat ihn gefunden, zusammen mit der Leiche des anderen Gastes."

„Wo ist meine Frau?" fragte ich und musterte die erstaunliche Anatomie des menschlichen Rückens.

„Auch das wissen wir nicht. Aber diese Leiche erlaubt uns vielleicht Rückschlüsse darauf."

„Nicht Leiche, Shelly!", widersprach der Polizist aus dem Hintergrund.

„Auch ein *Shelly*, mein Lieber, ist ein Leichnam. Oder gar mehrere", wies ihn der Arzt zurecht.

„Shellys gibt es nicht", lachte ich. „Es gibt sie so wenig wie sprechende Puppen oder Wissenschaftlerinnen."

Er warf mir einen eigenartigen Blick zu.

„Oh, Sie irren, mein Freund", begann er dann. „Auf dem 3. Internationalen Kongress der Gesellschaft für Außerordentliche Naturwissenschaften – Schwerpunkt Anatomie – wurde ein Prototyp aus Ængland vorgestellt. Er konnte drei Schritte wandeln und fiel dann um. Aber drei Schritte sind eine große Leistung! Der Erfinder, Professor Clockworth-Merenge aus London, musste aufgrund großer Anfeindungen von Seiten der Kirchen und diverser Ethikkommissionen überstürzt abreisen, obgleich er betonte, dass nurmehr die Hülle sozusagen menschlich ist. Resteverwertung nannte er es."

„Interessant", brummte ich, obgleich ich es nicht interessant fand. „Aber hier sind noch einige Teile im Inneren menschlich, so kommt es mir vor."

Ein Shelly. Die Hülle, *Shell* in ænglischer Sprache, der elektronischen Männer sollte also eine Resteverwertung menschlicher Abfälle sein. Ich hatte immer gedacht, diese Geschichten von Leichenfledderei seien in den Bereich einzuordnen, den Æmelie stets „Wissenschaftsmärchen" genannt hatte.

Aber nun lag einer davon vor mir aufgebahrt und hatte vermutlich mit mehreren seiner Kumpane meine Frau auf dem Gewissen. Hatte Vitriol-Öl geblutet wie eine Batterie.

„In der Tat, obgleich die meisten Organe entfernt wurden, gibt es immer noch die Knochen, denn nichts anderes verleiht dem Körper Stabilität, nicht wahr? Doch sehen Sie genau hin!", forderte mich der Wissenschaftler auf. Ich beugte mich vor, der Geruch stieg mir in die Nase – der beißende Gestank von Chemikalien, strenger noch als die Lösungsmittel, die ich zum Entfernen von Farbe verwendete.

Der Arzt zog eine Glühlampe, die an einem Arm beweglich an der Decke hing, zu uns herab und leuchtete damit den grausigen Körper aus. Durch das Rückgrat zog sich eine blanke kupferne Leitung, ich konnte sehen, wie sie zwischen den Wirbeln offen lag, wie sie sich dort teils gabelte, von kleinen metallenen Spulen und Plättchen unterbrochen.

„Eine elektrische Leitung?", fragte ich. „Wissen Sie, meine Gattin forscht an Elektrizität. Sie hat eine Zelle erfunden, die die Galvanische Primärzelle ersetzen kann, mit verschiedenen Chemikalien und Platinbeschichtung, Methan rein und elektrischer Strom raus, ohne Aufladen, ganz wunderbar." Ich lächelte stolz und töricht. Hinter mir scharrte der Polizist mit den Füßen.

„Nun, Signor, die Signora Dottoressa leider tot! Was für eine Scheiße-Zufall!"

Der Arzt lächelte schmallippig. „Da spricht die Spürnase aus dem Wachtmeister, Herr von Erlenhofen. Clockworth-Merenges Shelly konnte nur drei Schritte laufen, weil ihm eine geeignete Energiequelle fehlte, nicht wahr? Wie praktisch wäre doch eine solche Erfindung, wie Ihre Frau sie anstrebte!"

„Aber … aber der hier konnte mehr als drei Schritte laufen, ehe ihm der Strom ausging! Er konnte – er hat meine Frau töten können, nicht wahr, und nun haben sie sie verschleppt, und ihre Skizzen dazu und ihren Prototyp!"

Ich musste einen sehr eigenartigen Schrei ausgestoßen haben, er hallte im kalten Raum wider, und ich hörte ihn nur im Nachhinein. Ynge beruhigte mich. „Siehst du, das wollte ich dir zeigen. Jetzt weißt du es. Ist es nicht furchtbar?"

Als ich mich wieder gefasst hatte, hielt mir der Arzt mit einer groben Pinzette eine kleine Apparatur entgegen, die aus zwei ungleich gewickelten Spulen auf einem Eisenrahmen bestand.

„Hat Ihre Frau mit dem ænglischen Professor zu tun gehabt? Wissen Sie etwas über diese Abscheulichkeit?"

„Nicht … das … Geringste", sagte ich mit Nachdruck.

„Das hier ist ein Transformator, im Nacken des Shellys. Nehmen Sie die Lupe!"

Ich nahm die Lupe, die er mir auf den Tisch gelegt hatte, direkt neben die geöffnete Hand des Shellys, als würde der sogleich danach greifen und sich erheben, um seine eigenen Bauteile zu ergründen. So, wie wir es taten und damit Gott dem Allmächtigen die Lupe aus der Hand nehmen.

Meine Hand zitterte, als gehöre sie nicht zu mir, und ich brauchte lange, bis ich betrachten konnte, worauf der Doktor wies.

Firma Hoesch, Æsta stand dort, auf dem Eisenrahmen eingeprägt.

„Æsta?", las ich tonlos.

„Die schwimmende Stadt", bestätigte Belluni. „Zumindest dieses kleine Teil wurde dort hergestellt, aber es ist die einzige Spur, die ich der Polizei geben kann."

„Besser als gar nichts", erwiderte ich pragmatisch, doch der Polizist unterbrach mich.

„No, no, Signor, nicht besser! Alle Scheiße! Der Stadtstaat Venezia hat keine Befugnis, Polizei zu schicken nach Æsta. Die Stadt fährt unter kaiserlicher Hoheit."

Belluni schnitt eine Grimasse. „Es ist ein Jammer, Herr von Erlenhofen. Wer in Venedig einem Mordanschlag zum Opfer fällt, sollte darum beten, dass es der Polizei gelingt, den Mörder noch im Herrschaftsbereich des Dogen zu fassen. Denn darüber hinaus gibt es keine polizeiliche Verfügungsgewalt, und die Beziehungen zwischen dem Dogen und dem deutschen Kaiser sind ohnehin etwas abgekühlt in den letzten Jahren."

„Gibt es Hoffnungen, dass – gesetzt den Fall, ich bete – der Mörder noch innerhalb des … was auch immer … gefasst wird?"

„Wir haben leider zur Zeit nur diesen Hinweis – und wenn ich der Mörder wäre und hätte die Leiche Ihrer Frau und einige wichtige Dokumente im Gepäck, dann hätte ich bereits in der letzten Nacht ein Luftschiff genommen. Gibt es Hoffnung, dass Ihre Frau noch lebt?"

Ich wollte nicken, wollte hoffen können, aber auch der Polizist blickte mehr als mitleidig drein und wiegte seinen kleinen, runden Kopf. Ich antwortete nicht.

Das Flugfeld von Venedig, Sturm und Schnee

Aquarell

Eine Ahnung von Befreiung, von Erleichterung ließ mich aufatmen, als ich aus dem Schutz der Flughafenmauern aufs Flugfeld trat. Eine Sturmbö blähte die Windhose am anderen Ende des Feldes auf und straffte all die Taue, die um die sich wehrenden Zeppeline herum verankert waren. Der Wind schob den Lärm ihrer Maschinen und Propeller hin und her und heulte von Zeit zu Zeit wie ein Untier.

Trotz der Unbilden des Wetters würde die „Nordluft" planmäßig nach München aufbrechen, und dort würde ich umsteigen und ein Luftschiff dorthin nehmen, wo sich Æsta, die Stadt auf dem Eisberg, gerade befand. Mein Portemonnaie fühlte sich in diesem Moment beinahe so leicht an wie mein Herz – angereist waren wir mit vielen Koffern und noch mehr Plänen, sowohl in Form von Skizzen als auch als bloße Gedanken in unseren Köpfen, und nun war mir kaum etwas geblieben, außer einem Hemd zum Wechseln, dem Zylinder und der Puppe meiner Frau – und den unwirklichen Eindrücken der letzten Stunden. Die Luft war schneidend kalt und holte einen Teil meiner selbst, der sich wie unter einer Schicht aus Watte befunden hatte, wieder ans Tageslicht. Blinzelnd folgte ich den anderen Reisenden und dem Lotsen zu einem der Ankermasten. Am Fuß der Metalltreppe, über die ich das Luftschiff betreten würde, musste ich meinen Ausweis vorzeigen – doch als Bürger des Kaiserreichs ließ mich der Zollbeamte passieren und tippte sich beflissen an seine Mütze.

„Freu dich, Æmelie. Ynge. Beim letzten Mal warst du im Gepäck, jetzt habe ich dir einen Fensterplatz gebucht. Einen Fensterplatz, Æmelie!“ Aufgeregt drückte ich Puppe und Ledertasche an mich. Ein verrückter Mann auf dem Weg in eine schwimmende Stadt.

ooo

Das Fliegen behagte mir nicht; wie Sie vielleicht schon gemerkt haben, war ich kein Draufgänger, sondern ein eher ruhiger und besonnener Mensch, der gerne mit beiden Beinen auf dem Boden blieb, es sei denn, es ging um meine Kunst. Nun, gerade wagten Ynge und ich einen Höhenflug mit einem Luftschiff, und im Winter über die Alpen zu fahren, ist wahrhaftig kein Kinderspiel. Heftige Stürme spielten wie Kinder zwischen den vergletscherten Gipfeln, wirbelten den Schnee zu undurchsichtigen Nebeln auf, gefroren die Feuchtigkeit unseres Atems an den Scheiben und trieben das Luftschiff mal hierhin, mal dorthin – und mal auch in deutliche Schieflagen. Ynge machte das nichts, sie blickte aus dem Fenster, wiewohl es dort nichts zu sehen gab als Eisblumen und schneeweiße Einsamkeit. Ich jedoch übergab mich in eines der Eimerchen, die für jeden Passagier unter den lederbezogenen Sitzbänken bereitstanden. Ich übergab mich sogar noch, als ich nichts außer Schmerz und leeren Krämpfen erbrechen konnte. Schweiß stand mir auf der Stirn, und Ynges Blick war sehr mitleidig geworden. Der Blick des gestrengen älteren Ehepaares, das mir an dem polierten Tisch aus kostbarem Zedernholz gegenübersaß, war mittlerweile weniger mitleidig als vielmehr angewidert. Ich versuchte mich an einem entschuldigenden Lächeln. Ich war froh, als die Dunkelheit hereinbrach und ich wenigstens die wirbelnden Schneemassen nicht mehr sehen musste – wir würden noch in dieser Nacht das Münchner Flugfeld erreichen, daher hatte ich keine Kabine gemietet, sondern lehnte mich mit grollendem Magen zurück und schob mir gegen das Licht der Gaslampen, die nun die Sitzplätze erhellten, den Zylinder in die Stirn. Ich griff nach Ynge und drückte ihren Porzellankörper sanft an mich.

„Danke“, sagte sie. „Du bist schön warm.“

Zum Glück hatte niemand außer mir gewusst, dass Æmelie stets mit ihrer Puppe im Arm geschlafen hatte. Sonst hätte sie doch niemals jemand ernst genommen!

○ ○ ○

Als wir in München vor Anker gingen, war ich gesundheitlich bereits wiederhergestellt. Mein Magen knurrte nach der versäumten Nahrung des Vortages gierig, als ich meine Tasche schulterte, Ynge in die Innentasche meines Mantels klemmte und einen letzten, zweifelnden Blick des Ehepaares entgegennahm. Schal, Mütze und Handschuhe schützten mich vor der schneidenden Kälte, als ich auf die metallene Plattform trat – und obwohl ich Kälte gewohnt war, schnitt sie nach dem verhältnismäßig milden venezianischen Winter wie Rasierklingen in meine bloße Haut.

München lag im nächtlichen Schlummer. Die Gaslaternen zeichneten in der Ferne die Straßenzüge nach, das ein oder andere Fenster war bereits oder immer noch erhellt, aber der größte Teil der Stadt lag in der Dunkelheit hingestreckt unter einem endlosen Sternenhimmel.

„Könnten Sie bitte weitergehen?“, fragte jemand hinter mir, denn ich blockierte den Ausstieg des Luftschiffs.

„Entschuldigung. Ich kann wohl kaum verlangen, dass ich von diesem herrlichen Anblick eine Skizze machen kann, nicht wahr? Weil Sie es sehr eilig und keinen Sinn für … den Augenblick haben“, gab ich zurück.

„Es ist kalt. Es ist doch wohl kein Verbrechen, ins Warme zu wollen, Sie impertinenter Mensch!“, gab die in üppige Pelze gehüllte Dame zurück, der der goldene Schmuck fast aus Ohren und Kragen herausquoll.

Ich ging weiter und versuchte derweil, möglichst viel der schlafenden Stadt und der majestätischen Winternacht einzuatmen. Beim letzten Mal war es ein schneeverhangener Tag gewesen, als wir das Luftschiff in München gewechselt hatten. Æmelie war bei mir gewesen.

Während ich die steile Treppe hinabstieg, die mich auf das Flugfeld bringen würde, schluckte ich das Gefühl hinunter, das mich immer überkam, wenn ich solche Sätze dachte.

Æmelie war bei mir gewesen.

○ ○ ○

„Ganz recht. Eine Luftschifffahrt nach Æsta."

„Das wird schwierig, gnädiger Herr."

„Ich bin mir nicht sicher, ob ich weiterhin gnädiger Stimmung bin, wenn ich das Gefühl habe, dass Sie nicht Ihr Bestes geben, damit ich dorthin gelange."

Sie lächelte bang, und ich lächelte zurück. Ich gab mich manchmal strenger, als ich war. Das beeindruckte manche Leute.

Die Frau am Schalter blätterte in ledergebundenen Ordnern nach meinem Zielort, ehe sie sich zu ihrem Kollegen hinüberbeugte. „Herr Messerschmidt, Æsta?"

„Was, Æsta? Können Sie mir auch eine vernünftige Frage stellen?", gab der Kollege zurück, den gerade die Frau im Pelzmantel anblaffte. An jenem Tag gaben sich aber auch wirklich alle sehr streng, so dass meine Schalterdame beinahe Tränen in den Augen hatte. Ich lächelte ihr noch einmal aufmunternd zu.

„Wo befindet sich die Stadt im Augenblick? Wird sie ... wird sie von Passagierschiffen angeflogen?", stammelte sie, und erntete einen neuerlich lieblosen Blick Herrn Messerschmidts. Mir fiel eine ganze Reihe italienischer Schimpfwörter für ihn ein, aber ich sagte sie nicht. In München mochte es durchaus sein, dass er sie auch kannte.

„Dann muss er nach Hamburg oder Lübeck oder so und da nochmal umsteigen. Die wissen das besser als wir – zur Not muss er mit einem Frachter fahren."

„Also, bitte – die Stadt wird doch sicher von Passagierschiffen angeflogen werden!", entrüstete ich mich, doch Herr Messerschmidt zuckte lediglich die Achseln und riss das Billet der Pelzdame mit einem Ruck ein, als wolle er viel lieber ihren Schädel abreißen. Sie zuckte zusammen.

„Gut. Dann eben Hamburg. Oder meinethalben Lübeck. Oder halten Sie es für möglich, dass Æsta in der Ostsee ist?"

„Nein, ausgeschlossen, die Ostsee ist in diesem Winter zugefroren."

„Immerhin, das schränkt es ein", lächelte ich, während sie mir eine Fahrt heraussuchte. Da erst einige Stunden später ein Luftschiff nach Hamburg starten würde, zog ich mich in eine Teestube zurück und bestellte einen heißen Tee mit Kandiszucker und Sahne. Die Bedienung brachte einen Teller Kekse dazu, so dass sich mein Magen rasch wieder beruhigte und ich der Ansicht war, dass ich sehr bald wieder mit größeren Mahlzeiten beginnen konnte.

„Bist du sicher, dass du keine Kekse brauchst? Keinen Tee?", fragte ich Ynge, doch sie erwiderte nichts. Ich hatte sie auf einen Stuhl gesetzt und ihr Puppenkleid hübsch um ihre ausgestreckten Beinchen drapiert.

Sie war wirklich entzückend, das teilte mir auch die Bedienung mit. Nur schade, dass sie diesen Riss im Schädel hatte, der bis zu ihrem Auge reichte. Ihrem schönen blauen Klimperauge.

Meine Æmelie hatte graue Augen gehabt, aber ein Stich Blau war wohl darin gewesen. Wie das gefrorene Nordmeer, das ich noch niemals gesehen hatte – aber so stellte ich es mir vor.

„Ich finde dich, Æmelie", wisperte ich und besiegelte das Versprechen mit einem Schluck Tee. „In Æsta."

Æsta, das wusste ich noch aus Schultagen, war das lateinische Wort für Flut. Oder vielmehr Aesta, denn als die Römer ihre Schrift erfanden, hatten die Vikingar wahrscheinlich noch nicht diese Ligaturen geschrieben. Die hatten sie uns bei ihrer großen Wanderung mitgebracht, kurz, nachdem der Vulkan auf den fernen Vikingarinseln ausgebrochen war, und sie damit aufs Festland getrieben hatte. Das musste eine harte Zeit gewesen sein, denn sie brachten nicht nur Buchstaben mit, sondern vor allen Dingen Leid und Krieg, eine Hungersnot und diese Winter, die sich bis in die Sommer erstreckten.

Ja, die Geschichtsbücher wissen, dass es vor den Vikingarn heiße Sommer, blühende Felder und Wiesen und manchmal sogar schneefreie Winter gegeben hatte. Nun waren die Vikingar sicher nicht schuld, dass sie dieses Wetter mitbrachten, sondern vielmehr der Vulkan – oder vielleicht sollte man sagen, der Vulkan trieb Asche und Staub, eine Eiszeit und die Vikingar vor sich her, und beides wirkte sich für den Rest der bekannten Welt nicht gerade günstig aus. Jedenfalls, die Lage hatte sich ja nun seit acht Jahrhunderten wieder beruhigt, und außer einigen seltsamen Namen und Buchstaben war nicht mehr viel von den Vikingarn zu sehen.

Æsta. Die Flut. Ich fragte mich, wo ich sie antreffen würde.

Zudem hatte die Fahrt nach Hamburg einen großen Teil meines Handgeldes aufgefressen, und ich hatte keine Gelegenheit, an mehr Bares zu kommen, solange ich nicht eine Filiale der Riegenbank auftrieb oder nach Aquis zurückkehrte. Doch die Fährte war noch frisch, dachte ich mit erwachenden Jagdinstinkten, und auch wenn die Gendarmen des Dogen ihr nicht folgen konnten, ich zögerte und zauderte nicht.

Die Stadt der Lufthanse

Bleistiftskizze

Hamburg hieß mich mit leerem Magen willkommen. Da es diesmal aber nur Kekse gewesen waren, die ich von mir hatte geben können, war es mir gelungen, immerhin ein paar Arbeiten auf meinem Zeichenblock zu beginnen. Immer wieder hatte ich mir die Skizze Æmelies angesehen. Meine ernste, tote Wissenschaftlerin. Nein, ich blätterte sie um, ich konnte es nicht fassen, konnte die Gedanken nicht fassen, die auf mich einstürmten – und so hatte ich Eiskristalle gezeichnet, mit all ihrem pittoresken Spitzengefüge. Ich hatte die schneebedeckten Mittelgebirge gezeichnet, die funkelnden Flussläufe, die Rehe, die ich im Sinkflug erkennen konnte und die Falken, die über dem Land rüttelten, um ihm etwas Nahrung abzuringen, und schließlich – Hamburg, Stadt der Lufthanse und Stadt der Flussschiffer. Auch Colonia war Mitglied des Hansebundes, aber Hamburg war seine Königin. Die Elbe war gefroren, wie es im Januar meist der Fall ist, und obwohl Eisbrecher den Hamburger Hafen eisfrei hielten, lagen alle Schiffe vor Anker und überwinterten. Der Luftschiffhafen aber mit seinen Dutzenden aufragenden Ankermasten war der größte des Deutschen Kaiserreichs und der ganze Stolz der Hanse. Zwischen ihm und dem Flusshafen erstreckte sich die Speicherstadt, in der auch viele der verschachtelten Backsteingebäude eigene Ankermasten für Frachtschiffe besaßen. Es wurde eine wunderbare Skizze, während unser Schiff langsam die Stadt umkreiste, um an den zugewiesenen Ankerplatz zu gelangen. Der graue Bleistift fing alles ein, was eingefangen werden musste, all diese triste, winterliche, industrielle, öde Schönheit.

Meine Sitznachbarin – diesmal hatte ich keinen Sitz für Ynge reservieren können, und so saß sie auf meinem Schoß, während ich zeichnete – beugte sich mindestens einmal in der Minute zu mir herüber und sagte etwas, mit dem sie meinen Geist erweitern oder meine Skizze loben wollte. Leider verstand ich sie nicht, so sehr war ich in meiner Kunst versunken. So sehr wünschte ich, mich abzuwenden von allem, was Wirklichkeit war.

Als ich die letzten Striche zog, gingen wir vor Anker. Ich hob den Kopf, als der Kabinenjunge seine stets gleichen Worte an uns richtete.

„Sehr geehrte Gäste der *Luftfeder* – wir haben Hamburg erreicht und hoffen, Sie hatten einen angenehmen Flug."

„Nun verraten Sie mir doch Ihren Namen!", quengelte die Dame neben mir, und ich entnahm ihrem Tonfall, dass sie diese Frage nicht zum ersten Mal stellte.

„Naðan von Erlenhofen", antwortete ich.

„Werden Sie ein Gemälde anfertigen?"

Ich musterte die Skizze und stand vor meinem üblichen Dilemma. Wie konnte ein Ölgemälde schöner sein als die schlichte, pointierte Poesie der Wirklichkeit – die Striche, in eben dem Moment gezogen, in dem sie Wirklichkeit waren? Sie würde das nie begreifen. Nur Æmelie hätte das verstanden.

„Wollen Sie die Zeichnung kaufen?", fragte ich hoffnungsvoll. Sie betrachtete sie mit einem Mal weitaus kritischer, als sie es zuvor getan hatte. Sie nahm mir den Bleistift aus der Hand und kritzelte ihren Namen samt Adresse in eine Ecke meiner Zeichnung. Sie war in der Hansestadt wohnhaft und hatte einen hässlichen Namen, an den ich mich nicht mehr erinnere, und sie schrieb ihn auf meine Zeichnung.

„Nein, danke. Aber wenn das Gemälde fertig ist, schreiben Sie mir einen Brief, ja, Herr von Erlenhofen? Sie sind wahrhaft ein Künstler!"

Sie stand auf und entfernte sich ein Stück den Gang hinunter, um vom Kabinenjungen ihr Gepäck entgegenzunehmen.

„Wenn ich ein Künstler bin, dann ist auch die Zeichnung Kunst!", rief ich ihr hinterher, während ich Block und Bleistift verstaute, und leiser murmelte ich zu Ynge: „Verdammt noch mal!"

„Niemand wird dich verstehen, Naðan", seufzte sie leise.

Ich mietete mir ein Zimmerchen in der Nähe des Flughafens und sah meine Finanzen durch, während sich mir vor Kälte alle Haare sträubten. Ich befeuerte das kleine Heizöfchen, doch stets, wenn ich die gusseiserne Tür schloss, schien es all seine Hitze durch den Schornstein nach draußen zu schicken. Diesmal ließ ich die Klappe offen, kurz gab es mir die heimelige Atmosphäre eines Kamins, dann jedoch drang auch Rauch hinterher, den ein Windstoß durch den Schornstein herabdrückte. Hustend entfernte ich mich etwas vom Öfchen und ließ mich auf dem Bett nieder.

„Vielleicht sollte ich wirklich ein Gemälde daraus machen und es ihr verkaufen. Was tue ich denn in Æsta ohne Geld?"

Der Herr am Schalter des Flughafens hatte sich schlau machen wollen, was die schwimmende Stadt und ihre Position anging und wann das nächste Luftschiff – und inzwischen war mir egal, ob ich einen Platz auf einem Frachter oder in einem Passagierschiff ergatterte – dorthin abfuhr. Ich würde ihn am nächsten Tag noch einmal aufsuchen, und bis dahin konnte ich mich von der Muse küssen lassen. Ich streichelte Ynges Kopf.

„Du könntest meine Muse sein und mich mit deinen Porzellanlippen küssen", schlug ich vor. Sie antwortete nicht, und kurz hätte ich schwören können, sie sei nur eine Puppe, aber dann zwinkerte sie. „Æmelie, du bist meine Muse. Nicht wahr?“

Sie war da drinnen. Sie war immer noch meine Muse. Oder ich war verrückt geworden, was wesentlich wahrscheinlicher war. Ab und an nahm ich mir vor, mich wieder wie ein erwachsener Mann zu verhalten, Ynge im Koffer zu transportieren und nicht mehr mit ihr zu reden. Aber wenn sie dann wieder Worte an mich richtete, mit der Stimme meiner bezaubernden, süßen, klugen Frau, dann konnte ich nicht anders. Ich hatte das Gefühl, sonst wahnsinnig zu werden vor Einsamkeit. Dann breitete sich solch ein kaltes, leeres Meer in mir aus und … nein, ich möchte nicht darüber sprechen.

Ich klappte meine Reisestaffelei aus – ich hatte keine Leinwand, aber das war mein geringstes Problem, ich brauchte nur Holz, denn Leinen zum Bespannen fand sich noch in meiner Tasche. Ich betrachtete noch einmal das angefangene Ölbild der venezianischen Brücken – vielleicht eignete sich das, um es einer verwöhnten, lästigen Luftschiffpassagierin zu verkaufen? Nein – erstens war es nicht fertig, und zweitens hatte die Farbschicht beim hastigen Zusammenrollen und Verstauen in meiner Tasche Schaden genommen.

Ich seufzte und warf erneut einen Blick in mein Portemonnaie. Es waren noch knapp einhundert Reichsmark darin – davon musste ich das Zimmer bezahlen, die Fahrt nach Æsta und Essen, denn so langsam schien mein Magen endgültig wieder aufnahmebereit zu sein.

o o o

Ich hatte Glück – ich musste nur drei Nächte in dem kleinen, klammen, rauchigen Kämmerlein bleiben, bis sich ein Luftschiff nach Æsta fand. Der liebenswürdige Herr hatte mir freudestrahlend den Wucherpreis von siebzig Reichsmark für die Passage abgeknöpft, ich hatte meinen Gastwirt ausbezahlt und wagte nun den Weg zum angegeben Ankermast mit Taschen, die sich sehr leer anfühlten.

Wenn es um meine finanziellen Unsicherheiten ging, hielt Ynge sich sehr zurück. Anscheinend war Geld für sie nebensächlich – Æmelie war es auch nicht so wichtig gewesen. Als meine Eltern, Freiherr und Freifrau von Erlenhofen, uns damals mit dem Argument, ich solle endlich etwas Vernünftiges tun und Æmelie ihnen Enkel schenken, so wenig generös ihre Unterstützung entsagt hatten, da sagte sie auch ganz einfach: „Das macht nichts. Irgendwann wirst du berühmt, und ich vielleicht noch vor dir." Dann hatte sie gelacht, so leicht, als gäbe es all die Schwermut der Welt nicht.

„Ja, Æmelie", seufzte ich, als ich das gigantische Luftschiff an den vom Wind gebeutelten Leinen und Ankern aufragen sah. Seine wasserstoffgefüllte Hülle war schwarz, und das Emblem des Herzogs von Pappelheim prangte darauf, wie mir ein hilfreicher Mitarbeiter auf dem Feld hatte sagen können. „Du hattest recht. Von nun an mache ich mir einfach auch nichts mehr aus derlei Dingen."

Hoffnungsvoll trat ich an den Ankermast heran. „Sie haben Glück, gnädiger Herr", hatte der Mann am Schalter gesagt. „Das Luftschiff hat eine kleine Passagiergondel."

Die Gondel befand sich unmittelbar hinter der Kapitänskabine, wo sich jedoch auch die Mannschaft aufhielt, wenn sie gerade keiner Aufgabe nachging. Den größten Teil des Luftschiffs machte aber der Frachtraum aus – ich konnte von unten bereits sehen, dass das Schiff darauf ausgelegt war, schwere Lasten zu transportieren, denn das Stahlgerüst war vielfach gesichert, und die Gashülle war so gigantisch, dass sich außer den gasgefüllten Zellen sicherlich auch noch viel Platz für Fracht darin fand. Jedoch wurde die Ladung meist von Æsta zum Festland gefahren, nicht umgekehrt – jetzt wurden lediglich Nahrungsmittel hin transportiert, zu meinem Leidwesen auch eine ganze Rotte lebender Schweine.

„Nein", erinnerte ich mich, „so etwas macht mir jetzt nichts mehr aus. Geld und all diese weltlichen Dinge – ein Schiff teilen mit Schweinen –, das tangiert mich nicht mehr."

Ich konnte es mir schon lange nicht erlauben, mir für irgendetwas zu fein zu sein – und jetzt erst recht nicht mehr. Ich war hier, um einen Mordfall aufzuklären, da durfte man nicht zimperlich sein.

Am Ankermast empfing mich ein hochgewachsener Mann, der einen Opiumpfriem kaute und seitlich ausspie, als er mich gewahrte.

„Ah. Fahrgast, du, hm?"

„Also, ich muss doch bitten", entgegnete ich und betrachtete den braunen Fleck, den der Pfriem hinterlassen hatte. „Wie reden Sie denn mit mir?"

Er beugte sich vor und hauchte mich mit seinem stinkenden Atem an. Offenbar hatte ihm der Pfriem schon die Sinne geraubt – doch jetzt erst sah ich das Gesicht, das unter dem Schirm seiner Mütze verborgen gewesen war, deutlich; es war mit dunklen Verzierungen und Zeichen bedeckt und wirkte kaum mehr menschlich, umso weniger, als er den Mund zu einem Grinsen verzog, das all diese Hautbilder verzerrte. Ich schrak zurück.

„Du. Fahrgast! Papier zeigen!", versuchte er es erneut, und zitternd wies ich mich aus und zeigte mein Billet vor.

„Gut", grunzte der Mann, der mein Entsetzen mit Freude bemerkt hatte und nun die Ärmel hochkrempelte, um noch mehr grausige Muster zu enthüllen. Er war ein Friese – sie hatten Wilde auf diesem Schiff!

Zitternd stieg ich die Treppe empor, die sich um den Ankermast herum auf die Plattform wand. Vor mir hatte man die Schweine hinaufgetrieben, die Dinge hinterlassen hatten, die aussahen wie der ausgespiene Pfriem.

„Guten Abend, Herr … Erlenhofen!", begrüßte mich ein echter Mensch, als ich schnaufend, Staffelei, Tasche und Puppe bändigend, die Plattform erreichte.

„Von Erlenhofen", keuchte ich.

„Von Erlenhofen also, sehr erfreut. Was führt Sie nach Æsta?"

„Gewissermaßen ein Verbrechen – und meine Frau", sagte ich leichthin und sah von der im Wind schwankenden Plattform hinunter aufs Flugfeld. „Aber das tut nichts zur Sache."

„Wollte nur nett sein."

„Warum haben Sie dann diesen Wilden da unten hingestellt?" Es begann zu schneien, und ich freute mich auf eine lange Fahrt voller Magenschmerzen.

„Das ist Ummo, der Friese, und er bewacht immer den Zugang zum Schiff", grinste der Matrose, der in dem selben schwarz gekleidet war wie das Luftschiff. Er wies einladend auf den Steg, der hinüber in die Gondel führte.

„Fein. Dass er einen Namen hat, meine ich."

„Ich bin Gerhard Temmhort", fuhr er wenig irritiert fort, und ich wandte mich noch einmal um.

„Sehr erfreut, Herr Temmhort. Wie lange werden wir nach Æsta brauchen?"

„Sie liegt im Augenblick vor der nordwestlichen Küste Norwegens. Fördert Gas."

„Wichtiger Rohstoff", erging ich mich in Konversation. „Wie lange?"

„Bei gutem Wetter zwei Tage. Bei schlechtem Wetter … na, da ist es ungewiss, ob man überhaupt ankommt, hm?" Er lachte und griff nach meinem Gepäck, um mir damit zu helfen. Ich überließ ihm meine Tasche und vergewisserte mich, dass Ynge sich in der Innentasche meines Mantels befand. Wacker sah ich dem Ende des Stegs entgegen – einer winzigen Tür in einer Kabine, die sich im Gegensatz zur Ladefläche so klein ausnahm, dass ich bereits mutmaßte, tagelang die Beine anziehen zu müssen.

Vielleicht würde ich mir ab und an die Füße vertreten können. Bei den Schweinen. Ich seufzte.

„Aber die Reise geht überwiegend über Land, Herr von Erlenhofen. Sie müssen sich also nicht sorgen", revidierte Herr Temmhort seine vorherige Aussage, und ich betrat die *Wolkenkohle*.

Zwei Tage in einem winzigen Räumchen können sehr lang sein. Sie können sich, gerade wenn so dringende Wünsche in einem brennen wie der Wille, Rache zu üben, oder das verzweifelte Bedürfnis nach Bewegung, ziehen wie ein schier unerschöpflicher Faden auf einer dicken Rolle Garn. Bereits nach vier oder fünf Stunden hatte ich den Eindruck, die Rolle müsse bald abgewickelt sein, aber ich irrte.

In der Kabine befanden sich eine ungepolsterte Sitzbank, die mein Hinterteil seiner Nervenenden beraubte, und einige Pritschen, von denen jeweils zwei übereinander an den Wänden angebracht waren, so dass man entweder fürchten musste, die obere würde abreißen und einen begraben, oder die obere würde abreißen und man würde, damit herabgestürzt, das Zeitliche segnen. So oder so würde sicherlich die obere, mit lediglich zwei Stahlwinkeln an der Wand befestigt, nächtens mein Schicksal besiegeln, bevor wir Æsta erreichten.

Die Mannschaft der *Wolkenkohle* bestand aus zwölf Æronauten, und sie schliefen in Schichten auf den Pritschen in den Läusen und Flöhen des Vorgängers. Winzige Bullaugen gewährten uns einen Blick nach draußen an den Propellergondeln vorbei. Doch das gletscherbedeckte, eisgeplagte, verschneite Land, in dem keine Menschenseele lebte, erstreckte sich in der immer gleichen Eintönigkeit, die mich zwar anfangs noch zu depressiv-stimmungsvollen Kreidezeichnungen animierte (und etwas später gar zu einem Aquarell, das in einem solchen Maße weiß war, dass man beinahe bezweifeln konnte, ich hätte den Pinsel überhaupt mit Farbe befleckt), später jedoch keinen Funken der Inspiration mehr in mir hervorrufen konnte. Am Abend wagte ich mich über schmale Gitter und Stege in den Laderaum, um das Leben an Bord eines Frachtschiffs auszuloten, doch der Gestank der Schweine war unbeschreiblich, und nach der Skizze eines unglücklichen Schweinegesichts kehrte ich in die Koje zurück.

Herr Temmhort schien mich im Auge zu behalten und bot mir an, mich durch das Luftschiff zu führen – doch ich fürchtete mich vor der Höhe und dem Gas und der wummernden Dampfmaschine und der vor den unberechenbaren Elementen zerbrechlich wirkenden Hülle und all dem und schlug sein Angebot aus.

Unter all diesen raubeinigen Gesellen hütete ich Ynge in meinem Mantel oder unter meiner Bettdecke und flüsterte lediglich mit ihr, denn was Männer untereinander manchmal tun, wenn sie einen von sich besonders weibisch wähnen, davon hatte ich schon gehört und wollte mich dem auf keinen Fall aussetzen. Der Gedanke daran, dass Ummo zu mir unter die Decke kriechen könnte, weil er sich einbildete, ich sei ein Mädchen, ließ mich erschauern, als ich des Nachts mit seinem Schnarchen im Ohr den Schlaf suchte. Ynge schwieg meist, auch ihr schien die Zeit lang zu werden. „Du hättest mit in die Hülle steigen sollen“, sagte sie am zweiten Tag. „Oben gibt es eine Luke, und dann kann man in den Himmel sehen und die Welt unter sich wie einen weißen Teppich. Wir hätten uns gefühlt, als würden wir fliegen.“

„Aber Ynge, wir fliegen. Fliegen ist einfach widerlich.“ Danach schwieg sie wieder.

Herr Temmhort und auch der Luftschiffkapitän, Hauke-Heinrich Holzhauer, vermutlich ein halber Friese, jedoch in der Lage, Sätze zu bilden und mit dem Habitus eines normalen

Raubeins, das das Leben zur Luft nun bereits seit Jahrzehnten gewohnt ist, erzählten zwischen ihren Schichten Geschichten von ihrem Leben zwischen Æsta und dem Festland des Deutschen Kaiserreichs, von Piratenüberfällen, Stürmen und entzündetem Wasserstoff. Der hagere Offizier Temmhort war auf Æsta geboren worden – mir war nicht bewusst gewesen, dass es die schwimmende Stadt bereits so lange gab. „Doch, Kaiser Georg hat sie schon vor einem halben Jahrhundert in Auftrag gegeben, nachdem sich 853 Anno Noctis ein abgestürztes Forschungsschiff im Norden auf einen Eisberg gerettet hatte. Sie hatten dort bereits Wrackteile des Luftschiffs installiert, und es war ihnen irgendwie gelungen, den Kurs des Eisberges zu beeinflussen und damit die Gestade Dænemarks anzulaufen. Der Kaiser hatte eine Schwäche für Entdeckungen und Erfindungen und fand die Vorstellung einer Stadt auf dem Eismeer reizvoll, so dass man den Berg nach und nach mit Stahlplatten, Schwimmern, Dampfmaschinen, Schaufelrädern und Unterkünften ummantelte. Nur wenig davon liegt noch offen, obgleich es schon vorgekommen ist, dass Stücke der Stadt abbrachen, Eis kann trügerisch sein, wie wir alle wissen."

„Verdammter Leichtsinn, diese schwimmende Stadt", hatte der schweigsame Kapitän erwidert und seine ewig laufende Nase hochgezogen, eine schreckliche Angewohnheit, nach welcher er stets herzhaft schluckte. „Bin froh, die meiste Zeit in der Luft zu sein. Da weiß man, woran man ist."

Ich wusste nicht, ob ich ihm beistimmen sollte. Herr Temmhort fuhr jedoch bereits fort: „Unter Kaiser Wilhelm dem Dritten haben sie den Status einer freien Reichsstadt erhalten. Für manche war das der Anfang vom Ende, denn jetzt befinden sich nicht nur die Arbeiter dort, die die Rohstoffe abbauen, wegen derer die Stadt die nördlichen Küsten anläuft, sondern es hat sich eine illustre Runde von Industriellen und Adelshäusern dort festgesetzt wie die Laus im Pelz."

„Schön gesagt, Temmhort!“, lachte der Kapitän und schlug dem auffallend gebildeten Frachtoffizier auf die Schulter. „Ein hartes Pflaster, manchmal, dieses Æsta.“ Geräuschvoll zog er wieder den Rotz in der Nase hoch. „Deshalb bin ich lieber in der Luft.“

„Also, was werden Sie als Erstes tun, wenn Sie Æsta betreten?“, fragte Temmhort, und ich zuckte vage die Achseln. „Mich umsehen. Mir ein Bild von der Stadt machen.“ Und ihren Tücken. Ihren mörderischen Tücken, diesen Fingern, die sie selbst nach Venedig ausgestreckt hat.

„Sagen Sie, Herr Temmhort“, begann ich, doch Ynge schüttelte den Kopf, als ahne sie, dass ich nach den Shellys hatte fragen wollen. Ich überlegte kurz, doch dann ließ ich mir unverfänglich eine Unterkunft empfehlen. Mein Interesse an wandelnden Leichen sollte vorläufig noch verborgen bleiben.

Æsta, die schwimmende Stadt auf dem Eisberg

Technische Zeichnung

Zum ersten Mal wagte ich mich durch die gewöhnlich geschlossene Tür in den Steuerstand, wo Kapitän und Steuermann das Luftschiff auf das grau tosende Meer navigierten – unweit der steilen, fjorddurchzogenen Küsten lag die Stadt vor Anker, weiß ragte die Eisspitze wie ein Wahrzeichen über den verschachtelten Gebäuden aus Stahl auf, über den Ankermasten, den Lagerhallen, den an den Seiten wie Spinnenbeine abgespreizten Schwimmern, über den Wellen, die gegen das Hindernis anrannten und es mit weißer Gischt bespritzten. Ungezählte hohe Schornsteine verhinderten, dass die Stadt im schwarzen Rauch der industriellen Kohlefeuer erstickte. Auf der Spitze des Eisberges ragte die schwarz-weiß-rote Flagge des Deutschen Kaiserreiches auf, und daneben, eine Winzigkeit größer, die der freien Reichsstadt Æsta – bleigrau mit einem schwarzen Kreis, in dessen Einfassung eine weiße Eisbergspitze die reale, vom Rauch bereits grau benetzte Eisbergspitze zu verlachen schien.

Schwarz und Stahl, Rost und Reif, Eis und Eisen – so ragte das Ziel meiner Reise auf, wie eine Ausgeburt des Ozeans, wie ein Ausläufer eines gigantischen Maschinenwerks, das auf dem Grund des Meeres verborgen lag. Auch vom Festland zogen Schwaden von Dampf und Rauch zu uns herauf – dorthin hatte Æsta seine Finger ausgestreckt, dort erbeuteten sie die begehrten Rohstoffe der unzugänglichen Eislande.

„Auf See wird's gleich rauer", bemerkte der Kapitän und zog erneut den Rotz hoch. „Es ist schon 'ne wahre Kunst, an den Masten anzulegen. Letztens hat's ein Schiff richtig zerrissen, sinkend hat es eine von diesen verdammten neuen Stromleitungen erwischt und – bamm – alles in die Luft geflogen."

„Ich nehme an, Sie fliegen auch mit Wasserstoff?", schlotterte ich.

„Ja, und's gibt auch keine Bedenken dagegen, wenn nicht so eine verdammte Stromleitung in der Nähe ist! Aber Juri hier kriegt die *Wolkenkohle* tausendprozentig an den Mast."

Juri war ein mickriger Russe, der ebenso wenig Deutsch sprach wie Ummo – ein weiterer Wilder, auf den das Schiff nicht verzichten konnte. Ich zog mich zurück auf die harte Sitzbank und umklammerte Ynge unter dem Mantel, den ich stets trug, weil es trotz der Schweine im benachbarten Laderaum erbärmlich kalt in der Kabine war.

Schwitzend und frierend erwartete ich die Ankunft in Æsta – oder einen unschönen Tod.

○ ○ ○

„Sieh nur, Ynge. Wir sind da!" Das Meer toste in einer Lautstärke, die ich nie für möglich gehalten hatte. Was nicht mit Eis und Frost bedeckt war, war von winzigen Salzverkrustungen umgeben – Metall ächzte rostend um mich herum. Der Hafen bestand aus ins Eis getriebenen Masten, Stegen und Gittern im Bereich des Flugfeldes, aus Lagerhallen und tatsächlich auch einer kleinen Bucht, in der geschützt Boote und Dampfschiffe vor Anker lagen.

Früher, zur Zeit der Vikingar, war die Seefahrt wohl beliebter gewesen als heutzutage, aber das Meer war nun schon seit Beginn der Kaltzeit extrem launisch und gefährlich, und daher hatte erst die Luftschifffahrt dem Entdeckerdrang wieder Aufwind gegeben. Den Atlantischen Ozean hatten wir immer noch nicht überqueren können, obwohl der Erdumfang und damit die Strecke bis Indien eigentlich recht genau bekannt waren – dank der Sonnenstandsmethode eines unaussprechlichen antiken Griechen. Stürme vernichteten alles, was sich über den riesigen Ozean hinwegbewegen wollte, und wenn sich die unterschiedlichsten Strömungen der Religion einmal einig waren, dann darin, dass es nicht Gottes Wille war, dass wir tatsächlich die Kugelgestalt der Welt überprüften.

Temmhort und Kapitän Holzhauer schüttelten mir zum Abschied die Hand, und Ummo zeigte mit seinem barbarischen Humor bei einem knirschenden Lächeln seine lückenhaften Zähne. Hoffentlich gab es nicht viele dieser Wilden auf Æsta. Ich wusste, dass Friesen ob ihres Wagemuts und der physischen Präsenz, die das Leben in der rauen Natur gestählt hatte, als Arbeiter und Matrosen beliebt waren – aber ich fand, dass neben Mut und Muskeln doch sicherlich auch wichtig sein musste, dass jemand eine menschliche Sprache sprach und ein wenig Köpfchen hatte, Eigenschaften, die den Friesen durch die widrigen Umstände im ewigen Eis offenbar verlustig gegangen waren. Mit Tasche, klappernder Staffelei, schweigender Puppe und hochgeschlagenem Mantelkragen machte ich mich auf den Weg und stieg die steilen Treppen in die verwinkelte Stadt empor. Ich fuhr erschrocken zusammen, als sich eine Schienenbahn mit Klappern und Ächzen auf ihrer Trasse nur wenige Meter neben den Metallstufen, die ich mich hinauf quälte, in die Höhe zog. Eine Gondel beförderte Güter vom Hafen, die andere Personen, und ich sah ihnen bedauernd nach, während ich noch nicht einmal einen Arm frei hatte, um mir über die an der eisigen Luft laufende Nase zu wischen.

„Lass mich etwas sehen!“, forderte Æmelies Stimme gedämpft aus meiner Manteltasche. „Mir fällt sicher mehr auf als dir!“ Umständlich hielt ich im pfeifenden Wind, im Geruch des wilden Meeres, im Knirschen und Rauschen des Eisbergs inne und sortierte mich so, dass ich Ynge unter den Arm klemmen konnte. „Æsta!“, rief sie und kniff die langbewimperten

Augen im Sturm zusammen. Ihre Locken wurden zerzaust – auch sie sah nicht mehr so frisch aus wie noch in Venedig, und ich sah ein, dass ein Kamm und ein Bad Abhilfe würden schaffen müssen.

○ ○ ○

„Fünf Mark die Nacht?"

„So ist es, und ein Bad kostet extra, Wasser ist nämlich rationiert auf Æsta, wie Sie vielleicht noch nicht wissen, wenn Sie gerade erst angereist sind."

Ratlos blickte ich Ynge an.

„Gibt es … gibt es die Riegenbank auf dieser Insel?"

„Nein, keine eyfalischen Banken. Hier gibt es interne Strukturen."

„In Hamburg gab es auch nur interne Strukturen!" Verdammte Freistädte! „Ich habe nicht mehr viel Geld, gedenke aber, länger zu bleiben."

„Ich denke, das prädestiniert Sie zum Hafenarbeiter", sagte die Dame, der das von Temmhort empfohlene Hotel gehörte, unumwunden. Ich hätte mir etwas mehr Fingerspitzengefühl gewünscht.

„Unverschämtheit! Ich bin … Maler und von Adel dazu! Ich brauche lediglich eine Bank!"

„Wenn das so ist, können Sie ja sicherlich in der hiesigen Bank Geld leihen, und ich mache Ihnen auch einen guten Monatspreis, wenn Sie länger hierbleiben wollen!", besänftigte sie mich mit einem gütigen Lächeln zwischen geröteten Wangen. „Sie können Ihr Gepäck hier deponieren, bis Sie von der Bank zurückkehren, sie ist lediglich die Straße hinunter und dann über die Brücke nach Hohendorf hinaus."

○ ○ ○

Hohendorf, wohin Ynge und ich uns über eine steile Brücke, die sich wie ein Spinnenbein etwa von halber Höhe des Eisberges hinüberschwang, wagten, ruhte nicht mehr auf dem Eisberg, sondern auf einem gigantischen Ausläufer. Dieser war nicht mit dem ewig stählernen Einerlei bedeckt, sondern wies hinter einer hohen, der Witterung trotzenden Reling ansehnliche schlanke Gebäude mit säuberlichen, sogar verzierten Fassaden auf – es musste sich also um das Viertel handeln, das Adel und Geldadel als Heimstatt diente. Angeblich konnte es sich im Fall eines Æsta zustoßenden Unglückes sogar abkoppeln und frei dem Festland entgegensteuern. Am höchsten Punkt des Ausläufers thronte ein ausladendes Haus mit Erkern, Spitzdächern und Stuckfassade, einem Schlösschen nicht unähnlich, und ich nahm an, dass derjenige, der in der Hierarchie der Stadt am höchsten stand, dort seine Position mittels seines Wohnsitzes gefestigt hatte.

Zwei Büttel mit Schlagstöcken und Pickelhauben ließen Ynge und mich passieren und wiesen uns sogar den Weg zur Bank. Beglückt durchschritten wir die reich beschnitzte Tür und traten in einen verhältnismäßig warmen Innenraum. Ein Herr mit der Mütze eines Buchhalters sah mich teilnahmslos an. Ich strich über Ynges Kopf.

„Naðan von Erlenhofen“, stellte ich mich vor. „Meine Ersparnisse liegen bei der Riegenbank, aber ich hörte schon, dass es hier keine Filiale gibt. Wäre es möglich, gegen einen Schuldschein Geld zu erhalten?“

Er sah mich an, als gefiele ihm meine Nase nicht und als wäre das bereits ein Grund, einem Mann von Stande kein Geld zu leihen. „Nein.“

„Nein?“

„Nein.“

„Weshalb nicht? Ich will Ihren Vorgesetzten sprechen!“

„Das ist leider unmöglich. Sie können ein Konto bei uns eröffnen, und nach Einzahlung eines gewissen Grundbetrages können wir Ihnen dann auch Kredite auszahlen. Aber Æsta läuft selten zivilisiertes Land an, und wir müssen vorsorgen.

Es gibt hier sehr viele Arme und Mittellose, und auch wenn Sie einen ehemals sicherlich teuren Anzug tragen, gibt es keine Möglichkeit, wie Sie mir beweisen können, dass Sie kreditwürdig sind. Vielleicht haben Sie etwas zu versetzen? Es gibt einen Pfandleiher in der Stadt, ich weise Ihnen gerne den Weg."

„Unverschämtheit! Gilt denn ein guter Name hier gar nichts?", fuhr ich ihn an, machte dumm und heißspornig, wie ich war, auf dem Absatz kehrt und verließ die Bank, ohne weiter zu diskutieren.

Draußen rang ich nach Luft. Kalter, schneidender Meeresluft.

Ynge zuckte in meinem Arm die Achseln. „Du musst entweder hartnäckiger sein oder dich mit dem zufriedengeben, was du hast."

Es wurde bereits dunkel – grau zog die unheimlich früh hereinbrechende Nacht von Osten herauf, während der Westen sich noch mit einem Leuchtfeuer zur Wehr setzte. Ohne ein weiteres Wort stapfte ich zurück zum Hotel, nahm mein Gepäck wieder auf und trat hinaus in die Ungewissheit Æstas.

Ich war umhergelaufen, teils konfus, teils einfach gedankenlos staunend. Immer dunkler war es geworden, obgleich die Hauptstraßen der schwimmenden Stadt von Gaslaternen erhellt wurden. Ich hatte mir einen Backfisch und Brot gegönnt, sorgsam meine restlichen Münzen in der Hand wiegend, als könnte ich dadurch abschätzen, wieviel Zeit mir auf Æsta bliebe.

„Irgendwie müssen wir ja auch wieder zurück. Möglicherweise muss ich dann tatsächlich auf einem Luftschiff anheuern!"

Ynge kicherte, und ich warf ihr einen vorwurfsvollen Blick zu. „Klingt das so komisch?"

Ich stellte fest, dass ich bei meinem ziellosen Umherlaufen zwischen Häusern, Türmen, Fabrikgebäuden und Werkstätten in ein weniger erhelltes Viertel gekommen war. Über mir dehnte sich ein endloser Sternenhimmel – es schien Sterne zu geben, die so tief hinter anderen verborgen waren, dass man sie nur in manchen Nächten erahnen konnte … wie die Augen Gottes. Ratten huschten vor mir über die Straße, und ein Blick in eine noch beleuchtete Halle verriet mir, dass ich dort angelangt war, wo auch die Schweine aus dem Frachtraum hinfinden würden – an Haken baumelten die Hälften von Schlachtvieh von der Decke, sie sahen so unwirklich unlebendig aus, dass ich kurz überlegte, eine rasche Zeichnung anzufertigen.

Es ist so, dass ich die Wirklichkeit liebe. Sie hat eine ganz eigene Poesie, und die Kunst hat ihr oft nichts mehr hinzuzufügen. Die Kunst kann das Ohr sein, in das die Wirklichkeit flüstert, und der Mund, durch den die Worte wieder herauskommen. Auf ihrem Weg werden die Worte möglicherweise verändert, möglicherweise gedeutet, doch je reiner sie wieder zum Vorschein kommen, desto erstaunlicher finde ich das Ergebnis. Eingefangene Wirklichkeit.

Leider waren nicht viele Leute meiner Meinung. Das war mein Problem mit den Ölschinken, ich habe es ja bereits erwähnt.

Eventuell hätte ich Photograph werden sollen – aber ich will auch nicht nur einen Apparat auslösen. Ich will, dass die Wirklichkeit ihren Weg durch mich hindurch nimmt.

Als ich mich gerade entschlossen hatte, inmitten der Ratten und des Schmutzes des Arbeiterviertels meinen Block herauszuziehen (wie viele Blätter würde ich noch mit Skizzen füllen können, bevor er zur Neige ging?), sprach mich eine heisere Stimme an: „Bürschchen, was treibst du hier?"

Als ich aufsah, einen bulligen Mann befürchtend, der für die Sicherheit der Schlachthöfe zuständig war, gewahrte ich eine recht schmale ältere Frau, die jedoch mit einer Stimme wie einem Reibeisen bedacht worden war.

„Ich … laufe nur so herum. Ich bin neu hier."

„Hier bist du im falschen Viertel, Schätzchen. Ich würde mir ein hübsches Zimmer suchen. Hier sind die Ratten nicht das Schlimmste, aber die übertragen Krankheiten."

Ich sah erschreckt auf eine Ratte, die angefangen hatte, meine Stiefelspitze zu begutachten. Ein rascher Tritt beförderte das furchtlose Tier pfeifend einige Meter weiter.

„Danke für den Hinweis. Mit wem habe ich die Ehre?", fragte ich höflich.

„Ich bin Liese, und ich zerlege Schlachtvieh."

„Sehr erfreut. Ich bin Naðan, und ich zeichne Schlachtvieh. Zumindest wollte ich das."

„Jungchen, geh woanders hin und zeichne ein hübsches Mädel. Das ist dankbarer als Schlachtvieh. Nachts solltest du dich hier nicht rumtreiben. Kann alles Mögliche passieren." Sie senkte die Stimme zu einem Flüstern: „Zur Gewerkschaft gehörst du nicht?" Auf meinen verwirrten Blick hin fuhr sie fort, als hätte sie diesen Satz nie gesagt: „Die Krankheiten, ich habe dich gewarnt!"

Doch noch eine andere Warnung flackerte in ihrem Blick, als sie die schmutzigen Hände am Kittel abwischte. Ich nickte und bedankte mich.

„Dann noch … schönen Feierabend?"

„Schade", dachte ich, „heute keine Schlachtviehskizze. Sie hätte neben dem traurigen Schweinegesicht so gut ausgesehen."

Ich wandte mich um und fand bald einen Stieg, der den Eisberg erneut erklomm und mich vermutlich in bessere Viertel führen würde. Ich wusste gar nicht mehr, auf welcher Seite der Luftschiffhafen gewesen war, auch die Masten konnte ich im Dunkeln nicht sehen, und so stromerte ich etwas orientierungslos durch die schwimmende Stadt, begegnete Arbeitern auf dem Weg in eine Wirtschaft, Mädchen, die unter ihren pelzverbrämten Mänteln rasch nackte Waden zeigten, wenn ich ihnen zu nahe kam, und mir dann ihr perlendes Lachen hinterherwarfen, Matrosen auf Landgang und auch einem Trupp Sicherheitsmänner, die vor einem steil aufragenden Gebäude hin und her staksten. Das Gebäude war zusätzlich von einem hohen Metallzaun umgeben, doch der Eingang war frei zugänglich, und darüber prangte, von schwachen Glühlampen erhellt, ein Schild: *Sankt-Franziskus-von-den-Armen-Stift*.

„Geh nicht näher", wisperte Ynge mit winziger Stimme. Es war Æmelies Stimme, und das rührte mich nun, da so viel Angst darin mitschwang, umso mehr an.

„Was ist damit?"

„Es sieht aus wie ein schrecklicher Ort", wimmerte sie und schloss die Kulleraugen. Ich musste ihr recht geben – der hohe Turm aus Backstein, umgeben von allerhand bullaugenartigen Fenstern, ragte angsteinflößend in den bitterkalten Winterhimmel.

„Ich weiß gar nicht, wo ich hin soll. Es ist jetzt sehr kalt", flüsterte ich Ynge zu. Diese Wahrheit wurde mir erst jetzt wirklich bewusst. Stundenlang war ich nun schon mit kalten Zehen und Fingern durch die Stadt gelaufen, trotz der fellgefütterten Stiefel und der Handschuhe, und nun sickerte die Kälte tiefer in mich ein.

In diesem Moment geschah etwas Unerhörtes.

Der Himmel begann zu tanzen, mit einer gewaltigen, stillen Kraft, in gleißendem Grün wie gebogene, gewundene elektrische Energie, die ihre Bahnen zwischen den Sternen zog.

Schweigend sah ich hinauf und hörte, dass man auch andernorts nicht unbeeindruckt blieb – ein gutes Indiz dafür, dass ich nicht eine weitere Stufe des Verrücktseins erklommen hatte. Ich lachte, und dann staunte ich still.

Auch die Wachmänner hatten innegehalten und blickten hinauf.

„Was ist das?", rief ich ihnen zu, doch Ynge presste sich an mich und erzitterte, als ich mich dem hohen Backsteinturm einige Schritte näherte.

„Nordlicht."

„Es sieht aus, als wäre es Gott", stellte ich fest. „Oder eine elektrische Kraft."

Ich war mir noch nie sicher gewesen, wo Gott anfing und wo die Gesetze, denen Æmelie hinterhergelaufen war, aufhörten.

„Ich weiß nicht, was es ist, aber es kommt immer nur in den Wintermonaten und immer nur, wenn man hoch genug im Norden ist", sagte der Wachmann höflich. Ich tätschelte Ynge beruhigend.

„Siehst du", flüsterte ich. „Die sind nett."

Beim Anblick der Wachmänner kam mir aber ein Gedanke.

„Sagen Sie, guter Mann – wenn ich eine Meldung für die Polizei hätte, wo müsste ich dann hin?"

Er beschrieb es mir, während sein Kollege Ynge in meinem Arm mit einem seltsamen Blick betrachtete. Ich lächelte und streichelte ihre immer noch zerwühlten Locken.

„Hübsch, nicht?"

„Ähm, ja, sehr. Von ihrer Tochter?"

„Ich habe keine Tochter." Ich schluckte. Ich hatte keine Tochter. Ich hatte gar keine Kinder. Die Traurigkeit dieses Gedankens hätte mich beinahe heimtückisch von hinten niedergestreckt. Æmelie war fort, und nichts war von ihr übriggeblieben, nicht einmal eine süße, goldgelockte Tochter mit dem Verstand ihrer lieben Mutter. „Aber Sie haben recht: Eigentlich sollte ich eine haben, oder?" Meine Stimme versagte, und ich wandte mich ab. Die beiden Wachmänner murmelten sich Wörter zu, die ich nicht mehr verstand, als ich davon hastete.

○ ○ ○

„Herr von Erlenhofen, ich sehe da keine Möglichkeit."

„Aber meine Frau wurde ermordet!"

„Ja, in Venedig."

„Aber die Spur führt hierher."

„Verzeihen Sie – eine Spur, bestehend aus einem … einem …"

„Kondensator."

„Einem Kondensator in einem angeblich wandelnden Leichnam führt Sie nach Æsta?"

„Nun gut, Sie wollen nicht ermitteln. Hier scheinen mir alle sehr unkooperativ, seit ich das Luftschiff verlassen habe. Gibt es in Æsta eine Fabrik für Kondensatoren?"

„Sicher – wenn Sie einen Kondensator gefunden haben, auf dem Hoesch, Æsta draufsteht, dann wird Hoesch, Æsta wohl auch Kondensatoren herstellen."

„Stellen sie auch lebende Leichen her?"

Der Schutzmann wandte sich hilfesuchend zu seinem Kollegen um, doch der verbarg sich feixend hinter seiner wuchtigen Schreibmaschine.

„Natürlich nicht! Niemand stellt … lebende Leichen her!"

„Es gibt keine solchen Experimente in dieser Hoesch-Fabrik? Sind Sie sicher? Gibt es Grabschändungen? Oder viele Leute, die ihre Körper nach dem Tode der Wissenschaft überlassen?"

„Das … das weiß ich nicht! Es gibt auf Æsta keine wandelnden Toten! Das wäre … das wäre abscheulich! Die Kirchen und der Herzog würden das nie dulden!"

„Gut. Dann habe ich nur noch eine Frage: Kennen Sie jemanden, der Kunst aufkauft?"

o o o

Fünfzig Mark überließ mir die hässliche Dame mit den hohen Wangenknochen am nächsten Morgen. Ich hatte den größten Teil der Nacht in einer billigen Pinte verbracht, hatte einige Becher Tee mit Cognac benötigt, um wieder warm zu werden, und war dann erst am frühen Morgen auf die Straße gefegt worden. Vielleicht hätte ich es wagen sollen, mir eine Hotelübernachtung zu gönnen, dann wäre mein Allgemeinzustand besser gewesen, aber ich konnte ja noch nicht ahnen, dass man mir die Bilder, die ich auf der Reise angefertigt hatte, tatsächlich abkaufen würde. Ich behielt nur das Bild von Æmelie – wie sie auf der Konferenz ihre Gasbatterie vorstellte. Liebevoll strich ich mit dem Daumen über das Papier.

In einem kleinen Laden im gleichen Viertel stattete ich mich mit einem neuen Skizzenblock und schwarzer Ölfarbe aus. Ich wusste, dass ich nun eine Aufgabe hatte – und dafür kamen mir auch die Latten ganz recht, die ich in einem großen Behältnis fand, in dem Bauschutt eines abgebrochenen Gebäudes gesammelt wurde, und in kleinere Stücke brach.

Ich irrte erneut hinaus nach Æsta, nun mit einem konkreten Plan im Kopf.

Das Zimmer war erbärmlich, doch das scherte mich nicht. Es lag im obersten Stock des Hauses einer gewissen Madame, in dem sich, wie ich rasch erkannte, ein Salon, eine Opiumhöhle und mehrere von Huren angemietete Zimmer befanden. Ich konnte aus meinem winzigen, fast blinden Fenster hinaus aufs Meer blicken, ein kleiner Ofen blakte und stank, das Bettzeug war löchrig und stank ebenfalls, doch ich hatte eine vorläufige Heimstatt gefunden. Ich nagelte die Latten zu einem Quadrat von etwa dreißig Zentimetern Kantenlänge zusammen und spannte die Leinwand darüber. Hier würde ich das Bild von meiner Æmelie in Anzug und Zylinder vollenden – so, dass es beinahe wie eine Photographie wäre.

„Das ist dein Plan?", kreischte Ynge wütend. Ich hatte Æmelies Stimme selten wütend erlebt, doch es war vorgekommen. Manchmal hatte sie Grund gehabt, auf meine Eltern wütend zu sein, auf die Vertreter der raffgierigen Industrie – und manchmal auch auf mich, weil ich gar zu tagträumerisch war. „Du musst herausfinden, wer sie getötet hat!"

„Ich habe eine ganze Monatsmiete bezahlt. Ich werde es herausfinden. Aber erst will ich sie malen, ehe ihr Bild aus meinem Kopf verschwindet. Dein Bild, Æmelie!"

„Ynge!", schnaubte sie.

Ich malte, bis Hunger und Kälte darum kämpften, wer von ihnen mich zuerst töten durfte. Dann löste ich die Leinwand und warf sie ins Feuer. Weinend sah ich zu, wie sie verbrannte.

Es war nicht Æmelie gewesen. Ganz und gar nicht. Es war hingekleckste Farbe gewesen. Seelenlos. Körperlos. Gesichtslos. Nicht meine Æmelie.

Ich wollte das Lattengestell neu bespannen, doch meine Finger waren blau und steif, und Ynge protestierte lauthals, also wagte ich mich in den Flur und schloss pro forma die Tür ab. Es bestand kein Zweifel, dass jederzeit jemand in meine Bruchbude von Zimmer würde eindringen können – das Schloss war völlig verrostet, und am Rahmen schienen schon mehrfach Hebel angesetzt worden zu sein, die die Tür gewaltsam geöffnet hatten.

Es war schon wieder Abend, und die Huren machten sich fertig. Ein blondes Mädchen mit einem Brandmal auf dem Oberschenkel stand in ihrer Tür und unterhielt sich in Unterwäsche mit einer anderen Dame, die zwar bereits angekleidet war, sich jedoch gerade die ruchloseste Schminke und das aufdringlichste Parfum auflegte. Sie rieb sich den Duft tief zwischen ihre üppigen Brüste, und ich schluckte und starrte geradeaus.

„Da hat sich ein Neuer einlogiert. Na, willst du mal testen, für Nachbarn nur die Hälfte!"

Ich hustete und knetete in den Taschen meine eisigen Finger.

„Nein, danke", murmelte ich errötend.

„Ach, der ist niedlich!", rief die Blonde in Unterwäsche. „So schüchtern. Da muss man sich doch für nichts schämen, mein Schatz, wir sind doch alle bloß Menschen!"

Ich eilte an ihnen vorbei, wenngleich sich bei dem Anblick etwas unschön in meiner Hose geregt hatte. Noch nie hatte ich eine Frau in solcher Unterwäsche gesehen, mit so vielen nackten Stellen dazwischen. Natürlich hatte ich Æmelie schon nackt gesehen – einmal, als sie aus dem Bad gekommen war. Doch im Bett hatte sie, wie es sich geziemte, ein Nachthemd getragen und nicht solche ... Bekleidung. Ein Gutes hatte es jedoch: Zumindest im Gesicht fühlte ich mich gleich viel wärmer.

Ich suchte mir erneut eine günstige Wirtschaft und aß Labskaus mit sauren Gurken und püriertem Fleisch. Es schmeckte grauenhaft, füllte jedoch den Magen.

„Sagen Sie", fragte ich die Bedienung, ein scheues Mädchen, das sich von den Matrosen allerlei Anzüglichkeiten gefallen lassen musste, „wo finde ich die Firma Hoesch?"

„Sie haben mehrere Werke. Die Familie ist eine der einflussreichsten der Stadt, und sie haben ganz viele Hallen und so."

Vom Nebentisch lehnte sich ein älterer Herr zu mir herüber, der mich vage an die bürokratische Gelehrsamkeit Herrn Temmhorts erinnerte. „Sie wollen sich dafür stark machen, dass Æsta autark wird."

„Autark?", wiederholte ich, und er schien anzunehmen, das Wort sei mir nicht bekannt und erläuterte es.

„Ich weiß, was das heißt – aber wie kann die Stadt autark werden? Ist sie nicht dazu da, Rohstoffe zu erschließen? Für das Kaiserreich?"

„Mit den Überschüssen werden wir auch weiterhin handeln, keine Frage. Aber Hoesch will sich nicht auf Rohstoffe beschränken. Technik! Dampfmaschinen! Apparaturen! Wer weiß, vielleicht gelingt ihm eines Tages sogar eine Art Landwirtschaft."

„Das bezweifle ich. Vermutlich erst, wenn die nördlichen Länder wieder auftauen, und das tun sie erst, wenn die Vulkane auf Eisland aufhören, Feuer zu spucken, oder?"

„Ja?“, fragte die Bedienung in einem Versuch, sich weiterhin am Gespräch zu beteiligen.

„Hier gibt es unermessliche Vorkommen an Gas, Kohle – auch Öl werden wir in Kürze fördern. Dann können wir vielleicht sogar Felder beheizen!“, lächelte der ältere Herr.

„Gehören Sie dieser Familie an?“, fragte ich misstrauisch.

„Nein, aber ich arbeite für Hoesch. Viele hier tun das.“

„Ah, gut.“

„Nicht, Naðan!“, bat Ynge, doch ich ließ mich nicht abbringen.

„Dann wissen Sie ja vielleicht, ob Herr Hoesch an … Shellys forschen lässt.“

Die Bedienung ließ meinen geleerten Teller fallen. Es krachte, und Tonscherben schlitterten über die Steinfliesen. Einen Atemzug lang starrte sie mich noch an, dann bückte sie sich, um die Scherben aufzuheben.

Der Mann lachte nur. „Shellys sind ein Märchen, mein Herr, und was für Schauermärchen man sich auch auf dem Festland erzählt, wo Sie offenkundig herkommen – auf Æsta werden keine Shellys gefertigt! Was für eine abstruse Annahme!“

„Gut. Dann kann ich mir ja einen Besuch in der Firma sparen, da der Herr so nett war und mir diese Information gegeben hat“, sagte ich halb zu Ynge, halb zu ihm.

„Er könnte lügen!“, piepste Ynge verängstigt.

„Er kommt mir nicht vor wie ein Lügner.“

„Bitte? Sprechen Sie da mit einer … Puppe?“, empörte sich der Herr, und tatsächlich war er der Erste, den diese Tatsache aufbrachte. Vielleicht, weil Ynge ihn einen Lügner genannt hatte. Eilig steckte ich sie in die Tasche.

„Entschuldigen Sie. Das war taktlos. Sie spricht noch nicht lange, müssen Sie wissen, und ist die gängigen Umgangsformen noch nicht gewöhnt.“

Irgendwann wurde mir das Starren der anderen Leute in der Wirtschaft zu unangenehm, und ich ging wieder nach draußen.

Die Tage waren sehr kurz, und die Kälte war noch wesentlich grausamer als zu Hause. Ich wünschte mich nach Venedig zurück. Ich wünschte mich zu Æmelie zurück.

Nachdenklich lehnte ich mich gegen die Fassade des Hauses und sah in den Himmel, gespannt, ob ihn auch bei Tage diese elektrischen Lichter zum Tanzen bringen würden.

Neben mir öffnete sich die Tür, und die Bedienung trat heraus. Suchend wanderte ihr Blick die Straße hinauf – als sie mich dann so nah neben sich erblickte, schrak sie zusammen.

„Tut mir leid, wenn ich Sie heute nur erschrecke. Auch mit den Shellys", sagte ich und lächelte. Sie lächelte dankbar zurück, und ich musste sie gleichzeitig bezaubernd finden und an die Huren denken.

„Glauben Sie daran? An … Shellys?", flüsterte sie. In der Kälte begann sie sofort zu schlottern.

„Ich habe einen gesehen. Mit eigenen Augen."

Sie erbleichte. „Ich will Ihnen nur sagen: Es … es verschwinden … es gibt ..."

„Ja?"

Tränen blinkten in ihren Augen. „Meine Schwester ist an Schwindsucht gestorben. Es ist gerade einmal zwei Wochen her, und … und ihre Leiche ist … sie ist verschwunden."

„Wo befand sich die Leiche?", fragte ich, nun wieder ganz mit kriminalistischem Instinkt.

„Schon im Eis."

„Im Eis?"

„Ja, man friert die Toten im Eis ein, und wenn es sich ergibt, werden sie irgendwann dem Land überantwortet und da in einem Kirchgarten beerdigt. Wir könnten sie ja nicht einfach … irgendwohin …" Sie begann zu weinen. Ich berührte sie ganz leicht an der Schulter.

„Es tut mir leid – und Ihre Schwester ist … sie ist fort?"

„Ja – das Loch ist wieder zugefroren, jemand muss es mit Wasser begossen haben. Aber sie ist … sie ist fort, man konnte sie nämlich vorher noch sehen, sie war in ein Tuch gewickelt, aber als ich das letzte Mal hinging, um ihr eine Papierblume hinzulegen – da war dort nichts mehr."

Sie schluchzte nun haltlos, und ich wiederholte meine Berührung.

„Nun haben Sie Angst, dass ich recht habe mit meinen … unbedachten Äußerungen?"

Sie nickte schniefend. „Warum entwendet jemand Leichen?"

„Naja, es gibt noch andere Möglichkeiten, außer Shellys aus ihnen bauen zu wollen. Für die Wissenschaft – und die Medizin – werden laufend Leichen benötigt."

Sie sah aus, als müsse sie sich übergeben. Wir starrten einander wortlos an. Ich wünschte, ich hätte etwas sagen können wie: „Keine Sorge, ich werde den Leichnam Ihrer Schwester zurückholen!" Aber das sagte ich nicht, denn es wäre grober Unfug gewesen. In Æsta wohnten sicher fünfundzwanzigtausend Menschen, das hatte Temmhort jedenfalls gesagt. Wie sollte es mir da gelingen, eine Tote aufzutreiben, die nicht meine Frau war?

„Wenn ich etwas herausfinde, werde ich es Ihnen sagen", fand ich einen Kompromiss. Sie nickte und schlüpfte grußlos wieder in die Gastwirtschaft.

Plötzlich krachte ein Stein neben mir gegen die Mauer und ließ mich ahnen, dass ich für meine Recherchen würde bezahlen müssen. Ich zuckte zusammen, und noch während ich die Gefahr zu erfassen versuchte, gab es Geschrei, und zwei Gendarmen stürmten an mir vorbei, gefolgt von drei schwarzgekleideten Soldaten, offenbar Haustruppen des Herzogs von Pappelheim. Einer davon packte mich am Arm und stieß mich grob in einen Winkel, in dem zwei Kinder gespielt hatten, die nun auch schrien. Der Größere schlug blindlings auf mich ein, doch ich zog ihn und seine schmuddelige Spielkameradin zu Boden, während auf der Straße Schüsse donnerten und weitere Steine flogen.

Beide Kinder begannen unisono zu weinen, und unweit unserer Straßenecke rissen die Ordnungshüter einen jungen Mann zu Boden und droschen so lange auf ihn ein, bis er sich nicht mehr regte. Ich wusste mir nicht zu helfen und ließ die Kinder einfach zusehen. Es war so schnell vorbei, wie es begonnen hatte. Der Mann blieb mit eingeschlagenem Schädel liegen, sein Schal war so rot wie das Blut, das eine Lache um seine Schläfen bildete. Mit dem einschnürenden Gefühl, dass Æmelie nicht die letzte Tote auf Æstas Liste war, brachte ich die Kinder in die Wirtschaft, in der ich eben noch das Essen zu mir genommen hatte, das mir nun so schwer im Magen lag.

Eine Hure

Fresko

Zwei Nächte später gab es wieder Ärger. In dem Viertel, in dem ich mein Zimmer für solch einen Spottpreis hatte mieten können, gab es häufiger Unruhen als Eintracht. Es gab Streiks bei den Hafenarbeitern, es gab Messerstechereien und Raubüberfälle, es gab plötzliche Proteste, und es gab Schreie, die nicht von Lust, sondern von Gewalt zeugten, aus den Zimmern unter mir. Diesmal schien alles auf einmal eingetreten zu sein. Fußgetrappel, Rufe, ein langgezogener qualvoller Schrei auf der Straße, der irgendwann verendete, Schüsse am Hafen. Ich drehte meinen Schlüssel im Schloss herum – keine Sekunde später knarrten beinahe lautlose Schritte auf der Treppe und die Klinke wurde heruntergedrückt.

„Bitte!", flüsterte eine Stimme, als die Tür sich nicht öffnete. „Bitte, mach auf!" Es war eine Frauenstimme.

Ich knirschte mehrere Augenblicke mit den Zähnen, dann jedoch gehorchte ich ihren flehentlichen Worten und öffnete die Tür. Die blonde Hure stürzte herein, schloss die Tür hinter sich und lehnte sich dagegen. Sie trug genug, um ihr Brandzeichen zu verhüllen, doch der Saum des Kleides war schmutzig – braunrote Flecken zierten es, die langsam trockneten. Sie ballte die Fäuste und presste sie in die Augenhöhlen.

„Schließ ab! Bitte!"

Das Öfchen flackerte und warf ein Halbdunkel durch den Raum, der nun eine annehmbare Temperatur hatte.

„Was ist passiert?", flüsterte ich.

„Heute war wieder Streik. Weil die Streikbrecher wissen, wo Olli und Peter wohnen, sind die heute nicht nach Hause gegangen, sondern … naja, sind halt bei uns gelandet. Aber jemand hat das entweder gepfiffen oder man hat uns beobachtet. Auf jeden Fall waren diese Scheißhunde, diese Streikbrecher da, und diesmal haben sie nicht lang gefackelt." Sie stutzte. „Was riecht hier so komisch?"

„Ölfarbe im Feuer", beklagte ich mein andauerndes Leid.

„Jedenfalls haben sie sie abgestochen! In meinem Raum und in Susis Raum auch, wo der Olli grad war! Hoffentlich kommen sie nicht noch hier hoch … wollen mich auch noch … tot sehen …" Sie wimmerte mit zusammengepressten Lippen.

„D… das bleibt wohl zu hoffen, dass sie nicht hochkommen", stammelte ich, von der Situation vollkommen überfordert.

„Mir ist so kalt. Du hast es ja nicht so warm hier", murmelte sie mit einem Hauch von Anklage.

„Ich habe vor allen Dingen mehr Kleidung an als … Sie." Diese Tatsache fiel mir auf, als ich sie aussprach, und ich konnte meine Augen nicht daran hindern, sich auf den Weg zu machen.

„Willst du mich vernaschen? Weil du mein Retter bist, für die Hälfte."

„Naðan! Was für eine Person!", sagte Ynge vom Bett. Mein Herz schlug rasch, und ich betrachtete das blonde Haar, das Korsett, das sie nicht unter Kleidung verborgen hatte, und aus dem ihre Brüste oben herausquollen, als verlangten sie die Freiheit.

„Dann wird uns auch mal richtig warm", sagte die Blonde.

„Was heißt, die Hälfte?"

„Sagen wir, fünf Mark. Blasen zwei Mark."

„Naðan! Liebst du Æmelie nicht mehr?", ließ Ynge sich nun schon reichlich erzürnt vernehmen. Ich wandte mich zu ihr um.

„Ynge, manchmal … ich bin jetzt schon sehr lange … sehr angespannt! Ich hatte keinen schönen Augenblick mehr, seit … seit Venedig!“

Die blonde Hure sah sich im Zimmer um. „Wer ist Ynge?“

„Die Puppe.“

„Lässt du dir von der Puppe was verbieten?“, kicherte sie.

„Nein. Aber wir geben einander Ratschläge.“

„Na, du bist mir ja süß.“ Sie brachte mich zum Bett und ich ließ mich von ihr führen. Ich nahm Ynge sanft hoch und drehte sie mit dem Gesicht zur Wand. Es wurde kalt, als die Hure mich auszog und ohne viele Anstalten etwas von mir in den Mund nahm, von dem ich, ehrlich gesagt, nicht gewusst hatte, dass man es in den Mund nehmen kann. Oder vielmehr wäre ich niemals auf die Idee gekommen.

„Ah. Hmm“, sagte ich, und Ynge sagte: „Hör auf damit! Sei wenigstens still!“ Ich versuchte zu gehorchen. Manchmal stießen die Zähne der Hure daran, und das fand ich beinahe bedrohlich, aber auch sehr erregend, und ich griff nach den aus dem Korsett drängenden Formen. Sie sah spitzbübisch zu mir auf, stellte sich aufs Bett, zog ihren langen weißen Rock hoch und entblößte ihren lockig behaarten Schoß. Ich hatte, wie gesagt, selten den Schoß einer Frau erblickt, und ich hatte nicht gewusst, welche Gefühle dieser Anblick in mir hervorrufen konnte. Ich streckte eine zitternde Hand danach aus, und sie ließ zu, dass ich ihre weichen, feuchten, heißen Formen betastete. Ich fühlte das Bedürfnis, ein Bild zu malen, aber größer war das Bedürfnis, dass sie schreckliche Dinge mit mir tat.

Sie gehorchte meinem stummen Wunsch und setzte sich auf mich, und ich versank in ihrem Schoß. Sie wippte auf mir auf und ab, ich leckte die Brustwarze, die sich aus dem Korsett gestohlen hatte, ich knetete ihre Pobacke und das Brandmal auf ihrem Oberschenkel.

„Oh, das ist gut, mein Süßer, ja, oh, du bist so tief drin!“

„Sag ihr, sie soll still sein!“, keifte Æmelies Stimme. Ich wünschte so sehnlich, ich hätte es auf diese Weise mit ihr tun können, ich wünschte, wir hätten uns solche Dinge getraut. Æmelies Stimme dabei zu hören, auch wenn sie schimpfte, machte mich schier wahnsinnig vor Liebe und Schmerz und Lust. „Ja, schimpf mit mir!“, murmelte ich.

„Oh, du böser Junge, du fickst mich ganz schön hart“, sagte die Hure.

„Du doch nicht!“, schalt ich und hielt in der Bewegung inne. „Sei still!“

Beleidigt blickte mich die Hure an, und ich dachte kurz, sie würde von mir heruntersteigen, doch dann fuhr sie einfach schweigend fort.

„Naðan, bitte!“, sagte Æmelie flehentlich, und ich erfüllte ihre Bitte und gab ihr alles, was ich ihr zu geben hatte.

Die Hure hingegen gab sich mit den ausgemachten fünf Mark zufrieden, während die Schreie und Schüsse draußen verebbten.

○ ○ ○

„Wie konntest du das tun?“, schluchzte Ynge. Æmelie.

„Ich … ich weiß auch nicht. Bitte, nimm es mir nicht übel. Ich liebe nur dich! Aber ich kann ja nicht mehr … wir können ja nicht mehr …“

„Wir müssen uns doch nicht körperlich lieben!“, sagte die Puppe vorwurfsvoll. „Eine platonische Liebe kann doch auch innig sein – inniger gar als eine … als so was!“

„Das … es war ja auch keine Liebe, meine Liebste! Es war einfach nur … es war wie ein Essen oder ein Schluck heißer Tee, nachdem man in der Kälte war! Ich … ich bin ein Mensch aus Fleisch und Blut und nicht wie du!“

Sie gab keine Antwort.

„Ich verspreche dir, ich tu's nicht wieder! Bitte, du bist doch meine Frau! Ich liebe dich doch, wirklich!“

Doch sie sprach nicht mehr mit mir, und ich wiegte die eingeschnappte Puppe und mich in den Schlaf.

○ ○ ○

Æstas Arbeiterviertel jagte mir so manches Mal einen Schauer über den Rücken und ließ mich wünschen, ich wäre, wie es meinem Stand entspräche, auf dem schwimmenden Ausläufer, auf dem sich das Herzogsschloss und die Häuser der Wohlhabenden erhoben. Ich wusste nicht so recht, was ich tun sollte, und so begann ich, nach dem Friedhof zu suchen, in welchem die Toten, von Eis ummantelt, bewahrt wurden. Er musste in der Nähe des Spitals sein, doch diese Gegend wurde stets von Wachmännern und auch Polizisten beäugt, und sie schätzten es nicht, einen dort aufzugreifen.

War es, weil dort Leichen geraubt worden waren? War es, weil irgendetwas im oder ums Spital besonders gut bewacht werden musste?

Ich hatte mich danach erkundigt, und eine Frau, die mit Kohlehusten zur Ruhe gesetzt worden war und seither von der Wohltätigkeit der Gewerkschaften lebte, erzählte mir mit viel Gekeuch, dass es sich bei dem Turm um eine Anstalt handelte – sowohl für körperlich als auch für seelisch Kranke, für geistig Verwirrte und durch lange Einsamkeit oder Katastrophen bei der Rohstoffgewinnung oder Unfällen in den Fabriken Traumatisierte. Sie selbst war bereits für eine längere Zeit dort gewesen, doch darüber wollte sie kein Wort verlieren.

„Gibt es einen Grund, weswegen sie es so bewachen? Gibt es einen … Insassen, der gefährlich ist? Einen Mörder vielleicht oder einen verrückten Wissenschaftler, der lebende Leichname, Automaten aus Menschen gebaut hat?"

Sie hatte mich mit großen Augen angestarrt und dann langsam den Kopf geschüttelt. „Das weiß ich nicht. Aber in den hohen Türmen stecken meist oben auch noch Messgeräte drin. Wer weiß, was im Spital drin ist!"

Ich wusste es jedenfalls auch nicht und beschloss, mich dem nächsten Leichenzug anzuschließen, um auf den Friedhof zu gelangen. Ich musste nicht lange warten.

Ein Krieg tobte auf Æsta, und ich versuchte bereits, seit ich diesen bemerkt hatte, meinen Kopf unten zu halten. Ich wusste nicht genau, worum es ging, doch die Fronten waren klar: Die reichen Fabrikbesitzer, die Adligen und der Herzog auf der einen Seite, die streikenden Arbeiter und die Gewerkschaften auf der anderen. Zudem wurde gemunkelt, dass die friesischen Piraten und die Vlamen mit Kaperbriefen die Lüfte kreuzten und auf beiden Seiten ihre Finger im Spiel hatten.

„Es ist ein Mörder unterwegs“, flüsterte die blonde Hure, deren Namen ich immer noch nicht kannte, mir im Flur zu. „Ich bin mir ganz sicher, Naðan – hier ist grade kein guter Ort. Sie ermorden Leute, die zu frech werden. Die mit den Streiks zu tun haben! Sie haben sogar Susi ermordet, nur weil sie Ollis Liebling war!“

„Susi?“, stutzte ich. „Die … wohnte sie nicht …“

„Ja, hier gegenüber. Sie war meine Freundin!“

Immerhin hatte ich nun die Gelegenheit gefunden, einem Leichenzug zu folgen.

„Das ist ja schrecklich!“, rief ich aus. „Wie ist es passiert? Hier?“

Ein schlechtes Gefühl kroch meinen Rücken hinauf. Konnte ich denn sicher sein, dass ich hier, unter dem Dach dieser Kaschemme tatsächlich von Æstas Krieg verschont bleiben würde?

Vielleicht würden sie das ganze Haus anzünden, und es wäre ihnen einfach egal, wer darin war.

„Nein, auf der Straße. Aber … niemand hat ihre Leiche gefunden.“

„Das heißt, es gibt keine Beerdigung?“

„Nein“, schüttelte meine einstmalige Bettgefährtin den Kopf. Es war mir nach wie vor unangenehm, ihr zu begegnen, geschweige denn, mit ihr zu sprechen, doch sie schien aufgewühlt genug, es zu ignorieren, und nicht, wie sonst, taktvoll zu sein.

„Ist es denn sicher, dass sie tot ist?“

„Jeder weiß, wo sie immer steht. Und da war … da war sehr viel Blut.“ *Wie bei Æmelie* – ich musste hier am richtigen Ort sein, auf der richtigen Fährte! Ob Susis Blick auf dieselbe Weise zerbrochen war wie der meiner geliebten Frau?

Oder … oder waren sie am Ende beide gar nicht tot? Würde ich Æmelie dort finden, wo man nun auch Susi hingeschleppt hatte?

„S’ist jetzt drei Nächte her – sie wäre doch wieder aufgetaucht!“ Jetzt weinte sie doch, und ich schluckte auch einige Tränen hinunter. Sie waren tot, tot, tot, und die Leichname wurden irgendwo geschändet!

„Gibt es … gibt es eine Spur von dem Mörder? Ist es … war es ein Mensch oder eine … Maschine?“

„Wie meinst du das, eine Maschine? Wie sollte eine Maschine sie … ach!“ Sie schluchzte nun lauthals, und ich beeilte mich, auf mein Zimmer zu kommen.

„Hier kann ich nicht bleiben“, überlegte ich. „Viel zu gefährlich.“ Aber eine andere Stimme hielt dagegen: „Es werden Leute umgebracht und die Leichname verschwinden – dorthin, wo auch Æmelies Leichnam ist! Du musst es nur wagen, der Spur zu folgen.“

Ich spähte hinüber zu dem Portrait, das ich nach wie vor von meiner schönen klugen Frau zeichnen wollte. Ich hatte nun mit mehr Akribie und weniger Leidenschaft begonnen, hatte die Linien ihres Gesichts, die Strähnen ihres Haares, Wimpern und Brauen mit Bleistift auf die Leinwand übertragen und dann zaghaft mit einer ersten Schicht Farbe begonnen.

Ynge hatte mir vorgeworfen, untätig zu sein, Bilder zu malen und fremde Frauen zu … zu benutzen, aber ich rückte einer Spur näher und näher – ich konnte es fühlen. Und wenn ich sie aufgenommen hätte, dann würde Ynge auch wieder mit mir sprechen.

○ ○ ○

Nach nur wenigen Stunden hatte ich einen Entschluss gefasst.

„Aber sicher!“, sagte ich und wagte es nicht, der blonden Hure in die Augen zu sehen. „Ich bleibe die ganze Zeit in der Gasse. Nur morgen früh muss ich auf eine Beerdigung.“

„Auf welche Beerdigung musst du denn? Das ist doch wohl kein böser Scherz und du meinst meine?“, schimpfte die blonde Hure mit schriller werdender Stimme.

„Nein, nein! Einer der … Kunden von Madame hat das Zeitliche gesegnet“, erläuterte ich den glücklichen Umstand eines gänzlich vom Streik und den daraus resultierenden Folgen unberührten Todesfalls in der Opiumhöhle.

„Und warum besuchst du die Beerdigung?“

„Weil … ich mag Beerdigungen. Und ich möchte sehen, wie das hier auf dem Eisberg … wie es hier gemacht wird. Ich habe schon davon gehört.“

„Es ist keine richtige Beerdigung. Sie werden ja wieder hervorgeholt.“

„Ja, ich weiß. Also, jetzt … meine, ähm, Teure. Mach dir keine Sorgen, ich werde die ganze Zeit hier sein. Solange du es hier in der Kälte aushältst, halte ich es auch aus.“

„Was, wenn der Mörder … wenn er vorgibt, ein Freier zu sein?“

„Dann … äh … dann werde ich … dann schreist du, sobald er Anstalten macht, dich anzugreifen.“

„Du meine Güte! Ich hoffe, das geht glimpflich aus.“

Ein Teil von mir, der in der Fähigkeit zu kalkulieren Æmelies mathematischem Können ebenbürtig sein musste, sagte: „Wenn sie tot ist, kannst du dem folgen, der ihre Leiche fortschafft. Wenn du sie vorher rettest, nicht.“

Aber trotzdem – ich hatte eine Nacht mit dieser Frau verbracht, oder nicht? Nun gut, es war keine Nacht gewesen, vielleicht war es auch nur eine Stunde. Oder eine halbe. Aber ich würde sie selbstverständlich nicht einem mörderischen Schicksal überlassen.

„Aber Æmelie hast du diesem Schicksal überlassen", sagte eine leise Stimme in meinem Kopf. Ich atmete viele lange Atemzüge, und währenddessen plapperte die Hure auf mich ein und versuchte, das Dröhnen in meinen Ohren zu übertönen.

o o o

So standen wir nun also unter dem diffusen Gaslicht rund um die Bruchbude, in welcher wir unsere vorübergehende Heimstatt hatten. Ich lungerte, bewaffnet mit einem Spazierstock, in einem Seiteneingang herum, aus dem ich mir einbildete, ein wenig warme Abluft der stickigen Opiumhöhle im Souterrain zu erhaschen. Meine blonde Hure stand an ihrem gewohnten Ort, an dem man sich einbilden konnte, man sähe ihre allabendlichen Fußabdrücke bereits im Eis und Teer der Straßen eingegraben. Wirbelnde Flocken umwehten sie, wie sie in ihrem Mantel vor dem Gaslämpchen stand, das aus Madames Seitenwand herausragte, um den Huren und den Freiern ein wenig Licht zum Begutachten zu schenken.

Sie hatte einen Taschenofen unter ihrem Mantel verborgen, in dem ein Heizstab ihr Wärme schenkte. Ich schätzte mich nicht derart glücklich, und war daher verhältnismäßig erleichtert, als die Dame von einem ihr bekannten Freier angesprochen wurde und ihn mit hinein nahm. Sie zeigte mir noch ein Lächeln und einen aufgerichteten Daumen, welcher hoffentlich ihr Einverständnis und keine körperlichen Attribute des Herrn demonstrieren sollte.

Ich wandte mich seufzend ob des geringen Erfolges ab, machte mich auf den Weg die stockdunkle Straße hinunter

– irgendwo würde ich noch einen heißen Tee bekommen, vielleicht einen Platz an einem Kohleöfchen. Oder vielleicht – vielleicht sollte ich mich einmal in die Nähe einer der Hoeschfabriken begeben. Die größte erstreckte sich direkt am Hafen der Schaufelraddampfer, die die an Land abgebauten Rohstoffe über kurze Distanzen zwischen Ufer und Stadt transportierten. Den Großteil des Transports übernahmen jedoch nach wie vor die Luftschiffe, und ich hatte gehört, dass, um an Kohle, Erz, Gas und Öl der vom Eis eingeschlossenen Nordlande zu kommen, riesige Apparaturen an Land gebracht wurden, die sich mit ihren spinnenartigen Beinen im Eis verankerten und es dann mit Wasser aus gewaltigen Siedekesseln zum Schmelzen brachten.

Nach dem Graben und Bohren jedoch wucherte das Eis wieder darüber – keine Maschine würde diese Länder wieder bewohnbar machen.

Auch das größte Hoeschwerk war ähnlich wie das Spital von einem engmaschigen Zaun mit eisernen Spitzen umgeben – die Eingänge wurden bewacht, und zusätzlich schien es eine Art elektrisches Sicherheitssystem zu geben, denn starke Leitungen waren von Zaun zu Zaun verlegt, und metallene Kästen verströmten das unverkennbare Geräusch eines tödlichen Stroms.

„Gehen Sie weiter, mein Herr“, empfahl mir ein Wachmann, als ich gar zu offensichtlich in seine Richtung starrte.

„Was summt denn da so?“

„Gegen die Ratten. Aber es ist auch für Menschen nicht angenehm, das können Sie mir glauben. Es gibt auch keinen Grund, bei Nacht hier herumzustromern. Gehören Sie denn nirgendwo hin?“

„Warum? Gehören Sie nirgendwo hin?“

„Ich bin ein Wachmann, es ist meine Aufgabe, nachts hier zu stehen. Ehrbare Bürger sollten nachts in ihren Betten liegen. Und ich hoffe, Sie gehören dazu. Zu den ehrbaren Bürgern.“

„Selbstverständlich gehöre ich dazu! Ich musste nur … einem kranken Kollegen etwas bringen. Ts, was manche sich herausnehmen!", flüsterte ich Ynge zu, und wir wandten uns würdevoll ab.

Trotz der Nähe zur See war die Luft hier nicht gerade gut – der Schnee drückte sie hinab, so dass ich all den Rauch, den Staub, die Abgase einatmete, mit denen Æsta sich selbst verpestete und denen sich die Arbeiter im Hafenviertel nicht entziehen konnten. Ich verspürte ein Jucken unter meinem Wollmantel, das daraufhin deutete, dass ich nun bereits eine viel zu lange Zeit ohne ein Bad verbracht hatte – doch wo würde ich ein solches erhalten?

Fabrikbarracken, teils nie fertiggestellt, teils verfallend – wohl aus dem Grunde, dass der Magnat Hoesch sich in der freien Reichsstadt Æsta vor alle anderen aufsteigenden Industriellen gesetzt und diese zum großen Teil zugrunde gewirtschaftet hatte – erstreckten sich bis hinunter zu den Kais, Pieren und Werften. Hier wurde es so dunkel, dass jeder Schritt mit Lebensgefahr zu drohen schien, und so eisig, dass ich befürchtete, spontan zu erfrieren.

Hier war nichts. Hier würde ich nicht mehr schlauer werden. Irgendwie musste ich in die Fabrik hinein oder ich suchte mir jemanden, der dort arbeitete. Das konnte nicht schwer sein … das Problem würde darin bestehen, ihn ins Vertrauen zu ziehen.

Meine Gedanken wurden von einem Schuss durchbrochen und dann einem Ruf: „Da! Ich hab ihn erwischt!" Ich kauerte mich in eine Gasse – wieder ein Mord?

„Ha! Seht ihn euch an, den Tropf! Hier haben wir ihn also!" Jemand spuckte aus.

„Moment – Samuel, komm da weg! Der bewegt sich noch …"

„Unfug, der ist tot. Der muss tot sein."

„Der …"

Ein Kreischen unterbrach ihn, ein reißendes Geräusch, eine schreckliche Kakophonie aus Schüssen, dem Bollern einer seltsamen Apparatur, Schreien – ich presste die Hände auf die Ohren und machte mich so klein, wie ich konnte.

„Lass das, Naðan!", vernahm ich Ynges Stimme, obwohl ich doch die Finger in meine Gehörgänge bohrte. „Willst du nicht nachsehen, was da los ist?"

Nein, das wollte ich auf keinen Fall, und ich war froh, dass der blonden Hure diese Begegnung erspart geblieben war. Etwas zog an meiner Gasse vorbei – es waren mehrere, doch ich konnte nicht sagen, ob Mensch oder Automat. Vorsichtig löste ich die Hände von den Ohren und musterte die bleiche Ynge nachdenklich. Dann kroch ich beinahe auf allen vieren zum Ausgang meines Unterschlupfs hinter fauligen Latten und anderem altem Baumaterial.

Ein Wille, der größer war als meiner, ließ mich der mörderischen Gesellschaft folgen.

„Ha, das war wirklich nicht schlecht! Jetzt sollten wir ihn zurückbringen", wisperte einer der Männer.

„Nimm ihm erst das Gewehr ab, nicht, dass er nachher noch vergisst, wer Freund und wer Feind ist. Überhaupt: *Das war nicht schlecht*, sagst du? Was ist, wenn ihn jemand gesehen hat? Das war viel zu waghalsig, aber er will ja nicht auf mich hören. Ich habe ihm hundert Mal gesagt, er soll erst einen … Hund oder eine Ratte oder so was rausschicken."

„Nimm ihm das Gewehr selber ab, es ist unheimlich schwer! In eine Ratte oder einen Hund passt dieser ganze Schnickschnack nicht rein." Ein zwischen den Schneewolken aufblitzender Mond warf Licht auf die finsteren Gesellen – es waren Menschen, doch einer von ihnen bewegte sich auf seltsame Art und Weise. Er bewegte sich mit einer schauerlichen Abgehacktheit, wie jemand, der beispielsweise hunderte Male gegen eine Treppenstufe lief, ohne sie bewältigen zu können.

„Ich weiß nicht“, hub der Zweite wieder an. „Das mit seinem Gönner hat ihm Aufwind gegeben. Ich finde, er sollte sich mehr zurückhalten.“

„Ach, Unsinn! Wo gehst du denn jetzt hin?“

„Wir sollten uns mal ganz in Ruhe drüber unterhalten“, senkte der andere seine Stimme zu einem Flüstern, das ich beim besten Willen nicht mehr verstehen konnte.

Ich folgte ihnen bis hinunter zu einem Kai. Das mit Eisschollen karierte Meer toste und schäumte und fraß den Schnee, der sich darauf senkte.

„Und was machen wir jetzt?“, fragte der andere.

„Naja, erstmal nimm ihm das verdammte Gewehr ab! Und dann – ich weiß nicht … ich überlege, ob es vielleicht eine Belohnung gibt, wenn wir unseren Freund hier … gewissen Leuten zeigen.“

„Nimm du ihm das Gewehr ab – was ist, wenn er mich abknallt?“

„Er hat schon geschossen!“

„Es ist das Hochdruckgewehr – er kann mehrmals schießen, Herr Neunmalklug!“ Sie griffen nach dem großen Ding, welches der Abgehackte im Arm hielt wie einen Säugling – er hielt es fest, das konnte ich sehen. Wie konnte es geschehen, dass da ein menschlicher Körper laufen, ein Gewehr halten und es abfeuern konnte, aber Denken, Sprechen und all die Fähigkeiten, die einen Menschen ausmachten, mit seinem Tode verlernt hatte?

Gott hatte ihm die Seele genommen.

Im pfeifenden Wind, in der Dunkelheit und während der Rangelei mit dem Shelly hatten dessen menschliche Begleiter nicht gesehen, dass ein vierter Mann hinzugetreten war – und auch ich nahm ihn erst wahr, als er bereits nah an die anderen herangetreten war. Nun geschahen viele Dinge gleichzeitig, doch letztlich endete es damit, dass zwei Männer mit durchschnittenen Kehlen im Hafenbecken landeten. Der hinzugekommene Mann ließ die verborgene Klinge in seinen Spazierstock schnappen.

„Na, schau mal", sagte er, als er mit dem Abgehackten an mir vorbeikam. Zitternd hatte ich mich in einem an Land gezogenen Boot zusammengerollt. „Das wird immer besser mit dir. Da war allerdings noch zu viel Rauschen im Æthersignal. Du brauchst noch eine bessere Funkantenne." Er klang, als habe er eine Modelleisenbahn zu Weihnachten bekommen, so sehr erfreute er sich an der Meisterleistung, die der wandelnde Mann ohne Frage darstellte.

„Folge ihm!", flüsterte Ynge, doch weiter konnte ich beim besten Willen nicht. „Jetzt folge ihm doch!"

Er verschwand in der Dunkelheit, ich hörte seine Schritte, die schwerfälligen Tritte des Apparates und das Klacken des Spazierstocks auf einem metallenen Aufgang, der die Flanken des Eisberges zu erklimmen begann.

„Sie gehen zur Gondelbahn", drängte Ynge.

Die Zahnradbahn zog sich vom Hafen, der tiefsten Stelle der Insel, bis hinauf zum letzten Gebäude unterhalb der Eisbergspitze – dem Sitz der Verwaltung. Die Fahrt kostete zehn Pfennig und bislang hatte ich aus Sparsamkeit stets die Stiegen und steilen Sträßchen benutzt, um in die höheren Bezirke der Stadt zu gelangen. „Steig mit ein!", drängte Ynge.

„Klar, ich steige zu einem Irren, der gerade zwei Menschen umgebracht und ins Wasser geworfen hat, und einer wandelnden Leiche, die sicher auch nicht mehr Skrupel haben wird, einem verarmten Maler und seiner törichten Puppe das Lebenslicht auszupusten, in die Gondel. Ich steige ein und sage … ich sage: *Servus, die Herren!*, und das werden meine letzten Worte sein!"

Ich hatte mich richtig in Rage geredet, und auch Æmelies Einwand, mit dieser Zaghaftigkeit würde ich niemals ihre Leiche finden, konnte mich nicht umstimmen.

Leichen im Eis

Aquarell

Es war sicherlich harte Arbeit gewesen, die Spalte ins Eis zu hacken, in die die winzige knochige Leiche des Opiumsüchtigen hineingelegt wurde. Er war arm gewesen, daher war seine Leiche nur in ein schäbiges, trauriges Leintuch gewickelt worden – an anderen Stellen im Eis konnte ich jedoch auch Särge erkennen, die den Toten eine letzte Heimstatt gaben, welche ein wenig mehr Geld im Säckel gehabt hatten.

Die Stimmung von Friedhöfen ist meiner Muse oft zuträglich, das konnte ich bereits erfahren. Efeuüberwucherte Grabsteine, verwitterte Statuen, die leise Anwesenheit der Endlichkeit aller lebenden Dinge.

Auch dieser Friedhof faszinierte mich und rührte mich an, obgleich er weder mit Pflanzen noch mit Grabmälern aufwartete – eine kleine Tafel wurde den Toten mit ins Grab gegeben, um sie später zu identifizieren. In die Spalte, in die sie gelegt wurden, wurde Wasser gegossen, und dann musste lediglich abgewartet werden, bis der Untergrund wieder gefroren war. Ich wünschte mir, das Wasser würde ohne Sprünge, Kristalle und Blasen gefrieren, würde wie ein Fenster hinab zu den Toten sein, doch den Gefallen tat es mir leider nicht. So waren es lediglich verschwommene Kästen und Bündel, die ich unter meinen Füßen erkennen konnte.

Ein gnostischer Priester sprach einen Wortgottesdienst – die Bibliker, so hatte ich bereits vernommen, hielten keine Messen für die Eisbestattung ab. Sie waren ja in allem strenger als ihre gnostischen Brüder und verweigerten den im Eis zur vorletzten Ruhe gebetteten Toten lieber den Segen unseres Herrn.

Ich betete murmelnd mit, wünschend, ich könne auch einem Gottesdienst zu Æmelies Beerdigung beiwohnen. Könnte ihren Körper zu Grabe tragen und endlich all diesen Schmerz und diese Leere in mir zulassen. Könnte mich aufs Eis werfen und hinabblicken auf ihren zarten, eingefrorenen Leib. Ich weinte hemmungslos um den Opiumtoten, und das halbe Dutzend derer, die an Leichenzug und Begräbnis teilnahmen, blickte verwundert in meine Richtung.

Auf dem Rückweg trat der Pfarrer an mich heran.

„Mein Sohn", begann er milde, und ich sah zu ihm auf. „Kanntest du den Toten gut?"

„Wir standen uns sehr nah", sagte ich und dachte an Æmelie. „Sie ... er war ein wunderbarer Mensch, was nur die wenigsten wussten. Wäre er nicht so früh abberufen worden, dann hätte er noch Großes vollbracht!"

„Er hat sein Unheil heraufbeschworen", erklärte der Pater voll Sanftmut.

„Ja, das ist wahr. Man hätte es vorher wissen können. Das Pflaster, auf das er sich begeben hat, war viel zu gefährlich."

„Gott sieht auf dich hinab, mein Sohn, und weiß, dass du es besser machen wirst als dein Freund."

„Wer könnte ein besserer Mensch sein als sie? Sie war der perfekteste Mensch", sagte ich ernsthaft, und er nickte, mit einem kleinen Verwundern in den Augen. „Ich kann nur versuchen, ihr im Tode noch gerecht zu werden."

„Es ... es scheint mir ... Reden wir von der gleichen Person?"

„Wer weiß? Sagen Sie, Pater, kann ich den Friedhof besuchen?"

Der Pater seufzte. Wir waren sehr hoch oben, der Untergrund schien unter uns leicht zu schwanken – oder der Wind rief diese Illusion in mir hervor – See und weißgefrorene Küste erstreckten sich bis in Gottes Endlosigkeit. Ich atmete beißend kalte Luft ein, die mir die Tränen in die Augen trieb und diese gleich darauf gefrieren ließ.

„Zurzeit geht es nicht. Siehst du das, mein Sohn?"

„Das ist …" Ich blickte in die mir gewiesene Richtung. Dort ragte der mit Bullaugen gespickte gewaltige Backsteinturm des Sankt-Franziskus-Stifts auf. „Das ist das Spital."

„Ja. Es ist das höchste Gebäude Æstas, weil man in die Höhe statt in die Breite gebaut hat. Und Kranke und Verwirrte gibt es immer, gerade in einer Stadt wie dieser. Dort installieren sie nun eine neue Erfindung, etwas, das für die Stadt sehr wertvoll sein wird."

„Deshalb die vielen Schutzmänner?"

„Ja, in der Tat. Und daher ist der Zugang zum Friedhof derzeit nur für die Leichenzüge offen – privater Besuch ist leider nicht möglich. Wird es eigentlich einen Leichenschmaus geben, mein Sohn?"

„Was ist es für ein Gerät?", fragte ich und blickte hinüber – das Ziegeldach des Turms war abgedeckt worden, und Arbeiter waren darin zugange.

„Ein Funkmess. Die Erfindung des Jahrhunderts nennen sie es."

„Wer hat es erfunden?"

„Ein Inder aus Kalkutta! Ist das zu glauben? Es ist uns nicht gelungen, ihnen die heilige Schrift verständlich zu machen, aber all diese wissenschaftlichen Theorien und … Formeln, die verstehen sie, als wäre es ihre Muttersprache."

„Wissenschaft trifft eben überall zu, egal, welchem Gott man anhängt. Religion hat sich viel zu oft als unzutreffend erwiesen", gab ich zu bedenken und erntete einen rügenden Blick. „Nun müssen Sie mir vergeben, Pater, aber ich richte keinen Leichenschmaus aus. Ich muss zurück an meine Arbeit."

„Tja, bedauerlich. Ich bin in der Rosencreutz-Gemeinde anzutreffen, wenn du jemanden zum Reden brauchst, mein Sohn."

Er war einer von der jungen und mageren Sorte, und ich fragte mich, ob er heimlich hoffte, ich würde zum Beichten etwas zu Essen mitbringen. Ich grüßte noch einmal freundlich und stieg dann die eisglatten Stufen hinab, bis ich an der Basis des schwindelerregend hohen Backsteinturms angekommen war.

„Ein Funkmess, ja?", rief ich – aus unerfindlichem Grunde geradezu vergnügt – einer schwarzgekleideten Krankenschwester mit spitzer Haube zu, die am hohen Drahtzaun darauf wartete, eingelassen zu werden. Sie wandte sich zu mir um: „Ætherlot ist das richtige Wort."

Vermutlich ein Streit ums Patentrecht, aber tatsächlich, Ætherlot hatte den besseren Klang.

Hinter mir durchschnitten weitere Schritte die erwartungsvolle Stille um das Spital herum. Es waren der bullige Bestatter, in pietätvolles Schwarz gekleidet, und eine ganze Horde Wesen, die zu alt für Knaben und zu jung für Männer waren. Sie trugen schwere Eimer, die an Stangen wie mit einem Joch über ihre Schultern gelegt waren.

Ohne Zweifel wurde das Grab, auf das jeder symbolisch eine Kelle Wasser geschüttet hatte, nun verschlossen.

Ich eilte noch einmal zur Stiege.

„Verzeihen Sie, mein Herr. Wie lange dauert es, bis das Grab zugefroren ist?"

„Vollständig durchgefroren? Mehrere Tage", grunzte der Bestatter und schob mich unhöflich beiseite.

„Und die Ruhe der Toten wird dann erst wieder gestört, wenn geweihter Boden in greifbarer Nähe ist sozusagen?"

„Sozusagen."

Ich ließ einen prüfenden Blick über die jungen Wesen schweifen. Sie schwitzten trotz der Kälte, die meisten blickten gelangweilt drein. Ich bildete mir jedoch ein, dass einer von ihnen mich stirnrunzelnd anblickte.

War er derjenige, der ihm half, die Leichen aus dem Eis zu schlagen? Der Bestatter trieb sie zur Eile an, obwohl ihnen das Grab sicherlich nicht weglaufen würde.

Er hatte Angst vor meinen Fragen. Ich warf ihm noch einen durchdringenden Blick zu. „Dankeschön. Ich wünsche einen schönen Tag."

Ein Wort, das keines war, wurde zum Abschied gemurmelt, und die kleine Prozession setzte sich fort.

„Ach, Ynge. Ich bin ein völliger Versager. Ich werde es niemals herausbekommen. Denke ich nun schon von jedem Übles?"

Meine Augen folgten dem Trupp junger Männer, und Ynge schwieg beleidigt.

„Wenn du denkst, du könntest es so viel besser, warum gibst du mir dann nicht wenigstens einen Rat?", fuhr ich patzig fort und erntete den erstaunten Blick einer Passantin. Ich lächelte und grüßte mit dem Finger an der Mütze, die ich in dieser Hundekälte anstelle von Æmelies Zylinder trug.

o o o

Wieder in meinem Zimmer saß ich frierend vor dem Ofen und wärmte mir die Finger.

Du bist zu zaghaft.

Das Ölgemälde machte keine nennenswerten Fortschritte – Kleidung und Hintergrund waren bereits zufriedenstellend, doch das Gesicht war eine weiße Fläche.

Du bist zu ängstlich.

Ich hatte Angst davor, mit dem Gesicht zu beginnen und damit zu enden, dass ich erneut unzufrieden sein würde.

Du lässt dich einfach treiben.

Ich kam auf diese Weise nicht weiter – weder mit dem Gemälde noch mit den Morden, den gestohlenen Leichen und den wandelnden Toten.

Du bist nicht hartnäckig genug.

Hoesch konnte die Lösung sein. Hoesch stellte die Kondensatoren her, und sicherlich besaßen sie die Skrupellosigkeit, derartige Versuche an menschlichen Leibern zu unternehmen.

Du lässt dich nicht tief genug herab.

Was hinderte mich daran, mich als Fabrikarbeiter in der Firma zu bewerben? Dem Gehilfen des Leichenbestatters eine große Menge billigen Fusels zu spendieren, um danach die Wahrheit aus ihm herauszubekommen?

Du stehst nicht weit genug oben.

Hoesch und all die Geldadligen, die Freiherrn und der Herzog teilten die Profite, die Rendite, die Überschüsse und all die anderen Seltsamkeiten, die sie dem Land und den Arbeitern aus den Rippen schnitten, auf ihrer Insel unter sich auf. Dort zu sein – als Freiherr und Künstler – wäre der Schlüssel zu offenen Ohren und noch offeneren Mündern.

Aber in dieser Kaschemme wird nichts aus deinen Plänen.

„Nun hör schon auf!", unterbrach ich Ynges vorwurfsvolle Stummheit. Jeder Blick aus ihren Kulleraugen trat ein neues, bohrendes Schuldgefühl in mir breit.

Die neueste Mordserie am Gewerkschaftler Samuel Billinger und seinen Kumpanen, deren unfreiwilliger Zeuge ich offenbar am Hafen geworden war, hatten die Streiks gebrochen. Die Arbeiten gingen normal weiter, Reibereien und kleine Kämpfe ausgenommen – die Köpfe des Streiks schienen abgeschlagen, und nichts war erreicht worden außer dem Tod sicherlich fähiger Menschen. Die Unzufriedenheit grollte in den Straßen – die Armut hatte tiefe Wunden gefressen, und so etwas brach sich früher oder später Bahn, das hatte das vergangene Jahrhundert gezeigt.

Ich hatte immerhin herausgefunden, dass Samuels Familie, der Witwe Billinger und den sieben Kindern, vom ganzen Arbeiterviertel Kondolenz ausgesprochen wurde, und ich entschloss mich, den Blick zwischen Ofen, Ynge und dem Bild meiner geliebten Æmelie schweifen lassend, dass dies mir die

Gelegenheit gab, erneut meine Nase in Friedhofsangelegenheiten zu stecken.

„Endlich tust du mal was. Und bald bist du abgerissen genug, um als Arbeiter durchzugehen."

„Mir fehlt der Staub an den Händen. Die Kohle und das Öl. Das Rasseln in der Lunge. Und meine Kleider haben den falschen Schnitt."

Ich streifte die Hosenträger meiner Hose wieder über die Schultern. Ich war schmal geworden und die Hose drohte, an mir herabzufallen. Doch immer noch kündeten der Mantel, die Schuhe, der weiche dunkelblaue Schal und die fellgefütterten Handschuhe von meinem heimatlichen Reichtum. Bei der Riegenbank.

Nun gut, es war kein Reichtum. Aber gegenüber dem, was die meisten Æstaner besaßen, war es mehr als genug.

Zum Kondolieren tauschte ich die ebenfalls gefütterte Mütze wieder gegen Æmelies Zylinder.

„Du hast recht", kommentierte Ynge. „Du wirst nie einer von ihnen."

„Aber ich habe einen Plan", sagte ich.

○ ○ ○

„Der Mord an Ihrem Mann, Frau Billinger, ist ein entsetzliches Verbrechen und muss in schärfster Weise geahndet werden."

„Sind Sie von der Polizei?", fragte die verhärmte Frau, der trotz der Tatsache, dass sie sicherlich Ende Vierzig war, noch kleine Kinder um den Rock herum baumelten. Ihr Leib war in der Mitte derart unförmig, dass ich mir nicht sicher sein konnte, ob sie tatsächlich erneut schwanger war oder nicht.

„Nein, nicht von der Polizei. Sagen Sie, Ihr Mann … hat er Ihnen Geld hinterlassen?"

„Wo denken Sie hin? Wir hatten doch nichts! Das ist doch der Grund, warum er nun tot ist! Diese Ausbeuter! Dieser Hoesch, der Schweinehund, zahlt nicht mal eine Witwenrente!"

„Das dachte ich mir. Erschreckend. Und sehr mutig, wie Ihr Mann sich für eine Verbesserung der Zustände eingesetzt hat. Sagen Sie, wird er ein Begräbnis erhalten?“

„Im Eis. Ja. Übermorgen isses angesetzt.“

„Und …“ Ich bedachte die nach mir drängenden Kondolierenden mit einem gestrengen Blick. „Haben Sie schon einmal darüber nachgedacht, den Körper … der Wissenschaft zur Verfügung zu stellen? Dann wäre eine Beerdigung zwar erst anschließend möglich, aber Ihnen würde ein nicht unansehnlicher Betrag gezahlt.“

„Hab ich Ihnen nicht schon gesagt, was Sie mich können? Wissen Sie nicht, dass schon einer hier war? Ansehnlicher Betrag, die paar Kröten! Scheren Sie sich zum Teufel, Sie widerwärtiger Kerl!“

„Darf ich noch fragen, wer mir so unanständig zuvorgekommen ist?“

„Gar nix dürfense! Blutsauger, alle miteinander! Pack! Teufelspack!“ Die Witwe spuckte Gift und Galle, und ich verzog mich rasch aus ihrer winzigen Bruchbude, bevor der Funken auf die traurig-schmutzigen Arbeiter überspringen konnte, die ebenfalls kondolieren wollten.

„Ein Held war er! Ein Held!“, rief mir noch jemand faustschüttelnd nach, als ich auf die Straße trat.

„Nun, Ynge. Da sag noch mal, ich würde nicht weiterkommen. Es werden Leichen benötigt auf Æsta, und zwar nicht zu knapp!“

Zurück im düsteren Flur meiner Vermieterin schnappte ich Gesprächsfetzen auf.

„… nicht mehr auf die Straße! Liese hat auch gesagt, da geht was vor sich! Ich will da nicht dazwischen geraten.“

Madames sonore Stimme schaltete sich ein: „Du kannst auch unten arbeiten, im Salon.“

Ich rümpfte die Nase. Der Salon war die euphemistische Bezeichnung für ihre Opiumhöhle und den plüschigen Vorraum.

„Bei den Chinesinnen? Den Schlitzaugen vertrau ich nicht!“, empörte sich meine blonde Hure.

„Tja. Dann kannst du ja noch auf deinen guten Ruf vertrauen, dass die Freier von selbst den Weg in dein Zimmer finden, Liebes.“

„Ich dachte, du weißt vielleicht was. Woanders. Du kennst doch so viele Leute! Vielleicht komm ich ja woanders unter!“

„Na, Lotte, du wirst mir doch nicht den Rücken kehren wollen! Wir waren doch ein gutes Gespann, oder nicht, mein Pferdchen?“

Wie immer, wenn ich derartige Anspielungen, die Stimme oder die nackte Haut der Huren wahrnahm, spielten in mir Ekel und Begierde miteinander wie zwei neckische Katzen.

Ich hätte es Ynge niemals erklären können, hätte ich mich wieder mit … Lotte eingelassen. Andererseits schlief ich selten ein, ohne vorher noch einmal die Bilder Revue passieren zu lassen, den rosigen Nippel, der aus ihrem Korsett gerutscht war – ihr rotbemalter Mund, der sich um meinen … also, jedenfalls musste ich häufig daran denken. An die schrecklichen Gelüste, die sie zuerst hervorgerufen und dann befriedigt hatte. Das Dumme war nun, dass die Gelüste stets wiederkehrten, und ich nicht mehr in den paradiesisch-unwissenden Zustand zurückkehren konnte.

„Ja, du hast recht“, bestätigte Lotte meine Gedanken. „Ich bleibe hier, und wenn du jemanden für mich unten im Salon hast …“

„Ich guck mal, was ich für dich tun kann, Kindchen.“ Die Madame küsste Lotte mit einem feuchten Geräusch, und ich verzog mich eilig die Stiege hinauf, an weitere feuchte Geräusche denkend.

Ynges Blick war vernichtend, als ich wieder in meine Kammer trat. In den Eisblumen auf meinem Fenster verteilte sich das Licht der untergehenden Sonne und brach sich in abertausend Splitter.

„Du kannst doch sicher keine Gedanken lesen?“, fragte ich unnötigerweise. „Und nun musst du mir doch zugestehen, dass ich heute erfolgreich war. Es gibt da einen Herrn, der im Auftrag von irgendwem – vermutlich diesem Hoesch – Leichen für die Wissenschaft besorgt. Es ist vielleicht der gleiche, der auch den Shelly am Hafen abgeholt hat. Aber wie finde ich jetzt heraus, wer es ist? Gehe ich noch einmal zur Witwe?“

Ich wickelte das Wurstbrot aus, das ich zum Abendbrot erstanden hatte. Es schmeckte etwas muffig, doch das konnte auch an der Kammer, dem blakenden Ofen oder dem abgestandenen Wasser liegen. Die Münzen in meiner Tasche wurden erneut weniger. Ich musste essen. Ich musste Madame für ihre Gastfreundschaft bezahlen, sie beschwerte sich ohnehin schon, ich würde zu viele Briketts verheizen.

Außerdem konnte ich mir bei den hier herrschenden unmenschlichen Temperaturen keine durchgelaufenen Schuhe leisten – ich würde sehr bald einen Schuster aufsuchen müssen. Seufzend betrachtete ich das Ölgemälde mit dem weißen Fleck anstelle von Æmelies Gesicht. Ich würde nichts weiter verkaufen können, und es würde kein Geld mehr geben.

Seufzend legte ich mir einen auf dem Ofen erhitzten Backstein auf die löchrige Matratze und schlüpfte unter die Decke. Ich legte Ynge neben mich und schnupperte an ihrem Kleidchen. Auch sie roch nicht mehr so gut wie früher.

„Ich wünschte, wir könnten baden. Unsere Kleider waschen.“

Seit meiner Ankunft hier war ich viel zu selten meinem Bedürfnis nach Sauberkeit nachgegangen.

„Ynge, antworte doch mal! Ich *tue* doch was! Ich glaube, wir kommen wirklich weiter! Ich glaube, es dauert nicht mehr lange, bis wir sie finden!“

Ich ärgerte mich darüber, so überstürzt aus Venedig abgereist zu sein – ich hatte nicht einmal mehr einen Blick auf die Gästeliste des Kongresses geworfen. Diese hätte mir vielleicht verraten, ob sich ein gewisser Herr Hoesch aus Æsta dort befunden hatte. Vielleicht hätte ich auch am Flughafen erfragen können, ob dort ein privates Luftschiff aus der schwimmenden Stadt vor Anker gelegen hatte – denn anders konnte er seine Shellys kaum transportiert haben. Überhaupt – das Risiko, sie in Venedig herumlaufen zu lassen! Aber hatte dieser Mensch am Hafen nicht wie jemand gewirkt, der sich nichts sehnlicher wünschte, als die Kreaturen, die er schuf, in ihrem Tun bewundern zu können? Würde so jemand es nicht wagen, sie auszutesten, zudem in einer Stadt, die diplomatisch ohnehin etwas isoliert war? Doch diese Überlegungen waren nun müßig. Venedig hätte ebenso gut auf dem Mond liegen können.

Als ich einschlief, tat es das auch.

Venedig bettete sich in das weiße Gestein des Mondes ein, die Gondolieri stakten ihre Gondeln durch den schimmernden Æther. Es war sehr kalt.

„Wirklich schön“, sagte ich zu Æmelie, die in ihrer durchsichtigen Anmut neben mir stand. Sie war nackt bis auf den Zylinder auf ihrem Kopf, ihre Brustwarzen waren in der Kälte steif aufgerichtet, und ich zwang mich, ihr ins Gesicht zu blicken.

Es war das erste Mal, dass ich von ihr träumte, seit sie tot war. Und dann war sie ausgerechnet nackt – was würde Ynge dazu sagen?

„Ich bin das Bild deiner Begierden, Naðan“, sagte Æmelie vorwurfsvoll, als könne ich etwas dafür. Ich zog meinen Mantel aus und breitete ihn um ihre Schultern – oder vielmehr versuchte ich es, doch es ging nicht, der Mantel glitt immer wieder herab, und als ich mich vergeblich abmühte, ertastete ich etwas, das aus ihrem Rücken herausragte.

„Was ist das, meine Liebste?“, fragte ich mit bebender Stimme. Sie drehte sich herum und blickte dabei über ihre Schulter. „Das sind meine Flügel.“

„Bist du ein Engel?“, fragte ich, ihre Flügel betrachtend. Es waren wunderbare Flügel, aus Holz und Bronze und Stahl und Leinen und mit einem leisen Sirren entfalteten sie sich zu ihrer gigantischen Größe – sie ragten weit über unsere Köpfe hinweg auf, das Tuch spannte sich im Æther, der leise blitzend darauf spielte.

„Ich bin kein Engel. Ich bin nichts mehr. Nur die Stimme einer Puppe.“

„Das stimmt nicht, meine wunderschöne Æmelie! Sieh, du kannst fliegen!“

„Es ist ein Traum. Ich habe diese Flügel geträumt, weißt du noch? Ich habe sie gezeichnet.“

Ja, ich erinnerte mich daran. Fluggeräte waren ihre verspielte Leidenschaft gewesen – vielleicht hätten wir einst die Welt damit umrundet, hätten bewiesen, dass es einen Weg über den Atlantik gibt. Tränen bahnten sich ihren Weg. „Æmelie, du hättest nicht sterben sollen! Wärst du doch nur aus dem Fenster gesprungen – das Eis ist nicht gebrochen! Wären wir gemeinsam hinausgesprungen, Hand in Hand – dann könnten wir jetzt fliegen. Was soll ich nur ohne dich tun?“

„Flieg trotzdem.“ Sie hatte die Flügel ausgezogen, obgleich sie doch eben noch ihrem eigenen Fleisch entsprungen waren. Mit ledernen Riemen schnallte sie sie auf meinen Rücken – sie waren schwerer, als ich angenommen hatte, und ich bezweifelte, dass ich damit würde fliegen können. Als sie die Riemen auf meiner Brust richtete, umschlang ich ihren kalten Körper mit meinen Armen und legte schluchzend mein Gesicht an ihren Hals. Sie hielt inne in ihrem Tun und streichelte mein Gesicht.

„Du musst fliegen.“

„Ich vermisse dich so sehr. Ich kann nicht leben ohne dich.“

Sie legte mir ihre Hände auf die Wangen und sah mich streng an. „Das habe ich mir gedacht“, sagte sie. „Aber du *wirst* ohne mich leben. Du bist es mir schuldig.“

„Sehen wir uns wieder?“

Nun traten auch in ihre Augen Tränen – meine Hilflosigkeit musste sie rühren, ich war wie ein kleines Kind. „Ich weiß es nicht. Ich vermisse dich auch. Naðan ..."

Ein Schuss erklang, und sie glitt aus meiner Umarmung. Wir hatten irgendwo weit oben auf einer Felsnadel gestanden, und sie fiel herab, fallend flatterte sie mit den Armen, doch ohne ihre Flügel konnte sie den Sturz nicht bremsen.

Ich hatte das Gefühl, dass sie mir noch etwas hatte sagen wollen – ach, dass sie mir unendlich viel hatte sagen wollen, so viel wollte noch gesagt werden! Ich stürzte mich ihr hinterher, zog die Flügel eng an meinen Körper, so dass ich in die Luft hineintauchte wie ein furchtloser Falke.

„Æmelie!" Ich streckte meine Hände nach ihr aus, doch sie war so weit unten. Etwas knallte, Gestein splitterte, und ich wandte im Fallen den Kopf. Ein Luftschiff gaukelte durch den Æther – die Besatzung stand in einem Korb, wie bei einem Heißluftballon und hatte Musketen auf Æmelie und mich angelegt.

„Feuer!", kreischte der Kapitän.

In die Mündungen starrend, die vielleicht fünfzig Meter von mir entfernt waren, versuchte ich, die Flügel auszubreiten, doch sie verhakten sich ineinander, das Sirren wurde zu einem stotternden Klacken, ich schrammte an den Stein, der nun unter den Schüssen zerbarst. Ich schrie, als ich getroffen wurde, als die Flügel zerfetzt wurden.

„Flieg doch, Naðan!", schrie Æmelie erbost, als ich ihre Gabe nicht zu nutzen wusste, doch da war ich schon tot.

Die Schüsse gingen auch im Tod weiter. Ich öffnete widerstrebend die Augen und fand mich in einem Leben wieder, das grau, finster und kalt war wie ein Grab.

Ach ja. Æsta. Wieder Schüsse? Wieder Unruhen? Hatte nicht das Tagblatt gemeldet, dass nun erst einmal alle Streiks und Streitigkeiten beigelegt waren?

Die Nacht war nur noch eine graue Schattenminute von der Dämmerung entfernt. Elende Eisbergstadt! Ich sehnte mich nach Aquis zurück. Nach meinem Leben.

Ob sich alle Toten nach ihrem Leben sehnen?

Draußen schrien unzählige Kehlen – ein stotterndes Geräusch war zu hören, ein Dröhnen. Nun wunderte ich mich doch ein wenig. Gab es bereits einen Bürgerkrieg zwischen den echten Menschen und den Shellys? Zitternd öffnete ich das Fenster mit einem entschlossenen Ruck und lehnte mich hinaus, die Decke um mich herum wickelnd. Die Schreie waren keine Schmerzens- oder Angstschreie – es waren Rufe der Verwunderung, vielleicht sogar des Staunens.

Als ich mich weit genug vorbeugte, um am vorspringenden Giebel vorbeizublicken, sah ich den Grund dafür: Zwei Luftschiffe, eines gespenstisch schwarz wie die Schiffe des Herzogs der Stadt, Erich von Pappelheim – in der Dunkelheit nur erkennbar an den Gaslampen, die der Besatzung die Orientierung ermöglichten – ein anderes weiß mit einem Wappen darauf, das ich nicht erkennen konnte. Die Besatzungen beider Luftschiffe beschossen sich mit Musketen, sie kletterten wahrhaft halsbrecherisch in den metallenen Verstrebungen und gar oben auf den Gashüllen herum.

Das schwarze Luftschiff stieg – einer der Männer, die ganz oben positioniert waren, warf einen Brandsatz auf den weißen Gasballon hinunter, der zwar funkensprühend abrutschte, dann jedoch, bevor er in die leere Luft hinunterfiel, in einer grellen Stichflamme explodierte. Ein Loch wurde in die Seitenwand des Luftschiffs gerissen, Schreie wurden laut – sowohl an Bord als auch in den Straßen. Aus einer der Kammern entwich das Gas, doch es entzündete sich nicht. Triumphrufe verebbten, als es zu keiner Explosion kam.

Schüsse durchsiebten einen der Herzogsmänner und schickten ihn taumelnd und kreischend hinunter auf das Pflaster Æstas. Es gab einen unangenehmen Laut, als er nur wenige Straßenzüge entfernt auf den Boden aufschlug.

Das weiße Luftschiff versuchte nun, dem schwarzen, das der *Wolkenkohle* so ähnlich sah, zu entfliehen – doch mit einer zerstörten Kammer konnte das nicht gelingen. Die Dampfmaschinen wummerten, die Propeller gaben ihr Äußerstes. Ein weiterer Brandsatz der Aggressoren flog, landete jedoch explodierend auf einem Dach, das so nah an dem meiner Behausung war, dass wegspritzende Trümmer von Dachschindeln unweit meines waghalsig aus dem Fenster gelehnten Oberkörpers aufschlugen. Mit Herzklopfen zog ich mich zurück, lehnte mich gegen den Fensterrahmen und atmete heftig. Auf der Treppe trappelten Schritte, Schreie hallten aus der Luft und aus den Straßen. Ich musste mich wieder hinauslehnen. Schüsse – eine dritte Explosion folgte, kaum, dass ich erneut einen vorsichtigen Blick wagte. Wohl gezielt traf er die geleerte Kammer.

Befehle schreiend begannen Männer wie Affen hinaufzuklettern, bevor der Brandsatz explodieren konnte. Die Luftschiffe verschwanden hinter dem Giebel, und ich lehnte mich abermals halsbrecherisch durch das morsche Fenster. Unter und neben mir öffneten sich weitere Fenster, eine Frau schrie, und ich sah, dass das nur etwa fünfzehn Meter entfernte Dach, auf dem der Sprengsatz gelandet war, Feuer gefangen hatte. „Feuerwehr! Feuerwehr!"

Das weiße Luftschiff verlangsamte sein Tempo, drehte sich in einer Verzweiflungstat mit der Breitseite zum schwarzen, als der in die Öffnung geworfene Brandsatz mit Verzögerung in die Luft ging. Der ersten, kleineren Explosion folgte die Entzündung von Gas, eine größere Explosion zerriss die erste Kammer der Gashülle, zerfetzte die zweite, und das Ganze setzte sich unter Entsetzensschreien unaufhaltsam fort.

„Feuer! Es stürzt ab! Feuerwehr!“ Die Rufe der fassungslosen Zuschauer und die Explosionen der Gaskammern steigerten sich zu einer wahren Kakophonie. Ich konnte das weiße Schiff nicht mehr sehen, doch der Feuerschein gloste über den Himmel. Ich hielt die Luft an, glaubte vor dem Hintergrund der Flammen zu sehen, wie Männer sich springend ins Meer retten wollten, wie sie den Abgrund zum feindlichen Schiff zu überspringen versuchten, wie sie Seile mit Haken daran schwangen, um sich zu retten.

„Sie müssten fliegen!“, sagte Ynge traurig, denn wir wussten beide, dass sie es ebenso wenig konnten wie wir.

○ ○ ○

„Chaos. Chaos aller Orten“, seufzte Madame mit ihrem breiten russischen Akzent, den sie als italienischen zu tarnen versuchte. Sie war eine Frau, die auch gut ein verkleideter Mann sein konnte. Haar spross um ihre Lippen herum, die wiederum so stark geschminkt waren, dass sich zusammen mit den künstlichen Wimpern beinahe das groteske Bild eines Transvestiten ergab. Doch dem widersprachen die gewaltigen Brüste, die sie in ein höchst unanständiges Korsett gepresst hatte, und die wie geknechtete Berge daraus emporquollen.

Normalerweise frühstückte ich nicht mit Madame, doch diesmal hatte sich das ganze Haus in ihrem dunkelplüschigen Salon versammelt, um die Geschehnisse des frühen Morgens zu besprechen. So saß ich nun also dort, umgeben von Huren, chinesischen Opiumkellnerinnen und einigen menschlichen Überresten der nächtlichen Orgie mit selbiger Droge.

Meine Lotte fütterte einen davon, einen sabbernden Idioten, mit Haferbrei. Er betastete ihre Brüste mit einem Lächeln wie ein gesäugtes Kleinkind. Ich wandte mich angewidert ab.

„Was ist … was ist der Grund für diesen Kampf gewesen?“

„Ach, das weiß ich nicht, mein kleiner Mann“, schnurrte Madame bedrohlich. „Zumindest nicht den Grund für genau diesen Kampf. Aber dass es zwischen dem Herzog und der Gräfin Elsbeð eine Fehde gibt, weiß jedermann auf Æsta."

„Ich denke", ließ sich ein vornehm gekleideter Opiumsüchtiger vernehmen und trank appetitlos seinen Tee, „dass sie erneut Dinge exportieren wollte, die der Herzog lieber hier sähe. Sie ist sehr kaisertreu, die gute Elsbeð, und würde den Herzog als Kanzler der Stadt lieber heute als morgen ablösen. Um alles wieder auf einen geraden Weg zu bringen. Die unter der Hand geplante Separation Æstas muss ihr ein Graus sein."

„Hat das denn etwas mit den Streiks zu tun und den Morden?", fragte ich, abwägend, ob diese Erkenntnis der städtischen Intrigen mich dem Rätsel um den Verbleib der Leiche meiner geliebten Frau näher brachte.

Die Anwesenden sahen mich an und zuckten dann beinahe einvernehmlich mit den Schultern.

„Also, ob Frau Elsbeð eine andere Position zu den Streiks bezieht als Herzog von Pappelheim, das weiß ich nicht. Ohne billige Arbeitskräfte geht es nicht", gab der vornehme Herr von sich und tupfte sich eine Stelle am Handrücken ab. „Aber dieser Luftkampf – das war schon wahrhaftig eine Eskalation! So weit haben die beiden es noch nie getrieben. Man sagt, sie hatten sogar einmal heiraten wollen, und nun fechten sie auch ohne das einen wahren Rosenkrieg aus!" Er lachte und gähnte gleich darauf. Sein Leben musste furchtbar langweilig sein. Lotte rutschte vom Schoß ihres Freiers herunter, der eingeschlafen war, und glitt neben dem Mann auf einen Stuhl, über dessen Lehne sein feiner grauer Gehrock hing. Offenkundig war mein Hürchen nun in Madames Opiumhöhle sehr geschäftstüchtig – und ich hatte noch Leib und Leben riskiert, um sie draußen zu bewachen, damit ihr kein Leid geschähe! Dieses wankelmütige Weib!

„Du hast sie bewacht, um den Täter ausfindig zu machen, damit er dich zu deiner Frau bringt! Vergiss das bloß nicht!" Sagte es die Puppe oder mein Verstand, der der eifersüchtigen

Lust trotzte? Ich sah prüfend in Ynges Gesicht, sie befand sich in meiner Manteltasche, und hing mitsamt des Mantels wiederum über der Lehne meines Stuhls.

„Diese Puppe", sagte Madame. „Zeigen Sie doch einmal!"

„Auf keinen Fall. Sie ist sehr zerbrechlich, Sie sehen ja, das sie schon beträchtlich gelitten hat in der letzten Zeit."

„Haben Sie sie immer dabei?"

„Ja", kicherte Lotte. „Er spricht auch mit ihr."

„Ah. Jeder Mann braucht eine kleine Perversion, nicht wahr?", grollte Madame mit ihrer rauchigen Stimme, und ich schüttelte, unter den Blicken der Frühstückenden, hastig den Kopf. „Aber nein! Sie ist … mir ein unschätzbares Erinnerungsstück!"

Die Huren lachten, sogar die Chinesinnen lachten und der feine Herr verzog süffisant das Gesicht. „Wir brauchen uns vor Madame nicht zu genieren, mein Freund. Sie kennt all unsere Abgründe. Sie hat in jeden einzelnen schon einmal … hineingeblickt, und nichts hat sie erbleichen lassen. Nicht wahr, meine Liebe?"

„Du schmeichelst mir, Piotr."

„Morgen Abend gebe ich eine kleine private Feier bei Madame. Nur Männer und ihre Abgründe. Kommen Sie doch auch – die Puppe dürfen Sie mitbringen."

Eine Opium-Orgie

Körperflüssigkeiten auf Leinwand

„Auf keinen Fall werde ich auf solch eine Feier gehen. Männer und ihre Abgründe – was für eine ekelhafte Person."

Ich würde mir nicht ansehen, wie Lotte solche … Dinge bei anderen Männern tat.

„Dieser Pole scheint reich zu sein", gab Ynge zu bedenken.

„Er scheint vor allen Dingen süchtig nach Opium zu sein", erwiderte ich. Ich hatte in Windeseile ein Bild vom Friedhof gemalt – statt sich in Leichentüchern oder Särgen zu verstecken, blickten die Toten anklagend aus dem beinahe glasklaren Eis heraus, während die Lebenden über ihren Köpfen auf der spiegelglatten Fläche standen und beteten. Ich war den ganzen Tag damit zugange gewesen, mit dem Ziel, es danach zur Kunsthändlerin zu bringen und es erneut für einige Mark zu verpfänden, doch jetzt fand ich es zu schön. Mir war eine bemerkenswerte Symbolik gelungen.

Ich zählte die Münzen in meinen Taschen und beschloss, dass der Verkauf des Bildes noch warten konnte. Ich durchwühlte den Stapel der Zeichenblätter nach anderen Dingen, die sich verwerten lassen würden, doch es waren nur Skizzen – Skizzen von Æmelies Gesicht, wieder und wieder und wieder. Es war mir nicht bewusst gewesen, dass ich sie so oft zu zeichnen versucht hatte in den vergangenen Tagen und Wochen.

„Ich könnte sie glatt als Steckbrief aushängen. Vielleicht hat sie jemand gesehen." Ich lachte traurig. „Ynge, meine Liebe." Ich streichelte ihr Haar und zog kurz darauf einen Kamm, um uns zu kämmen. „Diese Zeichnungen von den Flügeln. Sie sind nicht darunter, obwohl wir sie mit nach Venedig genommen haben. Man hat sie geraubt, mit Æmelies Leiche. Ich frage mich ja …" Ich hielt inne und kratzte mich mit dem Kamm am Ohr, bevor ich fortfuhr, ihre Locken zu kämmen. „Ich frage mich, ob das die Shellys getan haben – ihren Körper geraubt und all ihre Sachen. Weil, wenn ja, dann ist es kaum zu glauben, dass sie solch komplexe Handlungen verrichten können. Dann brauchen sie doch Æmelies Erlenhofenzelle gar nicht mehr, oder? Oder war wieder dieser Mann dabei, der auch am Hafen war? Können die Shellys auf ihn hören? Sogar durch den Æther, das hat er gesagt. Und habe ich ihn auf dem Kongress bereits gesehen? Hat er mich angesehen und gelächelt und gewusst, dass er meine Æmelie noch in der Nacht töten würde?"

Ich seufzte und rieb mir die Augen. Manchmal konnte ich einfach nicht glauben, dass all das wirklich geschehen war.

Erneut wandte ich mich der Zeichnung zu, die ich mit hauchdünnen bläulichen Wasserfarben aquarelliert hatte. Der Friedhof von Æsta. Vielleicht würde man mir auf dem Festland große Beträge dafür bieten. Aber hier, hier war ja jeder schon mal auf diesem Friedhof gewesen – niemand würde das Außergewöhnliche zu schätzen wissen.

„Vielleicht sollte ich mich doch an diesen Polen wenden. Er scheint mir ein kluger Kopf zu sein, vielleicht kann er etwas für mich herausschlagen."

„Also gehst du auf die Feier?"

„Auf keinen Fall. Erstmal muss ich ohnehin zum Schuster."

○ ○ ○

„Hübsche Schuhe, kleiner Mann", begrüßte Madame mich in ihrem Salon. Die Schuhe waren tatsächlich die alten, doch der Schuhmacher hatte wirklich außerordentlich gute Arbeit geleistet – sie waren mit Schafsfell gefüttert, geflickt, geputzt und poliert, und ich fühlte mich darin, als würde ich nie wieder kalte Füße bekommen. Jetzt brach mir in der Tat der Schweiß aus – ich war noch niemals in jenem Sündenpfuhl im Keller des Hauses gewesen, und der Geruch, obgleich er dem ganzen Gemäuer anhaftete, war befremdlich und beklemmend.

Einige Stufen führten hinab in ein niedriges Souterrain, in welchem die Chinesinnen bereits alles für die Feier angeordnet hatten. Liegen waren mit kostbar bestickten Kissen hergerichtet, Pfeifen, Nadeln und Lampen lagen bereit, um dem Opiumraucher in welcher Weise auch immer zu dienen. Ich hatte noch niemals geraucht, und der Gedanke daran machte mich seltsam beklommen.

Ich würde nichts rauchen. Man muss sich ja nicht zum Narren machen.

Die Wände waren bemalt, doch vieles davon war mittlerweile unkenntlich, war beschmiert oder zerkratzt oder beschmutzt. An der Decke erkannte ich jedoch noch die verschnörkelten und zugleich klaren Linien der Art Nouveau. Madame hatte für eine Opiumhöhle Geschmack bewiesen, das musste man ihr lassen. Zweifelnd warf ich ihr einen Blick zu. Oder vielleicht waren die Wandmalereien auch Überbleibsel des früheren Eigentümers.

„Piotr muss sicherlich noch von seinen Dienern angekleidet werden. Der Schlaf ist das Geschenk an den Süchtigen, aber es ist auch sein Fluch", sagte Madame voll des poetischen Geistes und lächelte breit. „Er kommt immer als Letzter, aber es gehört sich natürlich nicht, anzufangen, bevor er da ist. Hast du schon einmal geraucht, mein Kleiner?"

„Ja", sagte ich, strafte mich aber mit einem instinktiven Kopfschütteln Lügen.

„Lass es dir von den Chinesinnen erklären. Sie können es am besten."

Während die Chinesin in radebrechendem Deutsch etwas von den Pfeifen, dem Chandu und von der gängigen Konvention, während des Rauchens zu schweigen, erzählte, tänzelte auch Lotte herein und mit ihr gleich mehrere ihrer Kolleginnen. „Nur Männer und ihre Abgründe“, hörte ich Piotrs Stimme in Gedanken. Ich hatte geglaubt, Ynge in meiner Kammer gelassen zu haben, um sie vor neugierigen Augen und Händen zu schützen, doch als ich den Mantel ablegte, fand ich sie doch in meiner Tasche.

Lotte zwinkerte mir zu, doch ich ignorierte sie. Ich würde einen klaren Kopf behalten.

Eine Gruppe junger Männer trat ein, einer pfauenhafter als der andere. Nadelstreifen, feine Gehröcke, seidene Hüte und Hermelin ließen mich auf geradezu peinliche Weise karg aussehen. Ich strich kurz über die Papierrolle, zu der ich mein Kunstwerk vorsichtig aufgerollt hatte.

„Herr von Erlenhofen?“, sagte plötzlich eine Stimme. Es war das erste Mal seit Venedig, dass jemand mich von sich aus mit meinem Namen angeredet hatte, ohne selbigen von einem Flugschein oder etwas Ähnlichem abzulesen. Langsam wandte ich mich zum Eingang um. Einer der Herren hängte seinen kostbaren Frack an einen Kleiderhaken.

Verblüfft starrte ich ihn an. Sicherlich, er war auch Pole. Aber hätte ich denn erwarten können, dass ein Pole, den ich kennenlernte, den einzigen anderen Polen, den ich kannte, in eine Opiumhöhle einlud?

„Domek?“, fragte ich mit einem Flüstern. Er stürzte zu mir herüber, trug noch lederne Handschuhe und Schal und umarmte mich heftig.

„Naðan, mein guter Freund! Wie schrecklich, wie entsetzlich, Sie Armer! Ach, wir leiden mit Ihnen, seien Sie gewiss! Es war ein Schock, für die ganze Familie, das können Sie mir glauben! Als wir davon hörten – und dann waren Sie auch noch verschollen, und keiner konnte sagen, wohin Sie gereist sind!“, plapperte er auf mich ein.

„Domek“, wiederholte ich. „Aber … was tun Sie denn hier?“

„Geschäfte für meinen Vater. Ihre Eltern, Naðan, sind krank vor Sorge!“

„Sie machen Geschäfte für Ihren Vater – hier?“

„Hier auf Æsta. Oder meinen Sie hier im Salon?“ Er lachte, ein wenig peinlich berührt. „Nein, der Salon … er dient der Zerstreuung nach einem … harten arbeitssamen Tag.“ Er räusperte sich. „Ähnliches könnte ich Sie aber auch fragen, mein Guter. Es war mir nie bewusst, dass Sie sich an solch lasterhaften Orten herumtreiben.“

„Ich bin eingeladen worden. Von Piotr.“

„Tja, wie klein ist doch die Welt! Oder sollte ich sagen: die Insel?“ Er setzte sich neben mich zwischen die bestickten Kissen.

Domek hatte sich nicht verändert. Aber es war auch nur wenige Monate her, dass ich ihn zum letzten Mal gesehen hatte – ihm, dem fünften Sohn des Herzogs von Pommern, sah man seinen Lebenswandel nicht an. Es war Æmelie und mir bekannt gewesen, dass er ein Mann mit gewissen Lastern war – doch neben diesen Absonderlichkeiten war er jemand, der die Wissenschaft hoch achtete und seinem Vater unschätzbare Dienste erwies, indem er in neue Erfindungen und Patente investierte und junge Wissenschaftler unter seine Fittiche nahm. Er hatte Æmelie protegiert – und zu großen Teilen auch finanziert, wie ich zugeben muss. Er hatte Æmelie bewundert, er hatte sie … ja, er hatte sie auch stets begehrlich angesehen, meine wunderschöne kluge Frau, und ich hatte ihn dafür gehasst. Aber nun war er ehrlich entsetzt, ehrlich gerührt und traurig, und wir verbrüderten uns für den Moment im Salon von Madame.

„Dass Sie hier auf Æsta sind, Naðan … Heißt das am Ende, dass Sie Hoffnung haben, dass sie noch lebt?“, fragte er mit leiser Stimme. „Ich habe gehört, es sei ungewiss, dass sie tatsächlich tot ist?“

Ich zuckte mit den Schultern und schluckte. Domek war wie ein altes Leben, das ich abzustreifen gezwungen war wie eine Schlange ihre alte Haut. Darunter war ich roh und blutig.

„Ich wünschte …", begann ich und sprach nicht weiter. Domek presste bedauernd die Lippen zusammen und strich sein blondes Haar zurück. Er war alles, was eine Frau sich wünschen konnte – reich, gutaussehend, mit scharfem Verstand – seine verfallenden Sitten einmal ausgenommen.

„Sind Sie denn ganz allein hier, mein Guter? Einfach … einfach so?" Er betrachtete mich prüfend, und ich gab mir Mühe wie jemand zu wirken, der nicht den Verstand verloren hatte. Meinen Verdacht jedoch, auf Æsta ihren Körper und ihren Mörder zu finden, sprach ich nicht laut aus.

„Sie tragen den Ehering. Ich kann mich noch an die Verwirrung auf der Hochzeit erinnern." Er lachte, und einer der eintreffenden Gäste gesellte sich neugierig zu uns.

„Naðan hat all sein Geld für ihren Ring ausgegeben, den seiner Frau. Hat gar nicht dran gedacht, dass er auch einen braucht", begann Domek. „Aber seine Frau war eine von der praktischen Sorte, hat gesagt, dass sie es ohnehin schön fände, wenn er den Ring von ihrem Großvater trüge. Der alte Herr war der Einzige, der dem armen Ding jemals wohlgesonnen war. Aus der Familie, meine ich."

„Domek, ich finde …", versuchte ich zu verhindern, dass unser Freund und Gönner mit Geschichten über meine Æmelie die ankommenden Herren erheiterte – doch vergeblich, er war bereits in Fahrt.

„Und über Nacht – die Nacht vor der Hochzeit, wohlgemerkt! – entschließt sich ihr Bruder, den Ring einfach zu Geld zu machen. Da stehen sie also mit nur einem Ring, und ich dachte, Domek, so traurig darf eine Ehe nicht beginnen! Bin mit der Kutsche im Eiltempo zu einem Juwelier in Aquis gerauscht und habe diesen Ring gekauft. Ein Glück, dass er passt, aber Naðan und ich, wir haben beide ähnlich akademische Hände, möchte ich mal sagen."

Zwei Herren lachten amüsiert, der andere fragte: „Haben Sie Domek die Aussteuer dafür überlassen?"

Unangenehm drehte ich den schmucklosen, schmalen Goldring an meinem Finger. Domek hatte darauf bestanden, dass wir den Ring als Hochzeitsgeschenk betrachteten, ungeachtet der Tatsache, dass er uns zudem einige seltene wissenschaftliche Buchausgaben überreichte.

Endlich traf nun auch Piotr ein, und die Chinesinnen zündeten in der eintretenden Ruhe die Lampen an, an denen das Chandu erhitzt wurde. Sie halfen mir mit den Nadeln und der Pfeife, und nachdem Piotr ein paar Sätze zur Begrüßung verloren hatte, wurden die Pfeifen angezündet. Die geduldige kleine Chinesin hielt mir die Pfeife hin, gegen deren Öffnung sie das Chandu drückte.

Während die Herren es sich auf der Seite liegend an den Lämpchen bequem machten, und ich mich darauf gefasst machte, den ersten Zug an der Pfeife wieder auszuhusten, begannen die Damen zu tanzen. Domek grinste bereits voller Vorfreude.

„Mach dich auf ein paar schöne Träume gefasst", sagte er zu mir, und ich fand, es klang wie eine Drohung.

Ich musste nicht husten. Der Geschmack war beinahe angenehm, vielleicht sogar etwas karamellig, wie ein zähes Toffeebonbon.

Ich hatte nie darüber nachgedacht, den Ring zu verpfänden. Ich glaube, ich wäre auf Æsta eher erfroren.

„So – einfach darüber halten. Rauch möglichst lange im Körper behalten", riet mir die kleine Chinesin. Sie war wirklich sehr hübsch, zumindest hier im Halblicht. Ihre Formen waren beinahe knabenhaft, doch ihre hohen Wangenknochen und die schrägen Augen machten sie zu einer wahren exotischen Schönheit. Rasch stieß ich den Rauch wieder aus – ich wollte schließlich nicht unter der Wirkung des Opiums leiden.

Ich drehte den Ring hin und her.

Madame ließ ein Grammophon fremdartige Musik spielen – es klang nach fernen Gestaden, nach Sonne und üppigen

Blüten. Die Mädchen begannen, sich auszuziehen, und ich ließ meinen Blick durch die zarten Rauchschleier an die Decke gleiten, wo ich den Ranken folgte.

„Auf das ferne China!", sprach Piotr und reichte einen Cognac herum. „Auf die Freuden aus den Ländern, in denen noch die Sonne scheint, meine Freunde!" Die Flasche kam bei mir an, und ich nahm einen zaghaften Schluck.

„Auf Männer und ihre Abgründe, Herr … Wen habe ich da eigentlich eingeladen?" Er lachte, und die anderen Herren lachten auch.

„Naðan von Erlenhofen", sagte ich mit Würde und hustete nun doch ein wenig.

„Herr von Erlenhofen. Haben Sie Ihre Puppe dabei?"

„Aber sicherlich. Sie ist mein Abgrund und war demzufolge mit eingeladen, nicht wahr?"

„Scharf kombiniert!" Er prostete mir zu. „Ich mag den Kerl. Domek, du kennst ihn, wie ich höre?"

Domek sah träumerisch zu den Frauen herüber. „Aber ja. Ein wahrer Freund. Naðan ist ein wahrer Freund."

„Reichen Sie mir heute Ihr Püppchen einmal hinüber? Ich bin zu neugierig, was sie an dem Geschöpf finden."

„Es ist sicher eng", sagte einer von Piotrs Freunden. „Enger noch als eine Zwölfjährige."

Ich brauchte ein paar Augenblicke, um durch den Toffeebonbongeschmack und den Rauch hindurch die Unterstellung zu verstehen.

„Was maßen Sie sich an!", begehrte ich auf, und fuhr hoch. Die Chinesin eilte herbei, um das Lämpchen aufzufangen, das ich beinahe hinabgeworfen hätte. „Leise sein!", mahnte sie mich.

„Herr von Erlenhofen muss einen schweren Verlust verkraften", sagte Domek, obgleich ich ihn nicht darum gebeten hatte. „Er hat seine Frau verloren."

„An dich?“, grinste der feiste blonde Mann, der auch so ungebührlich von meiner Ynge gesprochen hatte.

„Ich bitte dich, Karsten! Der Mann ist in Trauer, außerdem wollen wir doch den Sinnesfreuden hier zusprechen und nicht deinem dummen Geschwätz“, wies Domek ihn erneut zurecht.

Danach schwiegen alle, und ich muss zugeben, dass ich mich den Sinnesfreuden der Pfeife hingab. Je mehr ich das jedoch tat, umso weniger bemerkte ich, dass meine Gedanken mir mit jedem Atemzug weiter entglitten. Dass meine Blicke meinen Gedanken nicht mehr gehorchten, und über Lottes weibliche Formen glitten. Sie trug nun nur noch eine Korsage und eine sehr unschickliche Form der Strümpfe und küsste ein anderes Mädchen auf den Mund. Neben mir seufzte Domek wohlig und begann, seine Hose zu öffnen.

„Oh nein!“, wollte ich sagen und die Feier verlassen, doch ich tat es nicht. Begierden gehorchten nicht den Gedanken, Sehnsüchte waren nicht länger der Vernunft untertan.

Als die Wirkung des Opiums weiter fortschritt, träumte ich, den Körper der kleinen Chinesin zu berühren. Dabei glänzte der Ring im Licht der Lämpchen. Ich war dabei sehr entspannt und frei von allen quälenden Begierden. Lust erfüllte mich, jedoch ließ sie mich selig treiben, statt mich vor sich her zu peitschen. Ich träumte davon, die Chinesin zu besitzen, hörte ihre spitzen Laute und sah zu, wie Lotte ihren roten Mund um Domeks Männlichkeit schloss. Es war alles sehr schön, aber ich glaube nicht, dass irgendetwas davon wirklich geschah. Wir lagen da und rauchten und taten all diese Dinge in unseren Gedanken – als wir von der Feier und dem anschließenden Schlummer erwachten, gab es keine Sünde, die unsere Seelen befleckte.

„O gütiger Gott!“, klagte Domek und rieb sich die Schläfen. „Wie entsetzlich ist das morgendliche Aufwachen! Warum nur hat Gott gesagt, es solle Licht werden?“

Ich versuchte zu sprechen, doch mein Mund war pelzig, und die Ahnung von Toffeebonbons hatte sich in einen widerwärtigen Geschmack verwandelt.

„Warum tut man das mehrmals in seinem Leben?“, brachte ich schließlich hervor.

Wir waren in Madames Höhle erwacht, Ynge hatte ich fest im Arm gehalten, und die Chinesinnen waren bereits dabei, die Spuren der nächtlichen Feier wegzuräumen. Eine davon bedachte ich mit einem reumütigen Blick, doch da sie mich nicht einmal ansah, hoffte ich, die Erinnerungen an ihren nackten Körper ins Reich der Phantasie und der Träume verbannen zu können.

„Warte nur, Naðan. Es wird nicht lange dauern, dann wirst du dich an die Freuden eindrucksvoller erinnern als an den Schmerz. Und dann wirst du es wieder wollen, wirst den kommenden Tag der Nacht zum Opfer bringen wollen.“

„Schön gesagt.“

„Je häufiger man es tut, desto größer wird der Drang, einen Tag nach dem anderen auf dem Altar der Nacht ausbluten zu lassen.“

„Und ich vermute, du warst nicht zum ersten Mal hier.“

„Weder hier noch woanders war ich zum ersten Mal. Hamburg hat eine erkleckliche Landschaft vorbildlicher Opiumhöhlen. Nur in Pommern, mein Freund, da gibt es keine einzige.“

„Es gibt ja auch keinen einzigen Chinesen in Pommern, oder?“

Madame ließ uns ein entsetzliches Gebräu bringen, das den Kopf klärte. Appetit hatte ich keinen, und die Müdigkeit, die als Rest der Nacht übriggeblieben war, war lähmend.

„Scharfsinnig beobachtet! Ich sollte mir einfach einen chinesischen Diener anwerben, dann kann er mir meine private Opiumhöhle in Vaters Schloss gestalten."

„Der Herzog würde das sicherlich nicht gerne sehen."

Domek lachte, nipte an dem Gebräu, lachte erneut und sah mich dann nüchtern an, als ich keine Miene verzog.

„Ich vermute, du rauchst normalerweise nur mit Leuten, die dich nicht erpressen können, weil sie ihrerseits keinen formidablen Lebenswandel haben", sagte ich und hielt den Atem an. „Ich hingegen bin ein zerstörter Mann."

„Du würdest nicht ... du würdest mich nicht auch zerstören wollen? Denk an den Ring – wir sind Freunde, Naðan!"

Ich strich Ynge durchs Haar.

„Sicherlich sind wir das. Zusammengeschweißt von einem Ring und ein paar Opiumpfeifen."

Er erstarrte. „Naðan, was redest du da? Du weißt, dass ich deiner Frau einige unschätzbare Dienste erwiesen habe, davon war der Ring der kleinste! Der Doktortitel wäre ihr ohne mich niemals verliehen worden! Ich habe an sie geglaubt, obwohl sie eine Frau war!"

Eigentlich hatte er an sie geglaubt, weil sie eine Frau war. Doch diesmal war ich vorsichtiger. Mein Herz klopfte langsam und unangenehm, versuchte, meine plötzlichen Gedanken und das Gift der vergangenen Nacht aus meinem Körper zu pumpen.

„Ich weiß, Domek, und ich bin dir bis ans Ende der Zeiten dankbar."

„Das hörte sich nicht so an!"

„Verzeih meine unbedachten Worte. Ich stecke in echten Schwierigkeiten – sieh mich an, ich bin in der Gosse gelandet!"

„Warum gehst du nicht nach Aquis zurück? Zu deinen Eltern?"

„Weil ich ..." Ich senkte meine Stimme zu einem Flüstern. „Ich muss herausfinden, wer Æmelie ermordet hat. Er ist hier –

aber nicht in der Gosse. Er gehört den höheren Kreisen Æstas an. Domek, du musst … du musst mir aufhelfen!"

„Unserer Freundschaft willen oder weil du mich erpresst?"

Ich lächelte so freundlich ich konnte. „Das kannst du dir aussuchen."

Er boxte mich in die Rippen, gerade so fest, dass es mehr als eine freundschaftliche Geste war. „Das Rumgehure musste ja irgendwann Folgen haben", seufzte er. „Ich werde sehen, was ich für dich tun kann. Malst du immer noch diese Bilder?"

„Diese Bilder?", erwiderte ich und entrollte das Friedhofsbild. Das Papier hatte auf der Rückseite durch die Geschehnisse der Nacht ein wenig Schaden genommen, doch das Bild selbst war nach wie vor makellos.

Wobei – im Licht eines neuen Morgens erschien es mir beinahe ein wenig plump. Die Symbolik war tatsächlich etwas hölzern.

Domek schien das nicht zu bemerken, er nickte anerkennend.

„Das ist sehr gut. Künstler sind immer wieder gerne gesehen."

Ich gab Ynge einen Kuss auf den Scheitel und flüsterte ihr einige Worte des Triumphs ins Ohr, woraufhin Domeks Blick ein wenig konsterniert wirkte.

Ob durch Erpressung oder Freundschaft, der jüngste Sohn des Herzogs von Pommern war nun auf unserer Seite.

Eine illustre Gesellschaft

Gouache auf Karton

Mit schrillem Pfeifen zogen die Gewerkschaften den Eisberg hinauf. Es war kein Streik, denn es war Sonntag, aber ich wurde dadurch aus meinem schläfrigen Nachopiumsstadium gerissen. Sonntags ruhte die Arbeit, so wie der Herrgott es hatte anweisen lassen, doch auf Æsta mussten manche Werke auch dann weiterlaufen, es waren jedoch weniger Arbeiter vonnöten, um die Schichten zu fahren. Die große Masse der Arbeiter hatte sich am heutigen Tag zu einer Prozession zusammengefunden – oder vielmehr hatten sich unterschiedliche Märsche zu einem großen vereinigt. Es gab schwarzgekleidete Trauernde, die stumm wegen der Kämpfe und Todesfälle demonstrierten, es gab die pfeifenden Gewerkschaftler mit ihren roten Hüten oder Schals, die wegen der sich verschlechternden Arbeitsbedingungen im harten Polarkreiswinter auf die Straße gingen, es gab die, die immer bei Protestmärschen und Streiks aufliefen, weil es dort vielleicht Gründe gab, sich zu prügeln, es gab die Mütter, die dagegen protestierten, dass ihre Kinder für die Arbeit in den Erzminen aufs Festland geschafft wurden, es gab die Æronauten, die nach dem offenen Kampf zwischen dem Luftschiff der Gräfin und dem des Herzogs und Stadtkanzlers Einigkeit zeigen wollten. Vertreter von Biblikern und Gnostikern unterstützten den Marsch und schmähten sich dennoch gegenseitig mit wilden Reden.

Ich trat mit tränenden Augen in die Kälte und begann sofort zu schlottern und mich in mein Bett zurückzuwünschen.

Plötzlich tauchte aus dem Nichts vor mir in der blendenden Winterhelligkeit Herr Temmhort auf. Er hätte in einem brennenden Dornbusch nicht eindrucksvoller zu mir sprechen können als im gleißenden Licht des verkaterten Sonntagmorgens.

„Herr von Erlenhofen! Erfreut, Sie zu sehen! Geht es … geht es Ihnen gut?"

„Verhältnismäßig. Die Zeit bleibt nicht stehen", sagte ich und seufzte, als ich mir der Tragweite meiner Worte bewusst wurde. „Ich hatte schon befürchtet, die *Wolkenkohle* wäre bei dem Luftkampf dabei gewesen."

„Ich denke, Kapitän Holzhauer würde sich weigern, eine solche Weisung zu befolgen! Transportluftschiffe sollten beileibe keinen Luftkrieg ausfechten!"

„Was war denn nun eigentlich der Grund?"

Temmhort seufzte. „Ach, mein Lieber, wenn Sie wüssten! Æsta als Stadt der Lufthanse und freie Reichsstadt untersteht dem Kaiser nicht in dem Maße, wie er es gerne hätte. Zurzeit wird ein Erz abgebaut, dessen innewohnendes Metall völlig neue Möglichkeiten eröffnet – Aluminium. Es ist sehr leicht, aber so schwierig zu verarbeiten, dass es so viel wert ist wie Gold. Die Gräfin steht treu zum Kaiser und exportiert gegen den Willen des Kanzlers das Metall – und will zudem das Geheimnis der Herstellung an Fabrikanten auf dem Festland weitergeben. Dann würde der Preis sehr rasch sinken, und das wiederum kann der Kanzler nicht dulden. Aber Sie sehen ja: Er scheffelt das Geld, und die Arbeiter gehen auf die Straße, weil sie in ihren Betten erfrieren. Bauxit braucht sehr viel Energie, bevor es zu Aluminium wird, und die Kohle fließt dorthin statt in die Öfen der Bewohner."

Temmhort blickte dem breiten Rücken von Ummo hinterher, der sich mit dem Protestmarsch entfernte. „Wollen wir mitgehen? Ich möchte gern meine Bestürzung zum Ausdruck bringen." Mit langsam schlurfenden Schritten reihten Temmhort und ich uns ein. Hatte die Sonne jemals so strahlend geschienen, seit ich in Æsta angekommen war? Warum tat sie es ausgerechnet dann, wenn das Opium noch meinem Körper zu entkommen versuchte? Sonst erhob sie sich kaum über den Horizont zwischen den langen Nächten, noch dazu gnädig verschleiert vom ewigen Dunst aus den Schornsteinen. Kopfschmerzen begannen zu wummern, und ich schwor mir zum sicherlich zwanzigsten Mal an diesem Morgen, dass ich keinerlei weitere ungebührliche Erfahrungen in meinem Leben benötigte.

„Die Adligen fechten ihre Fehden nicht zum ersten Mal in der Luft aus – doch meist vergeben sie dafür Kaperbriefe an die friesischen Piraten. Bei dieser Aluminiumfracht wollte der Stadtkanzler offenbar sichergehen, dass sie auf keinen Fall das Festland erreicht. Aber so etwas hat es noch nie gegeben, ich bin wirklich zutiefst entrüstet."

„Die Trümmer haben einen Dachstuhl in Brand gesetzt. Ein Glück, dass so viele Leute auf der Straßen waren, es hätte auf andere Häuser übergreifen können."

„In der Tat, in der Tat."

Ich sah mich um. Als würde ich diese Menschen anziehen, waren wir umgeben von einer Gruppe Straßendirnen, die nun anstimmten: „Für Susi, für Frauke, für Trude!" Sie stampften mit ihren Stiefelchen auf der Stelle, ihre Gesichter waren von kleinen schwarzen Schleiern verdeckt – das einzige Zeichen dafür, dass sie in Trauer waren. „Für Susi, für Frauke, für Trude!"

„Es hat auch unter den Huren Morde gegeben", flüsterte ich meinem Begleiter zu.

„Tatsächlich? Aber ob das mit den Machenschaften des Herzogs zusammenhängt, oder ob da nur wieder ein Perverser seinen Neigungen nachgeht?"

„Eine davon war mit einem der Anführer bei den Streiks … befreundet. Habe ich zumindest gehört."

„Bei Huren weiß man nie. Sie werden meist nicht vermisst, und ihr lasterhafter Lebenswandel verführt so manches kranke Hirn zu Taten, die völlig außerhalb der Ratio stehen", gab Temmhort zu bedenken. „Hatten Sie nicht auch einmal gesagt, dass sie wegen eines Verbrechens hier seien?"

„Aber nicht, um eines zu begehen!“, sagte ich eilig, und er lachte. „Das habe ich auch nicht so interpretiert! Sind Sie denn weitergekommen in Ihrem Anliegen?“

„Leider nicht nennenswert. Ich vermute, dass dieser Fabrikant Hoesch etwas produziert, das moralisch und gesetzlich anfechtbar ist. Aber ich habe keine Beweise.“

„Nun, dann weiß ich nicht, ob ich Ihnen viel Glück wünschen soll“, lächelte mein Begleiter – der erste Mensch seit langem, mit dem ich ein ganz normales Gespräch führen konnte. „Schließlich kommen die lukrativsten Aufträge von ihm.“

„Darauf kann ich in diesem Falle keine Rücksicht nehmen“, erwiderte ich. „Unrecht ist Unrecht.“

Temmhort lachte. „Und je mehr Geld man besitzt, umso wahrscheinlicher ist es, dass man Unrecht damit anstellt, nicht wahr? Wir sollten Gott für unsere unbefleckten Seelen und unseren schmalen Geldbeutel danken!“

Wie auf ein Kommando erhob ein biblischer Priester seine hohe dünne Stimme zu einem lateinischen Singsang. Als er geendet hatte, bot einer der gnostischen Pfarrer im braunen Lodenmantel an, die Worte auf Deutsch zu wiederholen und zu interpretieren, denn Gott wolle, dass seine Schäfchen verstehen, was er zu ihnen spricht, und darüber nachsinnen.

Ich selbst war biblisch getauft, wie die meisten in Aquis. Im großen Dom von Kaiser Karl hatten meine gläubigen Eltern die Feierlichkeiten abhalten lassen. Ich war im biblischen Glauben und in der lateinischen Sprache jahrelang unterwiesen worden, doch als ich Æmelie Lochner kennenlernte, war ich genau in jenem Alter zwischen sechzehn und zwanzig, in welchem man nicht sehr empfänglich für die Lehren des Herrn ist. Sie hatte sich den Zugang zu den Wissenschaften wahrhaft erkämpft, hatte zunächst heimlich gelernt, sich als junger Mann verkleidet in die Hörsäle der Rheinisch-Eyfalischen Technischen Hochschule gesetzt, dann Professoren bestochen und Prüfungen heimlich absolviert.

Domek war einer derer gewesen, die es ihr ermöglicht hatten, die Diplome in Physik und Chemie zu absolvieren und danach sogar ganz offiziell als Frau die Promotion zum Doktor der Naturwissenschaften zu erlangen.

Seit Gott die Menschen mit dem ewigen Eis gestraft hatte, hatte die Wissenschaft Wege gefunden, das Leben zu erhalten, sogar zu verbessern, neue, unglaubliche Möglichkeiten und Techniken zu entdecken. Der Glaube war vielen Menschen dadurch heute, im Jahr 896 A.N., fern geworden – auch mir war es so ergangen. Æmelie war mir wie ein Gott im Kleinen erschienen, sie hatte Dinge erschaffen, Gesetzmäßigkeiten durchschaut. Wir Menschen waren unsere eigenen Götter geworden.

Doch jetzt war sie tot, und zu diesem Zeitpunkt erwiesen sich all diese Gedanken als leer und überheblich. Sie war nun bei Gott oder in der Hölle oder in einem fernen Paradies, in das auch Wissenschaftler gelangen. Geblieben waren nur die Puppe und das langsam Verblassende, das Æmelie in mir war.

Ich war stehengeblieben. Temmhort wandte sich zu mir um. „Dann wünsche ich Ihnen alles Gute. Morgen fahre ich wieder nach Hamburg – gebe Gott, dass die Gräfin keinen Racheakt an uns verübt!"

Er grüßte mit der Hand, und das war das letzte Mal, dass wir uns im Leben sahen.

○ ○ ○

Als ich einige Tage später von einem neuerlich vergeblichen Ausflug zu einem aluminiumverarbeitenden Hoeschwerk wiederkam, wartete Domek auf der Treppe und unterhielt sich mit Lotte. Kichern und schäkernde Bemerkungen wechselten von Mund zu Ohr. Ich hatte darauf gewartet, dass das Verlangen nach Opiumpfeifen mich umtreiben würde, doch es war ausgeblieben – statt der von Domek angekündigten Lust, einen weiteren Tag auf dem Altar einer durchrauchten Nacht zu opfern, blieb weiterhin die Reumütigkeit, mich nie wieder derart sittenlos gehen zu lassen. Auch die lüsternen Gedanken an Lotte hatten nachgelassen.

„Naðan!", rief er aus, als er mich sah. „Meinst du, du bist in der Lage, dich ein wenig auf Vordermann zu bringen?"

„Das kommt ganz darauf an, wofür", sagte ich mit einem Blick auf Lotte. Domek legte den Arm um meine Schulter.

„Für die Schönsten und Reichsten der Stadt, mein Freund. In Ermangelung einer weiblichen Begleitung habe ich es mir nicht nehmen lassen, dich auf der Gästeliste vermerken zu lassen. Du brauchst angemessene Kleidung und ein paar angemessene Bilder, die du den feinen Herrschaften unter die Nase halten kannst. Dann öffnet sich für dich jede Tür. Ach ja, und ein gründliches Bad, ein Besuch beim Friseur und vielleicht eine Investition in Kölnisch Wasser wären angemessen."

„Ich … ich werde mein Bestes tun", sagte ich und begann trotz der Kälte zu schwitzen. „Wann werde ich denn deine Begleitung sein? Und wohin?"

„Die Familie Hoesch feiert die Volljährigkeit der jüngsten Tochter. Ein wahrhaft süßes Kind, das da zur Frau herangereift ist, das kann ich dir sagen. Jeder, der Rang und Namen hat in Æsta, wird gratulieren und mit dem Püppi das Tanzbein schwingen. Und so junge Dinger schwärmen für brotlose Kunst, nicht wahr? Sie heißt Konstanze. Und obgleich du kein Böhme bist, gib dich ruhig ein wenig bohémien, das wird dich umso interessanter machen. Ach ja, und die Feier wird am nächsten Wochenende stattfinden. Sonnabend. Ich werde dich abholen – nein, halt, das ist nicht die richtige Umgebung für Herren wie uns. Triff mich um sechs Uhr abends an der Brücke nach Hohendorf."

Ich versuchte mir, all die in kürzester Zeit mitgeteilten Informationen zu merken, während Lotte ungeduldig Domeks Hand nahm und mit ihrem roten Mund an seinem Finger lutschte. Diese verdammte Dirne sollte endlich aufhören damit und mich in Frieden lassen!

„Danke, Domek. Bis … bis dann."

„Du könntest mir viel Spaß wünschen", grinste er, doch ich wandte mich hastig ab und stürzte die Stiege hinauf in meine Kammer.

„… immer so schüchtern", hörte ich Lotte noch kichern. Hoffentlich erzählte sie ihm nicht von uns! Ich wurde rot, während ich die Tür schloss – sicherlich, er würde nichts an der Untreue gegenüber Æmelie finden, hatte er doch deutlich gemacht, dass die Heiligkeit der Ehe ihm ganz und gar nicht heilig war. Aber dennoch, ich schämte mich vor ihm für meine Untreue.

Domek hatte Æmelie nur unwesentlich nach mir an der Hochschule kennengelernt, er war einige Jahre älter und hatte in so manchen Türen bereits seine Füße platziert.

Eine Zeitlang hatte ich gedacht, Æmelie würde ihn heiraten wollen, ihren reichen Freund und Gönner. Ich hatte gar nicht gewagt, an sie heranzutreten, bis Æmelie sich schrecklich über seinen Lebenswandel entsetzt hatte. Auf einer Feier im Haus eines Professors hatte er sich betrunken, und irgendeinen Beweis seiner Niederträchtigkeit erbracht, dessen Zeuge Æmelie geworden war. Sie hatte es nie genau in Worte gefasst, doch ich glaube, es hatte etwas mit der Verlobten des verwitweten Professors zu tun.

Domek also war ein Schürzenjäger, und Æmelie suchte jemanden wie mich. Außer, dass ich mit Lotte geschlafen und Æmelie hintergangen hatte. Dennoch hatte Domek nie aufgehört, Æmelie zu unterstützen und ihr zu den wirklich falschen Gelegenheiten unangebrachte Komplimente zu machen. „Ich mag Ihre Schrift, Æmelie. Sie ist so lang und schön wie Ihre Beine", hatte er einmal gesagt.

Nun konnte ich also hoffen, unter den Reichen Æstas einen Gönner meiner Kunst zu finden – und nicht zuletzt Hinweise auf Æmelies Verbleib. Der Monat neigte sich bedenklich dem Ende zu, ich hatte all mein Geld für einen bereits getragenen Anzug ausgegeben, hatte Mantel und sämtliche andere Kleidungsstücke, die ich von Venedig nach Æsta mitgebracht hatte, reinigen und mich selbst bei einem Friseur auf Vordermann bringen lassen. Nun stand ich – bis auf einige klägliche klimpernde Markstücke in den Taschen völlig blank – bei einem Parfümeur, der die erlesensten Düfte vor mir aufbaute. Es dunkelte bereits, obwohl das meist nur ein Anzeichen für den fortschreitenden Nachmittag war, und ich hatte mich für den Ball angekleidet, Æmelies Zylinder trug ich auf dem Kopf, ich war rasiert und meine braunen Haare waren glatt nach hinten gekämmt. Ich lächelte dem Parfümeur aufmunternd zu.

„Wissen Sie, meine Frau hat mir immer Parfüm gekauft. Es roch sehr gut, doch ich kann sie nicht mehr fragen, welches es war, denn sie ist leider verstorben."

„Das tut mir sehr leid!", äußerte sich der Parfümeur.

„Ja, mir auch. Kann ich vielleicht an einem Ihrer Parfums riechen?"

„Selbstverständlich. Wonach roch es denn, das Parfüm, das Ihre Frau Ihnen gekauft hat?"

„Nach … den Bergen Chinas im Nebel. Nach Zedern und aufsteigenden Vogelschwärmen", antwortete ich in Erprobung meiner Bohème-Ausstrahlung.

„Probieren Sie einmal dieses!" Er sprühte den Duft auf einen Streifen Papier und reichte ihn mir herüber.

„Das kann ich so unmöglich erkennen. Können Sie es mir vielleicht auf die Handgelenke sprühen?"

„Dann können Sie aber nicht mehrere ausprobieren, sie vermischen sich sonst, und das ist unschön."

Er kam dennoch meiner Aufforderung nach. Ich schnupperte, zuckte mit den Achseln und hielt ihm auch das rechte Handgelenk hin.

„Ein anderes?"

„Nein, das gleiche nochmal.“ Er zog die Augenbrauen hoch, sprühte, und ich schnupperte daran.

„Das muss ich mir durch den Kopf gehen lassen. Es riecht sehr ähnlich. Vielen Dank“, sagte ich eilig, bevor er mich in Erklärungsnot bringen konnte und verließ die Parfümerie. Draußen ging ich um eine Straßenecke und tupfte mir die wohlriechenden Handgelenke an Wangen und Hals. Damit würde Domek sich wohl hoffentlich zufrieden geben, es hatte genug von meiner Ehre als Edelmann gekostet.

Aber es war sehr bohemien.

o o o

Domek bedachte mich mit einem prüfenden Blick und gleich darauf mit einem zufriedenen Lächeln.

„Sehr gut. Du hast dir Mühe gegeben.“

Ich schulterte die Ledertasche, in denen ich Skizzen und kleinere fertiggestellte Bilder mit mir herumtrug und trat über die Brücke auf ihn zu – hinein nach Hohendorf, auf den schwimmenden Ausläufer des Eisberges. Hier war das Licht der Gaslaternen heller, auch die Luft schien mir angenehmer, vielleicht sogar wärmer – unter der stählernen Plattform jedoch rauschte bedrohlich das Meer, als sei es jederzeit bereit, die kleine Stadt in den salzigen Abgrund zu ziehen.

Domek von Pommern führte mich durch die Straßen der Bastion des Æstaner Adels hinauf zum Herzogshaus – es war beinahe schon ein Schlösschen, aus hellem, vom Meer gebleichtem Stein gebaut und mit Ornamenten in einer Mischung von Jugendstil und barocker Bauweise übersät.

Keiner, der hier residierte, musste den von einer stählernen Umzäunung wie von einer Schiffsreling umgebenen Schwimmer jemals verlassen, um Æstas Gassen und Gossen zu betreten. Es gab Geschäfte, edle Schneider und Friseure, es gab Lebensmittelhändler, die Dinge von den Luftschiffen feilboten, die ich nicht mehr gekostet hatte, seit ich am Tag unserer Hochzeit vom Gut meiner Eltern mit Æmelie in unser Stadthaus gezogen war. Je höher wir stiegen, desto seltener begegneten uns spazierengehende Passanten, und desto häufiger grüßte Domek andere geladene Gäste, die sich zu Fuß oder gar in Pferdekutschen oder mit Dampfmaschinen getriebenen Automobilen zum Herzogsschloss begaben.

„Dort hinten – die Gräfin Elsbeð von Niederbroich. Nur sie besitzt solche schwarzen Pferde, eine Schande, dass die Tiere niemals auf Koppeln laufen dürfen!"

„Ist es die Gräfin mit dem Luftschiff?"

„Ja. Pikant, dass sie heute alle aufeinandertreffen, nicht wahr?" Domek kicherte und richtete sein strohblondes Haar, das er geckenhaft bis auf Kinnlänge trug, und seinen gepflegten Schnauzbart. „Ich mache mich auf einen spannenden Abend gefasst!"

Wir erreichten die Villa der Familie Hoesch, die sich an das Herzogsschloss schmiegte, als wolle sie dadurch ihre Verbundenheit demonstrieren. Sie war ein niedrigerer Bau, jedoch zeichnete sie sich durch einen besser durchgehaltenen Stil aus – eiserne Gitter schmückten, schlicht an den Spitzen verschlungen, die Fenster, ein rotes Backsteinband zierte die ansonsten hell verputzte und gestrichene Fassade. Da die ansteigende Struktur des Schwimmers es nicht anders zuließ, sank die Villa rechter Hand in drei Stufen ab, die sich rückwärtig an den künstlichen Berg schmiegten. Am obersten Teil angekommen, blickten Domek und ich über Hohendorf, das seine pittoresken Dächer und Giebel nach uns ausstreckte. Jenseits davon ragte Æstas Eisberg auf, noch sicher drei Mal so hoch wie das höchste Türmchen der Grafenresidenz, und davor, als höchstes Gebäude, malte sich dunkel der Turm des Spitals ab. Schwarzer Rauch stieg von den Industrieanlagen und Raffinerien der tieferen Gebiete auf.

„Schönes Æsta", seufzte Domek mit einem ironischen Zwinkern.

Die Kutsche, gezogen von besagten schwarzen Rappen, kam vor einem Torbogen zum Stehen, der auf einen gepflasterten

Innenhof führte. Eine Dame entstieg ihr und wurde sogleich von der Hausdienerin der Hoeschs in Empfang genommen. Beide Frauen waren etwas mehr als ein Jahrzehnt älter als ich selbst, und sie hätten gegensätzlicher kaum sein können. Die Gräfin war eine gertenschlanke Frau mit einer Adlernase und einem Blick, der demselben Tier zu Ehre gereicht hätte. Ein hochgeschlossenes Kleid, das von einem silbrigen Grau war, mit schwarzer Spitze, die an den Knöcheln hervorlugte, ging wenig charmant mit ihren knochigen Formen um. Ganz anders die Hausdienerin: Sie war auf eine charmante Weise pummelig, so wie jemand, der einem jammernden Kind vor dem Zubettgehen noch ein Bonbon zusteckt. Sie trug Hoeschs Farben – ein tiefes Aquamarin bis auf die blütenweiße Schürze, deren Gurt eine Falte in ihre ansonsten rundliche Mitte schnitt.

Auch Domek und ich traten heran, während sie die Gräfin ins Innere des Hofes komplementierte.

Ihr männliches Pendant, ein stocksteifer, staubiger Mann in schwarzem Anzug vertrat uns den Weg, als sei er gerade aus den Schatten erstanden. Ich zuckte zusammen, doch Domek lächelte einnehmend.

„Der junge Herr von Pommern“, bemerkte der vertrocknete Diener und bedachte mich mit einem Blick aus den Augenwinkeln. „Wer ist Ihre Begleitung?“

„Der junge Herr von Erlenhofen. Aus Aquis“, erwiderte Domek, doch ich räusperte mich mit einem plötzlich warnenden Gefühl im Nacken.

„Seien Sie bitte so gut und erwähnen meinen Namen nicht. Ich bin Naðan, ein Künstler ohne Nachnamen, wenn das gefällt.“

„Ich bin mir nicht sicher, ob das gefällt“, hüstelte der Diener und richtete seine weißen Handschuhe.

„Spannenlanger Hansel, nudeldicke Dirn“, sang Ynge in meiner Tasche zum Spott der beiden Hausdiener, und ich griff nach ihr und tätschelte warnend ihren Kopf.

„Das lässt sich sicherlich einrichten“, lachte Domek einnehmend. „Ich habe seine Kunst für mich entdeckt. Ich bin bekannt dafür, Dinge zu entdecken.“

„Wie Sie wünschen, junger Herr.“

Mit einer Verbeugung wies der Diener uns den Weg durch den von unten beheizten Innenhof, in welchem in Blumenkästen Pflanzen gediehen – ich sah an einem Bäumchen gar einen Apfel reifen! Doch da waren wir schon in der Helligkeit der Hoesch'schen Villa. Gaslampen ebenso wie neu installierte Glühlampen erhellten eine Eingangshalle, deren Fliesen mit ihrem weißen Stein dem schwarzen Deckengebälk gegenüberstanden. Wie die Fenster von Gittern mehr geschmückt als geschützt wurden, so waren auch hier die hell verputzten Wände mit gitterartigen schwarzen Mustern bedeckt, die mich daran denken ließen, in einen Käfig hinein- oder aus einem herauszublicken. Ich fragte mich, in welche Art von Bild ich diesen Eindruck würde verfrachten können, doch für den Augenblick blieb es bei dem kurzen Gedanken, denn zu viele andere Dinge buhlten um meine Aufmerksamkeit.

„Legen Sie doch Ihren Mantel ab!“, bat mich eine junge Frau in dunkelblauem Kleid mit einem Knicks. Sie hatte das Haar unter einer Haube verborgen, doch eine blonde Strähne schaute an ihrer Schläfe heraus. Ich ließ mir den Mantel ausziehen und die Mappe mit den Zeichnungen beiseite legen, doch Ynges Schrei erinnerte mich daran, dass ich sie nicht in der Innentasche zurücklassen konnte.

Viele edle Damen und Herren schlenderten bereits um mich herum, strebten dem Saal zu, dessen große Flügeltüren in den Empfangsraum geöffnet waren.

„Einen Moment! Ich … ich muss die Puppe herausnehmen.“

Domek räusperte sich. „Naðan, ich weiß, du hängst an dem Stück, aber hier wird gut auf sie achtgegeben.“

Ich schüttelte den Kopf und nahm Ynge vorsichtig an mich. Sie passte nicht in die Tasche meines Gehrocks, daher musste ich in den sprichwörtlichen sauren Apfel beißen und die Puppe in meine Armbeuge klemmen, während die Umstehenden mich mit befremdlichen Blicken betrachteten.

Ich beantwortete Domeks Seufzen mit einem selbstironischen Lachen. Als wir auf die Dienerin zutraten, die die eintreffenden Gäste vermerkte und im Saal ankündigte, flüsterte ich meinem Begleiter zu: „Ich glaube, du kannst es nicht hören, aber sie spricht zu mir. Es ist Æmelies Puppe, und sie spricht daraus, auch jetzt, wo sie tot ist."

„Grundgütiger – Herrgott – Naðan!" Er wandte sich mir mit heiserem Flüstern zu und packte mich an den Oberarmen. „Das erzählst du hoffentlich niemandem! Schon gar nicht heute Abend!"

„Kein Sorge. Irgendwer hier hat Æmelie umbringen lassen, und ich werde sicherlich nicht so dumm sein, ihn auf mich aufmerksam zu machen", wisperte ich zurück.

„Die Herren?"

„Domek von Pommern und Naðan, ein Künstler aus … aus der Eyfalia."

Der Stehkragen der Dienerin bebte, als sie unsere Namen wiederholte und uns mit einem Wink auf das Parkett der Reichen und Mächtigen Æstas hinauswies.

Die Decke des Festsaals war mit opulenten Tüchern verhüllt, das Licht hatte einen wunderbaren Goldton, wie ihn sonst nur Kerzenflammen oder ein milder Feuerschein verstrahlen. Die Wände, sicherlich zwanzig Meter voneinander entfernt, waren mit edlen Holzpaneelen verschalt, in die erneut die schlichten Muster geschnitzt waren, die das ganze Haus prägten. Der Boden war von einem blau und weiß gebänderten altmodischen Mosaik bedeckt, ich konnte jedoch nicht erkennen, was es darstellen sollte, denn es waren bereits sicherlich dreißig oder vierzig Gäste anwesend. Sie hatten etwas Puppenhaftes, Unwirkliches an sich, wie es nur herausgeputzte reiche Menschen haben können. Jedes Elend der Welt schien an ihnen vorüberzugehen, es schien weder Krankheit zu geben, noch Alter – keine Trauer, keinen anderen Moment als das Fest, keine andere Kleidung als die unbefleckten, frisch geschneiderten Anzüge, die opulenten Kleider und Röcke. Die Kostüme einer anderen Welt.

„Wunderbar, nicht?", flüsterte ich Ynge zu. „Aber sei gewiss, auch sie frieren, wenn sie auf die Straße gehen, und leiden, wenn jemand stirbt, den sie lieben."

Domek warf mir einen warnenden Blick zu, während ich beinahe durch den Raum schwebte – sicherlich fünf Zentimeter über dem Boden, wie alle anderen hier auch.

Auf einer kleinen Empore war ein riesiges Chronometer angebracht worden, dessen Minutenzeiger sich mit einem lauten metallischen Klicken voran bewegte. Das Ziffernblatt der Uhr war seltsam verschoben, so dass an oberster Stelle nicht die Zwölf den goldenen Kreis zierte, sondern eine Zehn, und darunter, für den Minutenzeiger geltend, die Siebenunddreißig.

„Die Uhrzeit, zu der die junge Dame das Licht der Welt erblickte", teilte Domek mir das Offensichtliche mit. Wir bekamen Champagner gereicht, und Domek ergatterte von einem umhergetragenen Tablett kleine Häppchen mit Krustentieren darauf.

„Danke, ich warte auf Essen, von dem ich weiß, wie man es isst", lehnte ich sein Angebot ab. Genüsslich zog er jedoch lediglich einen rötlichen Schwanz aus seinem Mund, nachdem er alles andere vertilgt hatte. Es sah einfach aus, aber da man sich bei solcherlei Getier nie wirklich sicher sein kann, dass es tatsächlich tot ist, verzichtete ich trotzdem.

Noch einmal klackte die Uhr – der Zeiger sprang auf genau drei Stunden vor der Volljährigkeit der Fabrikantentochter, und da trat sie auch schon unter dem Zeiger des Chronometers hinweg auf die Empore.

Tatsächlich war sie ein junger Apfel von Frau – rotwangig, süß, ein wenig rund. Sie strahlte in die Menge und winkte, sie lächelte, und sofort wurde ein Toast auf sie ausgesprochen.

„Ach, ein niedliches Mädchen!", rief eine ältere Dame neben mir aus. Noch war das niedliche Mädchen ja nicht volljährig, da konnte man so etwas ja noch sagen.

„Hübsch! Eine erblühende Schönheit! Ein Hoch auf das Geburtstagskind!"

Auch Domek sah den Apfel mit einem Lächeln an, doch irgendwie wurde mir leicht fad zumute, und ich kehrte aus der Schwebe auf den Boden des Ballsaals zurück. Diese Leute waren mehr Schein als Sein – auf dem Festland nichts, und hier alles, und sie ergingen sich in ihrem Quäntchen Existenz. Diese Menschen hatten meine Æmelie auf dem Gewissen!

Es gab jedoch zwei Personen im Festsaal, die ebenfalls beiseite sahen und die anderen Gäste mit kalten Augen musterten – und unsere Blicke trafen sich wie gebündelte Lichtstrahlen. Zum Einen war es die Gräfin von Niederbroich, die sich einen nonchalanten Anschein gab, jedoch innerlich sicherlich von Zorn zerfressen war. Zum Anderen war es eine junge Dame mit dem Blick einer Katze, die vermutlich vor fünf Minuten noch hatte spielen wollen, doch nun ihren Jagdtrieb entdeckt hatte. Beide Wesen machten mir Angst, obgleich ich zugeben musste, dass mir die junge Dame, anders als der Apfel, auch noch über die Maßen schön erschien. Sie war hochaufgerichtet in ihren üppigen Kleidern, schlank, doch mit einem ausladenden Rock, der über den Boden schleifte, und mich befürchten ließ, dass sie in Wahrheit noch größer sein musste, dass sie unter dem Rock kauerte und jederzeit aufspringen und uns alle zertreten konnte. Es schauderte mich, als die Augen dieses Geschöpfs mich trafen, und ich zog an Domeks Ärmel.

„Die Dame dort. Wer ist das?"

„Was? Das weiß ich nicht. Ach, doch, sie ist so etwas wie ein Mündel der Gräfin Elsbeð. Eine junge Adlige vom Land."

„Sie sieht nicht aus wie eine junge Adlige vom Land."

„Ach, nein? Aschblondes Haar, dürr wie ein Huhn. Ich finde, sie sieht genau aus wie eine Adlige vom Lande. Und dieser Rock steht ihr nicht."

Ich wagte noch einen Blick, und tatsächlich, Domeks Worte hatten das Wesen zusammenschrumpfen lassen. Ihr offenes Haar war stellenweise beinahe struppig, widerspenstig, von der Farbe einer streunenden Katze. Sie bewegte sich in ihren Kleidern, als fühle sie sich nicht wohl darin, als sei sie es gewohnt, im Sommer barfuß über die Felder zu laufen.

„Geh ruhig hinüber und sprich mit anderen Leuten. Zeig ihnen deine Bilder. Deswegen sind wir doch hier!", forderte Domek mich auf, doch es fiel mir schwer, mich aus seinem Schatten zu lösen. Solange ich neben dem jüngsten Sohn des Herzogs von Pommern stand, war es einfach, ein Mann ohne Nachnamen zu sein. Ein Künstler. Ein Bohémien.

„Ich brauche keinen Nachnamen. Naðan, der Künstler", dachte ich seufzend und drehte Ynge herum, damit auch sie ihren Blick schweifen lassen konnte.

Sofort wandte sich mir eine korpulente Dame zu, deren Dienerinnen schweißtreibende Arbeit verrichtet haben mussten, um sie in der Mitte zu einer entfernt sanduhrenähnlichen Figur zusammenzuschnüren. Die Dame schwitzte bereits und tupfte sich mit einem Taschentuch. Ich befürchtete, sie würde früher oder später explodieren und mit ihren Fleischmassen das Fest ruinieren. „Eine süße Puppe haben Sie da", seufzte sie atemlos.

Ich seufzte ebenfalls. „Ja, sie ist entzückend. Ynge, die Puppe meiner Frau."

„Aber sie ist ja kaputt!", teilte mir die Dame hilfreich mit. „Da, am Kopf!"

„Nein, tatsächlich!", entfuhr es mir, bevor ich mich zurückhalten konnte. „Wie ist das nur geschehen? Entschuldigen Sie mich, ich muss …"

Ich wandte mich ab und barg Ynge in der Sicherheit meiner Armbeuge. Als ich Ausschau nach der jungen Frau vom Land hielt, konnte ich sie nicht mehr entdecken, doch die Gräfin bedachte mich mit ihrem schneidenden Blick. Ich grüßte mit vorsichtigem Lächeln, und gerade, als ich den Mut aufbringen wollte, mich ihr zuzuwenden, hatte sie sich einem anderen Gesprächspartner gewidmet.

„Wie dumm! Sie könnte vielleicht helfen – ihr ist daran gelegen, anderen in dieser Stadt zu schaden. Diese anderen haben vielleicht uns geschadet, Ynge. Dann wäre sie der Feind meines Feindes."

„Beeindruckend, Naðan. Doch leider weißt du noch nicht, wer dein Feind ist."

„Das werde ich herausbekommen. Noch heute Abend!", versprach ich der Puppe mit dem Riss im Kopf.

○ ○ ○

Es sollte tatsächlich mehrere geben, die um diesen Platz in meinem Herzen wetteiferten. Mein Misstrauen galt sofort dem Fabrikanten Ephraim Hoesch, dessen schmale Lippen man unter dem gigantischen schwarzen geölten gezwirbelten Schnauzbart kaum erkennen konnte. Ich stellte fest, dass die letzten Wochen mich nicht unberührt gelassen hatten und ich mich nicht von den Eindrücken im Arbeiterviertel befreien konnte. Dieser Mann war ein mit der Not anderer spekulierender seelenloser Geldscheffler, und wenn er auch noch mit dem Tod meiner Frau zu tun hatte, so schwor ich bei Gott, würde er grausam dafür bezahlen. Ich ertappte mich dabei, wie ich nicht darüber nachdachte, ihn bei der Polizei anzuzeigen. Nein, ich dachte daran, ihn von der höchsten Spitze des Eisberges zu stürzen und zuzusehen, wie sein an der Flanke zerschlagender Körper Blut über Schnee und Eis ergoss.

Während eine Musikkapelle aufspielte und jeder mit der reizenden Apfelkonstanze eine Walzerrunde drehte, zog jedoch ein anderer Mann meine Aufmerksamkeit auf sich.

Er war hochgewachsen, hatte in etwa Domeks Alter von vielleicht dreißig Jahren und bewegte sich auf eine für sein Alter ungewöhnliche Weise, als habe er noch kürzlich einen schweren Unfall gehabt. Neugierig geworden schaltete ich mich in ein Gespräch ein, das er mit meinem Begleiter führte.

„Hast du schon mit Konstanze getanzt?", fragte Domek mit einem Grinsen und geröteten Wangen, denn er hatte gerade seine eklatanten Mängel im Gesellschaftstanz unter Beweis gestellt und dem süßen Geburtstagskind sicherlich ein paar Zehen geprellt. Ich schüttelte den Kopf, denn mein Hauptaugenmerk hatte bislang ihrem Vater gegolten, der steif und mit von Weste und Frack in Schach gehaltenem Wohlstandsbauch an der Balustrade stand und sich allenfalls mit dem Kanzler der Freistadt unterhielt. Der Kanzler war mir nicht weniger verdächtig, denn er war ein greiser, gewiefter Winzling mit viel zu schnellen Augen, und auch ihm traute ich zu, wunderschöne Wissenschaftlerinnen von Maschinenwesen töten zu lassen. Eigentlich traute ich diese Tat dieser ganzen verkommenen Festgesellschaft zu.

„Nach außen sind sie so rein, aber man sollte sich davor hüten, was in ihnen steckt."

„Das gilt für jeden", antwortete Ynge.

„Naðan! Ob du schon getanzt hast?"

„Nein, nein. Ich würde gerne die Gräfin Elsbeð bitten, sie scheint mir eine interessante Person zu sein, aber wann immer ich an sie herantreten will, ist sie belagert von Gesprächspartnern."

„Nach dem Luftkampf ist sie die heimliche Prominenz des Abends", bestätigte Domek. „Auch wenn sie den Kürzeren zog. Sie hat es gewagt, dem Herzog" – er nickte hinauf zu Kanzler von Pappelheim – „die Stirn zu bieten, und das tut hier eigentlich niemand mehr, obgleich er viele Alteingesessene erzürnt hat. Als Inhaber der einzigen Bank auf Æsta scheint er sich einen Spaß daraus zu machen, andere Häuser mit fragwürdigen Spekulationen ärmer zu machen. Der dort hinten ist der Herr Bankier – aber nur eine Marionette."

„Der blonde Herr?“, wies ich mit dem Kinn auf einen bulligen Mann, der nie aus dem Schatten des Herzogs wich.

„Nein, der Greis auf dem Stuhl, zu tatterig für alles, einschließlich der Bankgeschäfte. Der Blonde da ist einfach eine Leibwache.“ Domek sah wieder zum Kanzler. „Der Herzog hat Angst vor Gräfin Elsbeðs Rache, so scheint es.“ Er grinste. „Aber das braucht er nicht. Sie würde subtiler vorgehen. Sie ist eine wahre Hexe und tötet ihn mit ihrem Blick.“

„Die Gräfin ist eine Verfechterin alter Sitten“, ergriff der Mann mit dem seltsam steifen Gebaren nun zum ersten Mal das Wort. „Kaisertreu bis in den Tod, und es wird ihr schwer fallen, sich von dem Gedanken zu lösen, dass dem Kaiser nicht für alle Ewigkeit die Herrschaft über das Deutsche Reich gebührt.“

„Gewagte Worte, mein Freund! Ich dachte, Sie haben dem Kaiser als Luftfahrtsoffizier gedient?“

„Und was habe ich davon gehabt? Ich verdanke mein Leben der Gnade der Hanse, und den Fähigkeiten von Professor Roþblatt.“

„Kommst du damit zurecht?“, fragte Domek und senkte die Stimme. Der andere winkte ab.

„Er verspricht baldige Besserung. Es heißt, er forscht an neuer Technik. Im Moment ist es wahrlich unbefriedigend.“

„Wovon sprechen Sie, mein Herr?“, fragte ich mit angehaltenem Atem. Der andere seufzte und strich über seinen säuberlichen Scheitel. Alle Bewegungen führte er mit der Rechten aus, die Linke hing mehr oder weniger schlaff an seiner Seite. Er lächelte bitter und schob den Ärmel seines Jacketts vorsichtig hoch. Der Arm, der darunter zum Vorschein kam, war zu einem großen Teil zerstört, und ich schloss aus seiner eigenartigen Haltung, dass selbiges wohl auch bei seinem Bein der Fall sein musste. Die Hand war von Haut umgeben, dann folgte ein Unterarm mit Elle und Speiche aus bronzenem Metall, verbunden mit Schläuchen und Drähten, ummantelt von einem ledernen Schutz, den er wieder in die richtige Position brachte, nachdem er uns das Meisterwerk präsentiert hatte.

„Sie haben … einen … einen mechanischen Arm?", fragte ich atemlos.

„Ja. Arm und Bein wurden mir bei einer Explosion abgerissen und waren zum größten Teil zerfetzt."

Ich schluckte. „Das ist ja … grässlich."

„Oh ja, diesen Anblick wünsche ich niemandem. In einem Gnadenakt brachte mich das Schiff der Lufthanse in Professor Roþblatts Spital."

„Wo befindet sich dieses Spital?"

„Hier, auf Æsta. Der Turm."

„Sie haben diesen Arm und dieses Bein … hier auf Æsta erhalten?" Ich wagte kaum zu atmen.

„Aber ja. Der Professor ist eine Koryphäe auf seinem Gebiet. Er hat dieses Handwerk in London gelernt."

Ich hatte das Bedürfnis, mich zu setzen. „Wie wird Ihr Arm … betrieben? Nach dem Gesetz der Energieerhaltung muss er doch irgendwie mit … elektrischem Strom versorgt werden."

„Es gibt eine Galvanische Primärzelle." Er schob erneut den Lederschutz beiseite und präsentierte einen gewiss umständlich großen Zylinder aus Metall, eine Batterie, an der die Leitungen angeschlossen waren. „Ich muss sie wechseln. Mindestens dreimal am Tag, wenn ich mich viel bewege. Das geht ins Geld, das kann ich Ihnen sagen."

„Der Professor … Sie sagten, er forscht an neuer Technik. Forscht er … an der Brennstoffzelle? Der Galvanischen Gasbatterie?"

Domek fixierte mich mit einem Blick, als falle gerade ein Vorhang von seinen Augen ab. „Der Erlenhofenzelle", murmelte er, kaum hörbar, doch Ynge ruckte ihren Kopf zu ihm herum.

„Was weiß ich. Er forscht an etwas Besserem als dem hier, und ich kann nur hoffen, dass es ihm gelingt."

Ein Blitz zischte durch den Raum und ließ mich zusammenzucken. Es war mir völlig entgangen, dass ein Herr mit einem photographischen Apparat sich neben uns aufgebaut und den Augenblick der Erkenntnis für mich festgehalten hatte. Ich wandte mich zu ihm um und dankte ihm mit einem Lächeln.

Erneut wandelte ich wie auf einem Luftkissen durch den Raum. Professor Roþblatt. Die Erlenhofenzelle. Mechanische Gliedmaßen.

Am Fenster stand die Dame mit dem ausladenden Rock. Sie sah hinaus in den Nachthimmel, als erwäge sie, das Fliegen zu erlernen. Ynge strampelte gegen meine Magengrube, als ich an die Dame herantrat. Sie drehte sich zu mir herum, ihr schwarzer Rock raschelte, der Reifrock schwang ein wenig.

„Wer sind Sie? Ich habe Sie noch nie zuvor gesehen“, sagte sie mit einem winzigen Akzent oder Dialekt, den ich nicht einordnen konnte.

„Ich bin Naðan“, sagte ich. „Ich bin Künstler.“

Sie lachte, als hätte ich etwas Komisches gesagt.

„Ich bin … Magda“, erwiderte sie und zwinkerte, als würden wir beide lügen.

„Wollen Sie tanzen, Magda?“

„Nein, keinesfalls. Ich möchte fliegen.“

„Das habe ich vermutet, als ich Sie so gesehen habe.“

„Tatsächlich? Dann sind Sie vielleicht wirklich ein Künstler.“

„Vielleicht.“

Wir schwiegen, und ich musterte ihr Profil. Sie hatte eine recht prominente Nase, ähnlich prominent wie ihr Rock. Ungerührt starrte sie weiter in die Nacht.

„Sie sind eine Bekannte der Gräfin Elsbeð?“

„Gräfin von Niederbroich. Sie würden Herzog Erich auch nicht Herzog Erich nennen, sondern Herzog von Pappelheim oder Kanzler von Æsta.“

„Wird sie nicht von allen so genannt?“

„Gewiss. All die hohen Herren besitzen die Unverschämtheit, sie bei ihrem Vornamen zu nennen, nur weil sie ihre Bedeutung innerhalb der Ränge der Stadt herunterspielen wollen. Aber ja, ich bin eine Bekannte von ihr."

„Ist Ihnen auch der Professor des hiesigen Spitals bekannt?"

„Er ist mir bekannt. Soweit ich weiß, wird er noch erwartet. Eine unangenehme Person."

„Wie steht er zu den hohen Herrschaften, die hier anwesend sind? Zum Beispiel zu Herrn Hoesch?"

„Warum wollen Sie das wissen?" Sie wandte mir ihren Blick wieder zu und kniff die Augen zusammen.

„Das Parkett der Politik will vorsichtig begutachtet werden, bevor man es betritt", sagte ich unbestimmt und erntete ein neuerliches Lachen.

„Ich weiß nichts über ihn, außer den Geschichten, die man sich erzählt." Abschätzend glitt ihr Blick über die Gesellschaft. „Er hat die Heilkunst bei den Chinesen gelernt, sagt man. Aber aus irgendeinem Grund ist er in China in Gefangenschaft geraten und kam als Wrack zurück nach Europa. In Frankreich ist er jahrelang in einer Nervenheilanstalt gewesen, und nun ist er nicht nur ein brillanter Mediziner, sondern auch ein Kenner der menschlichen Seele und des Geistes, weswegen sie ihn hier auf Æsta beinahe schon als Genie verehren. Aber Politik … ich wüsste nicht, dass ihn das interessiert." Sie fing mich mit ihren Augen ein. Sie waren grün gesprenkelt, als würde der Spott hindurchscheinen. „Was möchten Sie – ein Künstler – auf diesem *Parkett* anfangen?"

In diesem Moment ließ die Uhr einen durchdringenden dröhnenden Gong hören und erlöste mich von Magdas viel zu klugem Blick. Alle Gäste verzogen sich an den Rand der Tanzfläche und ließen die junge Konstanze in der Mitte zurück. Der photographische Apparat ließ erneut sein Phosphor aufleuchten, als sie sich überrascht zur Empore umdrehte. Unter fortwährendem Geläut kam ihr Vater die Treppe herunterstolziert, und die

Schläge zählend stellte ich fest, dass es einundzwanzig waren, dass zur Stunde sich nun also die Jahreszahl der Fabrikantentochter zur Volljährigkeit erfüllt hatte. Gleichzeitig wurden die Tücher, welche die Decke verhüllten, beiseite gezogen und etwas wurde sich um sich selbst drehend auf die Tanzfläche herabgelassen. Strahlend trat Herr Hoesch auf sein Töchterchen zu.

„Liebste Konstanze!" Von oben wirbelte dieses Etwas herab, das aussah wie ein Mensch, und kurz lähmte mich die Vorstellung, ein Shelly mochte dort heruntertaumeln, vielleicht gar einer mit Æmelies Gesicht oder Körper.

„Bislang hast du dich gegen jede dir angetragene Verlobung zur Wehr gesetzt." Das Töchterchen wurde rot und kicherte.

„Es gibt das Sprichwort, dass man manchen jungen Damen einen Mann backen müsse. Nun, backen kann ich leider sehr schlecht."

Aber er hatte ihr einen aus dem Fleisch Toter gebaut ...

Zum Glück waren seine Worte andere. „Ich habe dir aber zumindest einen Mann gebaut, der ein hervorragender Tänzer ist."

Der Mann erreichte den Boden. Das Fräulein Magda schaute gar nicht hinüber, ich jedoch starrte gebannt die Kreatur an, deren Seile Herr Hoesch nun aus den Schlaufen löste. Es war ein Herr in feinstem Zwirn, die Haltung war die eines Tänzers, sein Gesicht war aus Porzellan wie das Gesicht Ynges, die Haare sprossen daraus zu einer formvollendeten Pomadenfrisur. Er lächelte mit rosigen Lippen.

„Herr Vater!", kicherte Konstanze. „Er ist gruselig!"

„Er ist nur ein Spaß, mein Kind. Natürlich darfst du auch die Reise nach Italien antreten, die du dir so sehnlich wünschst. Aber nun komm herum, und bewundere deinen Tanzpartner."

Von hinten ragte ein Schlüssel aus dem Körper des Mannes heraus, den Konstanze nun mit gackerndem Lachen drehte, so dass ein großes, klackendes Uhrwerk im Inneren der Kreatur aufgezogen wurde. Zusätzlich irritierte an seiner Hinterseite ein drittes Bein, welches ihm als Verlängerung der Wirbelsäule spross und ihn nach hinten stützte.

„Absurd“, flüsterte ich.

„Lächerlich“, flüsterte Magda, die die Szenerie sehr wohl im spiegelnden Glas zu observieren schien.

„Nun begib dich in Position, er ist ein hervorragender Walzertänzer!“, empfahl Herr Hoesch, und Konstanze stellte sich nach Atem ringend vor dem mechanischen Mann auf. Ein Tanzautomat. Die Musik setzte ein, und der Automat machte einen ausholenden Schritt, begann tatsächlich einen schwingenden, gleichmäßigen Walzer, bei dem Konstanze herumgewirbelt wurde, dass sie ein einziges Fliegen aus Röcken und langem blondem Haar war. Ihr Lachen war unüberhörbar, und alle starrten gebannt, bis sich auf ein Klatschen des Fabrikanten vereinzelt Paare zum Tanz fanden. Auch Frau Hoesch, eine graue, eingeschnürte, verhärmte Maus, die zu viele Kinder geboren hatte, trat hinzu und tanzte mit ihrem stattlichen Mann einen steifen Walzer. Als ich gerade Magda erneut um einen Tanz bitten wollte, öffnete sich die Tür zum Saal.

„Das ist der Mann, auf den Sie warten, Naðan“, wich Magda meiner drohenden Aufforderung aus. „Professor Roþblatt.“

Ich wandte mich um, und mit dem eiskalten Griff, der plötzlich mein Herz umschloss, wurde mir bewusst, dass der leibhaftige Teufel eingetreten war. Er stützte sich auf einen Stock, von dem ich wusste, dass eine Klinge herausschnappen konnte. Er blickte mit eiskaltem Blick durch sein goldumrahmtes Monokel, und ich wusste, dass mir schon einmal dieser Blick gegolten hatte.

„Liebling, wollen wir uns nicht auf den Weg machen? Es ist spät, und vielleicht willst du über all diese freundlichen Angebote nachdenken?“, hörte ich meine eigene Stimme, und fühlte den Blick durch das Monokel. Er war in Venedig gewesen. Er hatte Æmelie gedrängt, und sie hatte nicht nachgegeben, war sich der Rückendeckung durch die Münchnerin und das Haus

Pommern bewusst gewesen. In der Nacht hatte er sie getötet, hatte all die Pläne mitgenommen und ihren Leichnam. So musste es gewesen sein. Ich schwankte.

„Ruhig Blut, Naðan“, sagte Ynge – oder war es Magda? Sie jedenfalls fasste meinen Arm, als ich nach hinten taumelte und mich an der Wandvertäfelung wieder fing.

„Du kannst dir nicht sicher sein.“

„Der Stock, Ynge. Der Blick. Er ist es. Er muss es sein.“

„Ich heiße Magda“, sagte die Frau mit dem majestätischen Rock.

„Ich weiß. Dies hier ist Ynge“, flüsterte ich mit Tränen in den Augen.

„Was haben Sie denn?“, fragte die Frau mit echter Besorgnis in der Stimme. Sie berührte Ynges Haare mit einem Finger und strich über den Riss an ihrem Kopf. Der Schmerz durchzuckte mich bis tief in mein ohnehin seit Wochen wundes, rohes Herz. Ich schluckte und rang um meine Fassung.

„Dieser Mann ...“, keuchte ich. „Er ist der Leibhaftige.“

„Das glaube ich Ihnen gerne“, erwiderte sie trocken.

„Glauben Sie, dass jemand ein böser Mensch sein kann?“, flüsterte ich.

„Sehen Sie sich um! Hier sind viele aus verschiedenen Gründen bis ins Mark verdorben. Habgierig, geizig, neidisch. Kreisen umeinander und belauern sich. Aber der Professor – er hat nicht solche Laster. Ihm ist in China einfach nur der Mensch abhanden gekommen. Oder er war vorher schon so.“ Sie schüttelte sich kurz, lächelte dann und sagte schlicht: „Er hat meinen chronischen Husten behandelt. Seine Medizin war sehr wirksam, aber ich werde seinen Blick nie vergessen, als würde er durch mich durch sehen und nur Knochen erblicken.“

Sie entfernte sich einige Schritte und brachte mir ein Glas Champagner. „Trinken Sie das. Etwas Stärkeres wird leider zur Zeit noch nicht ausgeschenkt. Französisches Gesöff.“

Ich stürzte den Champagner herunter. Ynge blickte mich mit ihren harten, langbewimperten Augen an und sprach mit Æmelies Stimme: „Du musst jetzt stark sein, Naðan. Vielleicht hast du deinen Feind gefunden. Es gibt nur wenige Möglichkeiten, das herauszufinden."

Ich gewann das Ringen um meine Fassung und straffte mich.

„Entschuldigen Sie mich?"

„Natürlich. Ich sehe, Sie haben noch etwas vor. So wie ich."

Sie lächelte auf eine hochmütige Art und Weise, die ihrer Nase etwas so vortrefflich Elegantes verlieh, dass sie einer Königin Konkurrenz gemacht hätte. Auch Gräfin von Niederbroich hatte einen solchen Blick, sogar eine ähnliche Nase, und ich fragte mich sofort, ob die beiden verwandt waren. Ich packte Ynge fester, drückte sie gegen meine Rippen und begab mich hinüber zu Professor Roþblatt, der mit einer gebeugten Senilität, von der ich am Kai gesehen hatte, dass sie vorgetäuscht war, zu einigen Gästen hinübergegangen war und mit diesen ein Gespräch begonnen hatte. Ich stellte mich in die Nähe und lauschte. Während einiger unerträglicher Minuten wurden Belanglosigkeiten ausgetauscht.

„… bis vorhin gearbeitet."

„Hatten sie viele neue Patienten, Professor?"

„Nein, aber die Forschung ist manchmal sogar ungeduldiger als die Kranken und die Verwundeten."

„Der Herr mit der Puppe", sagte eine Stimme, gerade, als es anfing, spannend zu werden. „Der junge Herr von Pommern sagte mir, Sie wünschen, mit mir zu tanzen."

Gräfin Elsbeð hatte sich aus dem Begrüßungsgespräch mit dem Professor zurückgezogen und stand nun vor mir. Perplex starrte ich in ihre eisgrauen Augen, die exakt die Farbe ihres seidenen Kleides hatten.

„Gerade … ich …"

„Tanz mit ihr!", forderte Ynge, und ich gehorchte. Konstanzes Tänzer musste mittlerweile neu aufgezogen werden, und eine Schar von Damen erwartete schon den dreibeinigen Walzerkönig. Er funktionierte nur, wenn der Walzer exakt in der Geschwindigkeit erklang, die er auch tanzte.

Ich schaffte es, meinen Arm um die Gräfin zu legen und dennoch die Puppe festzuhalten. „Legen Sie doch einmal die Puppe ab."

„Das kann ich nicht. Sie ist mein Abgrund."

„Vielleicht hätte ich Sie doch besser mit dem Professor reden lassen sollen", spottete sie. Sie legte ihre andere Hand in meine, wir blickten starr aneinander vorbei, wie es beim Walzer üblich ist und begannen dann diesen Tanz, den ich gefühlte Jahrzehnte hatte üben müssen.

Eins zwei drei, eins zwei drei. Eins zwei drei, eins zwei drei.

„Sie sind ein guter Tänzer, Herr ohne Nachnamen."

„Ich kann dieses Kompliment nur erwidern: Sie sind eine perfekte Tänzerin." Auch dies entsprach der Wahrheit, obgleich sie steif und knochig war, hatte sie die entsprechende noble Anmut, die eine Frau haben muss, um Walzer zu tanzen. Neben uns begann der Automat seinen Reigen.

„Geschmackloses Geschenk", flüsterte die Gräfin, und in ihren Augen las ich den Hass auf Hoesch und den Stadtkanzler Pappelheim.

„Sind solche Puppen eine Spezialität von Æsta?"

„Wie kommen Sie darauf? Wer würde solche Puppen haben wollen? Gas und Petroleum, Erze, Kohle und allerlei daraus gewonnener Schnickschnack, das sind die Spezialitäten Æstas."

„Ich glaube, es gibt dunkle Dinge in dieser Stadt", erwiderte ich rätselhaft und düster und erntete einen kurzen Blick der Gräfin.

„Sie sind ein merkwürdiger Mann. Fallen Sie bloß nicht zu sehr auf, das könnte Auswirkungen haben."

„Sie haben sicherlich recht." Wir tanzten den Tanz zu Ende, und als wir uns trennten, knickste die Dame, und ich hauchte ihr einen Kuss auf die Hand. Aus ihren kalten Augen sah sie mich wärmer an, als ich es für möglich gehalten hätte, und begab sich dann wieder in die Höhle ihrer Löwen.

Domek hatte nun ebenfalls das Gespräch mit dem Professor gesucht, und mir wurde mit einem Stich bewusst, dass ich wenig über meinen Freund wusste. Er war immer auf der Suche nach Innovationen – wer konnte schon sagen, was er wann mit dem Professor gemauschelt hatte? War der Professor vielleicht erst durch Domek auf meine Æmelie aufmerksam geworden? Ich packte Ynge wieder fester.

„Das Ætherlot – wurde es schon in Betrieb genommen?"

„Es befindet sich in der Erprobungsphase", antwortete der Professor Domek mit der schnarrenden Stimme, an die ich mich noch erinnern konnte. „Schiffe befinden sich allerdings unterhalb des wahrnehmbaren Bereichs des Funkmessgeräts und werden demzufolge noch nicht detektiert. Aber ankommende Luftschiffe verzeichnen wir erfolgreich. Eine nächtliche Fluchtaktion wie die der Gräfin Elsbeð wird in Zukunft sofort bemerkt werden." Er lächelte zufrieden, ein Lächeln mit beinahe farblosen Lippen. Das Monokel baumelte an einer Goldkette von seinem Kragen herunter und fing das warme Licht der Lampen ein.

Ich wünschte, der Gräfin wäre es gelungen, dem Kaiser in die Hände zu spielen. Ich war nicht besonders kaisertreu – ebenso wie die Kirchen durch ihre zermürbenden Kriege an Glaubwürdigkeit und Integrität verloren hatten, hatte auch der Kaiser durch sinnlose Allianzen, ausweglose Fehden und hoffnungslose Invasionen viele Getreue verloren. Dennoch wünschte ich Hoesch, von Pappelheim, Roþblatt und all diesen aufgeblasenen Æstanern einen Verlust nach dem anderen.

„Noch ist das Ætherlot sehr groß, doch wenn wir es verkleinern können, ist es sicherlich möglich, es auch auf Luftschiffen zu installieren und so Kaperangriffen zu entgehen", führte Roþblatt weiter aus und strich zufrieden über den Knauf seines

Spazierstocks. In diesem Moment wurden mir sogar die meist friesischen oder vlæmischen Piraten sympathisch.

„Ah, Naðan“, sagte Domek hilfreich und zog mich heran. „Darf ich Ihnen Naðan vorstellen, einen Freund der Familie? Er malt wunderbare Bilder.“

Der Professor nickte mir knapp zu. „Der Herr mit der Puppe, er ist mir schon aufgefallen, als er getanzt hat. Was ist das für ein Geheimnis mit Ihrer Puppe, junger Mann?“

„Ich weiß nicht“, stammelte ich, von Domek am Arm an der Flucht gehindert.

„Sie müssen wissen, ich bin Arzt. Nicht nur des Körpers, sondern auch der Seele. Ich verstehe mich auf den Verstand und darauf, wann kein Verlass mehr auf ihn ist. Sind Sie ein besonders interessanter Fall für mich?“

„Ich weiß nicht“, gab ich erneut zu.

„Erzählen Sie mir doch, was das für eine Puppe ist! Was bedeutet Sie Ihnen?“

„Sie gehörte meiner Frau Æmelie, und Sie haben sie umgebracht.“ Ich dachte, ich hätte es gesagt. Ich dachte es eine ganze Zeitlang, bis mir bewusst wurde, dass Domek und der Professor mich weiterhin erwartungsvoll anblickten. Vielleicht hatte ein hilfreicher Geist meine Zunge gelähmt.

„Sie ist ein Andenken.“

„Ein so wertvolles, dass Sie es niemals aus der Hand geben?“

„Ganz recht. Niemals. Bis ich dein Blut über die Flanke des Eisbergs verteilt habe.“ Ich glaube, ich sagte auch den letzten Teil nicht, denn Roþblatt nickte nur wissend, als sei er sich völlig sicher, einen Nervenkranken vor sich zu haben. „Wenn Sie einmal mit mir darüber sprechen möchten, ich finde das hochinteressant. Kommen Sie einfach ins Stift, ich bin eigentlich immer dort. Ich lebe für die Wissenschaft, wie Ihr Freund Domek Ihnen sicherlich berichten kann.“

„In der Tat." Domeks Blick war besorgt und galt mir. Ich nickte. „Vielen Dank für das Angebot. Ein Mann kann nie genug über sich selbst wissen."

Ich starrte in Domeks Gesicht. Hast du sie verraten? Hast du sie an diesen Mann verraten?

Doch nun begann die Übergabe der Geschenke an die volljährige Konstanze. Viele Päckchen mit prächtigen Schleifen wurden herangeschafft und mit viel Brimborium übergeben.

Ein Fabrikant namens Voith toastete dem Mädchen zu und hob sogleich auch das Glas im Namen des Kaisers, und verschiedenfach schienen fröhliche Mienen aus den Gesichtern zu fallen, und Gemurmel wurde laut. Die Gräfin und noch eine beträchtliche Menge anderer Gäste hoben ihre Gläser, doch viele Anwesende behielten sie unten und tranken auch nicht daraus. Konstanze war verunsichert, nahm den Toast dann jedoch mit einem Nippen am Champagner entgegen.

Gräfin von Niederbroich hatte das Tanzbein mit einem anderen jungen Mann geschwungen, und auch mit diesem viele Sätze gewechselt. Es schien mir, dass sie die Aufmerksamkeit jüngerer Männer genoss, zudem war sie ohne Gemahl erschienen und behauptete sich offenbar ledig in einer Welt der männlichen Grafen, Herzöge und Geldadligen.

Vielleicht hätte Æmelie sie gemocht. Trotz allem.

„Die Gesetze der Thermodynamik liefern zudem eine erstaunliche Einsicht ins Weltgefüge. Durchaus auch philosophischer Natur", hörte ich eine neue Diskussion zwischen dem Professor und Domek von Pommern.

„Zum Beispiel?", fragte mein Gefährte, der nun nicht mehr von der Seite des Professors wich, als fürchte er, dass ich ihn mit meinem Verdacht konfrontieren würde.

„Die einfachste Anwendung finden wir im zweiten Hauptsatz. Kein System strebt der Ordnung entgegen. Die Entropie wird sich stets bemühen, Dinge ins Chaos gleiten zu lassen.

Nur Arbeit, Energie macht das System stabil, lässt es zur Ordnung streben."

„Das ist wahr. Man sieht es daran, wie viel Arbeit mein Zimmermädchen damit hat, bei mir aufzuräumen", lachte Domek.

„Man sieht es auch an Æsta. Das Chaos nimmt zu. Niemand steckt genug Arbeit hinein, um das System zu stabilisieren. Aber auch die gängigere Formulierung des zweiten Hauptsatzes bietet philosophische Ansätze."

„Wärme geht nie vom kälteren ins wärmere Behältnis über", sagte ich gedankenverloren.

„Richtig! Ein Künstler, aber gebildet", lobte der Professor. „Nehmen wir einmal jenen Dämon aus, den Maxwell kürzlich gefunden zu haben glaubt, ist das völlig korrekt. Ein einfacher Mensch, in Einfachheit geboren, kann nicht zu wahrer Größe aufsteigen. Die Gesellschaft ist in diese Richtung nicht durchlässig und wird daher, wie alles zur Entropie strebt, niemals das werden, was an Potential in ihr steckt. Sie wird gewissermaßen stets abkühlen. Es gibt Möglichkeiten, Energie mit einem thermodynamischen Kreisprozess hineinzustecken, um dies zu verhindern, aber da muss sehr wohl abgewogen werden, ob es sich lohnt, diese Energie zu investieren. Es gibt kein Perpetuum Mobile, auch die Gesellschaft ist keins."

Täuschte er sich nicht? War nicht Ynge eins?

Ich nickte und glaubte, seine Geisteshaltung in diesem Vergleich zwischen Physik und Soziologie bereits zu erkennen.

Nach dem Tanz mit der Gräfin schickte sich auch der junge Herr an, Konstanze ein Geschenk zu überreichen. Es war eine recht große Spieluhr mit einer rotgekleideten Balletttänzerin in einer Schatulle, gewissermaßen gegenläufig der Tatsache, dass der Apfel volljährig geworden war. Der junge Mann jedoch starrte das Geschenk an, als sie es auspackte, als habe er es nie zuvor gesehen, doch das Mädchen lächelte und knickste verzückt. Sie kurbelte an dem Gerät, welches ein scheußliches Quietschen von sich gab. Konstanze schrie auf, als der Kiste Rauch entstieg und sie offenkundig heiß wurde, und ließ sie fallen. Der Effekt schien jedoch bereits in Gang gesetzt, die Ballerina blähte sich zunächst auf und zerspritzte dann in einen glibberigen roten Faden. Schwarz sprengte es aus den Fugen der Schatulle auf die Gesellschaft, pumpte sich unerbittlich in alle Richtungen.

„Vati!", kreischte das Mädchen, als ihr Kleid, ihr Haar, ihre ausgestreckten Hände beschmutzt wurden. Der engste Kreis, welcher sich neugierig um das Mädchen geschlossen hatte, wurde ebenfalls besudelt, wich zurück und machte nachdrängenden Neugierigen Platz. Gekreisch, Geschrei und Wehklagen wurden laut, sowie der resolute Ruf des Hoeschvaters nach den Gendarmen. Der blonde Leibwächter hatte sich bereits schützend vor das Mädchen gestellt. Konstanze schluchzte und trat die Flucht an, dabei rempelte sie gegen ihren Uhrwerkmann, doch dieser blieb dank seiner drei Beine erstaunlicherweise stehen.

„Das ... das war ich nicht! Das ist nicht mein Geschenk!", rief der junge Herr aus, mit dem die Gräfin getanzt hatte. Ich sah zu ihr hinüber, doch ihre Miene zeigte keine Regung. Nur ihre Augen blitzten. Der blonde Hüne trat sofort durch die Menge und packte den jungen Mann, um ihn in Gewahrsam zu nehmen. „Ich war es nicht! Das Geschenk ist mir untergejubelt worden!", versuchte dieser sich zu rechtfertigen.

„Seht nur!", rief eine Stimme aus. „Da steht etwas!"

Tatsächlich hatte sich das Material, aus dem die Ballerina bestanden hatte, zu einer geschwungenen Schrift zusammengezogen, die nun auf dem Parkett gelandet und erkaltet war. „Gewerkschaftsgruß", bildeten die Buchstaben in umständlichen Verknotungen, und dieses Wort hatte einen vielstimmigen Aufschrei zur Folge.

„Ein Attentat!", kreischte jemand, und die Geburtstagsfeier endete in heillosem Chaos.

„Es hat Öl verspritzt. Und dieser Kunststoff ist eine wahre Meisterleistung!", ereiferte sich der Professor sofort. „Ich habe schon gehört, dass dieses Material in seine Ursprungsform zurückkehrt, wenn man es erhitzt. Aber in eine Schrift – wie haben diese tumben Gewerkschaftler das hinbekommen?"

„Vielleicht geht Wärme manchmal doch vom Kalten ins Warme über. Denken Sie an diesen Dämon, von dem Sie sprachen", sagte ich mit einem Lächeln, und er durchbohrte mich mit seinem Blick. Das Monokel war wieder unter seine Augenbraue geklemmt und verlieh ihm etwas bedrohlich Verkniffenes. Sein Gesicht und seine von Schweißperlen bedeckte Glatze waren so blank, dass sich das Licht darauf spiegelte.

„Ich glaube, das Fest ist beendet", bemerkte Domek, während um uns herum ein Umsturz der Gewerkschaftler befürchtet wurde, Rufe nach Waffen, Polizei und sofortigen Maßnahmen laut wurden.

„Diese dort!", gellte plötzlich ein Schrei durch den Raum. „Ich habe gesehen, wie sie ein Geschenk getauscht hat, das auf dem Gabentisch stand!"

Als ich mich umwandte, Gräfin Elsbeð erwartend, sah ich, dass Magda an der holzvertäfelten Wand erstarrte. Sie griff nach einer beinahe verborgenen Tür, neben der großen Flügeltür, die den Empfangsraum in den Saal öffnete, und stürmte hindurch.

„Polizei! Hinterher!", schrie die beleibte Dame, die mir ganz am Anfang des Festes aufgefallen war, und brach zusammen. Sie war über und über mit Öl beschmiert.

Ich besann mich nicht, sondern folgte dem Impuls und der jungen Frau, die ihren Rock gerafft hatte und am Ende eines kurzen Korridors eine Treppe hinaufhastete – ich war der Erste, der so geistesgegenwärtig war.

Die Treppe wand sich hinauf in einen Turm, Fenster eröffneten einen Blick in die sternklare Nacht, über das Meer und das rauchverhangene Æsta hinaus.

Magda hielt nicht inne, sie war trotz ihrer Röcke schneller als ich, und hinter mir rumpelten die nächsten Herrschaften die Stufen hinauf. Es war dunkel im Turm, bis sich ganz oben eine Tür in eine Sternwarte oder ein sehr ähnliches Laboratorium öffnete. Magda rauschte hinein, riss ihren Rock herab und entblößte darunter nichts als eine Männerhose. Eine unglaubliche Menge Stoff ergoss sich aus dem massigen Rock und mit einem Ruck verschloss sie das Band, das sie an der Taille umschlossen hatte. Nachdem sie mir beherzt einen schmerzhaften Tritt gegen den Brustkorb verpasst hatte, der mich zu Boden beförderte, packte sie ein kostbares bronzenes Fernrohr und zerschlug damit eines der rundum angebrachten Fenster. Eisiger Wind wehte herein. Ich erhob mich und taumelte in den Raum, rang nach Atem, schlug die Tür zu und hielt die Klinke mit aller Kraft gepackt. Verwirrt blickte sie mich an.

„Was tun Sie da?“, wisperte ich ihr zu. „Wer sind Sie?“

Hinter mir wurde an der Klinke gerüttelt, und Erschütterungen liefen durch die Tür in meine zum Zerreißen gespannten Muskeln.

„Ich bin Tomke Haukestochter“, sagte sie mit aller Würde, die die Situation ihr ließ. „Æsta den Tod!“ Damit warf sie den Rock durch das Fenster in die Luft. Wie ein Ballon blähte er sich auf und wurde vom Wind erfasst. Sie packte den Gürtel, der unten daraus hervorlugte und sprang dem Rock hinterher. Ich schrie auf, als sie tatsächlich ein Stück hinaufgehoben wurde und mit einem letzten Blick auf mich entkam. Ich ließ die Türklinke los, hinter mir stürmten drei Herren in das Observatorium und sahen sich wutschnaubend um.

„Wo ist sie?“, ließ der erste seinen buschigen Schnauzer erbeben.

„Sie ist … davongeflogen“, bemühte ich mich, angemessen zerknirscht zu klingen. „Verdammt!“

Die Herren hängten sich aus dem Fenster.

„Wo ist das vermaledeite Frauenzimmer? Hätten wir jetzt Musketen!“ Ynge lachte in meiner rechten Hand, und es war die wahre Freude, Æmelies Stimme lachen zu hören.

Der höchste Turm Æstas

Kohle

Ohne Geld, dafür mit mehreren Erkenntnissen langte ich wieder in meiner zugigen Dachkammer an.

Ynge warnte mich zwar, keine voreiligen Schlüsse zu ziehen, doch ich konnte nicht umhin, aus den Ereignissen des Abends gewisse Überlegungen anzustellen: Steckte die Gräfin mit ihrem sogenannten Mündel und den Gewerkschaften unter einer Decke? Oder machte sie sich die tiefe Kluft zwischen selbigen und dem Æstaner Adel nur zunutze? Warum hatte Magda sich Tomke genannt? War das ein friesischer Name? Wohin war sie mit ihrem eigenartigen Ballonrock geflogen – und wie weit konnte der Wind sie getragen haben? War sie nicht vermutlich längst im eisigen Meer ertrunken? Der Alarm des Ætherlots war losgegangen und eine schrille Glocke hatte über der Stadt gehallt – jedoch konnte das davongeflogene Mädchen nicht der Grund dafür sein, denn es war einige Zeit seither vergangen. Vielleicht – hoffentlich – waren es ihre Retter gewesen, die sie aus dem Meer gepflückt hatten.

Noch drängender jedoch waren die Gedanken an Professor Roþblatt. Sicherlich, ihn glaubte ich als den Teufel erkannt zu haben, der meine Æmelie auf dem Gewissen hatte. Aber war er der einzige? Wer von all den Hoeschs und Pappelheims, Niederbroichs und Voiths hatte seine Finger mit im Spiel gehabt? Hatte am Ende sogar Domek von Pommern in die Schöpfung künstlichen Lebens investiert und auf selbige spekuliert?

Ich vergrub das Gesicht in meinen Händen.

„Es bringt nichts, zu Domek zu gehen. Er würde mich nur anlügen. Er hatte nie Schwierigkeiten damit, mich anzulügen."

Verbittert dachte ich daran, wie er um Æmelies Gunst gebuhlt hatte, wie er sich immer wieder Gründe hatte einfallen lassen, sie zu sich nach Pommern einzuladen – ohne mich. Sie hatte stets abgelehnt, sie wusste, was sich für eine verheiratete Frau geziemte, und wir hatten uns nie voneinander getrennt. Außer, als ich ohne sie aus dem Fenster gesprungen war. Ich zerwühlte meine Haare.

„Ich muss dorthin, Ynge." Die Puppe starrte mich an, regte sich nicht und sprach nicht. Doch ihren Blick konnte ich als Zustimmung deuten. Ich griff nach ihr, zog sie aus, glättete ihr Kleidchen, kämmte ihre Haare, wusch ihre porzellanenen Gliedmaßen und zog sie wieder an. Dann legte ich mich ins Bett, noch in Hemd und Hose, und hielt die Puppe in meiner Armbeuge.

„Ich wünschte, du wärst nicht gestorben, Æmelie", sagte ich in die sinnlose Dunkelheit der Nacht hinein.

In meinem Traum stürzte Tomke ab, in ein Meer, in welchem bereits andere Menschen erfroren und ertrunken waren. Ich sah hinab, sah in all diese Gesichter – und mir wurde bewusst, dass ich flog. Zumindest für den Moment noch.

○ ○ ○

„Ich möchte einen Termin mit Professor Roþblatt ausmachen", teilte ich dem Wachmann vor dem Backsteinturm, der Æsta überragte, mit. Er nickte knapp, betätigte einen Schalter und unterbrach damit das laute Knistern und Rauschen der beiden schlanken, von flachen Metallscheiben gekrönten Apparaturen, die die große Metalltür flankierten.

„Was ist das?", fragte ich, als ich mit mulmigem Gefühl hindurchtrat.

„Teslaspulen. Sicherheitsmaßnahme."

„Wegen des Ætherlots?"

„Auch." Der Sicherheitsmann gestattete sich ein schmales Lächeln.

Ich trat durch einen dunklen Vorraum in eine karge Eingangshalle. Ein Fräulein saß hinter einer wuchtigen Schreibmaschine und grüßte mich, als ich eintrat.

„Der Herr mit der Puppe", sagte sie. „Der Herr Professor hat schon erwähnt, dass Sie kommen würden."

Lautstark tippte sie etwas auf ihrer Maschine. „Setzen Sie sich doch noch einen Moment."

„Muss ich keinen Termin vereinbaren?"

„Wie gesagt, der Professor rechnet mit Ihrem Kommen und nimmt sich sicherlich gerne Zeit für Sie."

Ich nahm auf einer hölzernen Bank Platz. Eine zerblätterte, zwei Monate alte Zeitung lag auf einem Tischchen und ich überflog die Todesanzeigen, fragte mich, welches Gedicht ich gewählt hätte, um Æmelies Scheiden in angemessene Worte zu fassen. Vermutlich hätte ich ein Bild gemalt.

Ich hatte versucht, ein Bild zu malen.

Ihre Augen waren das Letzte, woran ich mich versucht hatte. Sie blickten unter dem Rand des Zylinders hervor und sahen ihr ähnlich genug, doch ein wenig spielten auch Ynges Puppenaugen hinein, die in letzter Zeit der Ersatz für Æmelies Blicke waren. Ich wusste, das Bild würde mir eines Tages gelingen, und so hatte ich Madame darum gebeten, es für mich aufzubewahren, für den Fall, dass ich eine längere Zeit nicht wiederkam.

Im Inneren des Turms hallte auf einmal ein Schrei wider, vielleicht der gepeinigte Schrei eines Verletzten oder Todkranken. Vielleicht der ausweglose Schrei eines Wahnsinnigen, in dessen Seele gerade gewühlt wurde. Ein Blick zurück auf die Teslaspulen machte mir klar, dass der Professor seine Nervenkranken vermutlich gerne mit hohen elektrischen Spannungen zu heilen versuchte. Es überlief mich kalt, und ich legte das gelbliche Papier der Zeitung zurück. Vielleicht war mein Hiersein keine gute Idee, vielleicht hatte ich ganz recht gehabt damit, Æmelies Portrait an Madame zu geben, obgleich ich mich selbst noch für die übertriebene Vorsichtsmaßnahme belächelt hatte.

Vielleicht wird er meinen Geist auseinandernehmen und mich von Ynge trennen. Vielleicht wird er herausfinden, dass ich Æmelies Ehemann bin. Dann lässt er mich niemals mehr heraus und sperrt mich in eine modrige Zelle ein.

Es würde ihm nicht schwerfallen, Æsta zu versichern, dass ich wahnsinnig war.

Ich erhob mich mit zaghaft knackenden Kniegelenken und trat an das Pult des Fräuleins.

„Kann ich irgendwo … kann ich auf die Toilette gehen?"

Dabei warf ich einen Blick auf ihre Schreibmaschine. Ein einziger Blick nur auf das Blatt, das sie beschrieb, der mein Blut gefrieren ließ wie den Eisberg, über den Æsta gekrochen war wie ein Parasit.

„Es ist direkt vor dem Aufzug. Dieser Gang dort."

„Danke", krächzte ich und wandte mich ab. Der Gang zog sich schwarz und gähnend zu einer vergitterten Öffnung, in der ein Paternoster seine dampfbetriebenen Kreise zog. Ich schob mich an der Tür zum Klosett vorbei und stand zaudernd dort, wo nun die Kabine des Fahrstuhls in die Tiefe klapperte.

Naðan von Erlenhofen, Eintreffen 10 Uhr, hatte auf dem Papier gestanden. Meine Identität war kein Geheimnis mehr, und vielleicht war sie das auch nie gewesen. Vielleicht hatte der Mann mit dem durchdringenden Blick, dem Monokel, dem Gehstock mich bereits erkannt, als wir einander gegenüberstanden.

Oder Domek hatte nachgeholfen.

Der Paternoster erreichte das Erdgeschoss. So leise ich es vermochte, griff ich nach der Gittertür, schob sie beiseite und trat in den langsam hinabsteigenden Fahrstuhl.

„Einfach ist es, in die Unterwelt hinabzusteigen", flüsterte meine klassische Bildung mir zu, während der Fahrstuhl mich in die Finsternis führte.

Tag und Nacht stehen die Tore in die Dunkelheit offen.

„Herr von Erlenhofen?", rief die Sekretärin, die das Scheppern der Eisenstangen trotz meiner Bemühungen gehört haben musste.

„Entschuldigen Sie, ich bin an die Tür gestoßen“, ließ ich mich noch vernehmen, bevor die Tore der Unterwelt mich in ihre Arme nahmen. Das Rattern der Maschine, die den Aufzug betrieb, begleitete mich hinab.

ooo

Alles, was jemals über Irrenanstalten geschrieben wurde, stimmt. Alles, was jemals über Fahrten in die Unterwelt geschrieben wurde, über Orpheus und Æneas und Inanna, stimmt.

Der Fahrstuhl endete im Keller, oder vielmehr endete er dort nicht, sondern begann einen Aufstieg, der so leicht war wie der Abstieg, doch meine Höllenfahrt war nicht so simpel zu beenden. Ich öffnete das Gitter – das Geräusch ließ den ganzen Schacht erbeben – und stieg hinaus.

Kalt, dunkel bis auf eine im Sterben liegende Glühlampe, modrig grub sich dieser Keller in den Eisberg hinein. Hier unten bewahrte Professor Roþblatt sein dunkles, dämonisches Herz auf. Hier unten gab es Zellen und Kerker und verschlossene Türen. Als meine Schritte im Korridor herumirrten, wurde Klopfen an den Türen wach, das Klopfen derer, die die Verlorensten auf dieser ganzen weiten Welt waren. Im Keller des Æstaner Stifts, in den Klauen eines Mannes, der dafür gesorgt hatte, dass sie von allen Lebenden vergessen wurden.

Sie krochen an die Türen, die Dunkelheit malte ihre nackten, beschmutzten Leiber deutlich vor mein geistiges Auge. Sie scharrten auf dem Boden, sie gruben sich die Fingernägel in ihr eigenes Fleisch, um überhaupt noch etwas zu spüren.

„Du bildest dir das ein, Naðan“, warnte Ynge mich, doch ich zog den metallenen Riegel von einer vergitterten Sichtluke, die mich durch die Tür blicken ließ, um Ynge das Gegenteil zu beweisen. Nein – dahinter war es dunkel. Eine Stimme raschelte ohne Hoffnung in den Ritzen wie Papier. Ich drückte die Klinke herab, doch die Zelle war verschlossen.

„Vielleicht ist sie hier. Vielleicht lebt sie noch", würgte ich hervor, doch Ynge sah mich tadelnd an.

„Æmelie!", flüsterte ich. Knöchel klackerten gegen die Türen, Fingernägel schabten, Handflächen saugten sich schweißnass daran fest. Es waren fünf oder sechs verschlossene Türen, und vielleicht war nur hinter einer davon ein Geräusch, doch die dumpfe düstere Verlorenheit dieses Kellers ließ es zu einem misstönenden Konzert anschwellen. Ich torkelte weiter. Zu dem Schaben und Kratzen, dem Klopfen und Flüstern gesellte sich nun ein Geräusch, welches meine Nackenhaare aufstellte. Es war der wachhabende Laut der Teslaspulen. Ich war tief ins Herz vorgedrungen, und hier würde ich Erkenntnisse oder den Tod finden. Oder der Einfachheit halber beides.

Ich schlang die Arme um mich selbst, quetschte Ynge dabei ein und wagte mich Millimeter für Millimeter weiter vorwärts in die Richtung des Spannungsfeldes, das den Gang bewachte wie der dreiköpfige Hund des Avernus'.

Ynge war es, die mich auf den wuchtigen, mit einem Schlüsselloch versehenen Hebelschalter hinwies. Vergeblich zerrte ich daran – um die Teslaspulen zu besänftigen, brauchte ich den Schlüssel.

Sie witterten mich, sie warfen einen blauweißen Blitz durch den Gang, vom Kopf einer Spule zum Sockel der anderen.

Hier führte kein Weg vorbei – es sei denn, ich wollte als gekochtes Fleisch für die Leichenschändung des Professors herhalten. Nichts hatte ich in diesem Gang vorgefunden, außer den verschlossenen Zellentüren, nichts, was meinen Gedanken, die sich häufiger mit elektrischem Strom befasst hatten, als mir lieb gewesen war, eine Lösung bot.

„Was tun wir nun, Æmelie?", bat ich flüsternd meine Frau um Rat, doch die Puppe schwieg und blickte mich warnend an.

In diesem Moment erscholl die kalte Stimme Satans, jedoch lauter als die meine. „Ja. Ich komme sofort hoch. Ich habe die

Zwangseinweisung schon geschrieben, sagen Sie ihm einfach, er soll noch kurz warten."

Falls das Fräulein eine Antwort gab und diese durch irgendwelche Wunderwerke der Technik in die düsteren Katakomben übertragen wurde, vernahm ich sie auf jeden Fall nicht.

„Ja. Wenn er von der Toilette wiederkommt."

Mit demselben Geräusch, das ich von den Teslaspulen am Eingang bereits vernommen hatte, wurde ihnen ihre bedrohliche elektrische Quelle entzogen, und sie waren nurmehr tote, mit dickem Kupferdraht umwickelte Zylinder, auf deren oberen Enden eine metallene Scheibe thronte, die noch vorhin den großen Gott Jupiter imitiert hatte.

„Zurück! Schnell!", presste Ynge hervor, und ich stolperte beinahe über meine eigenen Füße, als ich ihrem Befehl gehorchte und mich durch den Korridor zurückzog, in die Schatten nahe des Paternosters, die nicht von der flackernden Glühlampe erhellt wurden. Die spazierstockbewehrte Silhouette des Professors trat durch die Wehr der Teslatransformatoren, drehte dann auf meiner Seite des tödlichen Hindernisses den Schlüssel herum und klappte den Schalter herunter, um sie wieder einzuschalten. Ihre stillen Gestalten begannen leise zu summen, als das Leben des elektrischen Impulses in sie zurückkehrte. Die Glühlampe erlosch kurz, nur um danach erneut flackernd zum Leben zu erwachen.

Ich presste mich in die Ecke, darum betend, dass das Monokel des Professors mich nicht in der Dunkelheit aufspüren würde, als er lediglich eine Armeslänge von mir entfernt stehen blieb, um auf den Paternoster zu warten. Das Glück war mir hold – er öffnete sogleich das zusammenschiebbare Gitter und trat in den Aufzug, der hier an seinem tiefsten Punkt angekommen war und zurück ans Licht kehrte. Kaum verschwand sein Kopf hinter der Linie der massiven, niedrigen Decke, herrschte Ynge mich an: „Jetzt! Lauf!"

Ich lief. Ich lief durch den Korridor der Unterwelt, und das Summen der Teslaspulen wurde zu einem Sirren, wurde zu einem Brummen, wurde zu einem Hohnlachen in meinen Ohren, als sie zu alter Stärke zurückfanden. Ich warf mich mit einem niedrigen Hechtsprung hindurch, in der Illusion, dem Strom zu entkommen, wenn ich mich unter ihm hindurchlavierte.

Wie die Schiffe, die das Ætherlot nicht erfasst …

Es krachte in meinem Schädel und ein lautes Peitschen erfüllte den Raum, als der Blitz mich erwischte. Ich biss mir auf die Zunge, biss mir eine tiefe blutende Wunde hinein, als ich von der Blitzentladung begleitet durch den Korridor flog, gegen die Wand prallte und zusammengekrümmt liegenblieb. Ich zuckte, es stank nach verbrannten Haaren – doch kaum hatte ich wieder ein wenig Kontrolle über meine zuckenden Gliedmaßen, kroch ich an der eisigen Backsteinmauer den Flur entlang.

Ich lebte! Der Blitz ließ meine Ohren schrillen, ließ meine Wirbelsäule erbeben, ließ Sterne vor meinen Augen tanzen, doch er war nicht tödlich gewesen – die Spulen hatten noch nicht ihre ganze, letale Kraft gehabt, hatten mich mit einer Warnung abgemahnt, doch erneut summten und sirrten sie und sammelten elektrische Ladung, die Æstas Generatoren mühsam erzeugten. Wenn ich nicht weit genug fort war, würden sie erneut versuchen, mich zu ermorden. Ein Abschnitt des Bodens war mit Metallplatten gepflastert, und ich zog mich mit letzter Kraft darüber und davon fort. Ein halbherziger Blitz flog bogenförmig von Spule zu Spule und übersah meine Existenz. Ich lag auf dem Boden und rieb mein verbranntes Knie, keuchend, angekommen in der tiefsten Höhle.

○ ○ ○

„Willkommen“, flüsterte Ynge. „Du wirst erstaunt sein.“

Sie sagte das, als wüsste sie immer alles bereits eine Winzigkeit vor mir. Ich presste sie an mich, ich glaubte mich daran zu erinnern, dass sie bei meinem lebensmüden Sprung erneut bedrohlich geknackt hatte. Sollte ich jemals wieder ans Tageslicht und zu Geld gelangen, musste ich sie reparieren lassen – ich wollte doch nicht, dass sie eines Tages aufhören würde zu sprechen.

Der Korridor öffnete sich in zahlreiche Räume – an beiden Seiten waren drei dem Eisberg entrungen worden, und geradeaus mündete der Gang in eine finstere, große Kammer.

Befand ich mich hier geradewegs unter dem Friedhof? Oder tief unter der Æstaner Flagge, die stolz auf der Spitze des Eisberges geweht hatte?

Ich sah zweifelnd nach oben, doch die Wände waren backsteinverkleidet, sie atmeten lediglich die Kälte des Berges, an manchen Stellen war die Feuchtigkeit überfroren.

„Ich brauche Licht", murmelte ich, und dabei wurde mir mit der Wucht eines Schlages in den Magen bewusst, dass Professor Roþblatt sehr bald nachprüfen würde, ob ich mich auf der Toilette befand. Das Wort „Zwangseinweisung" schoss mir durch den Kopf.

Würde ich meine Schritte aus der Unterwelt zurücklenken können? Würde ich jemals wieder ans Licht zurückkehren?

Oder würde ich den spärlichen Rest meiner Tage im Æstaner Irrenhaus verbringen?

Nur, wenn er mich fand. Er durfte mich nicht finden.

Ich tastete mich in den Raum, in welchem der Professor mit dem Fräulein gesprochen hatte. An der Wand fand ich einen weiteren Hebel, den ich mit der Hand umfasste und nach unten zog. Eine Glühlampe in einem schlichten Käfig aus Glas und Metall, der von der Decke baumelte, leuchtete auf, während ich noch die Augen zusammenpresste, und befürchtete, von einer neuerlichen Sicherheitsmaßnahme verbrannt zu werden.

Als ich ein Lid hob, erfasste ich ein Büro. Zahlreiche Papiere, in ihrer Unordentlichkeit jedoch säuberlich gestapelt, bedeckten den Schreibtisch, ein wuchtiges Gerät mit einem Phonographen ruhte auf einer Halterung und war mit der Wand dahinter verdrahtet. Ich hob vorsichtig eine Art Trichter an mein Ohr und horchte. Nichts drang durch die Kabel und die eigenartigen Geräte zu mir durch, ich legte dennoch einen Finger auf die Lippen, bedeutete Ynge, still zu sein. Obgleich für gewöhnlich nur ich sie hören konnte, wusste ich doch nicht, ob eine solche Apparatur nicht vielleicht ihre Stimme auffangen konnte.

Ich blickte mich um. Irgendeinen Zweck musste meine Reise in die Unterwelt erfüllen, doch mein Gehirn schepperte in meinem Schädel und erholte sich nur langsam von dem Stromschlag.

Ich suchte nach Beweisen für den Mord an Æmelie. Beweisen, warum ich ihn an der Flanke des Eisberges zerschmettern sollte.

Danach würde ich freudig sterben oder den Rest meines Lebens in einer Anstalt verbringen. Aber jetzt noch nicht.

Ich durchwühlte die Papiere, grapschte nach einem Brief an den Kanzler, Herzog von Pappelheim, knüllte ihn zusammen und stopfte ihn zu Ynge in meine Manteltasche. Ich suchte nach Plänen, nach Beschreibungen der Gasbatterie, der Erlenhofenzelle, nach Details, die den Professor entlarven würden. Stattdessen fiel mir in einer hastig geöffneten Schublade etwas anderes in die Hände, die es sogleich zitternd fallenließen.

Ich keuchte. „Heb es auf! Schnell!“, wisperte Ynge, und ich bückte mich und fasste auch diese Dokumente. Es war mein eigener Tuschestrich. Es waren Æmelies Pläne, um zu fliegen. Es waren ihre geliebten Fluggeräte, die wir gemeinsam auf Papier zu zerbrechlichem Leben erweckt hatten. Ich rollte die Seiten zusammen, meine Kiefer klapperten schlotternd aufeinander.

Er hatte sie mit ihrer Leiche geraubt. Die Pläne waren hier. Der Prototyp musste hier sein. Sie selbst … sie selbst musste hier sein.

Ich stürzte aus dem Büro heraus, riss Türen auf oder prallte gegen verschlossene, bis ich in den großen Raum stolperte, der den Korridor beendete. Ein neuerlicher Griff nach einem Schalter enthüllte mir ein Laboratorium, in welchem der Professor offenbar gearbeitet hatte, bis ihm meine Ankunft mitgeteilt worden war.

Dinge lagen verstreut herum, eine Gasflasche war an etwas angeschlossen, das wie die Vergrößerung von Æmelies Prototyp aussah.

Also hatte er es geschafft, und er versorgte sie mit Gas – so konnte er sie während des Betriebs wieder aufladen. Damit vermochten seine Shellys ewig herumzulaufen. Tage. Wochen. Monate.

Ich streckte auch danach meine Hände aus, doch das Ganze hatte die Größe eines Rucksacks, die Erlenhofenzelle war nur etwas kleiner als der Tank. Ein Gestell hielt die Überreste eines Menschen – eine metallene Verstrebung als Rückgrat stützte ihn, und er streckte Arme und Beine aus totem Fleisch aus. Es stank nach Formaldehyd – Drähte und Schläuche verbanden die menschlichen Gliedmaßen mit dem Körper, der an ein Strichmännchen gemahnte.

Weitere abstoßende Experimente offenbarten sich mir auf Tischen, in gläsernen Behältnissen voller konservierender Flüssigkeit, an den Wänden. Er schien besonderes Gefallen an Gliedmaßen gefunden zu haben – diese rein mechanisch nachzuahmen, war sicherlich enorm schwierig, weshalb er seinen Vorteil aus der Wiederbelebung von Gottes perfektester Schöpfung zu ziehen versuchte: der menschlichen Hand.

Ich wunderte mich, dass ich mich nicht abwenden, mich nicht übergeben musste, doch erstaunlicherweise war ich völlig ruhig, nahm all die im kalten Licht wahrgenommenen Eindrücke in mich auf.

In dem Moment, als ich übriggebliebene Leichenteile in einem Tank begutachtete – menschliche Organe, ein Kopf mit dem Tode überlassenen Gesichtszügen, schrillte der Alarm.

„Dort hinten“, wisperte Ynge erstickt, und ich hatte sie niemals so bestürzt erlebt. Es war, als empfände sie die Emotionen, die ich nicht erfassen konnte. Als treffe sie die Perversität dieses Labors mit aller Macht, als habe sie sich wie ein Schutzschild vor mich geworfen.

Ich trat näher, obgleich das Schrillen der Alarmglocke meine Ohren betäubte und mich daran zu gemahnen versuchte, dass ich einen Ausweg würde finden müssen. Zunächst dachte ich, der Anblick des ermordeten Freudenmädchens Susi hätte Ynge so aufgeschreckt – ihr Körper war fest in ein feucht glänzendes Tuch gewickelt, in ihren leeren Augenhöhlen steckten Apparaturen, Messinstrumente, Antennen – Drähte ragten an den seltsamsten Stellen aus ihrem Schädel, doch der Professor schien das Experiment aufgegeben zu haben. Der entropischen Kraft des Todes überlassen, lag das arme Fräulein da, und hatte es trotz ihres zweifelhaften Lebenswandels nicht verdient, dass solcherlei Taten an ihr verübt wurden. Doch der groteske Anblick dieses Geschöpfs war es nicht gewesen, der Ynge derart erschreckt hatte.

Es war Æmelie gewesen.

Wie Schneewittchen lag sie in einem Glassarg. Das Gefäß war mit Flüssigkeit gefüllt, und ihr Körper schwamm nackt darin. Ich stöhnte gequält auf, näher taumelnd wie ein Betrunkener lehnte ich meine Stirn gegen den Sarg, der sie auf einem Wandbord auf die Auferstehung warten ließ. Unangetastet lag sie dort, nur die Haare waren ihr ausgefallen oder geschoren worden, oder sie hatten sich in der grausigen Flüssigkeit, in welcher sie schwamm, aufgelöst. Die schrecklichen Wunden, die die unerbittlichen Griffe der Shellys ihr am Hals und am Rücken zugefügt hatten, waren sauber vernäht worden. Der einzige Eingriff, den der grässliche, unmenschliche Professor ihr zugefügt hatte, waren Drähte, die aus ihren Nasenlöchern und Ohren herausragten.

Ihre Augen starrten mich verzweifelt an, und in diesem Moment begann Ynge zu weinen. Sie weinte sehr leise, doch Tränen flossen aus ihren Puppenaugen und benetzten meine Hand, die ich um sie verkrampft hatte. Ich zwang mich zu atmen.

Hier war sie; sie, die ich begraben wollte. Der ich die letzte Ruhe schenken wollte, bevor mein Leben endete.

„Naðan“, schluchzte Ynge. „Sie werden uns finden!“

Ich streckte meine Hände nach meiner Frau aus, doch sie stießen gegen die kalten Wände des Gefäßes, tasteten sich sinnsuchend daran entlang und fanden nichts zum Festhalten.

„Naðan!"

„Ich muss sie mitnehmen!"

„Das kannst du nicht! Du musst wiederkommen, mit dem Stadtkanzler oder den Gendarmen oder den Truppen des Kaisers!"

„Dann ist sie vielleicht nicht mehr hier!", begehrte ich auf. Außer dem Krach der Glocke war es hier unten ruhig wie in einem Grab. Es roch durchdringend nach Chemikalien, doch noch war niemand hinabgestiegen, um unsere Ruhe zu stören.

„Meine Æmelie."

„Naðan!"

War das der Wahnsinn, der innerhalb dieser Mauern lauerte und nach mir griff?

„Naðan", wiederholte die Puppe oder Æmelies Mund im Sarg. „Du musst jetzt fliehen. Du wirst wiederkommen."

Ich nickte langsam, und mein Brustkorb wurde von einem derart atemringenden Schluchzer geschüttelt, dass ich dachte, ich müsse daran ersticken. Doch ich erstickte nicht.

Sie war tot. Nie wieder würde ich mir einreden können, sie warte in einer Zelle darauf, dass ich sie befreite. Nein – sie wartete nur noch darauf, von mir zu Grabe getragen zu werden. Sie war tot.

„Die Schritte zurückzulenken und ans Licht zurückzukehren, das ist Qual, das ist Mühsal", erinnerte ich mich an Æneas' Reise – ich war am tiefstmöglichen Punkt angekommen, doch nun schickte mich die tote Æmelie wieder hinauf – und wie grausam war das von ihr! Auf der Suche nach Beweisen griff ich wahllos einige Papiere, die mit Versuchsaufbauten und Schemazeichnungen übersät waren, und stolperte zurück in den Korridor, der immer noch von den blau züngelnden Spulen erhellt wurde.

Befanden sich Shellys hinter den verschlossenen Türen? Waren am Ende sie es gewesen, die in den Zellen gekratzt und gescharrt hatten? Gab es eine Möglichkeit, sie zwischen die Teslaspulen zu stoßen, damit sich diese daran entluden?

Einige Türen waren wie Spinte nebeneinander angeordnet. Ich riss die Verkleidung eines kleinen Gitterfensters beiseite, hässlich kratzte Metall auf Metall. Ich konnte kaum etwas erkennen, doch das diffuse Licht aus dem Büro des Professors ließ mich ein totes Gesicht erahnen – ein Mann hing in diesem Spint wie ein Mantel in einem Kleiderschrank.

„Lass … ihn!“, flüsterte Ynge, als sich meine Hand an der Tür hinuntertastete und den reglosen Knauf fand. Mit zitternden Fingern schloss ich die Klappe wieder – der Spint war abgeschlossen.

Mein Blick fiel jedoch auf einen weiteren Kippschalter, wuchtig, metallen, mit einem hölzernen Griff, jedoch ohne Schlüsselloch – warum auch, der Professor vermutete sicherlich nicht, dass jemand Unbefugtes seine Sicherheitsmaßnahme von *innen* würde ausschalten müssen. Die Shellys besaßen nicht die Intelligenz, einen Schalter zu suchen – sie besaßen auch nicht die Intelligenz, eine unverhoffte Stufe zu meistern. Aber sie konnten Æmelie töten. Sie waren fähiger, als ich dachte. Oder töten war sehr einfach.

Ich hatte es noch niemals tun müssen. Töten. Ich hatte mich aus jedem der zahlreichen kleinen Kriege mit Nachbarländern heraushalten können – aus jenem blutigen gegen Frankreich, in dem die Eyfalia zum Glück neutral geblieben war, aus jenem gegen Russland, den nicht der Blutzoll, sondern die Kälte entschied, aus der lächerlichen Fehde gegen das Herzogtum Würtemberg, aus den zahlreichen Eroberungsversuchen an den Küsten der reichen afrikanischen Länder. Ich hatte niemals jemanden getötet – doch ich wusste, dass mich kein Gewissen daran hindern würde, an Professor Roþblatt Rache zu üben.

Wichtiger war, dass Æmelie ein Grab erhielt, rief ich mich zur Ordnung, als ich den Schalter herunterzog und dem Erlöschen der Spulen lauschte. In diesem Moment versagte auch die flackernde Glühlampe endlich ihren Dienst, als habe sie nur auf diesen Gnadenakt meinerseits gewartet, und die Dunkelheit umschloss mich so gnädig und kalt, als sei sie der Dunst des Styx'.

Ich tastete mich vorwärts, meine Füße nahmen durch die Sohlen meiner instandgesetzten Schuhe wahr, dass ich die Metallplatten passierte, das Rattern des Paternosters geleitete mich weiter, ebenso der in der Finsternis deutlicher werdende, blasse Lichtkeil, der durch den Schacht des Fahrstuhls hinabsank. Momentan befanden sich alle Aufzugskabinen oberhalb des Kellerstockwerks und mir kam ein hastiger Gedanke, als ich an den Zellentüren, hinter denen beständige unterdrückte Laute zu hören waren, vorbeischlüpfte. Ich öffnete das Gitter, das den Fahrstuhl vor mir verschloss und zog mich an einer ächzend protestierenden Scheibe, die die Kabinen im tiefsten Punkt des Paternosters umleitete, vorbei in den Schacht. Rechts und links von mir liefen Drahtseile wie Schlangen, die sich in den Schwanz bissen. Ich wusste nicht genau, wann die Kabine mich einholen würde und begann daher, mich vergewissernd, dass Ynge und die Papiere in Manteltaschen, Gürtel oder Hosenbund steckten, mit dem Aufstieg.

Zunächst war es nicht schwierig, die Gittertür diente mir dabei, die Füße zu verkeilen, doch dann war ich am oberen Ende der Tür angelangt, und meine Hände ertasteten das kalte Gemäuer des Fundaments, auf dem das Stift erbaut war. Ich trat auf die Scheibe, doch diese drehte meinen Fuß herum und klemmte mich beinahe an der Mauer ein – mit einer Ausweichbewegung griff ich das massige Stahlkabel. Es gab einen Ruck in meinen Armen, als es mich ebenfalls hinaufzog, ich versuchte, mir den Halt damit zu erleichtern, dass ich mit den Füßen an der Wand mitlief, doch ich rutschte immer wieder ein Stück hinab. Mit zusammengebissenen Zähnen und dem Geräusch der sich nähernden Kabine im Nacken – in welcher Sicherheitsmänner oder vielleicht gar der Professor selbst stehen konnten! – erreichte ich jedoch schließlich das obere Kellergeschoss und klammerte mich am Gitter fest, welches den Schacht auch hier verschloss.

Aus des Professors teuflischem Laboratorium hatte es keinen anderen Weg an die Oberfläche gegeben als den Paternoster – aber vielleicht würde ich in diesem Stockwerk eine Treppe, einen Schacht, eine Kellerfensteröffnung oder etwas dergleichen finden. Während ich noch zaudernd abwägte, ob ich das Gitter, welches den Korridor verschloss, wohl geräuschlos öffnen konnte, schob sich der Boden einer Aufzugskabine in mein Sichtfeld. Stimmen darin beendeten mein Zaudern, ich schob eine Hand durch das Gitter – betend, dass es nicht verschlossen war – und drückte die Klinke herab, mit der es sich beiseite schieben ließ. Bedrohlich schwankte ich selbst an der tückischen Gittertür, die Seile wollten mich wieder hinab in die Unterwelt locken, der Aufzug nahte über mir viel zu schnell – doch ich warf mich mit einem Hechtsprung bäuchlings in den Korridor hinein, der mich erwartete. Ohne eine Möglichkeit, die Tür wieder schließen zu können, streckte ich mich starr an der schmutzigen Mauer aus, hoffend, dass die spärliche Beleuchtung nicht ausreichte, um mich im Vorüberfahren zu erkennen. Als der Aufzug mich passierte, erkannte ich drei Gestalten darin, zwei davon unterhielten sich, ein weiterer trug einen Tank auf dem Rücken, sein Gesicht war hinter einer metallenen Maske verborgen, als er mich anstarrend in die Tiefe verbannt wurde. Viel zu langsam zog die Kabine vorbei, doch niemand entdeckte mich.

Unter mir wurden Rufe laut, als offenbar wurde, dass ich die Spulen deaktiviert hatte – meine Spuren jedoch schienen vorerst in die entgegengesetzte Richtung zu weisen, denn die Schritte trampelten den Korridor hinab zu den Laboratorien. Ich bildete mir ein, den schleppenden, vernunftlosen Tritt des Mannes, des Etwas mit der Maske, heraushören zu können.

Rasch rappelte ich mich auf. Auch dieser Korridor war finster, doch wie ich gehofft hatte, schien ein Keil Tageslicht hinein. Eine rosenförmige Glasstruktur am Ende des Korridors, in sicherlich drei Metern Höhe oberhalb der entgegengesetzten Wand, ließ das Sonnenlicht des Erdgeschosses herein. Auch hier zweigten Türen ab, hinter der ersten vermutete ich ob des Wummerns den Maschinenraum für den Paternoster. Einem plötzlichen Einfall folgend öffnete ich die Tür – sie war schmal und ging nach innen auf, einen Dampfkessel, einen Kolben samt Schwungrad sowie ein angeschlossenes Getriebe entblößend, die durch einen Durchbruch in der Wand die beiden Kabinen des Aufzugs in ihrer ständigen Bewegung hielten.

„Warte einen günstigen Moment ab!", flüsterte Ynge gepresst. Sie sah fürchterlich aus, ich hatte den Eindruck, ihre Augen lagen tiefer in den Höhlen als zuvor. Ich drehte die Luftzufuhr unter dem Kohlefeuer auf, das sofort heller aufloderte. Gleichzeitig drehte ich wahllos an einigen Ventilen. Die Maschine fauchte protestierend und erhöhte ihren Takt. Es dauerte nicht lange, bis ich vernahm, worauf Ynge gewartet hatte – Stimmen erschollen im Aufzugsschacht. Die Kabinen bewegten sich bereits schneller, das Getriebe ratterte und protestierte klappernd. Ich besah mir die Steuerung und kam zu dem Schluss, dass ich nichts weiter tun musste, als ein Rohr, das ohnehin nicht dicht abschloss, in seiner Verankerung in die andere Richtung zu biegen. Es war sicherlich ziemlich heiß – ich schützte meine Hände mit den Ärmeln meines Mantels und einem dicken Lappen, der in Griffweite lag, und als meine Verfolger aus dem Keller hinaufgefahren kamen, als Ynge ein rachsüchtiges „Jetzt!" schrie, da lenkte ich das Rohr um in die Richtung des Durchlasses. Heißer Dampf zischte heraus, Schreie ertönten im Aufzug – hastig ließ ich los, als der dicke Wollstoff meines Mantels gerade heiß genug wurde, um mir Schmerzenstränen in die Augen zu treiben. Ich warf mich rückwärts aus dem Raum, der Dampf füllte in Schwaden Aufzugsschacht und Maschinenraum aus. Die Dampfmaschine verlor rasch an Schwung.

Auf dem Flur erwartete mich eine gertenschlanke Frau mit einem weiß gestärkten Häubchen und einem strengen schwarzen Kleid. Sie hatte die Lippen gespitzt und schien nachzudenken, wie sie sich nun zu verhalten hatte. Ich entgegnete ihrem Blick möglichst angsteinflößend.

„Gehen Sie mir aus dem Weg!", knurrte ich.

„Denken Sie nicht, Sie seien der Erste, der versucht zu entkommen. Sie können sich gerne umsehen – hier unten landen die ganz schweren Fälle", erwiderte sie leise und ernsthaft.

Ihre Augen hatten etwas viel zu Gleichgültiges, dafür, dass gerade ein wildgewordener Mann vor ihr stand und sie mit seiner bloßen Anwesenheit bedrohte.

„Hier gibt es doch sicherlich eine Treppe." Es musste eine geben. Sie betrieben doch sicher nicht Tag und Nacht einen Aufzug.

„Seien Sie nicht lächerlich! Sie werden jetzt hübsch folgsam sein, mein Herr." Sie war jung, vielleicht Anfang Zwanzig, doch aus ihren Augen sprach etwas Älteres.

„Ach ja?" Ich sprang vor und wollte sie packen – eine Geisel war besser als gar nichts, doch sie wich mir elegant aus und knallte mir eine harte Faust gegen mein Ohr.

„Da haben Sie es. Und nochmal!" Diesmal jedoch duckte ich mich unter dem Schlag hinweg, packte ihr Handgelenk und warf sie gegen die Wand. Mein Ohr war ein einziger Schmerz, und es gab ein solch beträchtliches Fiepen von sich, dass es zumindest für mich eine Zeitlang die Alarmglocke übertönte.

Ich entwischte der Schwester in einen offenstehenden Raum. Hier war es bitterkalt, und ich bemerkte erst, als ich das düstere Zimmer betreten hatte, dass hier sicherlich zwei Dutzend Menschen saßen – Frauen, korrigierte ich mich, die sich kaum regten, als ich hineinstolperte. Eine einzige Gasfunzel erleuchtete ihre mageren, schmutzigen, teils von Schlägen und Geschwüren entstellten Gesichter. Sie sahen mich teilnahmslos an, saßen auf einer kargen hölzernen Bank an den Wänden entlang beinahe einmal um mich herum.

Keine weitere Tür, kein Weg führte mich wieder hinaus. Die Schwester stieß im Flur einen Alarmruf aus, dann kam sie hinter mir her.

„So. Eine Treppe ist hier jedenfalls nicht, junger Herr."

„Sei grausam zu ihr. Sie hat es verdient", lechzte Ynge in meiner Tasche. Ja, aus den Augen der Schwester sprach eine Qualifikation, die sie hierher, zu den *ganz schweren Fällen* versetzt hatte. Es war blanker Sadismus. Sie hatte einen kleinen Prügel vom Gürtel gezogen, und kam auf mich zu. Die meisten Frauen stierten mich verstandslos an, ein paar jedoch schienen die Veränderung noch wahrnehmen zu können und atmeten schneller, schrumpften auf ihren Plätzen zusammen oder spannten sich, als wollten sie fliehen.

Es ging alles ganz schnell. Eine weitere Schwester rannte in den Raum hinein, rempelte ihre Kollegin in den Rücken, ich nutzte die Gelegenheit, trat seitlich heran und entwand ihr mit einem gleichzeitigen Schlag gegen ihre Nase den Prügel.

„Und direkt nochmal!", höhnte Ynge. Der Überlebensinstinkt überwand all meine Hemmungen, eine Frau zu schlagen – wozu ich mich als Edelmann mit Benehmen bisher natürlich noch nie herabgelassen hatte, und so schlug ich ihr mit dem Prügel auf den Hinterkopf. Ihre Kollegin schrie spitz auf, ich versetzte ihr einen Stoß, dass sie auf den Schoß einer steif dasitzenden Nervenkranken fiel, machte einen Satz in den Korridor und zog die Tür zu. Ynge keuchte den Kranken zu: „Wehrt euch!" – oder war ich das? Eine Frau jedenfalls kreischte auf und starrte Ynge mit geweiteten Augen an, einige andere rührten sich nicht, manchen war ein panischer Ausdruck auf dem Gesicht gefroren. Zwei jedoch waren aufgestanden, und keine physische Fessel war da, die sie hielt. Sie setzten sich nun auf den Rücken der von mir niedergeknüppelten Wärterin.

„Tut, was die Puppe sagt!", zischte eine mit heiserer Stimme. Himmel – Ynge! Sie hörte sie auch!

Ich verharrte noch eine Sekunde im Türrahmen und sah mit an, wie sie, verbissen schweigend, begannen, der Sadistin die Haare in Büscheln auszureißen. Ein Schauder überlief mich, als ich die Schreie mit der schweren Tür einschloss.

Im Aufzugsschacht war nun, mit abgelassenem Dampf, Ruhe eingekehrt. Der Paternoster bewegte sich nicht mehr, doch allem Anschein nach machte sich bereits jemand auf den Weg durch den Schacht – und von links hörte ich nun auch trampelnde Schritte in einem Treppenhaus.

Also gab es doch ein Treppenhaus! Konnte ich mich mit dem nicht einmal unterarmlangen Prügel erwehren, mir gar einen Weg nach draußen erkämpfen? Mein Lehrer mochte mich ab und an gelobt haben, aber nein, so gut war ich nicht im Stockfechten, erst recht nicht gegen Schlagetods, die es ernst meinten.

„Zum Licht des Herrn musst du aufsteigen", flüsterte Ynge und sprach aus, was ich bereits gewusst hatte, als ich den Flur betreten hatte. Mit einem Gefühl, als würde Gott durch das trübe Licht einer Glasrosette mit mir sprechen, sah ich hinauf in das merkwürdige Jugendstilschmuckstück des Kellergeschosses. Ich seufzte, meine von Strom durchzuckten, von Dampf versehrten, von Kampf und Kraftanstrengung verzehrten Muskeln schmerzten und machten mir damit bewusst, wie wenig Wert ich in letzter Zeit auf körperliche Ertüchtigung gelegt hatte. Zunächst jedoch griff ich nach einem Stuhl – denn der Kopf des Korridors war heimelig wie eine Leseecke mit einem Tischchen, einem geklöppelten Tischtuch und einem kleinen getrockneten Blumenstrauß hergerichtet. Ich bemühte mich, mit dem Stuhl die Tür zu versperren, die in das kleine, runde Treppenhaus führte, dessen Form sich vor der Wand erkennen ließ. Es war kaum mehr als ein Notausgang und schien zudem verschlossen, damit die Verrückten sich nicht an der Flucht versuchten. Von innen polterte jemand dagegen.

„Schlüssel! Verdammt, ich seh nichts!" Ich klemmte den Stuhl unter die Klinke.

„Treten Sie die Tür ein!", kam ein unwirscher Befehl.

In Windeseile, mit schweißnassen Händen, rückte ich den Tisch unter das Fenster, doch auch das brachte mich nicht näher ans Tageslicht. Ich atmete gepresst, beinahe in kleinen Schluchzern. Schlurfende Schritte ließen mich innehalten, während im Treppenhaus gegen die Tür gebollert wurde. Ich wandte mich um. Der ganze Korridor stand voller Verrückter. Sie waren aus den Zimmern gekommen, in denen sie dazu verdammt waren, den ganzen Tag zu sitzen und auf ihren Tod oder baldige Besserung zu warten. Sie hatten es gewagt, hervorzukommen und sahen mich an. Es waren alles Frauen, vermutlich gab es nach Geschlechtern getrennte Stockwerke für die Nervenkranken. Eine Frau trat vor und legte einen Finger an Ynges Wange. „Süße, du. Süße. Hm?"

„Vielen Dank", erwiderte Ynge müde, jedoch geschmeichelt, und die Frau lächelte selig.

„Ihr müsst mir helfen. Ich muss hoch an das Fenster", flüsterte ich. Hinter ihnen arbeitete sich jemand durch die eiserne Gittertür des Aufzugs, schob sie langsam beiseite und verharrte dann, als er die steif in ihren Kittelchen dastehenden Leiber gewahrte.

„Bitte!", sagte ich erneut. Zwei Frauen kamen heran, sie schoben sich ungeduldig durch die Menge. Sie sprachen miteinander, ein flüssiges Gebrabbel, vielleicht eine osteuropäische Sprache oder einfach etwas Erfundenes. Eine von ihnen wuchtete den zweiten Stuhl auf das Tischchen. Die andere stabilisierte den Turmbau. Ich ergriff die Gelegenheit, kletterte auf das schwankende, knackende, ächzende Gebilde und warf den Prügel in das Fenster, das splitternd zerbarst. Eine der Frauen klomm ebenfalls auf das Tischchen. Als ich es wagte und in dem Augenblick an den mit Splittern übersäten Fensterrahmen sprang, in dem die Tür des Treppenhauses aufflog, stand sie mir bei und stützte Füße und Beine von unten, so dass ich es schaffte, mich hinaufzuziehen und meinen Oberkörper durch die brechenden Bleiverstrebungen der Glasblüte zu schieben.

Ynge schrie gequält auf, unten barsten Schüsse aus Musketen, und diese schreckliche Repetierwaffe der Shellys feuerte eine Kugel nach der anderen ab. Die kranken Frauen schrien, doch ich konnte nicht zurückblicken. Ich wuchtete mich durch die Öffnung und kroch in den schmutzigen Schnee.

Wenig Zeit blieb mir, während ich von einem heiseren Schluchzen geschüttelt wurde und meine Hände im Schnee säuberte, obgleich kein Blut sie besudelte.

Dann jedoch rappelte ich mich auf, atmete die kalte graue Luft ein; der Nebel des Styx' war bereits aus der Unterwelt hervorgequollen. Den Morgen hindurch war von allen Seiten dichter Dunst auf Æsta zugekrochen und umwaberte es nun derart dicht, dass außer den Fabriken jegliches Leben in der Stadt stillzustehen schien. Würde das meine Rettung sein? Ich rannte, schlitterte, stürzte, sprang auf und lief weiter, wie ich nie in meinem Leben gelaufen war. Die Gedanken an Æmelies toten Leib, an die Shellys, die Kranken, die Schüsse saßen mir im Nacken, der Geschmack von Formaldehyd auf der Zunge. Die brabbelnde Sprache der beiden Gefangenen, der Geruch nach Krankheit und menschlichem Schmutz …

Der Nebel verstärkte die Angst, richtete mir die Nackenhaare auf, kroch mir in Glieder und Kopf und bedeckte mich mit einer Watteschicht, einem einschnürenden Verband, der mich meinen Verstand kosten wollte. Mein Atem entfuhr mir so schnell, dass Sterne vor meinen Augen tanzten. Überall um mich herum mochten Menschen aus dem Nebel treten, um mich festzuhalten. Körper. Leichen. Automaten.

Schrillte die Alarmglocke der Irrenanstalt auch über den Straßen Æstas oder war sie schlichtweg noch in meinem Kopf? Panisch rannte ich bergab, querte die Trasse der Zahnradbahn und merkte erst dann, dass ich Ynge verloren hatte.

Keinen Laut hatte die Puppe von sich gegeben, obgleich sie doch sonst so gesprächig war. Ich wandte mich um und sah sie auf der Trasse liegen, neben der Kette, mit der die Gondel den Berg hinaufgezogen wurde. Sie lag da, als wäre sie nichts weiter als eine Puppe.

Auf der anderen Seite – eine niedrige Mauer trennte die Trasse von den umliegenden Straßen und Gebäuden ab – schälten sich Gestalten aus dem Nebel.

„Nein!" Mit einem Satz schwang ich mich über die Mauer auf meiner Seite, meine verschwitzten Hände froren beinahe an der eisigen Feuchtigkeit darauf fest. Kauernd kam ich bei Ynge an – die Wesen, menschlich oder nicht, schienen zu zweifeln, ob sie mir auf die Trasse folgen sollten; oder die Mauer stellte ein zu großes Hindernis für sie dar. Ich packte Ynge und drückte sie an mich, als der Professor sich zwischen seinen Automaten hindurchzwängte. Er war keine drei Meter von mir entfernt und lächelte schmal.

„Herr von Erlenhofen. Dachten Sie ernsthaft, mein Gedächtnis wäre so schlecht, dass ich den tölpelhaften Künstler aus Venedig nicht erkenne? Sie sind umstellt. Trotz Ihres bedauerlichen Geisteszustands können wir über Ihren Verbleib diskutieren, wenn Sie mir die Pläne geben."

„Welche Pläne?", stammelte ich mit aufeinanderkrachenden Zähnen. Meinte er die Fluggeräte?

„Halten Sie mich nicht zum Narren! Die Pläne für die Gasbatterie! Ich weiß, dass Æmelie an etwas Besserem als diesem lächerlichen Prototypen gearbeitet hat!"

„Nehmen Sie ihren Namen nicht in den Mund!", fuhr ich ihn an, und das Lächeln verließ sein Gesicht.

„Ich denke, um eine Einweisung werden Sie nicht herumkommen, junger Mann. Dann können wir gerne Ihr Zimmer über dieser Opiumhöhle durchsuchen, wenn Sie unkooperativ sind. Oder haben Sie die Pläne bereits nach Aquis übersandt? Wir werden auch in diesem Fall Möglichkeiten finden, daran zu kommen!"

Ich zog mich von der Bahntrasse zurück. Eines der Wesen mit grausiger Eisenmaske starrte mich aus leblosen Augenschlitzen an. Befand sich noch ein Gesicht hinter der Maske, oder war es zerstört? Steckten Drähte und Antennen in seinem Gehirn? Gab es Gedanken hinter diesem kruden Metall?

Die Kette der Zahnradbahn bewegte sich. Die Gondel wurde mit einem Klacken von unten in Gang gesetzt und zog sich langsam in unsere Richtung. Der Professor betätigte irgendetwas am Rücken seines maskierten Shellys und dieser begann, auf allen vieren wie ein Hund das Hindernis zu überklettern. Er sah aberwitzig und menschenunwürdig aus, doch ich erkannte, dass ich nicht darauf hoffen konnte, dass er langsam genug war, um von der Zahnradbahn überfahren zu werden. Mit Ynge im Arm setzte ich erneut über die Mauer, hinter mir wurde das Klacken der Bahn lauter, der Shelly selbst war leise wie der Nebel. Ich musste erkennen, dass der Professor nicht lediglich leer gedroht hatte; weitere sich eckig bewegende Schemen schoben sich durch den Dunst, und ich wusste nicht einmal, ob sie auf Augen angewiesen waren, um mich zu sehen.

Herzschlag und Atem stockten für einen kurzen Augenblick, in dem ich einen Entschluss treffen musste. Ich wählte eine Treppe, die mich auf die nächste Ebene Æstas führen würde. Dort konnte ich mindestens eine menschengroße Gestalt ausmachen, doch die Treppe würde ihn behindern.

„Erinnere dich an das Geräusch, das sie gemacht haben, als sie Æmelie getötet haben“, ermahnte ich mich innerlich. „Sie sind schneller und stärker, als sie aussehen.“

Doch sie waren plump – ich durfte lediglich nicht in ihre Nähe kommen. Als mein Herz wieder zu pumpen begann, floh ich die Treppe hinab. Der Nebel wirbelte, eiskalt war der Handlauf unter meinen haltsuchenden Fingern.

Als den Shelly und mich noch zwei Treppenstufen trennten und er schon seine Arme nach mir ausstreckte, erschien eine bedrohliche, massige Gestalt in dem weißen Nebel, bäumte sich auf, stieß einen grässlichen schrillen Schrei aus und schlug den Shelly mit wirbelnden Gliedmaßen zu Boden.

Es war ein Pferd – ein schwarzer Rappe, und ich benötigte einige verdatterte Wimpernschläge, um diese einfache Tatsache an mich heranzulassen, um keine erneute Teufelei hinter dem Ungetüm zu vermuten. Doch das Pferd, wo auch immer es hergekommen war, befand sich ebenfalls in Gefahr, denn am Ende der Treppe, das sah ich nun, hatten mehrere Wesen auf mich gelauert – mindestens einer davon war ein Mensch, denn er stieß einen wütenden Warnruf aus.

„Hier!“, wirbelte eine Stimme zusammen mit einem geworfenen Gegenstand auf mich zu. Ich hob eine Hand, wurde hart seitlich an den Knöcheln getroffen und nahm die andere Hand zu Hilfe, um zu ergreifen, was mir zugeworfen worden war. Es war ein dünner Spazierstock, den die silbernen Beschläge und das dunkle, kostbare Holz nach einer filigranen Stütze aussehen ließen. Ich zögerte nicht lange und setzte die restlichen Stufen hinab. Eine Muskete wurde abgefeuert, im Nebel spritzte das Feuer aus der Mündung, viel mehr konnte ich nicht sehen und hoffte, diesen Moment der Verwirrung zu überleben. Den Spazierstock am Knauf packend, drang ich im nächsten Moment auf den Schützen ein, er stieß mit dem Gewehrlauf nach mir, verfehlte mich, als ich ihm die Seite zuwandte und wusste sich nicht zu erwehren, als ich ihm den Stock, einem langen, langweiligen Drill folgend, der sich dennoch eingebrannt hatte, gegen die Schläfe schlug. Er stöhnte auf, ich setzte nach, sicherte seine Muskete mit der Hand und stieß ihm gleichzeitig das mit Leder ummantelte Ende des Stocks in die Kehle und drückte ihm den Adamsapfel in die Speiseröhre. Er krächzte gequält, hustete, rang nach Luft und schlug nach hinten um. Noch einen Schritt tat ich auf ihn zu, mich über ihm befindend, zertrümmerte ich ihm mit einem knallenden Hieb das Nasenbein und den Kiefer.

„Naðan! Sitzen Sie auf!“, befahl eine herrische Frauenstimme, doch etwas in mir wollte sich erneut einem Gegner zuwenden. Eine Hand zerrte an meinem Kragen, eine Reitgerte schlug über mich hinweg und traf jemanden im Gesicht, den das jedoch nicht zu scheren schien. Er roch nach Leiche und der Flüssigkeit, in welcher er haltbar gemacht worden war. Sein Kopf bewegte sich nicht einmal, als die dünne Haut aufplatzte, erst die Hufe des steigenden Pferdes beförderten ihn zu Boden.

„Naðan!", schrie die Frau, und ich reagierte nun endlich, stellte einen Fuß in den Steigbügel und zog mich hinter der Gräfin von Niederbroich in den Sattel. Das Pferd schnaubte unruhig.

„Wir gehen! Rückzug!", befahl die Gräfin, und nicht nur das Pferd, sondern auch drei Gestalten, die ich im Nebel für Männer des Professors oder Schlimmeres hätte halten können, gehorchten. Einer davon keuchte und ging gebückt – vielleicht der Unglückliche, den der Musketenschuss getroffen hatte? Ein anderer wollte ihn stützen, doch ein Shelly griff nach dem Leib des Fliehenden und riss ihn in den Nebel zurück.

„Nein!", hörten wir sein schriller werdendes Kreischen. „Hilfe!"

„Schnell, fort von hier!", zischte die Gräfin kalt und erhob dann die Stimme. „Professor Roþblatt! Dafür werden Sie bezahlen!"

„Gräfin Elsbeð!", kam die Antwort prompt, während die Zahnradbahn an uns vorbeiratterte, ein Ungetüm im Nebel. „Seien Sie keine Närrin! Er hat, was wir alle begehren! Was Ihr Kaiser begehrt! Er hat die Pläne!"

„Umso besser, Professor. Dann habe ich sie nun", gab sie zurück, während das Pferd nervös und mit zögerlichen Tritten die steil abfallende Straße hinuntertrappelte.

„Das wagen Sie nicht, Gräfin! Sich gegen mich stellen heißt, sich gegen den Kanzler zu stellen! Gegen die Hanse! Sie sind ruiniert!"

„Nicht mit den Plänen!", lachte sie und trat dem Pferd in die Flanken.

Eine Gräfin

Portrait in Öl

Sie saß mir gegenüber, und der Vormittag hatte weniger Spuren an ihr hinterlassen als an mir. Ich fühlte mich abgerissen, wund, zerschlagen, innerlich mehr als tot und der Aufmerksamkeit einer Gräfin unwürdig. Dennoch sah sie mir zu, wie ich einen heißen Tee so rasch in mich hineinschüttete, dass ich mir fast meine Innereien verbrannte.

Ich presste Ynge an mich. „Du musst doch schreien, wenn ich dich verliere!", flüsterte ich. Sie war so schmutzig, ihr Haar voller Staub, der Riss in ihrem Gesicht begann, Brösel auf ihrem Kleidchen zu hinterlassen.

„Warum sprechen Sie mit dieser Puppe?", fragte die Gräfin neugierig.

„Das würden Sie nicht verstehen."

„Ich habe Sie vor einem Mann gerettet, der Sie zwangseinweisen wollte. Ich hoffe, ich habe richtig gehandelt, als ich vermutet habe, dass Sie nicht wahnsinnig sind."

„Mir sind viele Dinge passiert, von denen ich hoffe, dass sie lediglich Ausgeburten meiner Phantasie sind", sagte ich tonlos.

„Wollen Sie ein Bad nehmen?"

„Hören Sie, ich weiß, dass Sie auf die Pläne spekulieren. Ich nehme an, für Æmelies Gasbatterie, aber ich habe sie nicht."

„Was hat es damit auf sich? Mit dieser Gasbatterie?"

Ich erzählte ihr davon, erzählte von der Fortentwicklung der Ideen des Professors Galvani, wie Æmelie den Prototypen der Erlenhofenzelle vor der Konferenz in Venedig fertiggestellt hatte, wie sie jedoch nicht vollständig zufrieden damit gewesen war und sofort mit der Anfertigung von Plänen für eine bessere, serienreife Batterie begonnen hatte.

„Ich dachte, er hätte die Pläne mit Æmelies Leichnam zusammen gestohlen. *Ich* habe sie jedenfalls nicht."

„Er hat sie auch nicht, oder dieser ganze Aufwand, den er treibt, wäre vollkommen unsinnig", erwiderte die Gräfin. Ich hatte die Pläne, Briefe und Risszeichnungen hervorgeholt, während ich gesprochen hatte, und sie griff danach, um sie durchzusehen.

„Überzeugen Sie sich davon – das sind die Pläne, die er hatte: Fluggeräte aus meiner und Æmelies Feder. Das Schema des Prototypen – diesen hat er gestohlen und, wie ich glaube, auch bereits weiterentwickelt. Diese Wesen haben immerhin mittlerweile eine recht gesicherte Energieversorgung. Trotzdem scheint er Æmelies revolutionäre Gedanken nach wie vor zu benötigen. Er hat sie zu früh getötet", seufzte ich düster. Die Zelle, die Æmelie in Venedig vorgestellt hatte, war noch nicht zuverlässig gewesen, die Energieausbeute war zu gering. Der Professor hatte das sicherlich schon feststellen müssen.

Vielleicht hatte er sie gar nicht töten wollen. Vielleicht wollte er sie lebend, doch die Shellys waren zu grob mit ihr umgesprungen.

Ich hatte jedenfalls den Beweis für ihren Tod gesehen – ihre Leiche, ihre in Flüssigkeit schwimmende Schneewittchenleiche. Ich legte mein Gesicht in meine Hände und begann, heisere, mir selbst fremde Geräusche auszustoßen.

Die Gräfin, auf ihrem Stuhl mir gegenübersitzend, rückte auf mich zu und legte mir eine Hand auf den Arm.

„Der Verlust hat Sie schwer getroffen. Das tut mir sehr leid."

Ich nickte hinter meinen Fingern und konnte den Geräuschen dennoch keinen Einhalt gebieten.

„Dieser Brief hier, Naðan. Sie sollten ihn sich ansehen."

Was konnte jetzt noch wichtig sein? Ich hatte Æmelie versprochen, sie zu finden, sie zu beerdigen, doch ich war gescheitert, und Ynge schwieg.

Ich warf einen Blick auf das Papier. Der Brief war an den Stadtkanzler Erich von Pappelheim, den ärgsten Feind der Gräfin gerichtet, und ihre Augen leuchteten, als sie vorlas.

„Meine Entwicklungen schreiten gut voran. Ich bin mir sicher, wenn Herr Hoesch sich in Bälde entschließt, können wir in die Serienproduktion gehen – solange sollten wir die Erdgasvorkommen zwar ausbeuten, jedoch nicht aufs Festland verschiffen. Wenn wir erst einmal gewisse Modifikationen am Körper getroffen haben, dass sich Auge und kleingeistige Moral nicht dadurch beleidigt fühlen, wird auch sicherlich die Zeit gekommen sein, damit an die Öffentlichkeit zu treten. Dann wird die Lösung der sozialen Frage in greifbarer Nähe sein, und Europa wird ohne derartige Stolpersteine ein wenig näher an Gottes genialen Geist heranreichen. Was heißt das?"

„Er baut Shellys. Wissen Sie das?"

„Shellys. Diese Gestalten im Nebel …"

„Kann man das der Polizei melden?"

„Vielleicht sind Sie bei den Kirchenvertretern an besserer Adresse. Wenn Hoesch und Pappelheim ihre Finger im Spiel haben, würde ich davon ausgehen, dass sie die Polizei bereits auf der Gehaltsliste stehen haben. ‚Die Lösung der sozialen Frage'. Eine eigenartige Formulierung."

„Ich habe gesehen, dass er bereits einmal die Streikbrecher mit einem Shelly ausgestattet hat. Wird er die Ordnungsorgane, die Exekutive durch seelenlose Automaten ersetzen?"

„Dieses Gefasel von Gott sieht ihm gar nicht ähnlich."

Ich fand schon, dass es ihm ähnlich sah. Wer die Gesellschaft nach den Gesetzen der Thermodynamik zu ordnen versuchte, der konnte auch mit der Hilfe einer Gasbatterie nach Gott greifen.

„Nichtsdestotrotz verschweigt er, dass seine Gasbatterie, im Gegensatz zu Æmelies offenbar verlorengegangenen Skizzen der Erlenhofenzelle, zum Antrieb der Shellys noch nicht ausgereift ist. Er muss sich sehr sicher sein, dass er die vollendete Konstruktion von mir erhält, wenn er von einer Serienproduktion spricht. Dieser Hundsfott!"

„Nun haben Sie mir seine Pläne freiwillig gezeigt. Nehmen Sie mein Angebot an? Ich lasse Ihnen ein Gästezimmer herrichten, und Sie können tun, was immer Sie wollen, sofern Sie sich in diesen vier Wänden befinden. Morgen früh jedoch müssen Sie sich entschieden haben, was wir mit Ihnen tun. Am besten verlassen Sie Æsta, denn früher oder später wird der Stadtkanzler eine Möglichkeit finden, nach Ihnen suchen zu lassen – auch hier bei mir."

Ich nickte betäubt.

Æsta verlassen. Æmelie hierlassen.

„Ich glaube …", flüsterte ich nach einem Blick auf verschiedene, wie unter Drogeneinfluss durcheinander gekritzelte Risszeichnungen. „Ich glaube, er will nicht nur den toten Körper wandeln lassen, sondern auch das Gehirn wieder zum Leben erwecken. Das Gehirn meiner Frau. Ich kann hier nicht weg."

Gräfin Elsbeð sah mir über die Schulter. „Ehrlich gesagt, kann ich das daraus beim besten Willen nicht lesen. Passen Sie auf, dass die Phantasie nicht mit Ihnen durchgeht."

Aber Ynge sah mich an und blinzelte langsam.

○ ○ ○

„Geht es Ihnen besser?", fragte die Gräfin und trat auf Strümpfen in das Gästezimmer, das sie mir hatte zuweisen lassen. Ein mürrisches Dienstmädchen hatte mir ein Bad bereitet, und nun trug ich einen Morgenmantel, der durchaus für einen Mann geschneidert schien – obgleich ich im Haus nicht einmal einen männlichen Diener angetroffen hatte. Verschämt versteckte ich meinen sauberen, nur mit Unterwäsche bekleideten Körper darin, als sie die Tür schloss, ohne nachzufragen, ob ich etwas dagegen hatte.

„Die Glocke hat geläutet“, erwiderte ich, ohne auf die lächerliche Befindlichkeitsfrage zu antworten.

„Natürlich. Verschiedene Herrschaften begehrten Einlass in meine Räumlichkeiten. Ich konnte sie mir noch vom Halse halten, doch schon morgen werde ich ihrem Drängen nachgeben müssen – spätestens dann werden sie mit einem gerichtlichen Beschluss wiederkommen und mit Soldaten des Herzogs. Geld und Macht öffnen eben alle Türen.“

„Was werden Sie jetzt tun, Gräfin?“, fragte ich. „Ich scheine Ihnen eher ein Klotz am Bein zu sein.“

„Tja, was mit Ihnen zu tun ist, wird sich zeigen. Ich habe schon jemanden zu einer … Freundin entsandt, die sicherlich bereit ist, mir zu helfen. Bis dahin werde ich schon etwas mit Ihnen anzufangen wissen.“

Sie lächelte so eigenartig. Unsicher lächelte ich zurück. Sie setzte sich auf das Gästebett und strich die Tagesdecke rechts und links von ihr glatt. Wie stets trug sie dunkle Kleidung, die ihre schmale Eckigkeit betonte – das helle Haar war zu einem Knoten gebunden, doch ihre Augen verbarg sie schüchtern unter einem Wimpernaufschlag. Ich räusperte mich.

„Wie kam es, dass Sie mich gerettet haben, Gräfin?“

„Ich bin ein guter Geist.“ Sie gestattete sich ein Lachen. „Nein, ich habe die Installation des Ætherlots genutzt und einen der Arbeiter an dem Gerät dafür bezahlt, mir Bericht über alle verdächtigen Begebenheiten im Stiftsturm zu erstatten. Ich habe den Professor schon länger im Verdacht, unlautere Experimente zu betreiben. Seine perverse Faszination für gewisse Dinge verschleiert er nur wenig.“

„Ich verdanke Ihnen mein Leben“, murmelte ich. Sie streckte eine Hand nach mir aus und legte mir einen kühlen Finger unter das Kinn.

„Naðan. Herr … von Erlenhofen. Sie haben Tomke fliehen lassen, nicht wahr? Ich würde sagen, wir sind quitt."

„Wer … wer ist Tomke?"

Sie lächelte nur geheimnisvoll, mit einem Blick, der wie von einem Schlüssel verschlossen war.

Mit einem kleinen Seufzer lehnte sie sich vor, um auf dem Tischchen nach der Teekanne zu greifen und mir aus dieser einzuschenken. Sie selbst nahm sich ebenfalls eine Tasse aus teurem verziertem Porzellan, die noch umgedreht auf einem Silbertablett ausgeharrt hatte.

„Mögen Sie Zucker?", fragte sie, während sie sicherlich vier Löffelchen in ihren Tee rieseln ließ.

Ich dachte über die Frage nach.

„Im Tee? Oder allgemein?"

„Herr von Erlenhofen, holen Sie Ihren Geist einmal zurück! Natürlich in den Tee – würde ich ein Gespräch mit Ihnen darüber führen wollen, ob Sie Mehl mögen oder Salz?"

„Vermutlich nicht." Frauen, das wusste ich bereits, wollten manchmal über die seltsamsten Dinge sprechen. Hauptsache, es kehrte keine Stille ein.

„Wenn ich Sie in dieser Nacht auf ein Schiff verfrachten lasse – und damit meine ich ein richtiges Schiff, eines, das auf dem Meer schwimmt, werden Sie das dann mit sich machen lassen? Werden Sie sich bemühen, mir die Rettung Ihres Lebens nicht zu schwer zu machen?"

Ich hob die Teetasse zum Mund und trank den die Lebensgeister weckenden Darjeeling.

„Warum sollte ich Ihnen meine Rettung schwermachen?"

Sie räusperte sich und nahm ebenfalls einen Schluck. „Nun … Sie sind … Sie haben gewisse Besonderheiten. Dass die Leiche Ihrer Frau allem Anschein nach in des Professors Gewahrsam ist, macht es nicht besser."

„Sie glauben, dass ich wie ein Wahnsinniger schreien werde, wenn Sie mich in eine Kutsche setzen?", kicherte ich.

„Ich bin mir einfach nicht sicher, was Sie angeht. Sie sind anders als die meisten anderen Menschen."

Ich sah in meine Teetasse. Das Porzellan und die spärliche Beleuchtung einer Gaslampe ließen den Tee grün-bräunlich schimmern. War ich wirklich anders als andere Menschen? Würde nicht jeder einer Puppe antworten, die mit der Stimme seiner Frau spricht?

„Was ist mit Domek von Pommern? Können wir ihm trauen?"

„Das weiß ich beim besten Willen nicht", erwiderte ich traurig. „Ich weiß manchmal nicht, ob man mir selbst trauen kann."

„Das meinte ich mit anders", seufzte sie, erhob sich mit graziös gehaltener Teetasse und setzte sich auf meinen Schoß. Sie wirkte so kühl und distanziert dabei, dass ich zu dem Schluss kam, dass ich mir ihre ungebührliche Annäherung nur einbildete. Ich lächelte und trank meinen Tee weiter. Sie tat es mir gleich, ihre Kleidung raschelte.

„Wie alt sind Sie, Naðan?"

„Sechsundzwanzig. Vermutlich." Ich war mir nicht einmal mehr sicher, welche Jahreszeit gerade herrschte.

„Ich bin zweiundvierzig", informierte sie mich, und nun vermutete ich, dass sie tatsächlich auf meinem Schoß saß. Siedend heiß stieg in mein Bewusstsein, dass ich nur Unterwäsche und einen Morgenmantel trug, und sicherlich hatte ihr das den Kopf verdreht. Ich hätte mich in Anwesenheit einer Gräfin gebührlicher kleiden sollen.

„Heute Nacht, ich denke, gegen halb zwei, werden wir Sie zum Hafen hinunterschaffen. Sie werden sich im Maschinenraum eines Schaufelraddampfers verbergen, der morgen zur norwegischen Küste aufbrechen wird."

„Gehe ich von dort aus … dann zu Fuß weiter?", fragte ich mit flauem Gefühl im Magen. „Liegt nicht ein Eispanzer über dem ganzen Land?"

„Von dort wird es eine Möglichkeit geben. Aber dort sind Sie erst einmal außerhalb der Sichtweite des Professors, und das kann nur gut sein. Er wird dieses Haus auf den Kopf stellen – er wird ganz Æsta auf den Kopf stellen. Aber nicht Norwegen."

„Darf ich mir die Frage erlauben … warum sitzen Sie auf meinem Schoß?"

„Wollen wir uns lediglich mit deprimierenden Plaudereien die Zeit bis in die tiefen Nachtstunden vertreiben? Ich bin es gewohnt zu erhalten, was ich begehre, und ich hoffe, Sie machen da keine Ausnahme."

„Ich … ich weiß nicht", gab ich zu. Ihr Gesicht befand sich nah an meinem, ihr Atem roch nach süßem heißem Tee. Ihre Haut spannte sich makellos über ihre ausgeprägten Wangenknochen, ihre Augen waren tief und grau wie der Nebel, der Æsta bedeckt hatte.

Ich war mir noch nicht sicher, ob ich ihre Nähe erregend fand, ob mich der Altersunterschied schockierte, ob ich es ihr schuldig war, ihre nächtlichen Wünsche zu erfüllen.

Sie stellte die Teetasse auf das Serviertischchen und zog den Kragen meines Morgenmantels auseinander, um mein Unterhemd zu entblößen, das leider seinen weißen Status schon vor Wochen eingebüßt hatte. Es war sauber, keine Frage, ich hatte es vor dem Geburtstagsfest waschen lassen, doch Leinen musste aufwendig vom Dienstpersonal gebleicht werden, damit es weiß blieb, und solcherlei Mühe hatte sich die Wäscherei für die paar Pfennig, die ich gezahlt hatte, nicht gemacht. Die Blicke der Gräfin waren mir unangenehm, obgleich es dämmrig genug im Zimmer war.

Sie jedoch machte keine Anstalten, meinem Unterhemd Beachtung zu schenken, sondern machte sich daran, die kleinen, weiß bezogenen Knöpfe zu lösen.

„Gräfin", warf ich ein, doch sie stellte nun auch meine Teetasse auf den Tisch und küsste mich mit einem sinnlichen Ertasten ihrer Lippen auf den Mund.

„Manchmal braucht man ein wenig Ablenkung und Erholung. Nun legen Sie doch einmal diese Puppe weg!“

Zögerlich setzte ich Ynge auf das Teetischchen. Sie sah mich traurig an, doch ich zuckte mit den Schultern.

„Was soll ich denn tun?“, flüsterte ich ihr zu, doch die Gräfin packte mein Kinn und drehte mein Gesicht herum.

„Seien Sie ein Mann! Seit wir getanzt haben, wünsche ich mir dies.“ Erneut küsste sie mich, diesmal schob sie ihre Zungenspitze zwischen meine Lippen, und sie schien zu wissen, welche Empfindungen ein solcher Kuss auslöste, denn ihre Hände, die über das hellbraune Haar auf meiner Brust gefahren waren, vergewisserten sich nun, dass es mich weniger Überwindung kosten würde, mich gehen zu lassen, als ich mir den Anschein gab.

„Ah“, seufzte sie. „Die Kraft der Jugend.“

Ich hoffte, dass mich die Phantasie täuschte, laut derer sie mir nun meine Jugendjahre aussaugen würde, um ihren eigenen Körper derart faltenfrei und glatt zu erhalten.

Sie erhob sich von meinem Schoß und begann, sich auf sehr sinnliche Art und Weise auszuziehen.

Sie trug alle möglichen frivolen Kleidungsstücke unter ihrem strengen Kleid – ein mit Spitzen verziertes Höschen, Strümpfe und Strumpfhalter und all diese Dinge, die man nicht unter dem Rock einer gesitteten Frau vermuten würde. Anders als Lotte, die mich doch auch bereits so ungebührlich verführt hatte, entkleidete sie sich vollständig, bis ich beinahe die Augen verschließen musste vor soviel Nacktheit. Die Gräfin war mager, knochig, die Haut blass bis auf die Stellen, an denen sich dunkle Haare kräuselten oder harte rosige Nippel aufrichteten. Ich zwang mich zu atmen.

„Zieh dich auch aus!“, befahl sie und legte sich auf die Tagesdecke meines Bettes. Sie öffnete ihre Beine und streichelte sich dort unten mit ihren Fingern.

Ich wandte mich glühend rot und beschämt ab.

„Mein kleiner Junge!“, kicherte sie. „Ich dachte, du wärst verheiratet gewesen!“

„Du bist verheiratet!“, ließ Ynge sich vernehmen. „Sag ihr das!“

„Bis dass der Tod euch scheidet, hat er gesagt“, gab ich zurück.

„Das ist sehr grausam, dass du das sagst!“, sagte Ynge tränenerstickt.

„Ach, mein Süßer, quält dich die Erinnerung? Du bist ihr nicht untreu! Niemand bindet uns beide!“, lockte die Gräfin wie der sprichwörtliche Teufel auf meiner Schulter.

Sie richtete sich auf und nahm meine Hand, und ich gewahrte, dass ich mich bereits viel näher an ihrem dahingegossenen Körper befand, als mir bewusst gewesen war. Mit ihrer Hand führte sie die meine über ihren Körper.

„Nur eine kurze Stunde, wir beide. Danach werden wir uns niemals wiedersehen.“

„Doch, werden wir. Wenn ich wiederkomme, um den Professor an der Flanke des Eisberges zu zerschmettern.“

Ich hatte den Mann mit der Muskete mit ziemlich großer Wahrscheinlichkeit mit einem Spazierstock getötet. Diese Erkenntnis versetzte mir nicht den Stich, den sie mir hätte versetzen sollen, und ich war zuversichtlich, auch Roþblatt mit der gleichen Ungerührtheit töten zu können. Jeder Mann konnte töten, oder? Das hatten viele Fürsten mit ihren Kriegszügen bewiesen. Es war nicht schwer, ein Mörder zu werden.

„Denke nicht daran! Denke an diese Stunde. An diesen Augenblick.“ Sie schob meine Hand zwischen ihre Schenkel und räkelte sich wonnevoll. Ihre Finger nestelten an meinen Knöpfen, bis ich endlich meiner Unterwäsche entstieg.

Mich gleichzeitig unbehaglich und tollkühn und berauscht fühlend, legte ich mich neben sie. Sie umarmte mich, zeigte mir dann erneut die Stelle, an der ich ihr Gefallen bereiten sollte, und nach einer Weile der innigen Umarmung begann sie laut zu seufzen und zu stöhnen. Meine Kehle schnürte sich zu, als ich in ihr vor Lust zerfließendes Gesicht blickte, ihre Augen waren geschlossen, ihrer Kehle entrangen sich schreckliche, wollüstige, beinahe unirdische Laute, dann bäumte sie sich unter meinen Händen auf und wurde von einem Schauer durchzuckt, als habe der Blitz einer Teslaspule sie durchfahren. Ich schluckte, als sie mich packte und so heftig küsste, dass mir die Luft wegblieb und meine Lippe blutete.

„Komm in mich hinein“, forderte sie und öffnete sich weit für mich. Ich wagte nicht, meiner Neugier nachzugeben und jenes Mysterium zu ergründen, das weibliche Schenkel beinhalten, ich legte mich auf sie und kam ihrer Aufforderung nach. Sie jedoch stieß mich ein Stück weg und legte mir ihre Beine an die Schultern, die Füße verschlossen sich hinter meinem Nacken. Ich keuchte erstaunt auf, als sie mich in sich hineinließ. „Ja!“, rief sie immerzu und gebärdete sich wild. „Ja! Ja!“

Sie erbebte noch einmal, schrie, dass es in den Räumen widerhallte, und biss in meinen Oberarm. Der Schmerz durchzuckte mich gleichzeitig mit dem Gipfel der Erregung, und es schien Minuten zu dauern, bis ich aufhören konnte, mich in sie zu ergießen, und mich beschämt und berauscht neben ihr in die Decke einwickelte. Es war kalt im Raum, doch unsere Leiber schienen zu dampfen.

„Das war wunderbar“, sagte sie, und kleidete sich bereits wieder an. Ich wollte mir die Ohren zuhalten. „Ich wünschte, du könntest bleiben und das noch ein paar Mal wiederholen.“

Sie beugte sich zu mir herab und flüsterte mir ihre grausamen unschicklichen Wahrheiten ins Ohr: „Du musst wissen, ich bin unersättlich, und gäbe es Huren für Frauen, ich würde mir einen ganzen Stall davon anschaffen, der mich vögelt, bis ich wund bin.“

Ich stöhnte gequält auf.

„Ich werde gleich eines der Mädchen zu dir schicken. Sie wird dafür sorgen, dass du das Haus ungesehen verlassen kannst und zum Hafen gebracht wirst."

○ ○ ○

Ynge hatte wieder diesen unversöhnlichen Ausdruck in den Augen. Ich hatte jedoch schamhaft geschwiegen, nicht um ihre Vergebung gebettelt – hatte ich nicht gelobt, ihr treu zu bleiben? Æmelies Andenken zu bewahren?

Ich zog mich wieder an; nachdem die Hitze meines Körpers verflogen war, wurde mir empfindlich kalt. Dann begann ich zu ordnen, was ich noch bei mir trug: In meinen Taschen fanden sich ein Bleistift und ein Stück schwarze Kreide. Ich nahm meine Mütze und drehte sie in den Händen hin und her. Ich zählte meine restlichen Pfennigstücke auf den Tisch. Ich tastete in die Manteltaschen und fand dort noch ein Taschentuch und einen weiteren Groschen.

Für Æmelies Portrait hatte ich gesorgt, so hoffte ich zumindest. Meine wenigen anderen Besitztümer, einschließlich Æmelies Zylinder, so bemerkte ich traurig, waren vermutlich verloren. Als Trost hatte ich nun zumindest Æmelies Pläne der Fluggeräte – ihrer mechanischen Flügel, ihrer Fluggestelle. Den Brief an den Kanzler, auch die im Fieberwahn gekritzelten Pläne der Brennstoffzellen Roþblatts, ließ ich bei Gräfin Elsbeð. Sie mochte Professor Roþblatt damit das Leben schwer machen, solange ich weg war.

Ich wollte ihr keine Schwierigkeiten bereiten, und so würde ich für den Moment kapitulieren. Ich würde von Æsta verschwinden – doch die Stadt auf dem Eisberg lag mir am Herzen, ja, es würde nicht eine Minute vergehen, in der ich nicht an sie denken würde, an ihre verdorbene Hülle aus Stahl und Rauch und das batteriebetriebene bösartige Herz unter dem Turm.

Ein Lebewohl im Nebel

Bleistiftzeichnung

„Auf Wiedersehen", drohte ich Æsta, als das Schiff in den Morgenstunden endlich ablegte. Die Gräfin hatte mich nach Mitternacht zum Seehafen schaffen lassen, zunächst in ihrem Keller eine steile Treppe hinunter, die uns an die Basis des schwimmenden Ausläufers von Æsta führte, wo unter den Gittern das Salzwasser rauschte und gurgelte, von dort aus mit einer winzigen Jolle durch Nebel und Dunst hinüber zur Hafenbucht. Geldbeträge hatten den Besitzer gewechselt, bis ich im Maschinenraum untergekommen war. Das Schiff gehörte der Firma Voith und sollte Ausrüstung aufs Festland bringen, sowie Erz und Gas zurück nach Æsta. Mich würde es nicht mehr mit zurücknehmen, ich würde auf irgendeine andere Weise wiederkehren – vorzugsweise als Erzengel Michæl, mit Æmelies Flügeln fliegend und mit einem Flammenschwert bewaffnet.

Als die Stadt in den wirbelnden Schwaden verschwand, als selbst das Licht auf der Parabolantenne des Ætherlots auf dem Dach des Stifts verblasste und verging, kroch ich zurück in den wummernden Maschinenraum und nahm das wissende Nicken des Maschinisten zur Kenntnis.

Die Fahrt dauerte nicht lange – in den fahlen, zögerlichen Morgenstunden legte der Dampfer sehr rasch am provisorischen Verladehafen des Festlandes an. Über die Steilküsten ragte das Eis, mancherorts bläulich gepresst von der Last der darauf ruhenden Massen. An einer Stelle, oberhalb eines dampfbetriebenen Lastenaufzuges, war das Eis in einer tiefen

Schneise geschmolzen, die ins Land hineinreichte, zu den Vorkommen der Dinge, auf die es Æsta abgesehen hatte.

Nachdem die meisten Arbeiter und Matrosen das Schiff verlassen hatten, bemühte ich mich, ihm möglichst unbeteiligt ebenfalls den Rücken zu kehren – als wäre nichts Sonderbares daran, dass ein offensichtlich gebildeter und durch lediglich ungebührliche Umstände an Deck dieses Schiffes gelangter Herr an Land spazierte. An ein unwirtliches, lebensfeindliches Land.

Mein Herz sank, als ich an den schwankenden Holzkais ankam. Wohin sollte ich mich nun wenden? Was hatte Elsbeð für mich vorgesehen? Oder hatte ihre Freundlichkeit lediglich bis hierher gelangt, und nun war ich wieder auf mich allein gestellt?

Ich seufzte und blickte kritisch zum Lastenaufzug hinüber. Würde ich nun nach Aquis zurückkehren? Würde ich um eine Audienz am Kaiserhaus in Frankfurt bitten und dort die schrecklichen Anmaßungen des Professors schildern?

Dann würde ich um meine Rache gebracht. Sie würden ihn inhaftieren lassen oder mir einfach keinen Glauben schenken.

Ein schlimmerer Gedanke als dieser durchfuhr mich plötzlich. Was, wenn auch dem Kaiser an einer Lösung der sozialen Frage gelegen war? Wenn auch er das rote Pack gerne von lebenden Leichnamen kontrolliert sähe? Die Arbeiter selbst schlussendlich nach Beenden ihres Lebens verwertet und zu einem Dasein als Shelly verdammt, bis sie auseinanderfielen?

Und konnte ich ahnen, wer bereits ebenfalls Shellys herstellte, sie mit Æmelies kostbaren Zellen versorgte? Vielleicht jener Wissenschaftler in London, der auf einem vergangenen naturwissenschaftlichen Kongress bereits ein solches Wesen vorgestellt hatte?

Ich stellte fest, dass ich in einem echten Dilemma saß, aber so oder so konnte ich nicht mit nichts dabei als der Kleidung, die ich trug, und einer sprechenden Puppe Norwegen durchqueren. Ganz davon abgesehen, dass niemand Norwegen durchquerte, egal mit welcher Ausrüstung.

„Haben Sie ein Problem, mein Herr?", sprach mich jemand an, und es war der grinsende Maschinist. Ich schüttelte hastig den Kopf – seine Zähne waren sehr weiß im rußverschmierten Gesicht. Er streckte seine Hand aus, jedoch nicht, um mir eine Hilfestellung anzubieten, sondern um etwas einzufordern, was ich nicht hatte.

„Ich kann Ihnen nicht noch mehr Geld geben. Ich bin sicher, die Gräfin hat Sie entlohnt. Und im Übrigen benötige ich keinen Ihrer Dienste mehr."

Er grinste noch breiter.

„Ich hab gar kein Geld gekriegt, mein Junge. Das hat alles der Kapitän eingestrichen. Hätte dich jederzeit verpfeifen können. Kann's auch jetzt noch." Er spuckte hinunter in die Fluten. Ich wurde nervös, eine Welle schwappte über den Steg und durchnässte meine Stiefel, die jedoch – frisch geflickt – standhielten. Der dreiste Mann sah mich unverwandt an, und ich fluchte innerlich, behielt aber meine Contenance.

„Sieh dich um! Wo willst du von hier aus hin? Hier sind nur Schiffe, die Æsta ansteuern."

„Dort oben", stellte ich triumphierend fest, „ist ein Ankermast. Ich gedenke nicht, die Reise auf dem trügerischen Meer fortzusetzen."

„Dann beeil dich lieber, denn siehst du das da?"

Grinsend zeigte er aufs Meer hinauf, und welchem Instinkt oder scharfem Gesichtssinn er es auch zu verdanken hatte, er behielt recht: Ein schlankes, kleines Luftschiff schälte sich aus dem Nebel, wenig später drang auch schon das stete Brummen der Propeller an mein Ohr. Die Gashülle war pechschwarz, als wären mir die Dämonen Æstas gefolgt.

„Es sind Leute des Herzogs, mein Junge. Wenn die Gräfin dich in diesen Schlamassel gebracht hat, dann muss ich nicht viel nachdenken, um zu verstehen, dass der Herzog dich mit

Freuden wieder herausholen wird. Wenn du verstehst, was ich meine." Erneut streckte er die Hand aus. „Ich helfe dir."

Ich sah hinüber zum Ankermast. Majestätisch wie ein Wal durchschwamm das Luftschiff die Nebelbänke. Ich wusste, dass mir wenig Zeit blieb. Auf dem wankenden Untergrund nahm ich die Beine in die Hand und hatte bereits einige Meter zwischen mich und den aufdringlichen Maschinisten gebracht, bevor dieser reagierte. Als er es jedoch tat, alarmierte er dabei laut die Arbeiter am Hafen, die sich sofort nach mir umwandten. Dennoch hatte ich die Überraschung auf meiner Seite – wenn mir auch die Nähe des gurgelnden, von Eisschollen durchsetzten Meeres Übelkeit verursachte. Sollte ich hineinstürzen, würde mich allenfalls der Herzog herausziehen – und ob ich da nicht einen kalten Tod in den Fluten vorziehen würde, ließ ich dahingestellt.

„Haltet ihn! Er ist ein Mörder!", rief der vermeintlich hilfsbereite Maschinist. Ein Arbeiter ließ seine Last fallen – einen ganzen Arm voller kostbarer Holzlatten hatte er von Bord eines Schiffes transportiert und sprang mir nun in den Weg. Ich taumelte eher unkontrolliert als bewusst zur Seite und griff mir eine kurze, unbearbeitete Latte. „Hätte ich doch noch Elsbeðs Spazierstock!", dachte ich verzweifelt. Als er seine speckigen Handschuhe gerade nach mir ausstrecken wollte, rammte ich ihm die Spitze der Latte gegen den Brustkorb. Dabei verwandte ich alle Geistesgegenwart, die mich die elterliche Verdammung zum edlen Stockfechten gelehrt hatte. Der Stoß besaß genug Wucht, um den anstürmenden Mann von den Beinen zu heben. Er krachte auf seine fallengelassene Ladung, schlitterte ein Stück inmitten polternder Holzstücke über den Kai und sackte dann mit einem Kreischen in die Tiefe. Eine Sekunde lang war alles still – selbst der Lastenaufzug und das nahende Luftschiff schienen in ihren Bewegungen und Lauten innezuhalten, um den Arbeitern diesen einen Moment zu gewähren, in dem sie verstanden, dass ich ihr Feind war.

Eine Art kollektiver Aufschrei folgte, und von allen Seiten des sich verästelnden Kais stürmten sie zu mir herüber.

Der Herzog hatte seine Männer umsonst ausgeschickt, diese Kreaturen würden mich in der Luft zerreißen. Mit stockendem Atem schlingerte ich über die glitschigen Holzbohlen, entging einer ausgestreckten Faust, riss mich aus dem zupackenden Griff einer Arbeiterhand los.

„Halt! Halt!“, hörte ich den Maschinisten mir zu zweifelhafter Hilfe eilen. „Er ist der Mörder von Æstas End! Sie wollen ihn lebend!“

„Der Mörder!“, hatten seine Kameraden lediglich verstanden. „Der Mörder von Æstas End! Wir ertränken den Hurensohn!“

Von überall her erschollen Rufe, Kapitäne und Offiziere brüllten Befehle, ein Hafenschutzmann eilte mit gezogenem Prügel und schrillender Pfeife auf die gefährlich schwankenden Arbeiter zu. Ich versetzte einem Mann einen Hieb gegen den Hals, der mir für den Augenblick etwas Luft verschaffte, setzte nach vorne, glitt aus – und fiel vom Kai herab.

Die Luft anhaltend prallte ich auf. Ich erwartete, die trügerisch dünne Oberfläche von Eis oder Wasser zu durchdringen und hinab in mein Grab zu fahren, doch stattdessen fingen Felsen mein Gewicht auf. Schleimige Algen hatten sich in dieser lebensfeindlichen Umgebung festgesetzt, und ich drohte, abzurutschen, und nun tatsächlich im verdächtig nahe heran schwappenden Wasser zu landen. Jedoch hatte ich das Ende des Stegs erreicht, über mir erstreckte sich die Steilküste. In eben jenen Felsen, auf denen ich mich gerade gefangen hatte, war der provisorische Hafen befestigt. Eine Welle krachte heran, traf mich mit voller Wucht und warf mich gegen die eisverschorfte Steigung. Ich schnappte nach Luft, als Kälte und Nässe nun doch unerbittlich auf mich eindrangen. Ein Arbeiter wagte den Sprung von der sicheren Plattform herunter auf das tückische Gestein – ich klaubte die Holzlatte wieder auf, bevor sie ins Wasser hinab rutschen konnte, und schlug ihm noch im Sprung kräftig gegen seine Schläfe.

Stolpernd, von der Wucht der nächsten Welle gegen die Felswand geworfen, arbeitete ich mich weiter von der tobenden Meute fort. Der getroffene Mann sackte auf den Felsen zusammen, seine Hände griffen ins Leere, und er sank hinab ins Meer, streckte hilfesuchend die Hand nach mir aus.

Ich spürte jedoch in mir ein ganz und gar nicht gleichgültiges Gefühl des Abwägens zwischen meinem Leben und dem seinen, und so rettete ich mich unter den Steg, kletterte schlotternd vorwärts und gelangte zum Fuß des Lastenaufzugs, an dem die Seilwinde die Container, die am Steg ausgeladen werden konnten, wieder nach oben beförderte. Ich zog mich in den viel zu langsam aufwärts wandernden Metallbehälter, wurde vom Steg aus mit allerlei Dingen beworfen und mit unfreundlichen Worten bedacht. Es überraschte mich wenig, dass es unten einen Hebel gab, mit dem man den Aufzug stoppen konnte, und der unter Triumphgebrüll betätigt wurde.

Ich fluchte nur wenig feiner zurück. Sogar in der Mundart der Friesen konnte ich eine Beleidigung an die tumben Köpfe werfen.

Meine Holzstange zurücklassend, hangelte ich nach dem nächsten Container, schaffte es, die vorspringende Kante des an einer Achse schwankenden Dings zu ergreifen und baumelte nun erbärmlich an seiner Unterseite.

Meine Armmuskeln, durchfroren und ohnehin schwächlich, wie sie waren, revoltierten und weigerten sich, mich in einer athletischen Meisterleistung hinauf und gar in den nächsten Behälter hinein zu befördern. Auf diese Weise konnte ich unmöglich die Steilwand bewältigen. Ein schmaler junger Mann mit Rattengesicht und vorspringenden Augen erklomm nun bereits die Stahlseile, Achsen und Gewinde des Aufzugs. Meine Kraft verließ mich, mit einem Aufschrei fiel ich zurück in den eisernen Korb, der sich ächzend zur Seite neigte, bis ich ihn mit zitternden Gliedmaßen ins Gleichgewicht brachte. Als sich bereits die Hand des Rattenmanns über die Kante des Containers in mein Sichtfeld schob, ging plötzlich ein Ruck durch den Aufzug, mit einem Kreischen ließ der Rattenmann los. Ein Stöhnen erscholl aus der erwartungsvollen proletarischen Menge.

Im Aufzug zusammengekauert, die fallengelassene Stange erneut packend, hörte ich den Aufprall des Rattenmanns.

Die Fahrt schien Ewigkeiten zu dauern. Das schwarze Luftschiff war längsseits gegangen, um am Ankermast anzulegen. Erneut hielt der Aufzug schwankend inne, doch von oben erscholl eine schrille Glocke, und eine Stimme brüllte befehlsgewohnt hinab: „Lasst ihn hoch. Wir kümmern uns um ihn."

„Er ist ein Mörder! Der Mörder von Æstas End!", trotzten die Arbeiter von unten.

Ich wunderte mich über den Namen, denn wenn ich schon ein Mörder war, dann doch wohl der Mörder vom norwegischen Hafen. Doch meine Reue wurde erneut von der Sorge um mein eigenes Wohl im Zaum gehalten. Ich blickte hinab, als sich der Aufzug wieder in Bewegung setzte. Die Arbeiter unten waren nun klein wie Stecknadeln, doch die Steilwand zog sich noch viele Meter über mir in die Höhe, und ich konnte nicht erkennen, was dort oben geschah.

Ich packte Ynge und sah ihr fest in die traurigen Augen. „Ynge, du musst mir jetzt helfen! Vergiss das mit der Gräfin – sag mir nur, ob ich springen soll oder nicht. Soll ich meinem Leben hier ein Ende bereiten, bevor der Herzog und der Professor mich in die Finger bekommen?" Die Höhe und der Gedanke an Sturz und Tod ließen mir Übelkeit in den Rachen steigen. Ich atmete tief durch.

„Du hättest es verdient zu springen", entrang sich Æmelies Stimme Ynges Mund. „Aber ich kann mich nicht mit dem Gedanken anfreunden, dass es hier zu Ende ist."

„Ich auch nicht.“ Dankbar drückte ich ihr einen Kuss auf den Scheitel.

Es schien Ewigkeiten zu dauern, bis mein metallenes Gefängnis an der Steilkante zum Halten gebracht wurde. Meinem Auge wurde nicht gestattet, über das freigeschmolzene Ödland zu schweifen, über die schmutzigen Kanten der Gletscher ringsum. Ich wurde sofort von fünf Männern in Gewahrsam genommen, zwei davon waren ganz eindeutig Soldaten, die schwarze Uniform wies sie als herzögliche Haustruppe aus.

Waren sie bereits dem Luftschiff entstiegen? Oder waren sie immer hier stationiert, um die Interessen des Æstaner Kanzlers zu sichern? Nun jedenfalls zerrten sie mich aus dem Container und drehten mir die Arme auf den Rücken.

„Bitte unterlassen Sie das. Das ist doch lächerlich, wohin sollte ich fliehen?“

Ein schmerbäuchiger Arbeiter mit fleckiger, nach ranzigem Schafsfell riechender Kleidung postierte sich hinter mir und lachte tief und polternd.

„Herr von Erlenhofen, wir haben Order, Sie zu diesem Luftschiff zu bringen“, erläuterte einer der blonden, kernigen, trotz der Kälte sehr gesund aussehenden Soldaten.

„Das dachte ich mir. Sie können mich loslassen“, beharrte ich. Neue Zuversicht hatte mich nach Ynges Worten durchflossen. Das hier würde nicht mein Ende sein. Selbst, wenn sie mich nach Æsta zurückbrächten und meinen Fluchtversuch vereitelten – das würde mich Æmelie wieder näherbringen, und ich würde eine Möglichkeit finden, ihr Gerechtigkeit widerfahren zu lassen.

Die Soldaten ließen mich los, untätig baumelten meine Arme herab, schicksalsergeben öffnete ich mich für die beeindruckend eisige Ödnis um mich herum, atmete die schneidende Luft ein, die mir Bronchien und Lunge zuschnürte.

Eine Schneise führte ins Inland – der Boden war gemartert von zahlreichen Radfurchen, von Maschinen und dem heißen Dampf, der das Eis zurückgetrieben hatte. Am Ende dieser Schneise, welches ich nicht sehen konnte, stieg schwarzer Rauch in dichten Schwaden auf und vereinigte sich mit dem Nebel, der nun hochgezogen worden war wie ein Vorhang und sich weit über unseren Köpfen zu einer Wolkenbank vereinte.

Ein zweites Luftschiff lag bereits dort vor Anker, wo nun auch das des Herzogs anlegte und zahlreiche Seile der bereitstehenden Bodenmannschaft zuwarf. In diesem Moment wurden die Taue des größeren, bislang still schwebenden Luftschiffs gekappt, das Schiff ruckte, vom Wind getragen, Richtung See, bevor es seinen Kurs korrigierte.

Auch die Soldaten sahen hinauf, als etwas krachte. Etwas rauchte. Gefolgt wurde es von einem Splittern und Bersten, als die Gondel des Æstaner Luftschiffes von einer Kanonenkugel aufgesprengt wurde. Die Kugel riss treffsicher den Dampfkessel entzwei, Rauch quoll aus der Kabine des schmalen, wendigen Schiffes und machte all seine Vorteile zunichte. Die Soldaten waren so überrascht, dass sie nicht einmal aufschrien. Drei weitere Kanonen krachten, höher gezielt rissen sie die Gashülle auf. Nach einer Salve nur glich das elegante Gefährt des Herzogs einem Wrack, das bereits schief gegen den Ankermast schwankte.

Jetzt wurden allerorten Schreie laut. Ich bildete mir ein, sogar Rufe vom Hafen herüberschallen zu hören.

„Was ist das für ein Schiff? Sofort aufhalten!“

Geistesgegenwärtig wandte sich der ältere der beiden Soldaten um. „Pass auf ihn auf. Er ist der Hurenmörder, den auf Æsta alle suchen.“

Der feiste Stiernacken mit dem Schafsgestank packte mich und riss mich einige Schritte zur Seite.

Staunend betrachtete ich, wie Brandsätze auf das Luftschiff des Herzogs einprasselten, um das Gas in Flammen zu setzen, und obgleich es nicht gelang, floh die Mannschaft nun schreiend vom Schiff.

„Die Ratten", grinste mein Bewacher mit schwerer Zunge.

Das andere Luftschiff – die Gashülle war schmutzig grau und ohne Erkennungszeichen, die Gondel besaß einen geräumigen Laderaum und wenige Fenster, und die Dampfmaschine gab ein imposantes Zischen von sich – begann nun, sich den nahenden Soldaten zu entziehen. Brandsätze und Musketenkugeln prasselten auf die überforderten Arbeiter und Befehlshaber hinunter. Ich wollte bereits mein Heil in der Flucht suchen, als sich das dröhnende Luftschiff über uns befand. Da wurde etwas heruntergeworfen. Es war ein Seil mit einem schaukelartigen Brett daran, dessen bloßer Anblick mich schwindeln machte. Mein Bewacher grinste breit mit erstaunlich großen, gesunden Zähnen und packte das Seil.

„Schnell, du Angsthase. Grüß die Haukestochter von Eppo!"

Mit einer Bewegung, die ihn nicht sonderlich anzustrengen schien, beförderte mich der Mann an das Seil, und schreiend klammerte ich mich daran fest, während mir Musketenschüsse um die Ohren pfiffen.

Das Seil wurde in die Höhe gezogen, und der Schwindel machte, dass ich mich auf die bemitleidenswerten Gestalten unter mir erbrach, doch ich hielt mich dabei fest, und auch Ynge spürte ich deutlich in meiner Tasche.

Das Dröhnen wurde lauter, und nach einem sehr lang erscheinenden Augenblick wurde ich von zahlreichen Händen in den Innenraum des Luftschiffes befördert, wo ich mich noch einmal würgend übergab und mich an einem Boden festhielt, der mich nur wenige Zentimeter von der leeren Luft trennte.

Unter Friesen

Hautbild

Als Magen und wirbelnde Gedanken zur Ruhe kamen, bemerkte ich, dass um mich herum Gelächter laut geworden war, welches sich nun jedoch langsam ebenfalls legte. Ich schniefte, wischte mir mit dem Ärmel meines Mantels den Mund ab, tastete nach Ynge und sah blinzelnd auf. Ich befand mich im leeren Laderaum des Luftschiffes, und der vermutlich größte Teil der Mannschaft, bestehend aus etwa acht Männern, stand um mich herum und betrachtete mich mit süffisantem Grinsen. Ich erhob mich und ignorierte dabei eine feixend ausgestreckte Hand – schwankend nahm ich jedoch die Hilfe einer Metallverstrebung an, die zum Gerüst der Gondel gehörte.

Es war dunkel im Frachtraum, rußige Oberlichter ließen das trübe Licht des hohen Nebels herein.

Die Männer, allesamt in der dunklen, gegen die Kälte schützenden Kluft der Arbeiter, starrten mich aus schmutzigen, wilden, ungepflegten Gesichtern an. Ich fürchtete mich, ermannte mich jedoch und richtete mich, ungeachtet der Flecken, die das Erbrochene auf meinen Ärmeln hinterlassen hatte, an der von Rostblüten verzierten Verstrebung auf.

„Sind Sie … hat Gräfin von Niederbroich Sie … ähm … mit meiner Rettung betraut?“

Ich erntete ein johlendes Lachen. „Gute Manieren“, kommentierte ein hagerer Mann, der kaum älter war als ich, dem jedoch Arbeit und Schmutz bereits etwas Altes, Graues verliehen. „Vielleicht sollten wir uns mal nach einem Lösegeld umhören.“

Er fügte etwas in einer seltsamen Mundart an, die ich nicht auf Anhieb verstehen konnte, andere antworteten ihm, und bald schwirrte mir der Kopf erneut, als schaukle ich immer noch an einem Seil unterhalb des Luftschiffes.

„Sie wollen *Lösegeld* verlangen? Ich bin doch freiwillig hier!"

Er lachte erneut, ein Lachen, das so dreckig war wie er selbst und nicht minder gelblich-graue Zähne enthüllte. Wohin hatte die Gräfin mich nur verfrachtet?

„Freiwillig – von einer Not in die andere."

Ynge schlug unter meiner Hand ihre lang bewimperten Augen auf. „Du sollst die Haukestochter grüßen."

„Ich soll die Haukestochter grüßen. Ist sie hier?" Mein Herz schlug schwer und langsam. Gemurmel wurde unter den Männern laut, erneut ergriff der Hagere das Wort – vielleicht war er der Einzige, der des Hochdeutschen mächtig war.

„Ihren Namen zu kennen, wird dir die Freiheit nicht garantieren. Die Gräfin hat gesagt, wir sollen dich in Sicherheit bringen." Er breitete die Arme aus und grinste. „Du *bist* in Sicherheit!"

„Wo fahren wir hin?"

„In die Sicherheit der friesischen Küsten", gab er zurück, und gab dann erneut einen Befehl in seiner seltsamen Sprache. Je mehr ich ihr zuhörte, desto mehr musste ich befinden, dass es sich nicht, wie ich vermutet hatte, um einen Dialekt des Deutschen handelte, sondern um eine eigene Sprache, von der ich allenfalls Lehnworte verstehen konnte.

Da der Befehl jedoch rasch in die Tat umgesetzt wurde, musste ich nicht lange über die Worte nachdenken. Ich wurde mit Tauen an die Verstrebung gefesselt, an der ich Halt gesucht hatte.

Meinen Einsprüchen und friesischen Verwünschungen (Flüche habe ich in beinahe allen lebenden Sprachen auf Lager und einige besonders illustere auf Latein) wurde nicht Folge geleistet, und gegen mehrere Männer mit Muskeln wie Drahtseile konnte ich mich nicht erwehren. „Verdammter friesischer Pirat!“, spuckte ich dem Hageren vor die Füße.

„Richtig erkannt! Willkommen an Bord der *Fryske Frijheid.*“

○ ○ ○

Einige der Piraten waren immer im Lagerraum – sie arbeiteten meist nicht, sondern würfelten oder spielten Karten oder unterhielten sich in ihrer Sprache, die ein wenig klingt wie das Vlæmische, das in den westlichsten Gebieten des Deutschen Reiches gesprochen wird. Obwohl Aquis sich nah an diesen Gebieten befindet, hatte meine Bildung nie umfasst, solche indigenen Minderheitensprachen zu erlernen.

Durch die Oberlichter konnte ich das Grau der Wolkenbänke wirbeln sehen, ab und an zerrissen von einem plötzlichen Wind, der dem Luftschiff zu schaffen machte. Es war schrecklich kalt im Lagerraum, und die Piraten gruppierten sich um ein Öfchen – ein Luxus, der mir nicht gewährt wurde.

„Entschuldigung“, rief ich ihnen irgendwann zu. „Ich erfriere!“ Meine Zähne klapperten sehr glaubwürdig aufeinander, meine Hände waren bereits von den Fesseln abgeschnürt und schienen langsam abzusterben.

„Komm halt rüber!“, rief einer von ihnen, und ich bemerkte überrascht, dass es eine Frauenstimme war. Ich hatte nicht erkannt, dass Weibsvolk unter der Mannschaft gewesen war. Schließlich hieß es nicht umsonst *Mannschaft*.

„Bist du Tomke?“, fragte ich wagemutig, denn an die Stimme der Frau, die mit ihrem Rock davongeflogen war, konnte ich mich nicht genau erinnern.

„Nein. Ich bin Tomke“, erscholl es hinter mir vom Durchgang zum Steuerstand, und da erinnerte ich mich wieder. Die Stimme war ein wenig rau gewesen, so wie ihre Haare ein wenig zerzaust gewesen waren. Es war die friesische Wildheit, die aus ihr hatte herausbrechen wollen, von jedem unbemerkt.

Ich verdrehte meinen Kopf, und nach einigen Augenblicken erbarmte sie sich und trat in mein Sichtfeld.

Sie trug einen marineblauen, mit Fell gefütterten Mantel, wie die Æronauten der Lufthanse es tun. Als ich genau hinsah, konnte ich die Umrisse eines abgerissenen Abzeichens der Lufthanse am Revers erkennen. Mich schauderte – hatte sie jemanden dafür umgebracht? Ihr Gesicht war von Schal und Mütze beinahe vollständig verhüllt, ebenso wie ihre störrischen, dunkelblonden Haare. Sie trug Hosen und darüber ausgetretene Stiefel. Ein wahres Mannweib, ganz anders als auf dem Fabrikantenball.

„Naðan", sagte sie und lächelte, was ich allerdings nur an ihren Augen zwischen Mütze und Schal erkennen konnte. Dieses Lächeln jedoch war ganz und gar ehrlich und von Wiedersehensfreude erfüllt.

„Der Hagere hat gesagt, ihr wollt Lösegeld erpressen! Aber die Gräfin – sie will mich in Sicherheit bringen. Weil ich dich habe entkommen lassen, auf dem Ball, oben, als du mit dem Rock …"

„Ich weiß, ich weiß", unterbrach sie mich, und dann verwandelte sich ihr Lächeln ganz langsam in etwas Spöttisches, beinahe Höhnisches. Mein Mut sank in meinen Magen und ließ mich mit einem sehr schlechten Gefühl zurück.

„Hättest du mich denn aufhalten können, Naðan? Bin ich dir etwas schuldig?" Sie kam nahe heran, so dass ich ihren Atem fühlen konnte. „Ich bin eine freie Friesin. Wir werden sehen, ob dir ein Besuch bei uns ebenso schal erscheint wie mir ein Besuch bei euch."

„Ich will nicht zu euch – wo auch immer das ist! Schreibt an meine Eltern! Sie werden Lösegeld zahlen. Was für eine …" Ich wurde wütend. „Was für eine unglaubliche Zeitverschwendung!"

Sie lächelte. „Der verrückte Mann mit der Puppe hat sicherlich andere Dinge mit seinem Leben vor, das bezweifle ich nicht. Aber Elsbeð hat dich in unsere treusorgenden Hände gegeben. Nun bist du uns auf Gedeih und Verderb ausgeliefert." Sie wandte sich um, die würfelnden Piraten grinsten.

„Tomke!", rief ich verzweifelt aus. Einer der Piraten erhob sich. „Du kennst sie?", bellte er. „Tomke sagst du zu ihr. Tomke, Tomke!"

Mit wenigen Schritten durchquerte er den leeren Frachtraum, der mir ausgedehnter erschien, als er war, und rückte mir so nah, dass ich seinen dunklen Bart beben sehen konnte, als er sprach. „Tomke es miin Wüf!"

„Ich … ich soll dein … dein Weib? Also deine Frau von Eppo grüßen. Hat er mir gesagt, unten", pfiff meine lächerliche Stimme. Tomke lächelte hinter ihrem bärtigen, bärenhaften Mann.

„Scheiß auf Eppo!" Ein Speicheltröpfchen landete auf meiner Oberlippe. Ich machte mich auf weiteren Speichel gefasst, doch er hatte sich umgedreht und bedachte seine Frau mit einem bösen Blick. Sie zuckte mit den Achseln, sie wechselten einige friesische Worte, bevor beide ihrer Wege gingen. Er setzte sich erneut zum Ofen und bedachte mich mit einem warnenden, funkelnden Blick, sie ging zurück an ihre Arbeit. Offenbar konnte sie ein Luftschiff fliegen.

Æmelie waren Luftschiffe immer zu plump. Sie wollte richtig fliegen. Mit Flügeln, leicht und hoch und aus eigener Kraft.

Dass ich erfror, störte nach wie vor niemanden.

o o o

In eben jener Sekunde, in der ich mich bereits innerlich von Fingern und Zehen verabschiedete, in der ich glaubte, eine von Eis verkrustete Jammergestalt abzugeben, sank das Luftschiff. Die Propeller nahmen ein anderes Geräusch an, Gas wurde zischend abgelassen, und wir sanken aus der Wolkenbank herab. Tomkes Ehemann und die anderen sprangen auf und begaben sich an ihre Positionen. Ich bat meine Finger, noch ein paar

Minuten durchzuhalten. Befehle, jedoch alle auf Friesisch, gellten durch das Schiff, Stiefel klapperten auf Bodengittern.

Während ich allein im Laderaum vor mich hin fror, erreichte die *Frijheid* Helgoland, von den Friesen, deren Vorposten es war, auch Fositeslun genannt. Ich fühlte mich bereits mehr tot als lebendig und versank in einem Zustand der Jämmerlichkeit, aus welchem mich nicht einmal Ynge herauszureißen vermochte. Das Schiff sank, machte einmal einen unkontrollierten, vom Wind beeinflussten Ruck und landete dann unsanft. Hektisch rannten die Piraten umher und warfen ihren Kumpanen am Boden zahlreiche Taue zu. Doch als dann die Seitenwand geöffnet wurde und den Blick freigab auf eine windgepeitschte, steile Insel, auf raues Meer, auf Eisschollen und Eisplatten, die sich darauf einen ewigen Kampf lieferten, da rappelte ich mich wieder auf und beschloss, mir dieses Helgoland nun einmal anzusehen.

Tomkes Mann, ich hörte, dass sie ihn Eiken nannte, durchtrennte meine Fesseln mit einem Messer und führte mich nach draußen. Am höchsten Punkt der Insel war das Luftschiff gelandet worden – ja, wahrhaft gelandet, denn es befand sich kein Ankermast auf der Insel, und nun blähte sich die Gashülle noch über uns, während das Luftschiff eilig und unter großer Kraftanstrengung rundherum vertäut wurde.

Die See drang hart auf die Insel ein, schäumend bissen die Wellen in den rot schimmernden Fels. Einige Sonnenstrahlen hatten sich wie die Hand Gottes durch die Wolken geschoben und präsentierten mir das wilde Helgoland, das heute kein Segel- oder auch Dampfschiff mehr anzusteuern wagen würde, obgleich doch einst sogar die Griechen hier gewesen waren.

Die Insel war von Schnee und Eis bedeckt und erweckte in mir die Sehnsucht nach jenen viel zu kurzen Sommern, die wohl auch hier im Norden an manchen, exponierten Stellen den Schnee schmolzen und frisches Grün und ein paar Blumen darunter zum Vorschein kommen ließen, bevor der Herbst wieder seine harsche Decke darüber schloss.

Der Krümmung der Küstenlinie folgend, erblickte ich ein Dorf, das sich, nur durch einen Lattenzaun geschützt, an die Steilfelsen schmiegte. Tomke trat aus der Gondel heraus.

„Fliegst du das Schiff?", fragte ich sie und rieb meine erstarrten Finger, in die schmerzend das Leben zurückkehrte. Vorwurfsvoll streckte ich sie von mir – sie waren blau.

„Ja." Eiken warf ihr einen Blick zu. „Nun, ich lerne es. Von Tjarko und Onnen."

„Wie hast du das überlebt? Den Flug mit deinem Rock, meine ich."

Sie lachte und reckte sich dabei in den Himmel – also wolle sie ihre Glieder strecken, aber auch ein wenig, als greife sie nach den grauen Wolken und reiße sie entzwei. „Es war sehr kalt, als ich im Meer gelandet bin", antwortete sie. „Aber ich bin weit genug von diesem vermaledeiten Ætherlot weggekommen, dass die *Frijheid* mich aufsammeln konnte."

„Einen Alarm habt ihr trotzdem ausgelöst."

„Tatsächlich?" Sie lachte und machte eine wegwerfende Handbewegung. Eiken durchbohrte mich mit seinen Blicken. Er schien mir ein sehr misstrauischer und eifersüchtiger Ehemann zu sein, ein Eindruck, den er noch verstärkte, indem er etwas sagte, dem ich den Sinn „Mach das nicht noch einmal!" entnehmen konnte. Sie lächelte ihn wieder mit diesem spöttischen Gesichtsausdruck an, der einem die Illusion nahm, dass sie ein freundlicher, wohlmeinender Mensch war.

„Mein Mann kann sich nicht daran gewöhnen, dass ich Dinge immer wiederholen werde, wenn mir danach ist."

Ich betrachtete sie aus dem Augenwinkel und versuchte, durch bloßes Feststellen der Ähnlichkeit mit der Gräfin meinen Verdacht zu erhärten. Eiken bellte einen wütenden Befehl, woraufhin mich zwei Piraten rechts und links an den Oberarmen packten und auf einen sicherlich anderthalb Meter in den Schnee gegrabenen Pfad führten. Ich sah über die Kante der weißen Massen hinweg und fühlte mich wie ein Kind. Hintereinander trotteten wir durch eine Welt, die nun nur noch aus einem nahen verschneiten Horizont und einem stürmischen Himmel zu bestehen schien. „Lassen Sie mich bitte los!“, sprach ich einen meiner Bewacher an und bemühte mich um eine laute und deutliche Aussprache. „Ich werde keinen Fluchtversuch unternehmen. Es ist schließlich eine Scheißinsel, ferdrait!“

Ynge sog ob meiner gekonnten Beschimpfung die Luft ein, doch die hässliche Gestalt, die mich festhielt, lockerte tatsächlich ihren Griff.

Ja, ich war jetzt auf einer Insel gefangen. Æsta war weit, weit fort. Aquis war ebenfalls unerreichbar. Ich würde mit dieser Situation für die nächste Zeit leben müssen.

Ich ahnte noch nicht, wie lang die nächste Zeit sein und dass ich sogar grüne Schößlinge auf Helgoland blühen sehen würde.

Wir betraten das Dorf durch ein Tor, das mit den Köpfen alter, allessehender, heidnischer Götter verziert war, die mich schaudern ließen. Die Häuser erschienen mir wie ein Relikt der Vorzeit, in der die Vikingar Europa unsicher gemacht und ihre Dörfer und Städte an den Küsten und Flussläufen errichtet hatten. Wie in einer anderen Welt trotzten die mit Schnitzereien verzierten Giebel dem Wind – Drachenköpfe, Hundeschnauzen und die scharfen Schnäbel von Raben warnten ihre Erbauer vor Unbill. Die Fenster jedoch waren mit Butzenscheiben verschlossen, die Dächer der größeren Straðas, Gehöfte, mit Ziegeln gedeckt. Auf den ersten Blick beinahe unbemerkt hatten auch hier die Möglichkeiten der gottgesegneten Zivilisation Einzug gehalten.

Dennoch fühlte ich mich wie unter Wilden, als Kinder, bei denen ich die strähnigen Haare kaum von der verfilzten, fellgefütterten Kleidung unterscheiden konnte, schreiend und johlend hinter uns her rannten, als alte Weiber in bestickten Leinengewändern aus ihren Türen starrten, als Tomke mich mit raschem Schritt in das Haus ihres Vaters, des Redjevens Hauke, führte.

Dieses Haus – dunkle, webtuchverhangene Wände umstanden einen Raum, in welchem sicherlich das ganze Dorf seine heidnischen Feste feiern konnte – war wie aus einer alten Sage entsprungen. Egil Skallagrímurson aus den alten Vikingarsagen hätte auf dem wuchtigen Stuhl des Häuptlings sitzen können oder Eirik der Rote. Als meine Begleiter ihre Mützen abnahmen, sah ich die eigenartige Haartracht, die man den Friesen nachsagte. Nicht jeder schmückte sich mit jener Unsitte, bei der der Schädel geschoren wurde bis auf einen Hahnenkamm in der Mitte des Hauptes, aber jene, die ihn trugen, wirkten noch einmal so altertümlich barbarisch. Eiken starrte mich nieder, sein buschiger Bart ging in das raspelkurze Haupthaar über, welches sich dann zu einem drahtig-dicken Kamm erhob. Ich versuchte mich an einem schüchternen Lächeln in die Runde.

„Dochter!“, erscholl die Stimme des Redjevens durch den Raum, und auch diese wies eine kratzige Kante auf. Ich fragte mich sofort, ob es stimmte, was man behauptete: Dass die Friesen ihren Häuptling schon länger demokratisch wählten als die Franzosen. Der Redjeven stand auf und kam auf mich zu. Er war kleiner, als ich es vom Häuptling eines wilden Stammes erwartet hätte – wäre seine eindrucksvolle Frisur nicht gewesen, hätte er nicht an meine Scheitelhöhe herangereicht. Er war nicht einmal besonders muskulös, doch er hatte etwas an sich, einen kalten, klugen Hauch. Dazu trug er das gleiche sanftmütige Lächeln wie seine Tochter, das so schnell in Hohn umschlagen konnte.

„Foor!“, erwiderte diese, und der Redjeven umarmte Tomke und blieb eine ganze Weile schweigend so stehen. Dann fuhr

Tomke auf Hochdeutsch fort: „Wir bringen dir Besuch. Die Gräfin will ihn in Sicherheit wissen."

„Redjeven Hauke", eilte ich mich zu sagen, denn dies hatte ich mir gemerkt, „erlauben Sie mir, mich vorzustellen."

Er grinste und löste sich von seiner Tochter. „Ich erlaube es dir." Sein Hochdeutsch wurde von einem starken Einschlag verunziert, doch vom Wortschatz her beherrschte er es wie seine Muttersprache.

„Mein Name ist Naðan von Erlenhofen. Ich bin auf Æsta in einen ... Streit verstrickt worden und musste von dort fliehen."

„Æsta", brachte der Redjeven verächtlich hervor. „Die Stadt, die schwarzen Schnee bringt. Die Insel, die keine ist. Die Menschen zu Sklaven macht."

„Ich teile Ihre Abneigung", beeilte ich mich zu sagen.

„Wenn sie hierherkommen mit ihrer schwimmenden Stadt und ihren Luftschiffen, Tomke – ich werde wegen der Gräfin keinen Krieg anzetteln!", bellte er.

„Keinesfalls", schaltete ich mich wieder ein. „Das ist auch gar nicht nötig. Ich habe nicht die Absicht hierzubleiben – ich werde, wenn es geht, nach Aquis zurückkehren und von dort aus Maßnahmen gegen meinen Feind auf Æsta in die Wege leiten. Ein Gerichtsverfahren vielleicht."

Hauke lachte, und andere im Raum schlossen sich an. Es hatte so verlockend geklungen – ein Gerichtsverfahren aus der Ferne, nach einer langen und beschwerlichen Reise in den Norden und wieder zurück.

Sie verfielen wieder in ihre Sprache und argumentierten hin und her.

„Redjeven Hauke", versuchte ich es erneut, „Sie stehen da Dingen im Weg, die sehr wichtig sind!"

„Wir werden das nicht jetzt entscheiden. Nicht hier. Mein einziges Kind ist zurück – nach einem Jahr!" Erneut prasselten die Stimmen der Heimkehrer in ihrer eigenen Zunge auf mich ein, und ich verschloss meine Ohren und kehrte in mich selbst zurück. Ich sah Ynge an.

„Sitze ich jetzt hier fest? Unter friesischen Barbaren?"

„Es sieht ganz danach aus", seufzte die Puppe. „Aber Hauptsache, du lebst und bist nicht beim Professor."

„Den Mörder von Æstas End haben sie mich genannt! Und sicherlich alle Todesfälle der letzten Wochen auf meinen Schultern abgelegt. Wie praktisch."

Mir kam ein Gedanke, der mich bis ins Mark durchfuhr. „Wenn diese Meldung schneller als ich in Aquis ist … dann sieht es schlecht aus für mich." Ich drehte mich herum. Eiken betrachtete mich mit einem Gesichtsausdruck, als wäre ihm erst jetzt aufgefallen, dass ich den Verstand verloren hatte. „Ich muss wirklich sofort nach Aquis aufbrechen!"

Er packte mich unsanft und brachte mich hinaus in einen Ziegenstall. Die Kälte drang auf mich ein, als würde sie mich hinterrücks mit einem Messer überfallen. Im Ziegenstall war es wieder ein wenig wärmer. Eine weiße Ziege, den Leib geschwollen von sicherlich zwei Zicklein, starrte mich strafend an. Der Drang, ihr Gesicht, die Augen mit den dämonisch gespaltenen Pupillen zu zeichnen, wurde übermächtig, doch meine Finger mussten zittern und abwarten.

„Du schweigst, bis du gefragt wirst, aarem Knech!", fuhr Eiken mich an. Ich schwieg beleidigt. Warum war eine Frau wie Tomke mit einem Mann wie Eiken verheiratet, fragte ich mich, äußerte diese Frage jedoch nicht mit meiner Zunge, sondern lediglich mit meinem Blick.

Ich streichelte die Ziege, sog den Anblick ihrer Augen und ihre Körperwärme in mich auf und wartete das Fest der Heimkehrer ab.

Es überraschte mich, nicht nur Friesen in der Halle des Redjevens zu sehen. Nein, offenbar war Fositeslun ein wahres Piratennest, im Stil infiziert von jenen, die als erste raubend über das Meer gekommen waren, und bewohnt von jenen, die noch zu unseren Zeiten die Lüfte unsicher machten.

Neben denen, die ich in Gedanken „Ureinwohner" nannte, also den Männern und Frauen mit wilden Frisuren und bunt durcheinander geworfenen Kleidungsstücken, die teils erbeutet, teils traditionell geschneidert waren, saßen auch jene am Tisch, die sicherlich einst im Auftrag der Hanse oder der kaiserlichen Luftwaffe gefahren waren. Es waren grauhäutige, abgearbeitete Männer und Frauen darunter, die vielleicht vom Kanzler Æstas oder einem der zahlreichen anderen habgierigen Plutokraten ausgebeutet worden waren – in Fabrik, Mine oder Tagebau. Zum größten Teil trugen sie weiterhin ihre ausgebesserte Arbeiterkleidung, manche hatten sich jedoch mit erbeuteten Abzeichen geschmückt, hatten sich die Ohren wild mit Schmuck durchstochen, um ihr trauriges Aussehen den Friesen anzugleichen. Doch ein wenig Körperschmuck, ein paar gestohlene Abzeichen und der Wahlspruch „Lever dood as Slaav" machten sie noch nicht zu Friesen; es war nicht so, dass jeder der Friesen meinem Bild vom kerngesunden, physisch imposanten edlen Wilden entsprochen hätte – es gab Gebrechen, es gab Krüppel, es gab Kranke und Blinde, Waisen und Entstellte. Einen solchen Tribut fordert das Leben überall, jedoch selten in dem Maße, in dem eine Stadt wie Æsta es fordert.

Ich wurde an ein Ende der Tafel gesetzt und bekam gewässertes Bier und einen Eintopf mit einigen Fetzen Hammelfleisch darin. Das Leben in einer Einöde wie Helgoland war sicherlich im ewig anmutenden Winter schwierig zu bestreiten – Aquis hatte wenigstens mehr oder weniger passierbare Handelswege in den Süden, Luftschiffverkehr mit Spanien und Italien, um den Bedarf des täglichen Lebens zu decken. Wer handelte schon mit Friesen? Zudem war man es gewohnt, dass sie sich seit jeher zu holen pflegten, was sie benötigten, und als es ihnen gelang, das erste Luftschiff zu kapern, hatte es nicht mehr lange gedauert, bis Norddeutschland vor der Knute der friesischen Piratenflottille zitterte.

„Und?", wandte ich mich an das Mädchen, das neue Krüge an den Tisch brachte – sie war eine zierliche Frau mit großen Augen, die jedoch nicht zu den Piraten zu zählen schien, sondern eine Art Dienstbotendasein führte. Sie schlug sofort die Augen nieder, als ich das Gespräch mit ihr beginnen wollte. Ich beließ es bei dem einen Wort und wandte mich meinem Banknachbarn zu.

„Seid ihr alle Piraten?", fragte ich und lachte gleich darauf, um meiner Frage den Anschein eines Scherzes zu geben. Der Eintopf mit den herzhaft gewürzten Graupen, dem Kraut und den Bohnen schmeckte mir ausgezeichnet, und mir wurde bewusst, dass ich selbst bei der Gräfin von Niederbroich nicht recht hatte zulangen können.

„Mehr oder weniger. Was ihr halt so Piraten nennt", erwiderte der Mann. Er war wenig älter als ich, hatte sein Gesicht mit zwei schwarzen Dreiecken auf den Wangen tätowieren lassen, dazu bildeten seine Zahnlücken weitere schwarze Flecken in seinem Gesicht.

„Wie wird man das denn?"

„Naja, überlaufen, wenn die Friesen sich an Bord schwingen", grinste der andere und offenbarte ein Gebiss, für das *lückenhaft* kein treffender Ausdruck mehr zu sein schien.

„Oder anheuern in den Städten. Oder gefangengenommen werden und sich bewähren", warf ein anderer, behäbiger Geselle ein.

„Ah. Das geht auch? Wie schnell geht so was?"

„Weiß ich nicht. Bin übergelaufen."

Ich hielt ihnen nacheinander die Hand hin. „Ich bin Naðan."

„Erfreut. Bin Đomas."

„Albert“, sagte der Behäbige, und nach und nach warfen noch andere ihre deutschen, vlæmischen oder polnischen Namen zu mir herüber.

„Was hast du vorher gemacht, Đomas?“, wandte ich mich an den Mann mit den tätowierten Dreiecken.

„Hab für einen Juden gearbeitet. Der war Händler. Diamanten, Edelsteine und Gold aus dem Orient.“ Er kicherte grimmig. „Der Frachtraum war voller Tuch, für einen anderen Händler aus Hamburg. Die Piraten waren mäßig begeistert, das Tuch war schwer und weniger wert, als sie gehofft hatten. Aber irgendwann haben sie das Kästchen gefunden, auf das ich hatte aufpassen müssen. Hab ihnen geholfen, es zu versetzen, seither bin ich mein Gewicht gewissermaßen in Gold wert. Also, sie halten wirklich viel von mir.“

„Wenn ich mein Gewicht in Gold wert wäre“, sagte ich nachdenklich, „würde ich über goldene Zähne nachdenken.“

Er starrte mich kurz an, öffnete den Mund, schloss ihn wieder und wandte sich beleidigt seinem Essen zu. Albert und ein Junge namens Friedrick lachten herzlich und bedachten mich mit Blicken, als wäre ich in ihre Mitte aufgenommen.

Es dauerte nicht lange, da trat die Haukestochter an mich heran. Sie war mir ein nicht unliebsamer Anblick – sie war hübsch, sie sah ab und an freundlich aus, und ich erinnerte mich gerne daran, dass sie auf dem Ball der Hoeschs die einzige verwandte Seele gewesen war. „Sie und die Gräfin“, antwortete ein Gedanke, und eine weitere Erinnerung flammte auf.

„Nein, sie und ich und die Gräfin, wir haben nicht so viel gemein!“, protestierte ich im Stillen, schob den Gedanken an nackte Haut beiseite und warf einen nervösen Blick auf Ynge, die so schweigsam war in letzter Zeit.

Tomke verscheuchte Đomas von seinem Platz und setzte sich neben mich. Sie holte etwas hervor, von dem ich nicht einmal gemerkt hatte, dass ich es nicht mehr besaß. Es waren die Pläne der Fluggeräte. Sie mussten mir abhanden gekommen sein, während ich mit Speien beschäftigt gewesen war.

Sie rollte die Zeichnungen ein Stück auseinander.

„Das hier ist sehr interessant. Hast du das gemacht?"

„Teilweise. Aber es sind die Erfindungen meiner Frau", seufzte ich.

„Wo ist deine Frau? Ich … das hier interessiert mich."

„Das kann ich mir vorstellen", lächelte ich und setzte mich gerade auf, bereit, mich so teuer wie möglich zu verkaufen. „Das wäre wunderbar, nicht wahr? Zu fliegen, ohne diese behäbigen Kolosse!"

Sie lächelte ebenfalls, dieses Lächeln, das ihre Augen nicht erhellte und so rasch umschlagen konnte.

„Meine Frau", erläuterte ich dem gefährlichen Lächeln, „liegt in Formaldehyd in Æstas Nervenheilanstalt. Ein Mann hat sich ihrer zu früh entledigt, ein Umstand, der, so denke ich, mittlerweile auch ihm bewusst ist."

Tomke schob ihr Kinn vor, doch etwas Unruhiges war dennoch bis in ihren Blick hinaufgestiegen, und sie hatte sich dessen nicht erwehren können.

„Du hast deine Frau … in Æstas Nervenheilanstalt gefunden?", murmelte sie, und ich nickte ernst. „Deswegen nanntest du diesen Professor den Leibhaftigen …"

„Er ist es. Welcher Mensch kommt näher an den Satan heran?", murmelte ich und begegnete Ynges traurigen Augen. Ich hatte sie zurücklassen müssen. Meine Frau. Nur noch ihre hochfliegenden Pläne lagen vor mir auf dem Tisch.

„Es sind nur Pläne. Sie sind niemals gebaut worden. Sie ist nie damit geflogen", brachte ich hervor, und meine Stimme klang erstaunlich ruhig.

Tomke verbannte das Mitgefühl aus ihrem Blick. „Vielleicht wird es jemand anderem nutzen."

Innerlich sträubte ich mich gegen den Gedanken, Æmelies Träume in eines anderen Menschen Hände zu übergeben. Andererseits wusste ich, dass Kunst auch noch nach dem Tod des Künstlers fortbestehen konnte, unangetastet, statisch für die Ewigkeit. Forschung jedoch, Erfindungen, große Gedanken – wenn sie stehenblieben, wenn niemand anders sie aufnahm und weiter spann, verhallten sie im unfassbaren Gefüge der Zeit. Dann war es beinahe so, als wären sie nie gedacht worden.

Ich blickte Tomke ernst an. „Wir können darüber reden." Zudem bot sich nicht nur Æmelies Gedanken eine Chance. Vielleicht war dies mein Kästchen mit Gold und Diamanten.

„Ich möchte nicht im Ziegenstall schlafen."

Sie lachte und rollte das Papier erneut zusammen. „Abgemacht. Wir sprechen morgen darüber."

Die Pläne nahm sie wieder mit, sie ging durch den Raum mit den vier langen, mit Töpfen und Platten und Körben beladenen Tafeln zum Kopfende, wo sich in einer Feuerstelle die Reste eines Schafes drehten. Dort saß ihr Vater, und sie setzte sich zu seiner Rechten. Die aufmerksamen Augen der beiden Männer, denen sie am wichtigsten war, ruhten noch einige Augenblicke auf mir.

Für mich jedoch war die Hauptsache, nicht im Ziegenstall übernachten zu müssen.

○ ○ ○

Es war eigenartig, sich frei auf einer Insel wie Helgoland zu bewegen. Allein die steilen Begrenzungen der Insel bewirkten, dass ich mir wie ein Gefangener vorkam. Das endlose Meer, der mich umspannende Himmel und der unberührte, erstaunlich weiße Schnee jedoch ließen ein seltsam unwirkliches Gefühl von Freiheit in mir aufflammen, während ich die Insel erkundete. Man stellte mir keinen Aufpasser mehr zur Seite. In der Nacht hatte es einen heftigen, für mich recht beängstigenden Sturm gegeben, und nun waren einige Bewohner Helgolands mit dem Instandsetzen der Dächer beschäftigt. Die meisten anderen waren hinunter an die schmalen Strände gewandert und durchforsteten Sand, Geröll und Tang nach Bernstein, der einzigen Ressource, die auf Helgoland nachzuwachsen schien. An ihrer Nordseite bildete die Insel eine langgestreckte Bucht, deren Landbrücke jedoch vom Eis trügerisch in mehrere Teile zerbrochen war. Am anderen Ende erstreckte sich eine niedrige Halbinsel, die man als *Hallem* bezeichnet hatte, als ich danach gefragt hatte. Dort drüben konnte ich wenige geduckte Hütten erkennen, doch wie man über die trügerische Landbrücke hinübergelangte, konnte ich mir nicht erklären. Ich blinzelte durch die kleinen, peitschenden Schneekristalle hindurch, konnte jedoch niemanden auf der kleineren Halbinsel erkennen. Ich folgte dem Weg über die Insel.

Sturmvögel zogen über mir dahin, schrille Jubelschreie ausstoßend, lagen sie auf den eisigen Windböen. Das Meer roch nach weiter, grüner Tiefe, die Luft nach einer Zeitlosigkeit, in der es weder Ruß noch Schmutz noch giftige Dämpfe gab. Ich schritt kräftig aus, um mich warm zu halten, und betrat einen der tief in die Schneedecke geschnittenen Wege. Einige Zeit lief ich ohne Orientierung darin herum – doch da es nur vorwärts oder rückwärts ging, konnte ich mich kaum verlaufen. Vom hohen Schnee wurde mein Sichtfeld derartig begrenzt, dass ich völlig überrascht war, als ich den äußersten Zipfel der nur spärlich bewohnten Insel erreicht hatte. Hier hatte der Wind den Schnee abgetragen, und ich trat heraus an eine Felskante, die mich schwindeln ließ. Ein schmaler, vom Wetter zerfressener Steg aus unterhöhltem Stein führte hinüber zu einer Felspinne, die aus dem Wasser aufragte wie ein roter Turm, der von weißen Einschlüssen durchschnitten wurde. Beeindruckt sah ich hinüber – hier war ich an der nordwestlichen Küste, an der die Klippen am steilsten waren und an denen sich die Wellen die Zähne ausbissen. Krachend stießen unten Eisschollen in- und übereinander wie wildes Meeresgetier, das sich nach mir, einem Brocken Fleisch, verzehrte. Ich schauderte und machte mich auf den Rückweg, ehe die Dunkelheit hereinbrechen oder ich vermisst werden konnte. Die Wanderung hielt meine Füße warm, und auch die Kälte meiner Hände und Nasenspitze machte mir wenig aus.

Ob Orte wie dieser hier bestehen bleiben würden? Oder würden auch sie einst Opfer der Maschinen werden, die ihnen Kohle, Bauxit, Edelmetall, Bernstein und andere begehrte Güter entreißen würden? Europa brauchte Kohle und Gas beinahe dringender als Weizen und Wasser, wenn es bleiben wollte, was es stets gewesen war: ein Ort des Fortschritts und der Zivilisation.

Auch die Friesen, die ohne ihre Beutezüge kaum überleben würden, profitierten davon, dass Europa in Wissenschaft und Technik rasant voranschritt. Irgendwann würde es sogar so weit sein wie die afrikanischen Nationen und würde sich dann ebenfalls isolieren und zum Mythos werden.

Vielleicht endete dieser Fluch des Eises auch irgendwann. Dann würde es um diese Zeit – Ende Februar musste es sein oder Anfang März – tauen und das Grün wird aus der Erde sprießen.

Um das Dorf herum war der Schnee zum größten Teil geebnet, ob von emsigen Schaufeln oder zahlreichen Fußtritten wusste ich nicht. An verschiedenen Stellen befanden sich Schuppen und Scheunen und kleinere Lager, die meisten, in die ich hinein lugte, waren jedoch mit dem angefüllt, was der Insel am meisten fehlte: mit Holz.

„In mancher Hinsicht ähnelt Helgoland doch Æsta“, überlegte ich, setzte mich auf einen Hackklotz und genoss erneut die Aussicht hinüber zur Nebeninsel. Jemand war dorthin unterwegs, zwei winzige Gestalten mit langen Stäben oder Speeren. Sie hatten nicht eben ein langsames Tempo angeschlagen, nein, sie rannten über die tückische, zerfurchte Landbrücke. Ich hielt die Luft an, als die beiden Läufer halsbrecherisch auf eine Furche zusteuerten, in der auf sicherlich fünf Metern

Breite das Meerwasser gurgelte und die Wellen herausfordernd schäumten. Der vorderste Läufer stach als erstes seinen Stab in den Untergrund, schwang sich im vollen Lauf daran hoch, und wagte einen irrwitzigen Sprung. Weit hinter der gefährlichen Spalte landete er auf den Füßen und wandte sich nach einigen Schritten herausfordernd nach seinem Begleiter um. Dieser zögerte nicht, befand sich bereits in der Luft und landete nur unweit von seinem Kameraden entfernt. Ich schüttelte den Kopf, als sie den wilden Lauf hinüber nach Hallem auf diese Weise fortführten.

„Hast du das gesehen?“, fragte ich die Puppe. Sie sprach kaum noch, und die Furcht, sie zu verlieren, durchzuckte mich bis ins Mark. „Du wirst doch nicht aufhören zu sprechen, oder, Ynge? Du weißt, wie wichtig du mir bist.“

Vielleicht sprach sie tatsächlich nicht, das Geplapper der Verrückten in Æstas Turm konnte wer weiß was bedeutet haben. Niemand anders vermochte sie zu hören, und was war wahrscheinlicher, als dass ihre Stimme eine Ausgeburt meiner trauernden Gedanken war? Nun, da ich meine liebe Ehefrau tot gesehen hatte, würde die Stimme vielleicht schwinden, und ich würde irgendwann begreifen, dass sie wahrhaftig gegangen war.

Hatte ich nicht anfangs sogar gedacht, Æmelie hätte einen Weg gefunden, ihre Gedanken in die Puppe zu übertragen? Das glaubte ich nun nicht mehr. Nein, wenn ich in mich ging und ganz genau nachforschte, so gestand ich mir ein, dass es ein Zeichen des Wahnsinns war, dass ich die Puppe sprechen hörte. Vielleicht hatten es sich die anderen Wahnsinnigen deshalb auch eingebildet. Vielleicht verleiteten einen diese Puppenaugen dazu, sich einzubilden, sie spräche. Jedoch wusste sie manche Dinge, bevor ich sie wusste.

„Du irrst dich in mir“, sagte Ynge da, und ich drückte sie an mich vor Freude – es war mir egal, was sie mit ihren Worten meinte. Sie sprach, und wenn sie davon sprach, dass ich mich irrte, konnte sie kein Teil meiner Selbst sein. Oder?

Zurück im Dorf versuchte ich, an Papier zu kommen, um meine Bleistiftstummel und Kreidestücke ihrer Bestimmung zuzuführen, doch an manchen Sachen schien unter den Piraten Mangel zu herrschen. Selbst nannten sie sich Likedeeler, was laut Đomas soviel wie „Gleichteiler" bedeutete, weil sie untereinander die Beute wie Brüder teilten. Nun, Papier jedenfalls schien nicht dazuzugehören.

Helgoland war nicht wirklich das, was ich unter einer Piratenhochburg verstanden hätte – vielmehr begriff ich die Insel als sicheren Hafen, den niemand außer den Friesen und den Likedeelern anzusteuern wagte. Đomas hatte jedoch schon andere Teile der friesischen Gestade bereist und wusste, nachdem er mir meine Äußerung zu seinen Zähnen verziehen hatte, so Manches zu berichten von den Querelen mit der Lufthanse, über die Schifffahrt, die die Friesen zumindest in den Küstengebieten gemeistert hatten, von Beutezügen im Deutschen Reich, gar bis hinunter nach Vienna und zu Schlupfwinkeln im gletscherüberzogenen Ængland und Dænemark.

Helgoland jedoch schien mir ein Ort zu sein, an dem sich nicht viel veränderte im Lauf der Jahrhunderte, und an dem auch Menschen wie die rastlose Tomke zur Ruhe kamen.

Irgendetwas an der Insel hatte mich bewogen, nicht fortwährend um meine Freilassung und eine Reise zum Festland zu ersuchen, sondern die Tage, die hier bereits deutlich länger waren als auf Æsta, zu genießen. Nur Papier fehlte mir – die Friesen schienen ausschließlich auf Haut zu malen und kunstvolle Verzierungen ins Holz ihrer Häuser zu schnitzen.

Albert trat an mich heran, während ich um mich selbst kreiselte und mich fragte, welchen Zweck ich gerade im Moment erfüllte.

„Wünschte, ich hätte meiner Tochter mal so 'ne Puppe kaufen können. Sind teuer, oder?"

„Es ist … sozusagen ein Erbstück. Ich habe keine Ahnung, wie teuer sie ist. Aber mir ist sie teuer."

Albert griff nach Ynge, und ich fand ihn aufdringlich. Ich wollte ihm nicht von Ynge oder Æmelie erzählen, und er sollte mir nicht von seiner Tochter erzählen, es waren sicher allesamt unschöne Geschichten.

„Ich mach sie schon nicht kaputter, als sie ist. Manche sagen, du redest mit ihr."

Ich stand auf und sah auf ihn herab. „Kann sein, dass sie mit mir redet, hm? Schon mal darüber nachgedacht?"

Er kniff die Augen zusammen, als er an mir hochblickte. „Da kommt ein Luftschiff", stellte er dann fest.

In der Tat, nur einen Tag nach meinem Ausflug über die Insel landete ein weiteres Luftschiff auf dem höchsten Punkt, wo auch die *Frijheid* vertäut war. Es war ein Schiff von der Küste, Vorräte heranschaffend, und es wurde begierig erwartet. Ich beobachtete, wie es mit Flaggensignalen an seinen Landeplatz gewiesen wurde, wie die Æronauten Taue herabwarfen, die dann an bereits im Erdreich befestigten Pflöcken festgezurrt wurden.

„Vielleicht haben sie Papier dabei", sagte ich zu Ynge und sehnte mich vor allen Dingen nach dem halbfertigen Bild meiner Æmelie.

Ich hätte die Gräfin bitten sollen, es für mich holen zu lassen – ach, es wäre zu riskant gewesen.

„Vielleicht haben sie Soldaten des Herzogs dabei", bemerkte Ynge.

Ich sah Tomke wieder, sie trug einen Faltenrock, den auch die friesischen Männer trugen, während sich die anderen Likedeeler hinter vorgehaltener Hand über die Weiberröcke lustigmachten. Darüber hatte sie in der fellgefütterten Jacke der Lufthanse die Arme verschränkt.

„Du hättest mich fragen können. Wir haben Briefpapier und dergleichen. Und alte Zeitungen."

„Dann würde ich mich über eine Gleichteilung des Briefpapiers freuen", sagte ich und brachte sie zum Grinsen. „Wir teilen nur gleich unter Unseresgleichen", bemerkte sie. „Wenn du deinen ersten Raubzug mitgemacht hast und dabei Papier mitbringst, werden wir es gleichteilen."

„Dann kann ich ja bis zum Sankt-Nimmerleins-Tag warten." Sie wandte sich mir zu und schüttelte ihr offenes Haar. „Du könntest mich einfach fragen." Sie lächelte auf eine Weise, die Eiken bedrohlich nähertreten ließ.

„Wirst du mir Papier abgeben? Ich könnte dich zeichnen. Eine Friesin, mit Rock und so."

„Und Kletsie."

„Was das auch sein mag."

„Das siehst du dann."

„Ich will nicht, dass du meine Frau malst", unterbrach uns Eikens Stimme.

„Ich fände es interessant, gezeichnet zu werden", sagte Tomke in einem Tonfall, der keinen Widerspruch duldete. „Wenn du freundlich zu Naðan bist, zeichnet er dich vielleicht auch, Eiken."

„Du warst nicht freundlicher zu ihm als ich!", erwiderte Eiken, was vermutlich stimmte. Aber sie war einfach um mehrere Zehnerpotenzen hübscher. Unbehaglich lächelte ich. „Eigentlich wollte ich auch … besonders gerne diesen Felsen an der Nordwand malen."

„Naðurn Stak. Ja, mach das, er ist so etwas wie das Pferdchen, das Fositeslun durchs Wasser zieht." Sie lachte und wandte sich nun dem Luftschiff zu, dessen Schott geöffnet wurde. Die Brust wurde mir eng, während ich bang erwartete, dass Soldaten des Herzogs herausspringen würden – aber nein, die Friesen erwarteten dieses Luftschiff, es kam nicht von Æsta. Eiken nagelte mich mit seinem Blick fest.

„Ich warne dich, miin Moat", sagte er, und vielleicht war das sein Versuch, freundlich zu mir zu sein. Immerhin warnte er mich vorher. Ich streckte meine Hände aus und rang nach Worten, doch sie entfielen mir, bevor ich sie aussprechen konnte.

Ich würde Ynge sicher nicht noch einmal betrügen. Schon gar nicht mit einer wilden Frau, die mit einem noch wilderen Mann verheiratet ist. Gott bewahre!

○ ○ ○

„Beachte ihn gar nicht", lächelte Tomke ihr hinterlistiges Lächeln, als sie mir in ihrer Kammer einige Bögen festes Briefpapier überreichte. „Stets ist er eifersüchtig, und ich war über ein Jahr fort. Er ahnt, dass sich unsere Ehe … dem Ende zuneigt."

„Wie … wie kann sie sich dem Ende zuneigen?", fragte ich und musste an meine Ehe denken, die ihr grausames Ende bereits hinter sich hatte.

„Bei uns ist es Sitte, dass man eine Ehe auflösen kann. Wenn noch keine Kinder daraus hervorgegangen sind – oder wenn sie schon erwachsen sind."

„Also, dann wird die Ehe … annulliert?"

„Annulliert? Nein, das würde ja heißen, sie wird für nichtig erklärt. Die Ehe wird einfach aufgelöst und jeder kann sich jemand Neues wählen."

„Aber widerspricht das nicht dem Sinn einer Ehe? Sollte eine Ehe nicht für alle Ewigkeit geschlossen werden? Oder zumindest …" Ich schluckte. „Zumindest, bis dass der Tod …" Die Stimme versagte mir, und Tomke wandte den Blick ab, berührte eine besonders perfekte Eisblume an ihrem Fenster.

Ich drehte mich um und verließ den viel zu eng scheinenden Raum.

Als ich erneut auf dem Hackklotz ankam, begann die Sonne gerade einen roten Untergang inmitten beinahe quadratischer Schäfchenwolken. Ich seufzte und zückte einen Stift. Nun hätte ich einmal Farbe gebraucht, aber meine Besitztümer waren auf bloße Kleinigkeiten zusammengeschrumpft. Ich versuchte dennoch, das Spiel der Farben einzufangen, die hohen Wolken, die den Atem zu sich hinauf sogen. Zeichnete Hallem mit seinen geduckten Häuschen, die aussahen, als könne der nächste Sturm, die nächste wütende Welle sie hinwegfegen, sie ungeschehen machen. Unter mir erstreckte sich am Fuße der roten Felsen ein Strand, auf dem immer noch einige Bernsteinsucher zugange waren. Offensichtlich tauschten die Piraten auch Warengüter, wenn sie den kostbaren Stein schon unter diesen widrigen Bedingungen dem Meer abrangen. Ich wählte die Perspektive meiner Fingerübung so, dass ich auch sie einfing – das gelandete Luftschiff jedoch befand sich in meinem Rücken, und so wurde das Bild ein Zeugnis längst vergangener Tage. Während des Zeichnens gestand ich mir ein, dass ich unglücklich war. Dass eine Leere in mir war, die Ynges Schweigen nur vertiefte, dass sie mich aushöhlte und meine Seele darin klappern ließ. Ich zitterte, doch es konnte auch von der Kälte rühren, die mit einem Wind wie ein Messer durch meine Kleidung drang.

„Es ist gut geworden. Komm doch morgen zu mir und zeichne mich", hörte ich erneut Tomkes Stimme hinter mir. Als ich mich umwandte, war ihr Lächeln unsicher geworden, als fühle sie sich schuldig an meinem Zustand.

Warum leben manche Leute in einer nachlässigen Ehe, die ihnen nichts bedeutet und die sie wegwerfen wie einen zerlöcherten Strumpf, während ich jene verlieren musste, die mich liebte? Verbittert entgegnete ich ihrem Blick.

„Frierst du nicht?"

„Ich wünsche mir einen Maxwell'schen Dämon, der mich wärmt."

Ynge kicherte in meiner Tasche.

„Das verstehe ich nicht", schmollte Tomke zu Recht.

„Es ist ein Rätsel der höheren Physik. Ein Gedankenexperiment, bei dem der zweite Hauptsatz der Thermodynamik nicht greift, und man weiß nicht, warum das so ist, jedenfalls noch nicht. Ein Paradoxon."

„Vielleicht erlaubt sich Loki einen Scherz", mutmaßte sie.

„Stell dir zwei durch ein Loch miteinander verbundene und mit Gas gefüllte Behälter vor, im Loch sitzt der Maxwell'sche Dämon. Oder dein heidnischer Loki, wenn du den lieber hast. Der Dämon lässt jetzt einfach nur die schnellsten Gasteilchen aus dem einen Behälter in den anderen strömen. Ähnliches gilt für die langsamsten aus dem anderen Behälter. Die anderen lässt er nicht passieren. Dadurch wird der eine Behälter warm, der andere kühlt ab, und das alles, ohne mechanische Arbeit zu verrichten." Ich war alles andere als ein Experte in solchen Dingen, doch Rätsel und Ungereimtheiten im Weltgefüge konnte ich mir stets ähnlich gut merken wie Schimpfworte in anderen Sprachen.

„Und das", Ynge nickte mir bestätigend zu, während Tomke – offenbar leicht gelangweilt – die Stirn runzelte, „widerspricht dem zweiten Hauptsatz. Den der Herr Professor so liebt."

„Und was hat dieser Dämon damit zu tun, ob du frierst? So ganz ohne gasgefüllte Behälter?"

„Der Dämon könnte einfach die Umgebung abkühlen und mich aufwärmen, ohne Mühe, und sich dabei doch an die Naturgesetze halten, ohne Gott, Götter oder Religion. Das wäre doch toll." Ich grinste, und sie zog nachdenklich die Augenbrauen zusammen. „Wie das genau funktioniert, habe ich auch nie so recht verstanden", ergänzte ich, „die Gasbehälter seien nur ein Modell, hat meine Frau stets betont."

Das anschließende Schweigen zog sich ein wenig zu lang, bis es unangenehm und schließlich von Tomke gebrochen wurde.

„Ich könnte dir als Ersatz für einen solchen Dämon einen Tee bringen."

„Warum solltest du das tun? Weil ich dir leid tue? Nein, danke", gab ich brüsk zurück und erhob mich stolz. Heute würde ich nicht mehr zu Naðurn Stak aufbrechen, jenem steinernen

Ross, das Helgoland zog. Ich begab mich in die nachgiebige Gefangenschaft des Dorfes, und Tomke folgte mir.

„Diese Frau ist wirklich impertinent. Ich fürchte, sie hat Gefallen an dir gefunden – so, wie beinahe jede Frau, die derzeit ungehörig genug ist, einen trauernden Witwer zu verführen!" Ich nahm Ynge heraus und küsste sie.

„Wie schön, dass du wieder sprichst!", verkündete ich, und ein Likedeeler auf dem Weg zum Luftschiff sah mich auf merkwürdigste Weise an. Als Tomke mich einholte, hatte die Betroffenheit dem gewohnten Feixen Platz gemacht.

„Ich hole einen solchen Dämon in Teeform, und wir sprechen über deine Flugmaschinen."

Bereit, mein Wissen teuer zu verkaufen, nahm ich auf einer verwaisten Bank im Haus des Redjevens Platz. Die Magd, die der Häuptling sich gönnte, entfernte gerade Spinnweben und Staub von den Deckenbalken, so dass Tomke sie fluchend vertrieb, als einige graue Körner bedrohlich nahe der dampfenden Tassen zu Boden rieselten.

Die Friesen tranken ihren Tee mit Sahne und Zucker, ein Luxus, den sich zumindest des Redjevens Tochter auch auf einer abgelegenen Insel gönnte.

„Wie lange bist du bei der Gräfin gewesen? Bist du … mit ihr verwandt?"

„Vielleicht. Ich war als Kind bereits fünf Jahre bei ihr, dann bin ich mal hier, mal dort gewesen – bei den Likedeelern, bei den Friesen an den Nordseeküsten, auch in den Städten des Festlandes. Und nun war ich wieder ein Jahr bei ihr."

Ich sah sie eindringlich an, versuchte Ähnlichkeiten festzumachen.

„Ich weiß, was du denkst, und viele denken das Gleiche. Aber wenn sie meine Mutter ist, hat sie nie ein Wort darüber verloren, und auch mein Vater nicht." Sie zuckte mit den Achseln, nippte am Tee und breitete dann erneut die Zeichnungen aus.

„Diese Flügelkonstruktion – der Gedanke daran, tatsächlich zu fliegen wie die Lummen an den Felsen, der lässt mich nicht los."

„Er hat auch Æmelie am meisten fasziniert, wenngleich sie selbst wusste, dass es aussichtslos ist. Menschliche Körper sind zu schwer. Aber sie war überzeugt, mit dem richtigen Material zumindest einen Gleiter konstruieren zu können."

„Flügel sind Träume, aber das hier – ein Fluggerät, ganz leicht, mit einem Sitz für einen Piloten und Rotoren, die es antreiben! Das würde in der Luft einen großen Vorteil bringen – ein Luftschiff, von dem aus man startet und in dem man wieder landet, und wir umschwirren unsere Feinde wie ein Bienenschwarm."

„Dafür hat Æmelie es nicht ersonnen. Für deine Feindschaften."

„Die meisten Dinge wurden wohl nicht dafür ersonnen, wofür sie letztlich benutzt werden. Machen sie nicht in China vorzügliches Feuerwerk mit Schwarzpulver? Und wir töten einander damit."

Ich lehnte mich zurück gegen die Wand und sah sie über den Rand meiner Tasse hinweg an. Der Tee, es war ein kräftiges Blatt, das sicherlich eine lange Reise an Bord eines formidablen Handelsschiffes hinter sich hatte, schmeckte ausgezeichnet und weder wild noch barbarisch.

„Willst du die Erfindungen deiner Frau jemals realisiert sehen? Sollen sie dazu da sein, um reiche Damen und Herren in den Lüften spazieren zu fahren? Was wäre es für ein Gedanke, damit zum Beispiel nach Æsta vorzudringen, unterhalb des Ætherlots? Am Turm des Professors jenes Instrument ausschalten. Den Weg für die Likedeeler öffnen. Für einen Überfall auf die reiche Stadt, die den Schnee schwärzt. Rache für dich. Für deine Frau – meinetwegen sogar für deine Puppe."

Ich starrte sie weiter an. War es das, was ich wollte? Hatte das Schicksal mir Æmelies Pläne zugespielt, damit ich ihre Rache an ihren Mördern ausüben konnte? Oder war hier nicht der Tee, sondern Tomke der Dämon, der mich zu Schandtaten verführen wollte?

Obwohl Schandtaten gegen Æsta etwas waren, wofür einen vermutlich der Herrgott persönlich heilig sprach.

Anerkennend strich Tomkes Zeigefinger über die Konstruktion der Flügel. Ich erinnerte mich an meinen Traum. Waren wir darin nicht trotzdem abgestürzt?

„Ich bin Künstler, kein Konstrukteur."

Sie sah mich ernst an. „Jeder kann sein, was er will. Ich habe schon viele Leben geführt, und jedes hat mir gut gestanden."

Ich erinnerte mich an das Mädchen in dem schwarzen Rock, an meine Vorstellung, dass sie darunter kauerte, um sich wie ein Riese zu erheben, sobald die Zeit reif war.

„Magda hat dir nicht gestanden."

„Doch!", lachte sie, aber ich beharrte auf einem Kopfschütteln. „Denk darüber nach. Du hast ja Zeit."

„Das behaupten zumindest alle. Ich sehe das bekanntlich anders."

○ ○ ○

Die Tage verstrichen. Die Friesen feierten irgendwann eines ihrer heidnischen Feste, behauptend, dass Tag und Nacht nun gleich lang waren, obgleich ich noch nirgendwo ein Chronometer oder einen anderen Zeitmesser gesehen hatte. Sie beteten zu ihren Göttern um den Frühling, um das Schmelzen des Schnees – wie sie es vermutlich schon seit Jahrhunderten vergeblich taten. Zu dieser Zeit, kurz vor Ostern, hatten in früheren Zeiten die Bäume bereits in Blüte gestanden. Sicherlich waren bunte Insekten um die Blüten geschwirrt, die es heute nurmehr an den Gestaden des Mittelmeeres gab. Ich seufzte – warum waren wir nicht im Sommer in Venedig gewesen?

Zum Fest verließen einige junge Friesen das Dorf und überquerten mit ihren langen Stangen – diese waren das, was

Tomke *Kletsie* genannt hatte – die Gräben und bröckelnden Schrunden der Landbrücke nach Hallem und schafften dann, unter den Anfeuerungsrufen der Dorfbewohner auf der Klippe, jemanden herüber, der zu alt war zum Springen. Gefolgt wurden sie von mehreren Bewohnern der Dünenhalbinsel, die nun auch zum Fest herbeieilten. Es war abenteuerlich, wie die Jungen den Greis über die am tosenden Meerwasser zerbrechende Landzunge beförderten – einige sprangen voraus, stemmten sich mit Seilen in den Untergrund, sodann wurde der alte Mensch auf einem Sitz über die größten Spalten transportiert, wurde am Seil herangezogen, hochgehoben und weitergetragen. Es dauerte sicherlich eine Stunde, bis sie wieder am Strand der Hauptinsel ankamen. Sie johlten und alberten, als sich einer von ihnen die Greisin – denn es war eine Frau mit wenigen dünnen weißen Haarsträhnen – auf den Rücken hievte und mit ihr den verharschten Weg zum Dorf hinauf lief.

„Birke es hiir!", schrie er außer Atem und ließ die Alte behutsam herab, und viel Krach und Geschrei wurde laut – Kinder traten vor und berührten den Saum des fleckigen Kleides, das die Alte trug. Eines ihrer Augen war trüb und altersblind, doch das andere zog über uns hinweg wie ein wartender Greifvogel und blieb kurz an mir hängen. Die Greisin war dürr, zerbrechlich, kaum mehr in der Lage zu sprechen, doch sie nickte zahnlos und lächelte dem Redjeven zu. Ihren Hals schmückten viele silberne und goldene Ketten; Zeichen und die Zähne von Meeresungetümen hingen daran. Ihre Ohren waren grässlich in die Länge gezogen von schweren Ohrringen, an denen Vogelschädel und Perlen baumelten.

„Lass mich raten", flüsterte ich Đomas zu, „sie ist eure Priesterin."

„Meine sicher nicht, Gott bewahre! Aber du hast natürlich recht, das ist eine waschechte heidnische Hexe, und sie suchen sie auf, wenn sie sich einen Segen erwünschen." Er schauderte.

„Ein grässliches Weib. Nur Weiber können wohl so alt werden, und dabei werden sie so gotterbärmlich hässlich."

„Psst!", fuhr ich ihn an, obgleich ich lachen musste.

„Das Weib ist halbtaub, halbstumm und halbblind", grinste Đomas, doch tatsächlich verharrte der glupschäugige Blick der Greisin kurz auf ihm.

„Und wenn schon – dann kann sie vielleicht auch halb Gedanken lesen!", flüsterte ich. Die knotigen Hände der Frau streichelten über Kinderköpfe, ertasteten ausgestreckte Hände, und dabei verzog sich ihr runzliger Mund zu einem seligen Lächeln.

Nun erreichten auch die anderen Jungen und die Bewohner von Hallem den Dorfplatz. Sie waren außer Atem, ihre Wangen glühten. Tomke war unter ihnen, als eine von drei Frauen, mit ihrem Sprungspeer und ihrem Faltenrock. Eine weitere Frau, das Hautbild eines Seevogels prangte auf ihrer hoch rasierten Stirn, eilte zur Greisin hin und nahm ihre Hand.

„Das ist Witteke, und man sagt, sie ist die eigentliche Hexe. Die Alte ist dem Tod näher als dem Leben."

Witteke, die Haare, die nicht ausrasiert waren, zu zahlreichen, mit blauem Kalk eingeriebenen Zöpfen geflochten, lächelte in die Runde und begann zu sprechen. Stets fiel dabei der Name *Birke*, und sie fing es geschickt an, sich noch in den Schatten der greisen Priesterin zu stellen. Diese nickte und lächelte, nickte und lächelte – und schließlich, als die Sonne so hoch stand, dass sie höher an diesem Tag nicht mehr klettern würde, begann das Fest.

Wie bei den Friesen üblich, bestand es aus reichlich Essen und Trinken und einer wilden, ausgelassenen Zeremonie zum Sonnenuntergang, einer heidnischen Messe an einer von den Friesen verehrten Quelle, von der ich mich, trotz meiner Neugier, ob meines Seelenheils lieber fernhielt. Mit Đomas trank ich noch ein wenig weiter, irgendwann schien er Mut gefasst zu haben und sagte zu mir: „Hab gehört, du hast mit Albert über diese Puppe geredet. Der Jude, bei dem ich gearbeitet habe, er war Kabbalist. Wenn da was ist mit dieser Puppe, und du nicht einfach verrückt bist, aber ernsthaft, du wirkst zwar nicht ganz richtig, aber auch nicht völlig verwirrt. Also, wenn was ist mit der Puppe, dann kann ich vielleicht danach sehen."

„Wie stellst du dir das vor?"

„Die Kabbalah! Damit kann man in die Welt der Geister blicken. Man hört die Stimmen der Toten!"

„Mit der … Kabbalah?" Ich hatte eine krude und sehr vorurteilsbehaftete Idee der jüdischen Mysterien im Kopf und fragte mich, wie sehr Đomas wohl Einblick darin gewährt worden war.

„Morgen!", sagte er und prostete mir zu. „Morgen gucken wir in diese Puppe."

Ynge quiekte entsetzt. „Nicht in die Puppe", stellte ich richtig. „Du fasst sie nicht an. Niemand – fasst – diese – Puppe an. Aber du darfst gerne Kabbalah an ihr ausprobieren."

Dann sangen wir uns Lieder vor, die wir in unseren Jugendjahren gelernt hatten, Lieder von scharfem Gesöff und weißen Brüsten. Bald hatten wir eine christliche Bagage aus Likedeelern um uns gesammelt, die froh waren, mit ungehörigem Liedgut und Geschichten dem heidnischen Brimborium den Rücken zu kehren.

„… Witteke soll wohl jemanden suchen, der ihr ein Kind macht!", flüsterte einer von ihnen betrunken in die Runde. „Ja, ja, der Mikæl hat es erzählt, sie ist nachts in seiner Kammer erschienen wie ein Geist, hat sich ohne ein Wort auf ihn gesetzt und ihm dabei nicht nur seinen Samen, sondern auch all seine Lebenskraft ausgesaugt. Kurze Zeit später ist er ums Leben gekommen, bei Bremen."

Alle hielten die Luft an, alle blickten über die Schulter.

„Kann das wahr sein?", fragte der schmale, junge, rothaarige Friedrick, halb Furcht, halb Hoffnung in der Stimme.

„Keine Sorge, mit dir versucht sie's schon nicht. Steht deiner überhaupt schon?", grölte der dicke Albert, der eben noch versucht hatte, am Hals der Magd des Redjevens zu nuckeln.

„Besser als deiner, wette ich. Im Alter soll's ja schlechter werden", gab Friedrick schlagfertig zurück und blickte zufrieden in die Runde. Da strömten die Friesen zurück in die Halle, blaugefroren waren ihre Lippen, doch fiebrig glänzten die Augen.

„Meint ihr, sie haben nackt im Schnee getanzt?", flüsterte Đomas und erntete bedauerndes Seufzen darüber, dass wir nur getrunken und geschwatzt hatten. Birke wurde in zahlreiche wollene Decken und Felle gehüllt und nah ans Feuer gesetzt, wo sie sofort einschlief. Witteke jedoch ging federnden Schrittes im großen Saal herum, sprach und lachte und trank.

Die Sprache derer, die ich mir unfreiwillig zu Gefährten gemacht hatte, wurde wieder derber, und deutlich sprach daraus, wie sehr man sich trotz des drohenden Todes wünschte, dass Witteke in der Nacht auftauchte und sich ein Kind machen ließ. Sie war groß und schlank, entledigte sich in der Halle bald ihres Umhangs und unter ihrem langen roten Rock zeichneten sich die vermutlich festesten und hübschesten Pobacken des ganzen Dorfes ab. Als das Gespräch sich nur noch darum drehte, trat Tomke an unseren desolaten Haufen heran. Sie erntete Geflüster und gieriges Seufzen, denn obwohl man sich nicht sicher sein konnte, ob ihre Pobacken mit Wittekes mithalten konnten, war sie doch eine schöne, junge und begehrenswerte Frau.

Verheiratete Frau.

„Wirst du mich nun endlich zeichnen?", fragte sie mich, und ich erntete Knuffe und Püffe und Ausrufe wie „Der Glückspilz!", als habe sie mich soeben gefragt, ob ich ihr Bett teilen wolle. Auch Ynge schien es so interpretiert zu haben, denn sie sagte: „Na, hervorragend. Sie hat getrunken und verführt dich, du wirst töricht sein und nicht auf mich hören, und morgen kommt ihr Mann und tötet dich."

„Unsinn!", schalt ich sie, und Tomke lächelte, weil sie zu wissen schien, dass ich erneut mit meiner Puppe sprach.

Sehr zum Unmut meiner Gefährten ging Tomke nicht mit mir hinaus. Sie setzte sich lediglich auf einen Stuhl, nahe des Feuers. „So?"

Ich rückte einen Hocker heran, so dass sich das Feuer zu ihrer Linken befand und ich akzeptables Licht hatte. „Ich habe nur noch ein Blatt", sagte ich.

„Lässt du mich sehen, was du auf den anderen Blättern gezeichnet hast? Einen Maxwell'schen Dämon?" Sie lachte.

„Wie scharfsinnig sie ist", schmollte Ynge.

„Ach, Ynge, sei doch nicht so! Sieh, ich habe dich gemalt!"

Das hatte ich, mehrmals hatte ich ihr Porzellangesicht eingefangen, und im Feuerschein erschien es mir selbst auf den Zeichnungen so, als könne sie sprechen.

„Diese Puppe ist wahrlich seltsam", sagte Tomke, während sie die Briefbögen betrachtete. „Ja – wenn ich sie mir hier ansehe … dann scheint es wirklich die Puppe zu sein, die seltsam ist. Nicht du."

Hinter mir polterte etwas, und Tomke zog die Brauen gefährlich zusammen. Ich wandte mich um – Eiken hatte eine junge Frau auf seinen Tisch gezerrt, dabei Tonkrüge und Schüsseln beiseite gefegt, und küsste sie innig. Sie wirkte zunächst schicksalsergeben, fasste dann jedoch sein Gesicht und erwiderte den Kuss.

„Warum bist du mit diesem Mann verheiratet?"

„Witteke hat unsere Ehe heute gelöst. Er will sich an mir rächen", zuckte Tomke mit den Achseln.

Ich richtete mich auf dem Hocker kerzengrade auf. „Warum willst du mich dann dazu anstiften, dich keinen Meter entfernt von ihm zu zeichnen? Wo du doch weißt, dass er deswegen so außer sich war?"

„Ich?“, lächelte sie. „Ich will immer nur tun, was ich will.“

Meine ersten Striche wurden zornig. Ich wusste nicht genau, warum, doch ihr Gebaren, ihre gescheiterte Ehe, ihr Sturkopf machten mich wütend. Dennoch musste ich feststellen, dass es zu ihr passte – dass die harten dunklen Striche ihr vom Wind zerwühltes Haar gut einfingen. Ihre Augen blitzten, und ich fing es ein. Ihr Mund war widerspenstig, doch ich wusste ihn zu zeichnen. Ihr Leinenhemd, dessen Ärmel sie am Feuer hochgekrempelt hatte, der Schmuck der silbernen Armreifen – die Hand, in der sie den langen Kletsie hielt, den Sprungspeer, den die Friesen sowohl als Waffe als auch als athletisches Fortbewegungsmittel nutzten. Der Faltenrock und die in der Hose darunter übereinandergeschlagenen Beine mit den abenteuerlich abgewetzten Stiefeln. Die Zeit verging, ohne dass ich ihrer achtete, und aus der rohen Form, aus der ich Tomke hatte erschaffen wollen, war nun ein lebendiges Abbild geworden. Wie jene Skizze, die ich von Æmelie geschaffen hatte, und die sich nur so zäh und widerwillig in ein Gemälde hatte verwandeln lassen wollen.

Tomke streckte gähnend die Arme aus und angelte nach einem Krug Bier, doch ich schalt sie, stillzusitzen. Der Schattenwurf ihres Faltenrocks benötigte gerade absolute Reglosigkeit. Sie lächelte herausfordernd und wippte mit dem Fuß. Seufzend sah ich sie an, mir nun jedoch auch bewusst werdend, dass sich eine Traube aus neugierigen Kindern und Erwachsenen hinter mich geschart hatte. Sofort begann mein Herz schneller zu schlagen.

„Entschuldigung“, sagte ich mit belegter Stimme. „Wenn sie zusehen, kann ich nicht arbeiten.“

Tomke lachte und übersetzte. „Sie sehen schon eine ganze Weile zu.“

„Das mag sein. Dann können sie es ja wieder tun, wenn ich sie wieder vergessen habe.“

„Es ist schon eigenartig, dass so viele um uns herum sind, und doch bin nur ich da“, bemerkte Tomke mit einer stichelnden Selbstzufriedenheit. Ich warf ihr einen tadelnden Blick zu. „Du könntest ebenso gut dieses Felspferdchen sein, das ich noch zeichnen möchte. Ich bin in meine Arbeit vertieft, nicht in dich.“

„Ja. Sag ihr das ruhig mal“, pflichtete Ynge mir bei.

„Ich mag es trotzdem“, sagte Tomke leise.

Irgendwann leerte sich der Festsaal, die Friesen torkelten durch den Schnee nach Hause oder schliefen auf den Bänken ein. Auch die Likedeeler anderer Nationalität trollten sich, vermutlich in der Hoffnung, dass Witteke ihnen in der Nacht erscheinen würde. Ich konnte kein Ende finden, obgleich das Feuer niederbrannte. Stets erkannte ich ein Detail, das noch gezeichnet werden wollte – die zarte Kuhle zwischen ihren Schlüsselbeinen, das kleine Messer an ihrem Gürtel.

Eine Hand legte sich auf meine Schulter, als ich mein Zeichen, das Eth, ð, in die rechte untere Ecke setzte. Es war die Hand des Redjevens.

„Was verlangst du für das Bild?“, fragte er mit deutlich lallender Zunge.

„Meine Freiheit“, sagte ich, und er grinste.

„En hi hat is itsoch omdat alle Friisen ümmer frai wee skel, din' n wat geboorn en din' n wat no ni geboorn sen, slongs de Win oawer de Hemmel wait en de Welt bestunt. Wear bes di fraier as bi de Friisen, miin Moat?“

„Wenn ich frei bin, warum kann ich die Insel dann nicht verlassen?“

Er lachte und zuckte mit den drahtigen Schultern. „Bist du ein Hurenmörder, miin Moat? Oder hast du die Freiheit verdient?“

Ich ließ das Papier zu Boden flattern, als hätte ich nicht Stunden damit verbracht.

„Was erlauben Sie sich!“

„Es kommen Geschichten vom Festland. Man sucht nach dir. Du sollst verurteilt werden. Ein Mann mit einer Puppe, ein kranker Mann, so sagt man."

„Foor!", warf Tomke ein, doch sie hatte aufgehört zu existieren.

„Hätten Sie mich nicht in Ihrer müßigen Überlegung, Lösegeld zu fordern, gefangengehalten, hätte ich diese gemeinen Lügen entkräften können, bevor sie zum Festland gelangen."

„Ein Freiherr von Erlenhofen, so sagt man, der Huren tötet, weil es seine Puppe befiehlt."

Ich war selten kurz davor gewesen, als Erster zuzuschlagen. Tief musste ich durchatmen, um meine Wut zu zügeln. Dennoch stampfte ich mit meinem Fuß auf das Bild, und entsetzt schrie Tomke auf.

„Behalten Sie dieses Bild, Redjeven. Und behalten Sie meine ferdrait Fraihait!" Ich spuckte auf den Boden und wandte mich zum Gehen, mühsam um meine Fassung ringend.

Als ich beinahe gegen den Stuhl der eingemummelten Priesterin gestoßen und so knapp an ihr vorbeigestolpert war, dass vermutlich der Luftzug sie geweckt hatte, hob sie seufzend den Kopf und griff mit ihren gichtigen Fingern nach mir. Sie erwischte Ynge und zog sie behände aus meiner Tasche. Ich heulte auf vor Wut – niemals war Ynge mir entrissen worden, seit ich sie ... seit ich sie vor meinem Sturz hinab in den Kanal aus Æmelies Händen genommen hatte.

Zitternd und machtlos hielt ich inne – ich konnte schlecht auf die Greisin losgehen, und Tomke und ihr Vater verharrten reglos, als fürchteten sie meine Reaktion. Mit einem Geräusch wie einem Schluchzen hob Tomke das Blatt auf, hielt sich selbst davon ab, es glattzustreichen und damit all die Kreidestriche zu verwischen.

„Geben Sie mir meine Puppe wieder, verehrte Dame", brachte ich mühsam beherrscht hervor. Meine Stimme zitterte wie die erlöschenden Flammen.

Die Alte strich über Ynges Haar, wiegte die schreckensstarre Puppe in ihrem Arm und hielt ihre Wange an die Porzellanwange. „Schtjülli, schtjülli, schtjülli."

„Naðan! Sie soll mich loslassen!", piepste Ynge. „Ich will zurück!"

„Geben Sie mir … meine Puppe!" Die letzten Worte brüllte ich beinahe. Für die heidnische Hexe jedoch schien ich Luft zu sein. Nach weiterem sinnlosen Gebrabbel richtete sie ihr blaues Auge auf mich. „Dji hat keen Seel. Oawers dji teowt iip wat."

Mit diesen Worten reichte sie mir die Puppe zurück, als sei sie das zerbrechlichste Wesen der Welt. Aufgewühlt stürmte ich aus dem Saal des Redjevens hinaus in die Kälte, in der die vielen Feuer, die sich durch das Dorf zogen und vielleicht für einen nächtlichen Vogel ein flammendes Zeichen ergeben hatten, langsam erloschen.

○ ○ ○

Ich weiß nicht, ob mein Verhalten ihren Verdacht, ich könne doch der Hurenmörder von Æstas End sein, entkräftet oder eher verstärkt hatte, doch sie ließen mich für den Moment unbeachtet. Rastlos wanderte ich über die Insel, glaubte den Wind doch durch einen Hauch des Frühjahrs milder und ließ meine Augen über das Meer schweifen, auf der Suche nach Luftschiffen, die Helgoland ansteuerten. Ich würde mit einem von ihnen davonfahren, mich im Frachtraum verstecken oder auch in der Gashülle. Ich würde nicht fernab der Heimat dulden, dass man daheim in Aquis glaubte, der Tod meiner Frau habe mich zu einem Perversen werden lassen, dem eine Puppe Morde befahl. Ich schüttelte mich innerlich, malte mir die würdevoll faltigen Gesichter meiner Eltern aus, wenn ihnen jemand diese Botschaft überbrachte. Wusste, dass meine Mutter sich ein Tüchlein an die Lippen pressen und sich auf einen der wuchtigen, mit grünen Polstern bezogenen Eichenstühle in der Diele fallen lassen würde. Mein Vater würde eine Antwort donnern und die Tür zuschlagen, und dann würden sie nie wieder ein Wort darüber verlieren.

Zum Glück war ich nicht ihr einziges Kind. Ich hatte noch einen älteren Bruder, welcher freundlicherweise stets die Erwartungen meiner Eltern erfüllt hatte, so dass ich mich nicht allzu schuldig fühlen musste, wenn ich mich in ihren Augen stets für das Falsche entschied. Würden sie mir zutrauen, ein Mörder zu sein?

„Du *bist* ein Mörder", sagte Ynge traurig. Ich schüttelte den Kopf. „Das waren Männer, die *mich* töten wollten. Es war eine alttestamentarische Art und Weise, dies zu beantworten, ja. Aber durchaus nicht unüblich."

Wenn nicht einmal mehr Ynge verstand, was ich tat und warum, was sollten dann erst meine Eltern denken?

„Sie hat keine Seele", hatte die Alte gebrabbelt, wenn ich sie recht verstanden hatte.

Aber was weiß sie schon über Ynge! Natürlich hat sie eine Seele. Æmelies Seele. Oder meine eigene, die verrückt geworden ist. Oder was weiß ich.

Ich hatte kein Papier mehr, dennoch war ich entschlossen, allen Menschen aus dem Weg zu gehen – glaubte ich doch, die Gerüchte, die umhergingen wie Spukgespinste, in ihren Augen lesen zu können.

Abends fing Đomas mich ab, obgleich ich auch ihn hatte meiden wollen, und machte sein Versprechen wahr.

„Die Kabbalah, mein Freund! Wir gehen in den Ziegenstall."

„Ich will nicht."

„Ich bin nicht so eine alte Hexe. Hab ja gesehen, dass du da ein bisschen …" Er schwieg unbehaglich und balancierte einen Tonbecher zwischen zwei Fingern.

„Ich bin wohl doch verrückt", sagte ich herausfordernd und schob das Kinn vor.

„Vermutlich. Aber auch das kriege ich mit der Kabbalah heraus!" Er grinste, die tätowierten Dreiecke verzogen sich zu einer Fratze. „Komm schon! Ich bin auch neugierig auf die Puppe!"

Ynge schwieg. Sie sah aus, als wolle sie etwas sagen und hielte sich selbst zurück.

„Sag doch was, Ynge!", murmelte ich. „Ich will ja auch wissen, ob Æmelies Seele in dir wohnt. Vielleicht sagst du mir einfach, was du bist."

Ein Windstoß fegte durchs Dorf, und ich hätte schwören können, dass Ynge sagte: „Ich weiß es selbst nicht recht."

„In Ordnung", nickte ich. „Wir sehen sie uns an."

○ ○ ○

Đomas hatte ein Tuch ausgebreitet, auf dem jüdische Buchstaben ein Muster aus Kreisen und Verbindungslinien zierten.

„Das ist der Lebensbaum. Wir rücken darauf ein Glas. Also, diesen Becher." Er legte das Tuch auf den freigefegten Boden. Zwei Ziegen blickten interessiert zu uns herüber.

„Wir rücken ein Glas – und das ist Kabbalah?"

Ich konnte schwören, dass Đomas ein wenig rot wurde, doch er überspielte es gut. „Na – was man darauf rückt, ist doch egal. Wir rücken, und die Kabbalah antwortet uns."

Er setzte sich im Schneidersitz neben das Tuch und den Becher, der zur Hälfte mit Wasser gefüllt war.

„Setz dich auch." Ich gehorchte, Ynge legte ich vor mich hin, zog ihr das Kleidchen sorgsam über die Knie.

„Schließe deine Augen." Er benetzte seine Finger mit Wasser, besprenkelte mich, Ynge und sich selbst damit. „Oh, Ketherchockmahbinah! Chesedgeburah! Augen zu, Naðan!"

„Ich bin mir nicht sicher …"

„Unsinn! Leg deinen Finger an den Becherrand! Und dann denk an gar nichts mehr!"

Ynge. Ynge. Æmelie. Ynge. Es war mir nicht möglich, an nichts zu denken. Mörder von Æstas End. Hurenmörder. Kranker Mensch. Irrer! Spricht mit seiner Puppe!

„Naðan", flüsterte Ynge durch Ðomas' vielleicht hebräisches Gemurmel. „Du bist zur Hälfte verrückt. Und ich bin zur Hälfte wahr."

„Und das kannst du mir nicht ohne diesen jüdischen Schnickschnack sagen?"

„Du darfst nicht am Glas rücken", unterbrach der Likedeeler mich ungeduldig.

„Ach, hör auf, Ðomas, ich rücke nicht. Du solltest doch wohl selbst mehr daran glauben als ich!"

Ynge kicherte. Erlaubte sie sich hier einen Spaß mit uns? Verbissen presste ich die Lider zusammen, wartete darauf, dass irgendein Spuk einsetzen würde. Eine Ziege meckerte jämmerlich.

Æmelie, bist du noch bei mir?

Konnte Ðomas durch die Kabbalah mit dem Jenseits sprechen? Oder machten wir hier einfach gerade zwei große Narren aus uns? Die Ziege meckerte schriller.

„Scheiß-Viech!", knurrte Ðomas, doch in diesem Moment fuhren wir auseinander – der Becherrand war heiß geworden, und als ich die Augen aufriss, sah ich Dampf aus dem Tonbecher steigen.

„Was zur Hölle!"

Die Tiere gebärdeten sich wie wild, die jungen Zicklein hatten sich in den hintersten Winkel ihres Verschlages zurückgezogen, die Muttertiere rollten mit den Augen.

Die Stalltür wurde aufgestoßen, ich packte Ynge und drückte sie an mich, und auch ihr Puppenleib war warm – warm wie der Körper eines Menschen.

Ein fluchender Friese stand in der Stalltür, und Ðomas raffte rasch das Tuch zusammen, stieß den Becher um und verschüttete das kochende Wasser auf dem Boden.

Atem stieg in Wolken vom Mund des Wilden und dem Maul der Tiere auf, und der Stall war eiskalt, kalt wie das Herz des verfluchten Eisberges.

„Was bedeutet das?", fuhr ich Đomas an. „Hör auf zu zaubern!"

Er entschuldigte sich wortreich bei dem Friesen und knüllte das Leintuch dabei zwischen seinen Händen.

„Đomas, was heißt das? Hast du etwas gesehen? Gehört? Weißt du etwas?"

Der Friese beförderte uns mit einem Tritt aus dem Stall und fluchte uns hinterher, doch Đomas grinste breit.

„Das Glas sagt Chesad, mein Freund. Das ist die erste Stufe des Sichtbarwerdens."

„Was wird sichtbar?" Was für Götter und Geister warteten hier auf Helgoland auf mich? Fosites Land. Aber solch ein Geist war nicht in meiner Puppe – wie sollte er in Venedig hineingefahren sein? Es war Æmelie. Es musste Æmelie sein. „Đomas, was wird sichtbar?"

„Das musst du selbst wissen, aber entweder du oder diese Puppe oder ich … in einem von uns steckt mehr, als offenbar ist."

○ ○ ○

Ich fühlte aller Blicke auf mir ruhen. „Der Hurenmörder hat im Ziegenstall düsteren Göttern geopfert", mochten sie wohl von mir denken, und schaudernd wandte ich mich von diesen Gedanken und denen, die sie hegten, ab.

Tagelang suchte ich stets die Landspitze auf, an der die Felssäule Naðurn Stak vorgelagert ins Meer ragte, überlegte, von welchem Punkt aus ich sie malen wollte, doch meist kam ich zum gleichen Schluss: Am eindrucksvollsten wäre sie, wenn man sie aus dem Wasser betrachtete, und zwar von jener Seite, von der die Wellen am energischsten gegen Helgoland anrannten, und auf der die Steilküste spröde zu ihrem höchsten Punkt aufragte. Aber dazu müsste ich fliegen, wie die Lummen, die nun in den Felsen zu nisten begannen. Es hatte seit Wochen nicht mehr geschneit, und ihr schnarrender Ruf schallte nun über die ganze Insel. Kinder zogen mit Steinschleudern und Netzen aus, um sie zu fangen, und die Mütter warfen das Fleisch in die Suppe.

Die Länge der Tage brachte es mit sich, dass ich erst spät und verfroren wieder in der kleinen Hütte ankam, die mir mit Đomas, Friedrick und drei anderen Männer zugeteilt worden war. Wir aßen Brot und dicke Bohnen, dazu einige Krustentiere aus dem Meer, welche ich mich nun nicht mehr zierte zu verzehren.

Die Männer warfen mir unbehagliche Blicke zu, und obgleich es vermutlich an meiner alles Fröhliche verzehrenden Laune lag, bildete ich mir ein, auch sie sähen in mir den Hurenmörder. Nur Đomas zwinkerte mir manchmal zu, als verbände uns ein großes Geheimnis, aber auch das widerte mich mehr und mehr an. Neue Antworten hatte es nicht gebracht, nur neue Fragen, und Ynge schwieg seither.

„Schon gehört, dass Tomke eine Mannschaft zusammenstellt?“, begann Albert das Gespräch mit den anderen. „Sie will rüber zum Festland, endlich Nachschub holen und Neuigkeiten.“

„Wen nimmt sie mit?“, fragte Đomas, bei dem es mich stets wunderte, dass er mit seinen wenigen Zähnen das harte Brot kauen konnte.

„Dich ja wohl nicht, wenn sie dich nicht gefragt hat.“

„Unsinn. Mich kann man immer gebrauchen. Ich kann handeln wie der Beelzebub.“ Er grinste breit.

„Friedrick nimmt sie mit, weil der Lausebengel so gut klettern kann.“

„Wird es denn eine Handelsfahrt, oder ist sie aufs Plündern aus?“

„Man muss für alles gerüstet sein, oder?“

„Wann fährt sie?“, fragte ich leise und erntete einen Moment des Schweigens, als alle sich darüber verwunderten, dass ich etwas gesagt hatte.

„Weiß nicht genau. Sie will noch zu dieser Hexe. Die machen hier ja nichts, ohne sich vorher den Rat der Hexe angehört zu haben“, flüsterte Albert und bekreuzigte sich. Keiner der anderen wiederholte die christliche Geste.

Naðurn Stak

Holzschnitt

Ich bin vermutlich zu leichtgläubig", hörte ich Tomkes Stimme, als ich auf den offenen Platz trat, um vor dem Schlafengehen der stickigen Enge der Hütte noch einmal zu entkommen, die ich mit zu vielen Männern zu teilen gezwungen war.

Ich wandte mich um – sie meinte mich mit ihrem Ausruf, kam gerade über den Platz mit dem Holzpfahl, in die die Gesichter von Göttern wie Wöda, Frigga und Þor eingeschnitzt waren, auf mich zu.

„Weil ich ein Mörder bin und du ein armes hilfloses Mädchen?"

„Touché", lächelte sie selbstironisch. „Ich mag dich, Naðan, aber ich bin bekannt dafür, immer die Falschen zu erwischen."

„Wie Eiken, ja? Erst ein tumber Grobian und dann ein verrückter Hurenmörder. Du solltest dir wirklich Gedanken über deinen Umgang machen."

„Sie lassen überall nach dir fahnden. Haben eine Belohnung ausgesetzt. Es ist doch klar, dass die Gerüchte auch hier landen. Und mein Vater *muss* dich darauf ansprechen – immerhin hat er dich nicht irgendwo eingesperrt."

„Ich bin hier eingesperrt. Wie in Dædalus' Gefängnis ist der Himmel über mir offen, und trotzdem bin ich gefangen."

Tomke sah hinauf in die Sterne und breitete ein wenig die Arme aus. „Dann bau dir Flügel wie Dædalus. Du hast doch die Pläne dazu." Sie sah mich ernst an. „Wenn ich wiederkomme, werden wir diese Geräte bauen, die deine Frau entworfen hat."

„Werden wir das?"

„Oh, sei nicht so unnachgiebig! Hätte sie es nicht gewollt?"

Wut wallte erneut in mir auf, und ich fühlte mich wie jemand, der sich selbst nicht kennt. „Was weißt du über meine Frau? Was weiß jemand, der leichtherzig einen tumben Grobian heiratet, jemand, der stets tut, wonach ihm der Kopf steht, der es nie schwer hatte im Leben, der nie ermordet wurde oder allein mit einer Puppe zurückblieb – was weißt du schon von mir oder Æmelie?" Ich rang nach meiner Fassung, Tränen schossen mir in die Augen, und sie sah zu Boden. Kurz dachte ich, sie würde sich entschuldigen, doch sie tat es nicht. Sie machte auf dem Absatz kehrt und stürmte zurück in das große Haus ihres Vaters.

„Sie ist noch recht jung, nicht wahr?", sagte Ynge leise, und ich streichelte sie, dankbar, dass sie wieder die Alte war. „Impertinent, unerfahren und unbedarft in allen Belangen."

Ich nickte und fuhr mir durch die Haare, verzweifelt darin raufend stellte ich fest, wie lang sie geworden waren; je länger sie wurden, desto lockiger wurden sie und kringelten sich albern über meine Ohren. Ich hoffte, dass ich Tomke zum letzten Mal vor ihrem Beutezug gesehen hatte, doch ich hoffte vergeblich.

○ ○ ○

Bereits am nächsten Morgen winkte sie mich in ihres Vaters Halle. Missmutig stapfte ich hinüber und nahm die Schüssel mit Haferschleim an, die sie mir zum Frühstück reichte.

„Ich wollte dir noch Briefpapier geben", sagte sie.

„Danke."

„Sieh – da hängt dein Werk!" Sie zog mich hinüber zum Kopfende des großen Festsaals, durch den sich nun hölzerne Trennwände zogen. Auf Strohlagern schliefen für gewöhnlich die Krieger des Redjevens, traditionell Speer, Schild und Kurzschwert neben sich, und auch sie waren nun erwacht und löffelten ihren morgendlichen Brei. Wie sehnte ich mich nach dem frischen Brot, das wir in Aquis beinahe jeden Morgen gegessen hatten. Frisches, duftendes, lockeres Brot aus den zahlreichen Backstuben – oder gar Brötchen! Sehnsüchtig seufzte ich.

Meine Zeichnung, vorsichtig geglättet und von Schmutz und beinahe allen Spuren meines Fußabdrucks befreit, hing hinter dem angebrochenen Glas eines Bilderrahmens, am breiten, von Rauch und Alter gedunkelten Balken, der das Dach über dem Sitz des Redjevens stützte.

„Ich danke dir, dass du mich gemalt hast."

„Gezeichnet."

„Gezeichnet dann also. Hör zu, ich habe dir einen Vorschlag zu machen. Ich habe ein Segelboot."

Ich blickte sie an. Sie würde mich nicht mehr aus der Ruhe bringen. Sie war mir einfach egal. Ich wollte fort von hier, ich wollte meinen Ruf retten, wollte Æmelie begraben, wollte zeichnen und dann ganz in mir vor der Welt verschwinden.

„Die See ist heute ruhig. Ich werde dich hinausbringen, aufs Wasser, und von dort aus kannst du Naðurn Stak malen. Zeichnen."

„Mit einem Boot? Hinaus aufs Meer?"

Sie nickte ernst, und ich blinzelte verwundert.

„Mit einem Segelboot? Ich will nicht dabei sterben, wie ich eure Küste zeichne."

„Das wirst du nicht. Ich kann segeln. Weiter hinaus ist es zu gefährlich, aber in Küstennähe ... Da könnten wir sogar schwimmen, wenn wir kentern."

Ich lachte ungläubig. „Ich könnte sicherlich nicht schwimmen – im eiskalten Meer! Mit euren fischschwänzigen Göttern, die mich herunterziehen wollen!"

„Ekkenekkepen werden wir vorher ein Opfer bringen", wiegelte Tomke meinen Einwand ab, und Ynge stöhnte: „Heidnische Sitten."

„*Ekkenekkepen*", murmelte ich und schüttelte langsam den Kopf. „Bist du denn nicht getauft?"

„Doch. Die Gräfin hat mich taufen lassen, und in einer Kirche bete ich das Paternoster auf Latein und auch das Ave Maria. Aber was glaubst du, was der heilige dreifaltige Gott und seine jungfräuliche Mutter gegen meine fischschwänzigen Götter ausrichten können?"

„Sie ..." Ich verstummte. Ich hatte sagen wollen, dass sie allmächtig waren, und deshalb auch im Meer gegen heidnisches Götterpack bestehen würden. Aber dann stellte ich fest, dass ich es selbst nicht glaubte. Wenn sie allmächtig waren, dann verschwendeten sie ihre Allmacht ohnehin nicht auf Menschen, und dann war es ihnen auch gleichgültig, ob ich von einem fischschwänzigen Gott mit unaussprechlichem Namen verschlungen wurde.

„Nun gut", seufzte ich, getrieben von der Neugierde auf einen Ausflug zur See und meiner Idee, Naðurn Stak, der sich beinahe wie ein Namensvetter anfühlte, zu zeichnen.

○ ○ ○

„Ruhige See nennst du das?", keuchte ich, bevor sich eine neuerliche Ladung Haferschleim über die Reling ins Meer ergoss und sich mein Magen mit einem schmerzhaften Geräusch zusammenzog, das ich trotz des Wellenrauschens vernahm.

Tomke lachte laut und stemmte sich in die Taue ihres Segels. Die Jolle schwankte auf den grünlichen Wellen, der Himmel war niedrig und grau und die Sonne nur ein blasser Fleck wie ein runder voller Mond. „Aber ja. Ganz ruhig."

„Da ist Eis!", schrie ich und zeigte auf einen der bedrohlich auf den Wellen schaukelnden Splitter, die im wärmer werdenden Wetter von den größeren Schollen abbrachen.

„Das macht nichts. Es zerbricht, guck!" Der Kiel krachte gegen das Eis, es knirschte, ich krallte mich mit blaugefrorenen Fingern an der Reling fest und biss die Zähne zusammen –

doch sie behielt recht, mit einem widerstrebenden Geräusch riss das Eis, barst auseinander und trieb rechts und links von unserem Boot an uns vorbei.

„Das ist entsetzlich!"

„Wir nennen all das hier den *blanken Hans*!" Begeistert wies sie in die sprühende Gischt. „Er macht uns Angst, aber manchmal macht er auch einfach Spaß!"

„Ich dachte, Luftschiffe wären grässlich!"

Sie lachte nur, und ihre Augen blitzten. Über die Schulter zurückblickend wurde mir klar, dass wir uns vom ins Meer auslaufenden, sandigen Flachland nur wenig entfernt hatten, wir hatten uns in nordwestlicher Richtung parallel zur Steilküste gehalten und waren nun bereits auf Höhe des rotsteinernen Rosses angekommen, das Helgoland durchs Wasser zog.

„Näher dran? Weiter weg?"

„So ist vollkommen … perfekt", beeilte ich mich zu sagen, und freute mich, als sie das kleine, dreieckige Leinensegel einholte. Mit der Hilfe der Steuerpinne und eines Paddels hielt sie das Schiff in etwa auf der Stelle – ich befürchtete jedoch, dass die wilden, von Westen heranrollenden Wellen des blanken Hans' uns bald gegen die Steilküste schleudern und dort zerschmettern würden.

Zitternd ließ ich mich am tiefsten Punkt des Bootes, direkt neben dem Mast, nieder. Ich räusperte mich und versuchte nach Kräften, ein Mann zu sein. Tomke beobachtete mich dabei und grinste.

„Ich mag dich wirklich gern. Und ich glaube nicht, dass du ein Mörder bist."

„Sie mögen vermutlich alle die Aura, die dich als trauernden Witwer umgibt. Wie pietätlos", kommentierte Ynge. Ich nahm sie heraus und zeigte ihr die eindrucksvolle wilde Steilküste mit den aufsteigenden schwarzgeflügelten Lummen, die sich langsam durch die Übelkeit und die Angst in mein Bewusstsein schoben und ein geradezu beeindruckendes Bild abgeben wollten.

„Das Papier wird nass werden."

Tomke setzte sich neben mich und zog die Beine an. Sie strich Ynge über das Haar. „Ist die Seele deiner Frau da drin?", fragte sie dann und sah mich an. „Lässt sie dich nicht los?"

„Sie soll mich auch nicht loslassen. Ich liebe sie."

Tomke nickte ernsthaft. „Das tut sicher sehr weh."

„Das ist richtig. Aber es wäre auch falsch, wenn es nicht weh täte." Ich weiß nicht, was dann passierte. Die Gischt sprühte über die Reling, der Fels sah so imposant und großartig aus, und ich weinte mit einem Mal, ich vergrub mein Gesicht in meinen Händen, verbarg mich vor dem Anblick des steinernen Rosses, vor der lebendigen Welt, die auf mich einstürmen wollte. Ich wünschte mich tot, oder ich wünschte die Welt tot. Oder ich wünschte Æmelie lebendig. Ich war so nah an etwas Schönem, und doch verblasste alles Schöne, scheiterte und brach als Eisscholle entzwei an der Leere, die in mir gähnte wie der Riss am Puppenkopf.

Ich schluchzte, und die Geräusche, die ich dabei von mir gab, waren so erstickend, so rau, so unmenschlich, dass ich dachte, ich würde daran sterben. Ich presste meine Stirn gegen Ynges Bauch oder Rücken und weinte in ihr Kleidchen und schämte mich gleichzeitig so entsetzlich.

Irgendwann gelang es mir, aufzutauchen. Ich rang nach Luft, als die Welt um mich herum wieder an Klarheit gewann, ich zog den Rotz hoch und wagte es, den Blick zu heben. Etwas war warm neben mir, und das war Tomke, die einen Arm um meine Schulter gelegt hatte und mich nicht ansah. Vorsichtig hatte sie ihren Kopf an mich gelehnt und sah hinaus zu den Felsen, die deutlich näher gekommen waren.

Die Wellen trieben uns hin und her, sorgten dafür, dass sich die Furcht vor eisigem Tod durch den Verlust meiner Fassung kämpfte und die Oberhand gewann.

„Sollten wir nicht … willst du nicht das Boot wieder …“

„Hm“, machte Tomke und setzte sich auf. Sie sah mich nicht an, sondern machte sich an die Arbeit und ruderte das Boot wieder ein Stück hinaus aufs offene Meer. Ich sah von Helgoland weg in die Endlosigkeit. Im Westen würde sich irgendwann die Küste der öden ænglischen Insel erheben, welche bis auf wenige große Städte nicht mehr besiedelt wurde.

Und jenseits davon? Was mochte dort sein? Das Meer verriet es mir nicht.

Mit zitternden Fingern nahm ich den ersten Briefbogen und ließ den Bleistift darüber wandern. Fing die Linie der Küste ein. Den steinernen Brückenbogen, der wie eine Laune der Natur den Stak mit der Insel verband. Aber meine Finger waren eisig, und mein Inneres war taub.

Ich blickte zu Tomke hinüber, die an der Ruderpinne saß und über das Meer sah.

„Irgendwann werde ich weiter segeln als irgendwer zuvor. Oder fliegen.“ Hatte sie es gesagt, oder hatte ich es mir nur eingebildet, weil sie aussah, als würde sie es sagen? Wie alt mochte sie sein? Fünf, vielleicht sechs Jahre jünger als ich? Hatte ich mich nicht in ihrem Alter in eine Frau verliebt, die geglaubt hatte, sie könne eine Wissenschaftlerin werden? Glaubten Menschen in diesem Alter nicht, dass das Leben alles für sie bereithielte, was man sich vorstellen konnte? Wie schnell konnte dieser Eindruck vergehen, konnte man sich bewusst werden, dass man nur eine rasche Laune des Schicksals war. Ein Blinzeln im Leben der Götter. Gottes.

„Ich verstehe, dass du mich nicht magst.“

„Es ist nicht, dass ich dich nicht mag“, sagte ich mit zittriger Stimme und versuchte, meine Hände zu wärmen.

„Es ist so, dass ich dir egal bin“, stellte sie mit einem bitteren Triumph fest.

„Nein. Naja, nicht egal.“

„Aber ich bin dir auch nicht wichtig.“

Ich blickte sie an und zauderte. Das Geschöpf mit dem schwarzen Rock, das aufspringen und davonfliegen würde.

„Sie hat verdient, dass du ehrlich bist“, riet Ynge.

„Ja. Du bist mir nicht … nicht wichtig.“

Trotzig schob sie die Unterlippe vor. „Fein.“

„Ich wollte dich nicht verletzen. Ich mag dich. Aber … im Moment ist mir niemand wichtig.“

„Nur die Puppe.“

„Natürlich die Puppe. Aber sie ist ja eigentlich nicht wirklich *Jemand.* Sie zählt nicht.“

„Danke“, sagte die Puppe beleidigt. Es war Æmelies Stimme, musste ich mir ins Gedächtnis rufen. So sehr verband ich die Stimme mittlerweile mit Ynge, dass ich mich daran erinnern musste, dass es die Stimme meiner Frau war, die aus dem geschlossenen Puppenmund herauskam.

„Hier“, sagte Tomke schroffer als zuvor und reichte mir ein gehäkeltes Päckchen von der Größe einer Hand. Ich griff danach, und es war warm. Es war eine dieser kleinen Kohlestabheizungen, die auch auf Æsta erstanden werden konnten, um Hände oder Körper zu wärmen. Sie verströmte genug Wärme, um meine Finger ruhiger werden zu lassen. Tomke holte derweil etwas Käse, hartes Brot und Milch hervor und bereitete uns ein karges Mittagsmahl.

„Dass dir alle anderen auch egal sind, tröstet mich“, sagte sie schließlich versöhnlich. „Aber warum bist du so unzufrieden bei uns, wenn wir dich doch nicht behelligen, nicht beschuldigen und an niemanden ausliefern? Wir lassen dich einfach da sein. Aber du willst irgendetwas, und deshalb bist du unzufrieden.“

„Ich will den Leichnam meiner Frau holen, den dieser Satan Roþblatt hat. Und ich will nicht, dass alle Welt glaubt, ich sei ein Hurenmörder.“

„Das Erste verstehe ich. Aber das Zweite – es kann dir doch egal sein!“

„Es ist mir aber nicht egal."

„Das ist doch ein gutes Zeichen", zwinkerte sie und reichte mir ein Stück Käse.

Ich aß ein paar Bissen, auch wenn mein Magen zur Hälfte widerstrebend, zur Hälfte zustimmend grollte. Danach nahm ich mir den Briefbogen vor. Ich würde es wie bei Æmelies Bild machen – eine Skizze, und früher oder später würde ich ein Gemälde daraus machen. Der bleigraue Himmel. Das grüne Meer. Die roten Felsen mit den weißen Einschlüssen. Helgoland, vom Meer aus, das wäre nicht nur Inbegriff für ein wunderbares Bild, sondern auch für eine heldenhafte Tat – mit einem Segelboot hinausgesegelt, um unter Gefahr für Leib und Leben ein Bild zu malen!

Ich geriet, wie stets, in den Eifer meines Schaffens und vergaß, dass wir uns in einer winzig scheinenden Nussschale von Boot befanden, den Elementen ausgesetzt, gewissermaßen an der Nahtstelle zwischen Leben und Tod. Wenn man es dramatisch ausdrücken wollte. Ich ergänzte, ich schraffierte, ich notierte, ich prägte mir das Bild ganz genau ein, skizzierte auch das schwarzweiße Federkleid der Lummen, um es später übertragen zu können. Als ich von meinen Skizzen aufblickte, war Tomke bereits beinahe an der gischtfeuchten Sitzbank festgefroren. Sie hatte die Arme um sich geschlungen und blickte wenig freudvoll vor sich hin.

„Oh. Es ist schon spät, oder? Es tut mir leid … Ich hatte gar kein richtiges Zeitgefühl ... die Sonne ist so …"

Ich ließ einen suchenden Blick umherschweifen, die fahle Sonne suchend, doch was ich fand, waren mehrere kleinere Lichtkegel, die sich von Norden her durch die niedrigen Wolken tasteten.

„Was … was ist das?"

„Das sind Luftschiffe. Zwei, nein, drei." Tomke kniff die Augen zusammen. „Normalerweise steuern nicht so viele gleichzeitig Fositeslun an. Ich habe das noch nie gesehen!"

Wir starrten hinauf, das Meer rauschte und bedeckte uns mit seinem kalten, salzigen Film. An den Felsen sang es mit einer Urgewalt, der Helgoland sicherlich nicht bis in alle Ewigkeiten standhalten würde. Die Luftschiffe schoben sich heran – noch völlig lautlos erschienen sie uns, der Wind trug den Lärm der Maschinen davon. Ihre Hüllen waren schwarz.

„Der Herzog von Pappelheim!", „Æstas Kanzler!", riefen wir gleichzeitig aus – Tomke sprang auf und begann das Segel erneut zu setzen, mit trotz der Kälte fliegenden Fingern reichte sie mir das Paddel. „Los – wir müssen zur Insel!"

„Aber …" Ich ließ das Paddel sinken, eine plötzliche Furcht machte mir klar, dass diese Luftschiffe nicht wegen der Piraten, sondern meinetwegen gekommen waren. Wegen der Verbrechen, die ich vermeintlich begangen hatte. Vielleicht auch wegen der Pläne, die man bei mir wähnte. Hier war ich am sichersten Ort der Welt: auf einer winzigen Jolle vor der Steilküste in der hereinbrechenden Dunkelheit. „Aber die wollen doch mich!"

Tomke sah mich an, widerstreitende Gefühle zerrten in ihr hin und her. „Ja … ja, natürlich. Aber wir müssen … ich muss sie warnen!"

„Ihr habt doch … ihr habt doch Spähposten. Auf dich oder mich kommt es nicht an, oder?" Wie jämmerlich ich nun bereit war, das Schicksal der Likedeeler für mein eigenes aufs Spiel zu setzen! Doch sie zauderte tatsächlich, schien unsicher, ob sie mich an Land bringen sollte, wenn drei Schiffe meiner Feinde nahten.

„Wir umfahren den Stak! Zur anderen Seite, wo der Landepunkt ist und da lassen wir uns ein Seil runterwerfen und klettern die Steilwand hoch!"

„Wir?", fragte ich entgeistert.

„Sei ein Mann, Naðan!", fuhr Ynge mich an. Ich drehte sie zu mir herum. „Was?"

„Ein Mann sollst du sein! Scheint dir das Leben nicht stets sinnlos? Sehnst du dich nicht nach Satisfaktion und einer Konfrontation mit Roþblatt? Und jetzt versteckst du dich hinter jemandem, der so alt ist wie das Hoesch-Töchterlein?"

„Du hast recht." Ich packte das Ruder. „Also zum Luftschiff!"

Die See erwies sich in dem Temperaturgefälle der hereinbrechenden Nacht als unwägbar. Stürmischer wehte der Wind nun, wirbelte an den Felsnadeln und warf die Jolle hin und her. Mein Magen stand wieder Kopf, doch mannhaft beherrschte ich mich und grub immer wieder das glitschige Ruder in die Fluten.

Wir hatten beobachten können, wie die Luftschiffe über dem Dorf in Position gingen, eine helle Glocke wurde wie bei Sturmwarnungen geläutet – doch sonst blieb alles gespenstisch still, das Meer übertönte alle Laute.

Dann umsegelten wir den Stak und konnten nichts als Steilküste sehen – alles andere war unserem Blickfeld entzogen, und auch die Glocke war kaum mehr zu hören. Verbissen ruderten wir weiter, bis wir schließlich das Donnern von Bombenexplosionen hörten, sicherlich über ein Dutzend, und das Glühen von Brandsätzen herabregnen sahen. Es krachte, dann war es erneut still.

„Da!", flüsterte Tomke und deutete auf den Himmel über der Steilküste. Die Wolken begannen, einen Glanz anzunehmen, als würden sie von unten beschienen. Mit Feuerschein.

„Sie zünden das Dorf an!", kreischte sie und hämmerte mit den Fäusten auf die Reling. „Sek en Skit! Ferdrait, ferdrait Skit!"

Nun näherten wir uns der Steilküste – doch wie sollten wir sie erklimmen, die Wogen tosten nur so daran herauf und würden uns zerschmettern! Keinen Fußbreit flaches Land gab es hier, wie es sich auf der anderen Seite unterhalb der Felsen ausbreitete. Dafür jedoch konnten wir die schmutzig graue Hülle der *Frijheid* sehen, die sich hell gegen den Himmel abhob. Sie war offenbar noch nicht entdeckt worden, und sie erhob sich in die Höhe.

„Hallo! Heda, da oben!" Tomke brüllte und winkte, sprang im wackligen Boot auf und ab, und ich schluckte Galle hinunter, die bis in meine Kehle aufgestiegen war. „Feuer – wir brauchen etwas, das leuchtet!", schrie sie mir zu. Ich zuckte mit den Schultern, klammerte mich an meiner Sitzbank fest und bedauerte, dass alles so sehr schwankte.

„Ich habe nichts, was leuchtet!", sagte ich schwer schluckend. Sie jedoch hatte Schwefelhölzer in ihrer Tasche, schlüpfte aus ihrer Jacke und zog ihr Hemd, das oberste Kleidungsstück von vielen, aus und knüllte es am Ende des Ruders zusammen.

„Wenn du das Boot in Brand setzt, dann haben wir hier nur unschöne Alternativen zum Feuertod", gab ich zu bedenken.

„Hilf mir doch lieber!"

Halbherzig verknotete ich die Ärmel des gestreiften Hemdes. Sie brauchte mehrere Anläufe, um die provisorische Fackel anzuzünden, dann jedoch fing der grobe Stoff Feuer, und sie stellte sich vorn an den Bug und schwenkte rufend ihr behelfsmäßiges Signal. „Ich bin's, Tomke! Holt mich hoch!"

Ich kauerte mich wieder auf meine Bank und versicherte mich, dass Ynge fest in meiner Manteltasche steckte. Die *Frijheid* stieg, Rufe ertönten von der Klippe, jemand aus der Bodenmannschaft hatte uns gesehen, die Stimme einer Frau scholl herunter, doch der Wind formte ihre Worte zu einem unverständlichen Einerlei.

„Hier! Lasst ein Seil runter!"

Die Frau signalisierte der *Frijheid* mit Rufen und Winken und Zeigen, dass wir uns auf dem Meer befanden. Das Luftschiff stieg ein wenig höher, eine feuerzüngelnde Breitseite aus vier Kanonen wurde in die Richtung des Inlands abgefeuert, und mit einem Mal schob sich etwas wie ein gewaltiger Leviathan der Lüfte durch den Pulverdampf in unser Sichtfeld, kroch über die Kante der Steilküste und bedrohte die *Frijheid* mit seiner beinahe doppelt so großen Masse. Es hatte seine Breitseite jedoch nicht ausreichend ausgerichtet und beantwortete daher das Abfeuern der Kanonen mit Musketenschüssen, trieb die *Frijheid*, jetzt Gashülle an Gashülle, ein Stück weiter hinaus aufs Meer. Ich sprang auf und torkelte durch das kleine Boot zum Bug, packte Tomkes Fackel und entriss sie ihr, sie im Wasser löschend. Eine Welle rauschte heran und übergoss uns beide – wir stürzten und landeten, Ekkenekkepen sei Dank, im Boot.

„Warum hast du das getan?"

„Weil sie jetzt keine Ablenkung gebrauchen können – und wir keine Entdeckung! Sieh!"

Eine Kanonenkugel zerriss die splitternde Seitenwand des Frachtraums, in dem ich einst Helgoland erreicht hatte, wurde in ihrem Drall gestoppt und fiel herab. Klatschend wurde sie unweit unseres Segelbootes vom Wasser verschluckt – der ungleiche Luftkampf befand sich nun direkt über uns, Trümmer prasselten herab, jeder Befehl, jedes Stottern der Propeller war bis zu uns zu hören.

„Verdammt! Sie hat doch keine Chance!", wimmerte Tomke.

Erneut krachten auf beiden Seiten Kanonen, doch die *Frijheid* war schneller gestiegen, ihre Geschosse erwischten die schwarze Gashülle und rissen sie auf.

„Keine Brandsätze! Der Herzog fliegt nicht mit Wasserstoff, das wäre vergebliche Mühe!", presste Tomke hervor. „Entern!"

Als wäre sie an Bord, als hätte sie den Befehl gegeben, sah ich nun, dass sich Likedeeler wie Affen an Seilen in die schwarze gegnerische Gashülle schwangen und die Stege zwischen den aufgerissenen Kammern eroberten. Kreischend stürzten Männer beider Seiten ins Meer. Das kostbare Helium ließ ihre Todesschreie teilweise grotesk hell erschallen. Tomke stellte sich erneut in den Bug. Mit einem Stoß ihres Fußes gegen einen niedrigen Felsen, auf den wir aufzulaufen drohten, schob sie uns wieder ein Stück auf die tobende See hinaus. Ich griff ihre Hand, als sie ums Gleichgewicht kämpfte. Eine Hand, die niemandem von uns beiden gehörte, griff plötzlich nach der Reling – ein verzweifeltes Gesicht tauchte aus dem Wasser auf und schnappte nach Luft, und während ich noch in die panisch aufgerissenen Augen starrte, hatte Tomke ein Messer gezogen und die Kehle des Mannes durchtrennt. Sie stieß ihn zurück ins Wasser.

„Mein Opfer für Ran und Ekkenekkepen!", keuchte sie. Über uns ging der Kampf weiter – die *Frijheid* brannte im Führerstand, Menschen kreischten panisch und schmerzerfüllt und sprangen ins Meer hinab.

„Da! Wir müssen sie hochholen!" Doch ohne Paddel misslang unser Versuch; die Körper, zunächst brennend, wurden zu schnell verschluckt, die beiden Luftschiffe hatten sich zu weit von uns fortbewegt, ein Stück an der Küste entlang. Tomke griff erneut nach dem Segel, ich griff erneut nach der beruhigenden Reling, doch die Augen des aufgeschlitzten Mannes verfolgten mich, blickten mich scheinbar aus den undurchsichtigen Tiefen an. Wie konnte sie sicher gewesen sein, dass es ein Mann des Herzogs war?

„Æsta den Tod!", gellte nun der alte Schlachtruf, den ich bereits vor ungezählten Tagen in einer kleinen Sternwarte gehört hatte. „Æsta den Tod!", wurde er beantwortet, und dazu nickte ich nun grimmig, denn diesem Wunsch konnte ich nur zustimmen. Doch dann erschien ein weiteres, kleineres schwarzes Luftschiff von Nordosten, tief über dem Fels, was sich als verhängnisvoller Fehler des Kapitäns herausstellen sollte. Das Schiff ging längsseits, wollte feuern, nahm aber mit einem Mal eine heikle Schräglage ein – woran es lag, konnte ich jedoch nicht erkennen. Unfreiwillig steil gezielt ging die folgende Salve größtenteils fehl, eine verirrte Kugel aber zerfetzte eine

Gaskammer des friesischen Luftschiffes, das sofort ein Stück absackte. Trotz der misslichen Lage mussten die Männer des Herzogs nachgeladen haben, denn bald war weiteres unkoordiniertes Mündungsfeuer zu sehen. Diese zweite Salve verfehlte jedoch die *Frijheid*, weil sie sich mit einer Beschleunigung nach vorn rettete, die Maschine und Kesselmännern das Äußerste abverlangen musste. Endlich wehrte sich die *Frijheid* und erwiderte den Beschuss. Wir waren wieder näher auf das friesische Schiff zugetrieben. Kanonenfeuer, Musketenschüsse, Brandsätze – Trümmer regneten herab, manche davon, in unsere Richtung gesprengt, prasselten auch auf unser Boot. Wir bedeckten unsere Köpfe mit den Armen, mein Herz bebte und galoppierte dann wie ein erschrecktes Pferd. Zitternd vergewisserte ich mich, dass Ynge noch in der Tasche steckte. Das Boot trieb den kämpfenden Luftschiffen hinterher, an der Steilküste entlang, bis wir uns erneut dem Stak näherten.

„Æsta den Tod!" erscholl es erneut, diesmal auf dem großen Schiff. Jemand musste von der Gashülle in die Gondel eingedrungen sein, und plötzlich wurde diese von dichtem Rauch umgeben – ob sie sie in Brand gesteckt oder die Dampfmaschine zerstört hatten, konnte ich noch nicht sagen, doch das große Schiff verlor nun die Kontrolle. Erneut flogen Splitter, Metallteile, Fetzen von Holz und Tuch herum und regneten auf uns herab. Ein heißes Rohr traf mich am Rücken, und ich schrie auf, als ich es abschüttelte und es ins Wasser beförderte. Piraten kletterten an Tauen zurück auf die *Frijheid*, als das große Luftschiff eine sehr ungünstige Position einnahm. Der vordere Teil der Lufthülle hatte Feuer gefangen und sank mitsamt des rauchenden Maschinenraumes und Führerstandes kopfüber ab. Die Mannschaft der demolierten *Frijheid* jubelte, wurde jedoch erneut von einer Salve des in seiner Schräglage gefangenen kleineren Luftschiffes getroffen. Auch die *Frijheid* taumelte nun dem Boden zu, versuchte, den Kurs noch zu steuern, sich aufs Land zu retten. Das große schwarze Schiff jedoch prallte seitwärts gegen die Steilküste, gegen Naðurn Stak, und brüllend, brennend und röhrend verendete es dort, als seine restliche Bombenfracht detonierte.

Mit geballten Fäusten trommelte ich gegen den Mast – die Aufregung zuckte mir durch alle Glieder, Feuerregen ergoss sich über den Stak, dem wir uns mit unserem Segel unaufhaltsam näherten. „Wir müssen weiter weg!“, schrie ich – und bemerkte erst jetzt, dass Tomke, von einem Trümmerstück getroffen, bewusstlos vornübergebeugt im Boot lag. Wasser war bereits hereingelaufen und stand um unsere Füße, und mit einem furchtbaren Gefühl packte ich sie am Kragen und zog ihren tropfnassen Kopf hoch. War sie durch meine Nachlässigkeit schon ertrunken?

Das jedoch wäre wohl kaum schlimm gewesen, würden wir doch nun jeden Moment an der Steilküste zerschellen!

Während ich sie auf den Rücken legte, nach ihrem Puls tastend, grollte die Insel ihren Zorn heraus. Es gab einen Ruck, der sich bis ins Meer hinein spüren ließ, als die Landbrücke zum Stak hinüber nachgab. Felsbrocken, Felsplatten, Felsstücke lösten sich und polterten ins Wasser.

„Tomke! Wach auf!“, brüllte ich und rüttelte sie. Eine erste Welle schüttelte unser Boot, eine zweite türmte sich auf, Trümmer mit sich bringend und den Zorn Fosites, dem die Insel geweiht war.

Ich packte die Ruderpinne und brachte das schwankende Boot dazu, den Wellen nicht die Breitseite zu zeigen. Dann brach auch schon die kalte, nasse Wut der friesischen Götter über mich herein, durchwühlte mich, wälzte mich herum und ließ mich jeden gedachten Gedanken vergessen. Ich hielt die Luft an, hielt das Ruder fest, hielt Tomkes schmalen Körper mit meinen Füßen, meinen Beinen umklammert, damit sie nicht herausgespült wurde. Es war mir, als würde das Boot umgeworfen, als drehte es sich, als wende es sich hinab in gurgelnde Tiefen. Doch es tauchte wieder auf, Tomke, die Puppe und mich errettend, und als die Wellen, die Trümmer, das Feuer, die Felsen – als all das sich gelegt hatte und dem ewigen Einerlei der Gezeiten gewichen war, da atmete ich wieder und bemerkte erleichtert, dass ich noch lebte.

Ich packte Tomke und zog sie an ihrer dunklen, wasserdurchweichten Lufthansejacke zu mir heran. Ich spuckte Wasser und beugte sie vornüber, damit ihr bewusstloser Körper es auch tun konnte.

„Du lebst doch, oder? Du lebst doch?"

Das Meer schäumte, Feuer glosten an der Küste. Tomke schnappte nach Luft und lag eine ganze Weile da und keuchte und übergab sich und wand sich in meinem Griff.

Schließlich setzte sie sich, mit allen Gliedern zappelnd, auf und starrte den allein und aufrecht dastehenden Naðurn Stak an. „Da … da …"

„Ja, ich weiß. Ein heilloses Chaos, und die Brücke ist weg", murmelte ich und wiegte sie noch ein wenig im Arm, froh, am Leben zu sein.

„Also …", räusperte sie sich und sah mich streng an. „Ganz egal bin ich dir wohl doch nicht. Danke."

„Ich glaube, heute sind genug Menschen gestorben", murmelte ich, als wir auf einen vorwitzigen Felsen prallten und kenterten.

Herren der Lüfte

Aquarell

Sag nicht, dass du gestorben bist", hörte ich Æmelies ängstlich zitternde Stimme. Es war kalt. Ich war in eisiges Wasser gefallen. Ja, ich wusste es wieder – ich war aus dem Fenster in einen Kanal gesprungen, das Eis war geborsten, ich war beinahe ertrunken oder erfroren. Jetzt war ich vermutlich in einem Spital, in dem alle Ärzte nur Italienisch sprachen und wahrscheinlich niemals eine Universität von Innen gesehen hatten. Æmelie saß an meinem Bett und bangte um mich, und ich hatte einen langen, fiebrigen und sehr ausführlichen Traum durchlebt.

Mit einem seligen Lächeln öffnete ich die Augen. Ynge lag auf dem Strohlager neben mir. Rauchgeschwärzte Balken ragten auf. Ein Feuer flackerte. Für ein Spital wäre dies eine Unverschämtheit. Mein Lächeln erstarb, und ich schloss die Augen wieder.

„Gott sei Dank, du lebst!", hörte ich Æmelies Stimme. Es war die Puppe, die sprach, und wenn sie mein eigener Verstand war, der mir Streiche spielte, dann sollte sie doch, gottverdammt, wissen, dass ich nicht tot war!

„Ja, ich lebe", knurrte ich. Ich erinnerte mich daran, dass ich mich an dem gekenterten Boot festgehalten hatte. Ich erinnerte mich daran, dass Tomke um Hilfe geschrien hatte. Ich erinnerte mich daran, dass die Kälte uns nurmehr Minuten gegeben hatte, um uns von unserem Leben zu verabschieden, die Wellen hatten uns über scharfkantige Steine geschoben, die Dunkelheit hatte uns verschlungen.

Aber offensichtlich nicht besonders gründlich. Ich brauchte eine ganze Weile, bis ich mich zu dem Entschluss durchringen konnte, wider Erwarten noch zu den Lebenden zu gehören. Ein alter Mann hieß mich mit zahnlosem Grinsen willkommen und flößte mir Suppe ein, bis ich kräftig genug war, die Nahrungsaufnahme selbst in die Hand zu nehmen.

Ich war in der Halle des Redjevens – es war zugig, denn das Feuer hatte das Dach beschädigt, und damit war die Halle noch gut weggekommen, wie ich feststellen sollte.

Während ich schwankend, mit Knochen, die sich wie zerschlagen anfühlten, meine Notdurft verrichtet hatte, hatte sich Tomke an meine Bettstatt geschleppt. Sie saß da in sich zusammengesunken, in eine wollene Decke gehüllt.

„Sehe ich so schlecht aus wie du?“, spöttelte sie, als ich näher trat.

„Nein. Schlechter.“ Ich setzte mich neben sie. Zögerlich legte sich ihre Hand auf meinen Unterarm.

„Wer hat uns gerettet?“

„Wir sind an einen schmalen Streifen Land gespült worden. Unterhalb der Klippen.“

„Du hast mich vermutlich dorthin geschleppt“, ahnte ich zerknirscht.

„Vermutlich. Mein schönes Boot.“

„Ich sagte doch, dass es Wahnsinn ist, segeln zu gehen. Ekkenekkepen hatte es auf uns abgesehen und mein dreifaltiger Gott war sich mal wieder zu fein, uns zu helfen.“

Sie kicherte, doch die Gotteslästerung machte mich beklommen. Ich räusperte mich.

„Lüta hat uns gerettet. Sie ist oben auf den Klippen schwer verletzt worden, und mittlerweile ist sie tot. Aber sie hatte unsere Fackel gesehen, und ihre letzten Worte galten uns. Eiken und Roerd sind hinunter und haben uns geholt.“

Ich wusste nicht, was ich sagen sollte und räusperte mich erneut. Ich entschied, dass mein Hals sich roh und empfindlich anfühlte, und dass ich es gut gebrauchen konnte, eine Woche mit einer Erkältung im Bett zu liegen und von alten Männern Suppe gebracht zu bekommen. Aber etwas sprach dagegen. „Wie… wieviel haben sie beschädigt?" Meine Stimme verkam zu einem Flüstern. „Waren sie wegen mir hier?"

Tomke sah mir nicht in die Augen, ihre Hand streichelte meinen Unterarm. Schließlich nickte sie.

„Sie haben deine Auslieferung gefordert. Irgendjemand muss ihnen verraten haben, dass die *Frijheid* hierher geflogen ist. Dass du hier bist. Vermutlich mit dem Handelsschiff – die Nachricht von einem verräterischen Hund! Wenn ich herauskriege, wer es war …"

„Wenn … wenn ich nicht mit dir auf See gewesen wäre …" Ich sprach nicht weiter. Vorsichtig entgegnete sie meinem Blick und zuckte mit den Schultern.

„Ich weiß es nicht. Sie haben *Bomben* auf unser Dorf abgeworfen. Vermutlich hätte man dich eingetauscht, auch wenn man unbeugsam ist wie ein Friese."

Redjeven Hauke war leise herzugetreten. Er sah wüst aus: das Haupt- und Barthaar zum Teil verbrannt und die Arme vor der Brust verschränkt, wirkte er müde und gramerfüllt. Ich presste die Lippen zusammen und zwang mich, zu ihm aufzublicken. Worte zu meiner Verteidigung fielen mir jedoch nicht ein.

„Somit ist also deine Unschuld erwiesen", presste Hauke hervor und erntete überraschte Blicke von einigen seiner Krieger, die in Hörweite saßen, sowie von dem alten Mann, der meine Suppenschale hielt und mittlerweile selbst daraus aß.

Der Redjeven warf einen abschätzigen Blick in die Runde. „Harke tu, wat ik tu sooin hoa! Æsta hat seine Unschuld bewiesen!"

Er wandte sich mir wieder zu. „Was waren das für Huren, die du angeblich getötet hast? War es die Lieblingshure des Herzogs?"

Ich schüttelte den Kopf. „Die Huren – die ich nicht getötet habe, wohlgemerkt – entstammten ärmlichen Vierteln. Am Hafen, an den großen Werken und Fabriken“, sagte ich erstaunlich ruhig.

„Ziehen drei Luftschiffe los, um ein paar ärmliche Huren zu rächen? Ziehen drei Luftschiffe los, um einen Mann zu fangen, der mit seiner Puppe spricht?“ Er erhob die Stimme wieder über den ganzen Raum. „Nein! *Niemand* würde Luftschiffe zu den Friesen schicken – einen solchen Kampf *und eine Niederlage* riskieren – für ein paar Huren!“ Leiser fuhr er fort: „Was will der Herzog von dir?“

„Etwas, das ich nicht habe. Er glaubt, dass ich Pläne für eine Gasbatterie habe, aber sie sind in Aquis oder in Pommern oder immer noch in Venedig. Was weiß ich, wo sie sind, auf jeden Fall nicht bei mir!“

„Sie greifen uns an mit drei Luftschiffen für eine Batterie?“

„Es ist eine ... sehr effektive Batterie. Sie würde ihnen einen großen Vorteil verschaffen. Ja, sie greifen euch an wegen einer Batterie.“

Tomke lachte verächtlich und ungläubig. „Diese Narren, ihr Hunger ist auch niemals gestillt!“

„Was ist mit dem dritten Luftschiff?“, fragte ich tonlos.

„Es ist ... geflohen“, murmelte Tomke. „Eines haben wir mit unseren Hakenwerfern erbeutet und festgehalten, eines ist abgestürzt, wie du gesehen hast ... Aber eines entkam.“

„Dann kommen sie wieder. Sie wollen diese Pläne. Aber diesmal werde ich mit ihnen gehen.“

Der Redjeven lachte. „Wir geben ihnen nicht, was sie verlangen! Der Kanzler von Æsta beißt sich die Zähne aus an meinen freien Friesen! Wir haben ihnen eine gute Abreibung verpasst, und sie sind sich jetzt vielleicht nicht mehr sicher, dass du tatsächlich auf Fositeslun bist. Aber wenn sie mit Verstärkung eintreffen, dann in den nächsten Tagen, deshalb müssen wir die *Frijheid* so schnell wie möglich wieder flott bekommen.

Außerdem müssen wir mit dem kleinen Schiff Verstärkung heuern."

„Ich … könnte mir auch vorstellen, dass sie nun subtilere Pläne verfolgen", sagte Tomke finster und sah mich an. Rasch beugte sie sich zu mir herüber und gab mir den flüchtigsten aller Küsse auf die Wange. „Ich werde arbeiten gehen – diesmal sind wir immerhin gewarnt."

Tomke sollte recht behalten. Während ich mich noch mühsam ermannte und mich zwang, in friesische Fellkleidung zu steigen und in den Schneeregen hinaus zu stapfen, um bei der Arbeit am Luftschiff im Weg zu stehen, während ich noch beschuldigende, zweifelnde, ja, sogar hasserfüllte Blicke erntete, näherte sich ein weiteres Luftschiff. Diesmal kam es von Südosten, doch Tomke alarmierte sofort die Huskarls des Redjevens. Sie sammelte die Krieger und ihre Likedeeler um sich und winkte auch mich hinzu – sie sprach ein wildes Gemisch aus Deutsch und Friesisch, und ich stellte fest, dass ich mittlerweile das meiste davon verstand.

„Ein Handelsschiff aus Sachsen, oder so sieht es aus", sagte sie laut. „Einer ist hier unter uns, der Naðan verraten hat, und nun senden sie ihm ein harmlos aussehendes Schiff, um dem Verräter behilflich zu sein und Naðan fortzubringen."

Alle schwiegen und starrten mich an.

„Das da!", schrie Tomke und zeigte auf das Frachtschiff in den Farben Sachsens, schwarz auf gold. „Das da ist eine Finte dessen, der unser Dorf hat bombardieren lassen!"

„Wir hätten dich ausliefern sollen!", knurrte Eiken mich an. Ich ballte die Faust in der Tasche, dass Ynge schmerzerfüllt aufschrie.

„Ja?", hallte Tomkes Stimme über das raue Oberland Helgolands, auf dem nun zahlreiche Trümmerteile nach Material, Größe und Verwendungszweck sortiert lagen, um die *Frijheid* zu verstärken. „Beugst du den Nacken vor dem Kanzler von Æsta? Æsta den Tod!“

„Æsta den Tod!“, echoten einige Likedeeler, und nun grinste Eiken, als hätte er Zahnschmerzen.

„Es sah eher so aus, als drohe uns der Tod! Fositeslun, Tomke, ist nicht Hochgotland. Kinder und Alte sind hier. Wir müssen sie schützen. Dieser da ... muss fort.“

„Er wird fortgehen. Aber nicht auf diesem Schiff!“

Die anderen murmelten zustimmend, aller Augen ruhten auf mir. Jede Bombe, jeder Musketenschuss, jede Kanone hatte mir gegolten. Es war ein Wunder, dass mich die Helgoländer noch nicht aufgeknüpft hatten. Ich knirschte mit den Zähnen. Ich würde die Insel also verlassen – doch wie? Würde man mich in ein Ruderboot setzen und mit Stecken aufs Meer hinausschieben? Würde man mich aufs Festland zurückbringen, wo auf kurz oder lang eine polizeiliche Suche und ein Gerichtsverfahren auf mich warteten?

Etwas abseits der *Frijheid* gaben die Likedeeler dem nahenden Schiff Landesignale. Die Matrosen sahen unauffällig aus, es war ein kleines Luftschiff, welches offenbar zum Handeln mit Bernstein gekommen war. Tomke jedoch ließ sich auf keine Diskussion ein. Sie ließ die Mannschaft mit geladenen Musketen in Empfang nehmen, als diese sich ins Innere des Luftschiffes zurückziehen wollten, knallten Schüsse, Menschen starben, der Rest ergab sich. Ich hasste es, der Urheber dessen zu sein.

Sechs Männer wurden gefangengenommen, und Tomke war nun bereits an ein drittes Schiff gelangt.

„Danke, Herzog von Pappelheim“, grinste sie.

„Wir können nicht sicher sein! Wenn es Sachsen waren, wird es bekannt werden, und keiner wird mehr mit uns handeln!“, begehrte Eiken erneut auf.

„Es waren keine Sachsen. Sei kein Narr!“ Wütend starrten die beiden sich an, bis Tomke sich abwandte und dem Trupp mit den Gefangenen ins Dorf folgte. Die Dunkelheit brach herein, und ich begann, mich elend und krank zu fühlen.

Stand wirklich jemand hier mit dem Herzog in Kontakt? Mit dem diabolischen Professor? War es Eiken? Đomas? Oder einfach jemand, der mir noch niemals aufgefallen war? Der mir nur hinter meinem Rücken böswillige Blicke zugeworfen hatte?

Eiken drehte sich – wie zur Antwort – auf dem Absatz seines Stiefels herum und schlug mir die Faust ins Gesicht. Ohne ein Geräusch sackte ich zu Boden. Der Schmerz brauchte recht lange, um mich durch das dumpfe Gefühl der Schwäche hindurch zu erreichen. Ich stöhnte auf. Er trat zweimal nach und hockte sich dann über mich, spuckte mir einen langgezogenen Faden ins Gesicht.

„Menschen sind gestorben wegen dir, aarem Knech!"

Ich schützte Ynges empfindliches Gesicht mit meiner Hand. Ich sagte ihm nicht, dass ich es nicht gewollt hatte. Ich sagte ihm gar nichts und schluckte das Blut, das aus den Wunden in meinen Lippen quoll.

„Ein Kind im Dorf ist verbrannt, du erbärmlicher Wicht! Ein Kind!" Er packte mich an den Schultern und schüttelte mich, dass mein Kopf hin und her flog. Ich presste die blutigen Lippen aufeinander und ließ es geschehen.

„Sag was! Sag was, du verdammter Bastard, du Hurensohn, du Mörder, du kranker Mensch!"

Er hörte auf mich zu schütteln, ich sackte zurück in den pappig-feuchten Schnee. Ich atmete langsam, Luft bahnte sich pfeifend einen Weg in meine Lunge. Menschen beugten sich über mich, doch ihre Gesichter waren feindselig.

Ich öffnete den Mund, die Worte kamen rau und schmeckten nach Blut: „Æsta den Tod."

Eiken wandte sich von mir ab, im Schnee kniend, und seine Schultern bebten, als könne er sich kaum kontrollieren.

Friedrick, der sommersprossige Junge, war es, der die Hand ausstreckte und mir auf die Füße half. Eine ältere Frau, ausgezehrt und pockennarbig, stützte mich, beide nickten mir ermunternd zu.

„Æsta den Tod. Æsta den Tod", so stimmten sie mit mir überein. Das Meer rauschte gegen die Felsen an, und ich fragte mich, ob ich die Trümmerstücke der Jolle sehen würde, wenn ich an die Kante träte. Ob ich Eiken die Gelegenheit geben sollte, mich hinabzustoßen. Sie würden wohl alle schweigen, würden ihn nicht verraten. Würden darin übereinstimmen, dass ich gestürzt war oder den Tod gesucht hatte. Vielleicht sollte ich ihnen diese Genugtuung gönnen.

„Hier geht es um dein Leben, Naðan", flüsterte Ynge mit tränenerstickter Stimme. Sie schien von Eikens Angriff aufgerührter zu sein als ich.

„Was ist mein Leben denn noch wert?", fragte ich sie heiser. „Wenn dafür ein Kind verbrannt ist und ein halbes Dutzend andere unschuldige Menschen?"

„Dein Leben ist das wert, was du damit anfängst. Du wirst schon sehen."

Die ältere Frau neben mir sah mich mit schmerzhaftem Gesichtsausdruck an, tätschelte dann jedoch meine Hand. „Fosite weiß es. Er spricht Recht", sagte sie mit rauer Stimme. „Wenn du lebst, dann, weil Fosite es will."

Fositeslun. Seine Insel. Vielleicht war es tatsächlich so. Ich bekreuzigte mich vorsichtshalber, doch ich sah auch hinab auf den festgestampften Schnee, der Helgolands Erde verbarg.

Ich hatte meinen Kiefer mit Schnee gekühlt, und langsam fühlte ich mich innerlich und äußerlich auf den absoluten Nullpunkt abgekühlt, obwohl dies dem dritten Hauptsatz der Thermodynamik widersprach.

Was Roþblatt wohl für eine kranke Metapher auf die menschliche Gesellschaft aus diesem Satz ziehen würde? Ich hatte mich dem heiligen Hain aus gebeugten Sträuchern und krüppeligen Kiefern soweit genähert, wie ich es wagte. Er befand sich am tiefsten Punkt des Oberlandes und allerlei heiliges Getier konnte sich hier frei bewegen. Jedoch gab es einen Stall, dessen Krippe mit Heu gefüllt war, und in diese gnädige Gefangenschaft zogen sich die Ziegen und Schafe und die wenigen Rinder nur zu gerne zurück. Ein Hirte umsorgte die dem Fosite geweihten Tiere, und mir wurde bewusst, dass Pastor seine lateinische Bezeichnung gewesen wäre.

Ich wusste nicht, wie man mit heidnischen Göttern sprach, schon gar nicht, wie man es tat, ohne sich bei seinen eigenen in Ungnade zu bringen, doch ich grub meine Rechte in den Schnee, drückte und schob und wühlte, bis ich steinigen, hart gefrorenen Boden fand. Fositeslun.

„Wenn es stimmt, dass du willst, dass ich lebe, dann lass mich nach Æsta zurückkehren. Wie Michæl mit dem Flammenschwert, das habe ich gelobt, oder vielleicht in deinem Sinne wie Þor mit diesem … Hammer.“ Meine Stimme erstarb. Die Kälte war nur noch Schmerz, der jedoch langsam nach- und mich müde zurückließ. Ich legte mich auf den Schnee, der Fosites Eiland bedeckte und blickte in das sternklare Himmelszelt hinauf, in dem uralte Götter ihre Kreise zogen. Meine Glieder wurden taub.

„Vielleicht irrst du dich – wie stets“, sagte die Puppe.

„Warum ist die Welt so schwer zu verstehen, Æmelie?“, fragte ich hinauf in die Sterne. „Ich weiß nicht mehr, wer ich bin und was ich tun soll in diesem Leben. Manchmal wünschte ich, es wäre zu Ende.“

„So siehst du aus, wie du hier liegst“, schnaufte eine Stimme, und jemand packte mich und hievte mich hoch. Protestierend wurde ich dieses Moments beraubt, und ich wehrte mich beleidigt. „Ich muss wohl sehr bitten!“

„Halt's Maul, aarem Knech! Wenn ich dich hier liegen lasse, gibt sie mir die Schuld dran, dass du tot bist." Eiken schleppte mich nach Hause, ins Dorf der Likedeeler, und Fosites Antwort blieb ungehört hinter uns zurück.

Während ich die grässlichste Erkältung meines Lebens durchstand, mit Fieber, Hustenanfällen, Ohrenschmerzen, die mein Hirn in der Mitte spalten wollten, und grünem Schleim, der alle Öffnungen meines Schädels verstopfte, sandte der Redjeven das Handelsschiff mit den Sachsenfarben aus, um Verstärkung an den friesischen Küsten zu heuern. Seinem Ruf folgten zwei Luftschiffe und sicherlich achtzig Likedeeler, die Helgoland zudem mit Waffen und Nahrung aufstockten. Was vorher noch ein kleiner Vorposten aus freien Friesen und einigen desertierten Deutschen gewesen war, wurde nun zum Kriegsschauplatz. Ich jedoch wurde von einem alten Mann mit Brühe versorgt, während Dach und Dorf instandgesetzt wurden. Wenn ich aus dem Fieber hervorkam, nahm ich Sprachfetzen wahr, Eindrücke, manchmal kurze Gespräche, mal auf Deutsch, mal auf Friesisch. Ein gefangenes Besatzungsmitglied der vermeintlichen Sachsen hatte sich als Spion der Gräfin Elsbeð zu erkennen gegeben und übermittelte Neuigkeiten aus der schwimmenden Stadt. Der von mir gestohlene Brief hatte bei den Gewerkschaften für große Aufregung gesorgt, und es fiel Herzog von Pappelheim offensichtlich schwer, die Wogen zu glätten. Es war erneut zu Aufständen gekommen, erneut zu Streiks und Grausamkeiten, und wer es sich als Arbeiter leisten konnte, die Insel zu verlassen, zögerte nicht mehr.

Doch wie viele konnten das sein? Wie viele würden ihre ärmliche Existenz aufgeben können und sich in eine andere Hansestadt absetzen, wo doch nur Fremde und weitere Not warteten?

In des Redjevens Halle wurden Pläne geschmiedet und verworfen – verdienten es die Arbeiter, die nach Freiheit strebenden Gewerkschaften, die Hilfe der Friesen zu erhalten? Würde die Gräfin zu ihren Gunsten einschreiten, wenn es hart auf hart kam? Was bedeutete diese angekündigte *Lösung der sozialen Frage*, welcher nur noch eine Notwendigkeit vorausging: eine über lange Zeiträume hinweg funktionierende Batterie?

Von welchen Zeiträumen reden wir?

„Von Menschenleben oder länger?", mutmaßte Ynge. „Überleg doch einmal."

Ich sah den alten Mann, der wie stets an meinem Bett döste, streng an. „Glauben Sie nicht auch, mein Herr, dass Lösung bedeutet, dass er sie alle töten wird?"

Der Alte schüttelte sich und bedeutete mir dann, liegen zu bleiben. „Wee sach!"

„Er tötet sie, die aufmüpfigen Arbeiter, die er so gering schätzt, und dann macht er hirnlose Maschinen aus ihnen."

„Wee sach, wee sach", lächelte der Mann zahnlos und tupfte mir die schweißnasse Stirn ab. Ich sank wieder hinab in einen Schlummer.

○ ○ ○

Fosite wartete auf mich. Er war ein Puppenmann, adrett in Seemannsuniform gekleidet, ein Puppenjunge für Ynge.

Er stakste mit seinen seltsamen Puppenbewegungen vor mir her, und ich fragte mich, warum wir Menschen danach strebten, Automaten zu bauen, die uns ähnlich sahen. Hatte Gott es auch so gehalten, als er uns schuf nach seinem Bilde? Hatte auch er gegen die moralischen Bedenken und Einwände seiner Mitgötter bestehen müssen, als er ein Wesen schuf, das rasch in der Lage war, sich gegen ihn aufzulehnen? Ärgerte er sich nun wohl darüber?

Fosite jedenfalls war eine Puppe, und das war wiederum etwas von Menschen Geschaffenes. Vielleicht wollte Gott mir damit sagen, dass ich ihn nicht für bare Münze nehmen durfte. Ich jedoch war durchaus angetan von dem kleinen Mann.

Helgoland war so grün. Der heilige Hain bestand nicht aus Krüppelkiefern, sondern aus lichten Birken, aus dickstämmigen Buchen, aus Eichen, unter denen Schweine wühlten. Fosite erreichte die Quelle am tiefsten Punkt des Hochlandes, und sie war ein schimmernder See von der Größe der Halle des Redjevens, in der sich all die Pracht des blauen Himmels und der sattgrünen Blätter spiegelte. In der Mitte tauchte immer wieder ein gezahnter Rücken auf, als ein fischschwänziges Monster in der Quelle tollte. Ich lachte, als Ynge aus meiner Jackentasche sprang und vergnügt am Ufer spielte. Sie sah aus wie ein echtes Kind, und sie machte sich vollkommen schmutzig. Als sie sich strahlend umwandte, sah ich jedoch wieder den Riss, der über ihren Schädel und ihr liebes Puppenauge wanderte, und es überlief mich kalt.

Sie war keine Person. Sie würde es auch niemals sein. Nicht meine Frau und schon gar nicht mein Kind.

Ich näherte mich dem Wasser, das undurchsichtig wie eine Silberplatte war. Keine Pflanze, keine Luftblase, keinen Grund konnte ich dadurch erkennen, aber eine perfekte Spiegelung meiner selbst. Ich war bärtiger, als ich für möglich gehalten hatte, und meinen Kopf umstanden braune Locken, die ich in zivilisierten Ländern stets hatte stutzen lassen.

Hinter mir ragten Flügel auf, und ich brauchte einige Momente, um zu begreifen, dass sie immer noch zu mir gehörten, wie in dem deutlichen Traum, in welchem Æmelie sie an mich weitergegeben hatte.

Die Pläne. Sie wusste damals schon, dass ich sie finden würde.

Wie konnte sie das wissen? Wie konnte eine Traumgestalt meiner selbst die Zukunft ahnen? Vielleicht träumte ihre Seele doch in Ynges Puppenkörper weiter, und ich war beileibe nicht wahnsinnig.

Ich bewegte die Flügel im Spiegel der Quelle. Sie waren aus Holz und Metall, und sie waren schrecklich schwer. Während ich sie nur durch die Bewegung meiner Schulterblätter, aus denen sie hervorragten, ausbreitete, drückte mich das Gewicht auf die Knie.

„Damit … kann ich nicht fliegen", krächzte ich Fosite zu, und er blickte mich mit abschätzigen Puppenaugen unter seiner geckenhaften Matrosenmütze an. „Tatsächlich nicht. Aber du versuchst es ja auch nicht."

Ächzend schlug ich mit den Flügeln. Tuch rauschte, Scharniere knarrten, Holz knackte. Eine Mechanik setzte sich in Gang, die einzelne Elemente aus Tuch quer stellte, um Wind durchzulassen und wieder verschloss, wenn ich gegen den Widerstand der Luft arbeiten sollte; ganz so, wie die Schwungfedern der Vögel es tun. Ich erhob mich wieder auf die Füße. Mit einer Willensanstrengung, die den Rahmen eines einfachen Traums sprengte, machte ich einen kleinen Satz – und befand mich plötzlich nur einige Fingerbreit über der spiegelnden Wasseroberfläche – ich schwebte, doch es war ein zerbrechlicher Moment, und ich wusste, ich würde hinabstürzen.

Als das Monstrum mit dem gezahnten Rücken den Spiegel zerschmetterte, von unten durch ihn hindurch brach, tat ich unter dem kindlichen Lachen des Fosite einen hastigen Flügelschlag und stieg – das schnappende Fischmaul verfehlte mich nur um Haaresbreite – durch die flirrend grünen Baumkronen auf. Als mir bewusst wurde, dass ich flog, war der Traum bereits vergangen, und ich erwachte von einem plötzlichen Scheppern in der Halle des Redjevens. Unwillig stöhnte ich, doch der Alte tupfte stoisch meine Stirn ab und murmelte, wie stets: „Wee sach, wee sach."

Doch das Fieber war vergangen, ich wollte nicht länger ruhig sein, denn ich war wieder zu mir gekommen.

„Unter den Lebenden!“, sagte Tomke und verbarg die Freude in ihrem Lächeln gut. Die *Frijheid* war repariert. Ihre Gashülle war von stolzen Händen mit dem Wappen des Redjevens – zwei gekreuzten Speeren und skurrilerweise einem Grütztopf – bemalt worden, die Beschädigungen im Führerstand, im Maschinenraum, in der Gondel des Frachtraumes waren behoben. Geborgene Trümmer des großen schwarzen Luftschiffes lagen noch überall herum – sie gaben wichtiges Material ab: Holz, Metall, einbaufertiges Zubehör wie Schrauben, Rohre, Verstrebungen. Die Friesen hatten kaum die Möglichkeit, Ersatzteile und Technik der Luftschiffe hier auf Helgoland selbst anzufertigen. Ich trat an Tomke heran, die gerade die Vertäuung des Luftschiffes, das eine erste Runde über die Insel gemeistert hatte, überwachte, und breitete einen von Æmelies Plänen aus – der Mensch mit den Flügeln.

„Könnt ihr etwas von diesen Dingen entbehren?“, fragte ich Tomke, doch sie runzelte die Stirn und wies auf jene Mechanik, die ich in meinem Traum bewundert hatte.

„Das hier? Ich fürchte, du hast deine Ziele zu hoch gesteckt.“ Spöttisch wurde ihr Lächeln, und ich mochte es nicht, wenn das geschah. Sie deutete auf die komplizierte Mechanik der Flügelsegmente, von denen ich geträumt hatte.

„Anders geht es nicht. Der Luftwiderstand. Bei Vögeln geschieht es ganz ohne ihr Zutun auf die gleiche Weise“, versuchte ich mich in einem schulmeisterlichen Tonfall, doch sie nahm einen der anderen Pläne und entrollte ihn – es war die von ihr geliebte Flugmaschine, die mit einem großen, maschinenbetriebenen Rotor funktionierte. Sie seufzte, verwarf auch diesen Plan und entrollte nun den letzten, der bereits ein wenig lädiert war, weil er die anderen beiden meist außen umgab. Ich musste eine Hülle dafür beschaffen, aus Leder oder Öltuch.

„Das hier. Das werden wir versuchen.“

„Jetzt?“

Sie sah sich um. „Warum nicht? Unsere Schiffe sind startklar und jederzeit bereit, es mit dem Herzog aufzunehmen. Was wir jetzt noch brauchen, ist ein Plan, der Æsta den Tod bringt. Die Tage sind länger, du bist genesen. Lass uns anfangen."

○ ○ ○

Ich konnte zu meinem Glück behaupten, handwerklich nicht ganz so ungeschickt zu sein, wie man vielleicht von einem in adeligem Hause geborenen Künstler hätte annehmen sollen. Dinge, die sich mit der eigenen Hände Arbeit vollbringen ließen, hatten stets mein Interesse geweckt, und letztlich war auch die Malerei zu einem großen Teil eine handwerkliche Tätigkeit, von Ausdrucksformen wie Kupferstichen und Holzschnitten ganz abgesehen. Bei Tomke musste man sich ohnehin fragen, warum der Herr sie als Frau das Licht der Welt hatte erblicken lassen, obgleich ihr diese Tatsache bei den Friesen nicht ganz so sehr im Weg zu stehen schien wie beinahe überall sonst auf der Welt. Unser Verhältnis zueinander wäre zudem einfacher gewesen, wäre sie einfach als Mann geboren worden. Hier an der Küste, im Schnee, während wir Werkzeuge herbeischafften und geeignetes Material hervorsuchten, waren wir wie Freunde, und lange war es her, dass der höhnische Blick ihr Lächeln bezwungen hatte. Dennoch blickte sie mich manchmal so an, mit einer bangen Mischung aus Freude und Verzagen, die ich nur zu gut einordnen konnte.

Als wir vergeblich eine schmale Holzlatte zurechthobelten, die dann doch bei dem Versuch, sie bogenförmig zu spannen, zerbrach, sanken wir erschöpft in den Schnee. Ich besah meine roten Hände, die splitterübersät und zugleich verfroren und vom Arbeiten erhitzt waren. Sie lehnte sich zu mir herüber und zog einen Splitter aus meinem Daumen.

„Wegen Eiken …", begann sie leise.

„Lass. Ich glaube, wir sind miteinander im Reinen."

„Es tut mir leid, dass ich dich mit ihm allein gelassen habe. Aber ich war so … wegen der Gefangenen und dem Luftschiff … ich habe gar nicht mehr auf ihn geachtet."

„Und auf dich offenbar auch nicht", grummelte Ynge, die ich vorsichtig auf erhöhter Position in den Schnee gesetzt hatte.

„Du musst nicht auf uns aufpassen. Dass du das Luftschiff enttarnt hast, war eine große Sache, und wir sind erwachsen."

„Ja. Erwachsene Männer", sagte sie, als würde das Einiges erklären. Ich lachte, und sie lachte auch. Mit glühenden Wangen blickte sie mich an, und ich wich dem Blick aus.

„Lass uns … weitermachen."

„Ja. Eine andere Latte muss her. Besser wäre wohl ganz anderes Holz, frisches – ein frisch gespaltener Stamm, wie man ihn für einen Bogen nimmt."

Ich blickte über das baumlose Oberland – weit nordöstlich erahnte ich den heiligen Hain mit seinen Bäumen, die kaum höher waren als Sträucher, und die wohl niemand jemals antasten durfte, um ein Fluggerät daraus zu bauen.

„Ich werde bald aufbrechen, ich habe das schon vor Wochen geplant. Kein Wunder, dass Birke mir vorhergesagt hat, ich müsse mit Schwierigkeiten rechnen. Aber jetzt geht es endlich nach Hochgotland. Das ist eine Art Umschlagplatz für alles Mögliche."

„Es ist ein Piratenhafen", grinste ich. „Ich habe davon gehört."

„Wenn du das so nennen willst ..."

„So nennen es die Zeitungen."

„Tun sie das?" Sie lächelte nicht ohne Stolz. „Nun, ich breche dorthin auf, weil … weil wir Dinge erwägen müssen, für die Zukunft. Wenn ich dort an geeignetes Holz komme, werde ich es dir mitbringen."

„Ich bleibe hier? Hast du nicht gesagt, ich müsse von hier fort?"

Ratlos runzelte sie die Stirn. „Ja. Ich hatte überlegt, dich zur Küste zu schaffen, zu einem anderen Friesendorf. Aber Vater würde dich lieber hier sehen."

„Warum?"

Ihr Blick querte das Oberland bis zum fernen Horizont, doch sie schien nichts von all dem zu sehen.

„Das … es gibt mehrere Gründe."

„Sind sie zu meinen Gunsten oder Ungunsten?"

Unbehaglich zuckten ihre Lippen. „Unterschiedlich, schätze ich. Wenn Æsta derart um dich zu kämpfen bereit ist, musst du wertvoll sein. Außerdem hat der Bote der Gräfin nachdrücklich darum gebeten, dass du hier bleibst und nicht irgendwo untertauchst, wo dich keiner mehr findet."

„Aber hier findet mich auch der Kanzler!", protestierte ich.

„Aber hier sind wir nun vorbereitet. In den Küstendörfern könnte es schreckliche Folgen haben, wenn man dich aufnimmt. Irgendjemand hier … irgendjemand hat dich schließlich verraten. Ich vermute, dass es einen unter den Likedeelern gab, der dem Handelsschiff, das hier anlegte, eine Botschaft für den Kanzler von Æsta mitgab. Wie sonst konnten sie sich so sicher sein, dass sie drei Luftschiffe entsandten? Aber wer es ist, kann ich nicht sagen – bitter genug, dass wir einander nicht mehr in allen Dingen vertrauen können."

Düster erwiderte sie meinen Blick. „Ich vermute, es war einer der geflohenen Arbeiter. Ich war immer dafür, sie wie unseresgleichen zu behandeln, doch wer nicht frei geboren ist, kann sich vielleicht später schlecht an Freiheit gewöhnen."

Ich seufzte und wurde in meinen Gedankenkreisen von Ynge unterbrochen. „Ich würde diese Stange dort versuchen", riet sie uns und beendete den trübsinnigen Müßiggang. Ich rappelte mich auf und betrachtete, worauf sie gewiesen hatte. „Diese hier?"

„Manchmal warte ich ja drauf, dass sie sich bewegt und beweist, dass du einfach recht hattest. Und nicht verrückt bist."

„Würde dich das beruhigen?", fragte ich lauernd, doch Tomke trat näher und küsste mich wieder auf die Wange.

„Sag ihr, das ist eine sehr gute Stange", sagte sie und wärmte kurz ihre eisige Nase in meinem wild wuchernden Bart.

„Sag es ihr selbst!"

„Dann komme ich mir furchtbar dumm vor."

„Ich rede jetzt schon seit drei Monaten mit ihr und bin mir noch nie dumm dabei vorgekommen." Ich hob Ynge auf und hielt sie auffordernd zwischen die Friesin und mich.

„Danke, Ynge, das war eine sehr gute Stange."

„Ts. Als hätte ich das nicht längst gehört", erwiderte Ynge, und ich wartete darauf, dass Tomke verkündete, dass sie es vernommen habe. Doch das geschah leider nicht – ich war also weiterhin so wahnsinnig wie zuvor.

Der Anfang des Fluggeräts, der Anfang nur, doch mehr als die Idee auf dem Papier, lag vor uns im Schnee. Die Stange bildete das Rückgrat eines Gerippes, über das wir Tuch oder Haut spannen würden – insgesamt war das Gebilde steif, obgleich Æmelie geplant hatte, dass man die Flügel unabhängig voneinander kippen und bewegen konnte, doch dafür fehlten uns Material und Ingenieurskenntnisse. Es würde also eine Art Gleiter ergeben, der einen von einem hohen Punkt wie einem Luftschiff, auf einen tiefer gelegenen Punkt transportieren würde.

„Probieren wir es aus, indem wir runter ins Unterland damit fliegen?", fragte Tomke auf dem Heimweg. Wir waren völlig durchgefroren, und mein Husten kehrte zurück.

„Ist es nicht zu tief? Wir sollten einkalkulieren, dass wir abstürzen."

„Es gibt auch flachere Stellen. Wer von uns fliegt eigentlich?"

Ich sah sie an, im Dunkeln verschwand ihr Gesicht bis auf die Nasenspitze in ihrer fellgefütterten Kapuze – ihre Augen schimmerten darin.

„Ich frage mich, ob du es dir nehmen lassen wirst?" fragte ich, und sie nahm meine Hand. „Vermutlich nicht. Du kannst dich auch ruhig fragen, ob ich es mir nehmen lassen werde, dich zum Abschied zu küssen."

Ich blinzelte. „Ich … weiß nicht. Warum solltest du das tun? Wir sehen uns doch morgen schon wieder, oder?"

Sie lachte und zwang mich mit einem Ruck an meiner Hand, stehenzubleiben. „Du verwirrst mich", sagte sie dann tatsächlich.

„Das verwundert mich. Ich dachte bislang, dass du mich verwirrst." Hilflos ließ ich es geschehen, dass sie näher trat, und dass sie sich gegen mich lehnte. Sie war nur unwesentlich kleiner als ich, die Friesen schienen mir tatsächlich ein wenig größer zu sein als normale, zivilisierte Leute. Mir wurde bewusst, dass ich die Luft anhielt, während ihre Lippen die meinen suchten und ihre Nasenspitze sich erneut in meinen Bart schmiegte.

„Ich wünschte, du würdest mich umarmen", flüsterte sie und ich spürte, dass sie lächelte. Ich atmete nun doch und legte linkisch meine Arme um ihre Schultern. Gänsehaut lief über meinen Nacken, doch es wurde auch wärmer, während wir dort, zwischen dem Dorf und dem Nirgendwo, beieinander standen.

Mein Hals kratzte noch etwas, und Erschöpfung begann sich in mir breit zu machen. Sie schmiegte sich so warm an mich, und Ynge schwieg. Es dauerte eine Ewigkeit, bis sie mich tatsächlich küsste. Ihre Lippen strichen über die meinen, zugleich kalt und warm, zugleich rau und weich. Ich erwiderte den Kuss für einen kurzen Augenblick, doch das Kratzen in meinem Hals wandelte sich in ein Gefühl, als würde mir die Kehle zugeschnürt, und nach Luft ringend wandte ich mich ab und durchbrach unsere Umarmung.

Hastig schritt ich vorweg, während sie mir schweigend folgte. „Warum warnst du mich nicht?", fragte ich Ynge, doch sie schwieg. „Ich möchte in Zukunft gewarnt werden, wenn ich solchen Frauen begegne."

○ ○ ○

Nachts warf ich mich auf meinem Lager hin und her und fragte mich, warum ich solch glückliche Momente im Schnee, beim Bau von Flugkonstruktionen aus Trümmerstücken, nicht mit Æmelie verbringen konnte. Tomke – wer war schon Tomke? Und warum hatte sie plötzlich ihre Augen auf mich geworfen – gerade erst hatte sie ihren Wankelmut unter Beweis gestellt und eine Ehe leichtherzig aufgelöst! Ich seufzte und gähnte und fühlte mich erneut krank und unleidlich. Dennoch übermannte mich irgendwann der Schlaf und ich träumte von Hobeln und Holz, Schrauben und Metall, und von Lippen und Nasenspitzen.

Die Nacht endete viel zu schnell, und ich versammelte mich mit mehreren anderen aus dem Haushalt des Redjevens um einen Tisch zum morgendlichen Verzehr der Getreidegrütze. Der Redjeven hatte keine Frau, das war mir bereits aufgefallen, niemand war hier, den Tomke „Mutter" nannte. Ein Bruder saß bei ihm zu Tische, Oselich, der alte Mann, der mich gefüttert hatte, und ein gutes Dutzend Huskarls, von denen eine ebenfalls ein junges, drahtiges Mädchen war, mit einem Haarkamm auf dem Kopf wie ein Mann.

Tomke setzte sich mir gegenüber und löffelte ihre Grütze. „Du siehst aus, als hättest du schlecht geschlafen."

„Ja", sagte ich einsilbig.

„Ich habe Vater von den Fluggeräten erzählt. Ich bin so gespannt, ob wir damit fliegen werden!"

Der Redjeven lächelte und strich seiner Tochter stolz über den Rücken.

„Wir werden es bauen, Naðan, und wenn du mich nicht genug magst, um … über sonst irgendetwas nachzudenken, dann werde ich dich nicht mehr bedrängen. Aber du sollst wissen, dass ich dich mag."

Ich versenkte beinahe meine Nase in der Grütze, denn sie hatte es so laut gesagt, dass mehrere unserer Tischgenossen zu lachen begonnen hatten.

„Ich muss dich gar nicht vor ihr warnen", sagte Ynge. „Sie tut es selbst. Daher ist sie viel mehr wert als so ein dummes Hürchen oder eine erotomanische Gräfin."

Rot angelaufen löffelte ich weiter mein Frühstück und wich dem schmunzelnden Blick des Redjevens aus.

„Heute brauchen wir mehr Hände. Ich nehme ein paar Leute mit, Vater."

„Pass gut auf dich auf!", empfahl mir ein einäugiger Huskarl mit starkem Akzent, der neben mir gefrühstückt hatte, als ich mich von der Bank erhob. „Der Redjeven hat seine Tochter schlecht erzogen."

Der Redjeven lachte laut, und ich entgegnete leise: „Das könnte man auch einer gewissen Gräfin unterstellen."

Tomke, die sich gerade an mir vorbeischob, kicherte.

„Sie hat mir auf jeden Fall geraten, mich nicht unter jemandes Fuchtel zu stellen", sagte sie beiläufig im Hinausgehen. „Schon gar nicht unter Eikens."

„Sehr schön. Sie hatte sicher manchen guten Rat auf Lager."

Tomke lachte leichthin, und ich schmollte schlecht gelaunt, während wir zum höchsten Punkt des Oberlands stapften, auf das sich eine feine Prise neuer Schnee gelegt hatte.

Tomke sandte mehrere Männer mit größeren Fetzen der zerborstenen Außenhülle des schwarzen Luftschiffes ins Dorf, wo die Stücke ordentlich geflickt und vernäht werden sollten, damit wir unser Gerüst damit bespannen konnten. Es ging erstaunlich schnell, da wir nun mit sicherlich einem halben Dutzend Männern und Frauen an den Gleitflügeln arbeiteten. Doch immer wieder, wenn ich die gut acht Meter umspannenden Flügel anhob, stellte ich fest, dass sie überraschend schwer waren. Holz war zu rar gewesen – vieles war bei der Explosion verbrannt und anderes zur Reparatur der *Frijheid* benutzt worden, deshalb hatten wir auch schmale Stahlverstrebungen verwenden müssen. Zudem war die Apparatur unsäglich sperrig, nichts daran konnte man zusammenklappen, wie Æmelie es vorgesehen hatte. Wenn Tomke plante, es von einem Luftschiff aus zu starten, musste sie sich noch etwas einfallen lassen, das über den Prototyp hinausging.

„Aber es ist ja nur ein ... Prototyp", sagte sie leichthin. Sie hatte sich neben Ynge gesetzt und schenkte sich starken, schwarzen Tee aus der Kanne ein, die Friedrick aus dem Dorf geholt hatte. Die Friesen waren regelrecht vernarrt in dieses Getränk, das im konservativen, biertrinkenden Süden des Kaiserreichs abfällig chinesisches Drachengift genannt wurde. „Hast du mal nachgesehen, ob diese Pläne ... ich meine, ob sie in ihrem Kopf drin sind?"

„Was? Im Kopf?"

„Ja, ich meine, in diesem Riss. Vielleicht hat deine Frau sie dort versteckt."

„Nein. Der Riss ist erst entstanden, als ich aus dem Fenster gefallen bin. Davor hatte die Puppe zwar auch schon einen Sprung, aber das war nur ein kleiner Kratzer, nicht mehr."

Tomke nahm Ynge hoch, und ich zuckte zusammen und krallte die Hände um meine heiße Teetasse. Ynge starrte mich entsetzt aus großen Kulleraugen an. „Bitte, sie mag das nicht."

In ihrer Neugierde schien Tomke mich nicht gehört zu haben. Sie schob die Spitze ihres kleinen Fingers in den Riss in Ynges Schädel, und Ynge schrie durchdringend auf. „Sie mag das nicht! Sie mag das nicht, gib sie sofort her!", brüllte ich und ließ die Tasse fallen, um Tomkes Hand und Ynges Körper zu fassen. Mein Herz klopfte mir bis zum Hals, und eine Übelkeit erfasste mich, die mich beinahe überhören ließ, dass andere um uns herum lachten. Erschrocken ließ Tomke den Puppenleib los und sah mich an, als habe ich sie geschlagen. Für einen Moment war ich mir nicht sicher, dass ich es nicht getan hatte.

Ich rang mühsam um Fassung. „Das darfst du nicht", sagte ich. „Niemand … darf das." Ynges Körper war warm, wärmer eigentlich, als er durch die kurze Berührung durch Tomke hätte sein dürfen. Aber vielleicht bildete ich es mir nur ein, denn ich selbst war auch schweißüberströmt.

Tomke schluckte. „Du bist verrückt", brachte sie dann zornig hervor. „Wie alle es sagen."

„Das wusstest du doch, bevor du dich …" Ich setzte mich und wiegte Ynge in meinem Arm. Tomke stand wortlos auf und machte sich wieder an die Arbeit. Am Abend war sie mit dem Gestell zufrieden – es musste nun nur noch bespannt werden, dann konnte man sich an einen Probeflug wagen. In diesen Tagen blies der Wind ganz ordentlich und machte zugleich Hoffnung, jemand könne mit dem Gleiter tatsächlich davonfliegen, und Angst, damit fortgerissen zu werden – denn es gab keine Möglichkeit, das Gerät zu steuern, man war den Launen des Windes ausgesetzt.

Glück ab, startendes Luftschiff

Holzschnitt

Die Zeit drängte, und so blieben uns nur wenige Stunden am kommenden Tage, um noch an der Konstruktion unseres Gleiters zu feilen. Er war ein krudes, uneleganes Gestell, in welches man sich nach dem Absprung hineinhängen musste, mit den Händen eine trapezartige Konstruktion umfassend, und wir hofften, dass man es mit Verlagerung des Körpergewichts lenken konnte.

Tomke tat so, als sei ihr Übergriff auf Ynge nie geschehen, sie lachte und scherzte und war ganz offensichtlich sehr aufgeregt. Sie hatte eine Stelle ausgesucht, an der das Oberland vielleicht vier Meter zum Unterland hin abfiel, das sich dort, wo Schnee und heller Sand sich vermischten, den Wellen darbot. Es war Ebbe, und es gab genug ebene schneebedeckte Fläche, auf der Tomke sich das Bein brechen konnte.

„Lass es jemand anderen machen", hörte ich Eiken zu ihr sagen, der offenbar mehr um ihr Wohl besorgt war als jeder andere im Moment, denn Redjeven Hauke rief aus: „Meine Tochter wird fliegen und niemand sonst." Er lachte und drückte Tomke an sich, die Jacke und Fliegermütze der Lufthanse trug, als wolle sie dadurch allein ihre barbarischen Götter beschwören, sie fliegen zu lassen.

Während mehrere Männer die ächzenden und knackenden Flügel hochhielten, erprobte sie, sich an der Stange nach hinten zu werfen und ihre Beine auf zwei Querverstrebungen abzulegen, so dass sie nicht unter der Konstruktion baumelte, sondern horizontal darunter lag – dem Wind möglichst angepasst.

Sie nickte, als sie es zum dritten Mal geschafft hatte – langsam hatte sich das ganze Dorf hier oben versammelt, Gemurmel und Getuschel wurden laut, und auch einige ermutigende Hochrufe. Zusätzlich zu den Dorfbewohnern waren mittlerweile insgesamt sicherlich einhundert Likedeeler hier – ich begegnete ihren Blicken misstrauisch, denn wer von ihnen mich an den Herzog verraten hatte oder es vielleicht noch tun würde, konnte ich beim besten Willen nicht sagen. Vielleicht waren es gar mehrere. Vielleicht bemitleidenswerte, arme Hunde ohne Rückgrat.

Tomke trat an meine Seite und lächelte. „Das hier", sagte sie, als habe sie meine Gedanken gelesen, „ist Naðan, den Herzog Erich von Pappelheim, Kanzler von Æsta, bei den Freien Friesen suchen lässt. Aus Hels Reich spricht seine erfindungsreiche Frau zu ihm durch den Mund einer Puppe. Diese Flugapparatur lobt sie weniger, als sie gelobt werden sollte, denn wir haben sie weniger gut nachgebaut, als ihre Gedanken es vorsahen. Der Grund, warum sie nicht selbst hier ist, um dieses Gerät zu bauen und zu erproben, ist, weil sie in Æstas Namen ermordet wurde, aus Habgier und Neid. Niemand von euch sollte den Lügen des Kanzlers Glauben schenken – ich weiß, dass jemand hier ist, der es bereits getan hat, doch er soll nichts fürchten, wenn er davon ablässt, diesen Lügen weiter zu gehorchen."

„Aber die Luftschiffe! Die Bomben!", schrie eine erboste Frauenstimme, doch Tomke ließ sich nicht beirren.

„Das war allein der Kanzler von Æsta, und er wird dafür bezahlen. Ich werde jetzt fliegen."

Die Huskarls des Redjevens stimmten Hochrufe an, in die die meisten anderen einfielen.

„O Gott, bitte, lass sie jetzt nicht entsetzlich auf die Nase fallen", flehte ich flüsternd.

Zwei Männer an den Flügeln halfen ihr beim Anlaufnehmen. Sie warteten eine starke Windbö ab und rannten dann auf die Klippe zu. Ich schloss meine Augen und biss die Zähne zusammen. In einer abergläubischen Geste drückte ich zudem meine Daumen. Ein gebanntes, vielstimmiges „Ooh!“ ließ mich einen Blick wagen, und Tomke befand sich in der Luft, war über die Kante der Klippe hinaus gesegelt und jauchzte vergnügt. Die ganze Friesenmeute stürmte ihr hinterher, soweit es ging, doch nun trudelte sie bereits abwärts. Der vordere Teil der Flügel sackte niedriger als der hintere, und der allgemeine Laut des Staunens verwandelte sich in ein angstvolles Luftschnappen. Tomke zappelte unter dem Gerät, das nun nicht mehr auf dem Wind lag, sondern von diesem gebeutelt wurde, verlagerte ihr Gewicht, hangelte sich weiter nach hinten und ließ das Trapez los, um mehr Gewicht an den hinteren Teil des Gleiters zu hängen. Mit dem Ruck eines plötzlichen, wütenden Windstoßes vom Meer kippte er nun jedoch nach hinten, wurde vom Wind erfasst und gegen die Klippe geworfen. Ich hörte nur einen Schrei und den Aufprall eines Körpers. Vor mir waren sicherlich dreihundert Barbaren, die mir die Sicht versperrten.

„Verdammt“, murmelte ich Ynge zu, und sie seufzte.

„Es ist ein Prototyp. Wie die Erlenhofenzelle, sie hatte ja auch noch Macken.“

„Aber sie hat niemanden in Lebensgefahr gebracht“, sagte ich und wurde mir sofort bewusst, dass ich mich irrte. „Oder vielmehr … auf andere Weise.“

„Es ging nicht so tief hinab. Ich bin mir sicher, dass sie überlebt hat.“

Die ersten waren zu Tomke hinuntergeklettert, ein Ruf gellte herauf, und ich erkannte Eikens Stimme: „Sie lebt!“

Er war es natürlich, der sie auf seinen starken, mit Hautbildern bedeckten Armen herauftrug, obgleich sie sich wehrte und selbst laufen wollte. Trotzdem stöhnte und ächzte sie, als er sie auf eine ausgebreitete Decke setzte. Sie rieb sich den Kopf, sammelte sich einen Augenblick. Aller Augen waren auf sie geheftet, alle schwiegen. Schließlich rappelte sie sich auf, und sah mit leuchtenden Augen in die Runde.

„Was glotzt ihr denn alle so? Ich bin *geflogen*!“ Sie klatschte in die Hände, und sofort brach ein Jubelsturm los.

„Sie ist vielleicht zehn Meter geflogen. Insgesamt“, spöttelte Ynge. „Fünf Meter hinaus und dann fünf Meter zurück und gegen die Wand.“

„Aber es ist ein Prototyp“, gab ich erneut zu bedenken.

Auf den Schultern wurde Tomke ins Dorf getragen, und ich blieb zurück und barg mit Đomas, Friedrick, Roerd und dem einäugigen Huskarl die lädierten Flügel.

„Sie sind zu schwer“, schnaufte ich. „Sie müssen leichter sein, um sie mit dem eigenen Gewicht lenken zu können.“

„Was jetzt?“

„Ich weiß es nicht.“

„Wir fahren nach Hochgotland“, sagte Roerd. „Das war beschlossene Sache, schon bevor Æsta angegriffen hat, aber jetzt ist es umso dringender, und der Gleiter hat noch drei zusätzliche Tage Aufschub bedeutet – für nichts.“

„Nicht für nichts!“, protestierte der junge Friedrick. „Sie ist geflogen damit, und bald wird sie mit Naðan welche bauen, mit denen man … entern kann und kapern und solche Dinge. Plündern und wieder wegfliegen!“

„Du siehst griesgrämig aus, kleiner Mann“, sagte der einäugige Huskarl, der mich schon einmal aufgezogen hatte.

„Nein. Ganz und gar nicht“, gab ich zurück. Was sollte ich ihm erzählen – dass ich mir hier falsch vorkam? Dass ich nicht zurückbleiben wollte, wenn andere von Helgoland fortflogen? Dass ich Tomke vor meinem geistigen Auge wieder mit ihrem einstigen Ehemann anbändeln sah, der sich so um sie gesorgt und sie auf Händen getragen hatte?

Wir trugen das schwere Gestell zurück an den Landeplatz am höchsten Punkt des Oberlandes, wo ich lustlos einige gebrochene Streben mit Reststücken schiente. Alles in allem hatte der Gleiter dadurch, dass er mit der Oberseite flach aufgeprallt war, erstaunlich wenig Schaden davongetragen. Ich wuchtete ihn probeweise auf meine Schultern, spürte den Wind daran ziehen.

Um mich herum arbeiteten noch einige Likedeeler daran, die Luftschiffe fester zu vertäuen.

Schlussendlich legte ich den Gleiter erneut ab, beschwerte die Flügel sicherheitshalber mit einer schweren, geschwärzten Metallverkleidung wegen des nahenden Sturms und trottete dann den anderen hinterher ins Dorf.

Dort traf man emsig Vorkehrungen für ein Unwetter – Tiere und Kinder wurden hereingeholt, Fensterläden geschlossen. Eiken und Tomke tranken mit dem größten Teil der Æronauten der *Frijheid* und noch einigen anderen Luftschiffern Bier, und ich zog mich zurück auf mein Strohlager, auf welchem ich Æmelies Pläne entrollte.

„Frauen, die mit Männern Bier trinken", sagte ich abschätzig.

„So ist sie halt", sagte Ynge erstaunlicherweise.

○ ○ ○

Ich verbrachte den Abend über den Plänen brütend. Für den Antrieb des Rotorsitzes brauchte man eine Erlenhofenzelle. Ein Dampfkessel wäre viel zu schwer und zudem katastrophal für den Piloten, wenn er abstürzen würde.

„Ich habe keine Erlenhofenzelle. Es sei denn, du hast doch die Pläne", sagte ich herausfordernd zu Ynge. „Hat sie sie in Venedig jemandem überlassen? Dieser Fabrikantenfrau aus München? Æmelie wusste, dass habgierige Hände sich danach ausstreckten. Vermutlich hat sie die Pläne in die Post gegeben oder versteckt, ohne es mir zu sagen, damit mich keiner danach fragen kann." Ich seufzte. „Irgendwann werden sie wieder auftauchen – nur in wessen Händen?"

„Hier, was zu essen", sagte Tomkes Stimme hinter mir. Verdattert wandte ich mich um und nahm den Eintopf entgegen.

„Ich will nichts essen."

„Warum bist du so schlecht gelaunt? Er ist geflogen, und wir wissen jetzt, was wir verbessern müssen. Komm doch mit und trink auch was!"

„Wo ich herkomme, trinken Frauen kein Bier, und Männer trinken es nicht mit ihnen."

„Du bist nicht mehr da, wo du herkommst", verlachte sie meine guten Sitten. „Ich trinke Bier, ich fliege, und ich werde nicht nochmal auf einen Mann hereinfallen, der mir aus irgendwelchen Gründen Dinge verbieten will, die ich gern tue."

„Du fällst nicht auf mich herein. Ich … du verstehst das nicht! Da ist … nichts … zwischen uns, nichts, nichts, nichts!"

Sie lachte, doch eine Zornesfalte stand auf ihrer Stirn.

„Ach, nein?", fauchte sie. „Ich wüsste eine ganze Menge, was dazwischen ist, und das meiste davon ist hinderlich!" Sie trat gegen den Strohsack, auf dem ich saß, und rauschte zurück zum Tisch ihres Vaters. Als ich später am Abend austreten ging, sah ich, dass Eiken seinen Arm um sie gelegt hatte, und dass sie lachte. Aber die Zornesfalte war immer noch nicht ganz fort.

Hoffentlich ging sie zu ihm zurück und ließ mich in Ruhe.

○ ○ ○

„Morgen fahre ich weg", hörte ich ein betrunkenes Flüstern durch den fauchenden Sturm.

„Hm?" Ich richtete mich aus einem unruhigen Schlaf auf. Jemand kroch auf allen vieren auf mein Strohlager und wollte sich unter meine Decke legen.

„Das ist mein Bett!", protestierte ich. „Hörst du denn nie auf, mir nachzustellen?"

„Ich fahre morgen weg und will hier schlafen, weil wir uns morgen verabschieden müssen. Außerdem bin ich traurig. Weil ich dir egal bin."

„Herrgott nochmal, Mädchen", wisperte ich. „Eiken bist du nicht egal."

„Eiken ist ein Arschloch. Dich mag ich so gerne."

„Aber ich will nicht, dass du hier schläfst!"

„Aber ich schlafe doch nur. Ich will nur …" Sie entriss die Decke meinem klammen Griff, kroch darunter und rollte sich zusammen wie eine Katze. „Ich will nur hier schlafen."

„Sie ist von allen guten Geistern verlassen, das arme Mädchen", stellte Ynge ganz richtig fest. „Und völlig in dich verliebt."

„Das ist hoffentlich nicht wahr."

○ ○ ○

Am anderen Morgen fand ich mich mit einer nicht zu verachtenden Nackenverspannung an der äußersten Kante meines ärmlichen Strohsacks wieder. Ich fror, denn ich hatte kaum etwas von der Decke abbekommen, in die Tomke sich großzügig geschmiegt hatte. Ihr struppiges Blondhaar sah aus, als würde sie mit einem Kater aufwachen, und das tat sie auch, als ich mich regte. Sie stöhnte langgezogen.

„Hell."

„Hier ist es nicht hell."

„Ich finde es hell." Trotzdem strahlte sie mich verschlafen an. „Es war gemütlich bei dir. Warm."

„Ganz und gar nicht", entgegnete ich und rieb mir den Nacken.

„Nun, ich reise heute ab. Dann hast du dein Bett für dich allein. Meins ist übrigens größer." Sie zwinkerte rasch und erhob sich dann. Ihr Haar stand in unmöglichen Winkeln von ihrem Kopf ab, und sie strubbelte mit den Fingern hindurch.

„Fliegen, fliegen, fliegen", sang sie, als sie zum Abtritt hüpfte. Ich schüttelte den Kopf.

„Ich wünschte, ich würde auch wegfliegen."

„Bei Luftschiffen sagt man fahren", korrigierte mich Ynge. „Aber dir würde ohnehin nur wieder übel."

„Sowieso will ich nicht mit ihr fahren. Nur, damit sie jeden Abend wie eine verwöhnte Katze … So etwas tut man einfach nicht!"

„Da hast du recht", bestätigte die Puppe und kicherte.

Viele strebten zum Landeplatz, um Tomke und den Likedeelern Lebwohl zu winken. Sie hatte fast nur Friesen mitgenommen, vermutete sie unter den anderen doch einen Verräter, und so waren viele Ehefrauen, Kinder, Eltern und Geschwister versammelt, um eine gute Reise zu wünschen. Wo Hochgotland lag, wusste ich nicht, sicher war jedoch, dass es nicht in der Ostsee auf dem verwüsteten Gotland lag – es hieß, es befinde sich auf dem unzugänglichen Gipfel eines Gebirges, ein wahres Nest für gesuchte Verbrecher, verbotene Waren und Gelichter aller Art.

Als ich mich jedoch ebenfalls zum Landeplatz begeben wollte, um der verwöhnten Katze Lebewohl zu sagen, war Ynge verschwunden. Ich hatte meine gewöhnliche Kleidung wieder angezogen, die nach meinem Segelausflug gewaschen und geflickt worden war, und hatte Ynge wohl bei meinen geliehenen friesischen Kleidern zurückgelassen, als ich mich an einem wassergefüllten Becken waschen ging.

Ich suchte sie – suchte in meiner Kleidung, in meinem Bett, suchte im Nebenraum, in dem ich mich gewaschen hatte, suchte unter der Essenstafel und den Bänken, fragte in gebrochenem Friesisch jeden, den ich finden konnte, ob er meine Puppe gesehen habe. Manche sahen so aus, als seien sie ganz froh, dass ich sie endlich los war, doch ich wurde immer panischer – das Herz schlug mir bis zum Halse, während ich meine Kreise ausdehnte und sinnlos in den Gassen des Dorfes zu suchen begann.

„Sie starten jeden Moment!", rief eine Frau zwei Kindern zu, und sie liefen zum Tor hinaus. Vom Tor aus beobachtete mich Wödas einzelnes Auge. Er war in den Pfahl hineingeschnitzt und blickte für gewöhnlich nach draußen, doch jetzt sah er mich an, das hätte ich schwören können. Vielleicht hatte der Wind den Pfahl verschoben? Oder fing er jetzt auch an zu reden?

„Ynge!", rief ich, und dem wortlosen Rat Wödas folgend, verließ auch ich das Dorf und rannte den festgetretenen Pfad entlang. Der Sturm hatte Schneewehen einstürzen lassen, hatte ganze Flächen freigeweht, so dass ich darunter, unbeeindruckt von Schnee und Eis, ein paar zarte grüne Spitzen sehen konnte, ganz wenige nur, die sich aus der brachliegenden Erde schoben. Meine Freude darüber hielt sich in Grenzen, denn die Panik und der Verlust trieben mich vorwärts.

Vielleicht war es Tomke gewesen. Sie hatte sie schon einmal so neugierig gegrapscht. Oder Đomas!

Ich rannte, was das Zeug hielt, denn ich konnte sehen, dass sich das Luftschiff an den Tauen auf etwas mehr als Mannshöhe erhoben hatte.

„Halt!", schrie ich, doch das Surren der Propeller, der immer noch starke Wind und die Rufe der Umstehenden übertönten mich, als ich oben anlangte. Erschöpft hechelnd stützte ich mich auf den Knien ab. „Ynge! Ynge!"

Plötzlich war mir, als würde ich einen Schrei hören, einen grässlichen Schrei, so wie eine Wiederholung des letzten Lautes, den Æmelie im Leben von sich gegeben hatte, und ich war mir plötzlich sicher, dass sie dort oben war.

„Leinen los!"

„Nein!", schrie ich verzweifelt, und erneut erntete ich das Lachen der Umstehenden. Der Verrückte, man konnte nie wissen, was er als nächstes tat.

„Glück ab!", rief der Redjeven nach oben und die Likedeeler winkten. Ohne darüber nachzudenken, stieß ich das Stück Metallverkleidung, das den Gleiter in der Sturmnacht beschwert hatte, zur Seite. Ich muss schneller gehandelt als gedacht haben, denn wenn ich einmal die Gelegenheit gehabt hätte, nachzudenken, hätte ich niemals getan, was ich getan habe.

Ich habe mir nachher sagen lassen, dass die Klippen hinter dem Landeplatz sechzig Meter tief ins Meer hinein abfallen.

Ich rannte mit dem Gewicht des Gleiters darauf zu, während das Luftschiff sich bereits von der Küste entfernte und rascher an Höhe gewann, als ich es gebrauchen konnte. Mit einem besinnungslosen Schrei tat ich einen Satz hinaus aufs Meer, und in diesem einen Augenblick, der ewig dauerte, sah ich die rote Steilküste unter mir, hörte das Kreischen der Seevögel, sah die Wellen gegen die Felsen schlagen und begann, darüber nachzudenken, dass ich mit einem nur leidlich reparierten Gleitflieger ins Leere gesprungen war.

Ich schaffte es nicht, mich nach hinten zu werfen und meine Beine auf die Haltestangen zu befördern, also baumelte ich hilflos unter dem Trapez. Die Spitze neigte sich nur deshalb nicht unter meinem unausgeglichenen Gewicht nach unten, weil ein grausiger Nordwind mit aller Macht unter die Flügel fuhr und sie ein Stückweit hinaus- und hinaufkatapultierte.

Ich schrie erneut. Ich würde mich auf diese Weise nicht halten können, und das Luftschiff konnte ich auf keinen Fall ansteuern. Hinter mir und auch an Bord des Schiffes war Geschrei ausgebrochen.

„Ynge", schoss es mir durch den Kopf und verlieh mir neue Kraft. Der Wind spielte mit mir – aber Herrgott, ich flog tatsächlich! Ein kurzes, glückliches, schreckliches Gefühl durchzuckte mich, dann verkeilte ich ein Bein an der Haltestange und wagte es, mit der Hand in das Gestänge des Flügels hineinzugreifen. Ich zog daran, der Flügel senkte sich nach unten, der andere nach oben und tatsächlich beschrieb ich so etwas wie eine Kurve – konnte in weit aufgerissene Augen und Münder blicken, als sich das Luftschiff wieder in mein Blickfeld schob.

Ich lachte und schrie gleichzeitig vor Angst, und dann ergriff mich ein Wind und schleuderte mich auf das Luftschiff zu, und ich konnte weder lenken noch aufsteigen oder sinken, ich war dem Element ausgeliefert.

Mein Schrei erstickte, als ich gegen die Gashülle klatschte. Sie sah weicher aus, als sie war – prallgefüllt fühlte sie sich an wie eine Ziegelmauer. Ein plötzlicher Schmerz durchzuckte meine Schulter, einen grässlichen Moment lang verfing sich mein Bein in der Konstruktion des nun herabstürzenden Fluggeräts, bevor ich mich am Höhenruder festklammern konnte. Unter mir rauschten die Flügel, dem Wind vergeblich Paroli bietend, in die Tiefe. Ich schluckte. Meine Füße fanden Halt an einem Tau, das sich über die Luftschiffhülle zog, meine Arme hielten das Höhenruder umklammert, doch mittlerweile war ihre Kraft erschlafft. Die Tiefe zog an mir, und der schneidende Wind tat sein Übriges. Ich war wie ein Wahnsinniger von einer Klippe gesprungen, um eine Puppe zu retten.

„Ich war ja etwas enttäuscht, dass du nicht Lebewohl gesagt hast“, erscholl eine Stimme so verblüffend nah, dass es nur Einbildung sein konnte. „Siehst du bitte einmal hoch! Hier ist ein Seil.“

Oberhalb der Ruderkonstruktionen an der Gashülle hatte sich eine Luke geöffnet – dort lehnte Tomke heraus, ebenso wie der fette Onnen, der der zweite Steuermann der *Frijheid* war.

„Reicht es bis zur dir?“, schrie sie gegen den Wind an. Ja, ein Seil baumelte vor meiner Nase. Meine Finger waren elendig verkrampft, mein ganzer Körper war in Todesangst erstarrt.

„Kann nicht … dranfassen“, presste ich hervor.

„Natürlich kannst du das. Was hast du dir gedacht, dass du elegant mit diesem Monstrum von Gleiter im Laderaum landest? Fass das Seil an!“

„Ja, Junge, Seil anfassen! Wir ziehen dich hoch!“, holperte der Friese, und ich schloss kurz die Augen, um dem Sog nach unten zu entgehen.

„Könntet ihr das Schiff … wieder an Land lenken?“

„Nimm das verdammte Seil, Naðan! Bis wir über Land sind, liegst du schon lange unten im Meer und sagst Ran guten Tag!“

Ich öffnete die Augen wieder, fixierte das Tau und wagte es dann, meinen Griff um das Ruder zu lösen – meine Füße fingen genug Gewicht ab, dass ich das Seil greifen konnte, die zweite Hand setzte ich nach. Meine Finger fühlten sich taub und instabil an, als würden sie auch gleich zerbrechen wie das Gerippe des Fluggeräts. Onnen zog das Tau herauf, und ich wanderte mit meinen Füßen seitlich an der Gashülle hoch, bis ich an der Luke angekommen war, die eine steile Wartungsleiter offenbarte, die zwischen den um den Axialsteg angeordneten Gaszellen nach oben führte. Zitternd und beinahe mit nassen Hosen kroch ich kopfüber in den Schacht. Onnen packte mich und stellte mich neben sich auf eine Sprosse. Rechts und links drängten sich die Kammern. Ich schloss die Augen und lehnte die Stirn an die Leiter.

Tomke war weiter unten, ich spürte den Druck ihrer Hand, als sie meinen Arm griff. „Was … was war das für eine furchtbar dumme Idee? Wenn du so dringend fort von Helgoland willst, warum hast du mich dann nicht gefragt? Ich hätte dich hier versteckt – du … hast Kopf und Kragen riskiert.“

Ich schluchzte auf, zitterte unkontrolliert und kämpfte gegen den Drang an, mich zu übergeben. Unter mir führte die Leiter noch viele Sprossen hinab, bis sie den Axialsteg querte und dann ganz unten in die Mannschaftsräume mündete.

„Mir ist … schlecht …“, brachte ich hervor.

„Du gehst jetzt die Leiter runter, Junge, ja?“, fragte der fette Onnen und machte sich daran, vor mir zu klettern. Besorgt sah er nach oben. Ich setzte einen zitternden Fuß vor den anderen – plötzlich merkte ich den Schmerz in den Muskeln, gezerrte Stellen und geprellte Knochen. Ich stöhnte leise, doch der Axialsteg war schneller erreicht, als ich gedacht hatte. Unten schoben sich mehrere Gesichter in den Gang, und der Schiffsjunge Friedrick hockte auf dem Mittelsteg wie ein Äffchen.

„Was ist los? Habt ihr ihn? Ist es der Idiot mit der Puppe?“, hörte ich von unten. Ich sackte auf dem Steg zusammen.

„Komm weiter“, sagte Tomke, doch ich schüttelte den Kopf.

„Ynge … ist weg“, ordnete ich meine Gedanken neu und fuhr flüsternd fort: „Sie ist hier an Bord, und jemand hat sie gestohlen. Wenn wir ihn finden, so wette ich, haben wir auch den Verräter gefunden.“

„Du …“ Fassungslos starrte sie mich an. „Du springst … über eine … eine Felskante in den beinahe sicheren Tod … wegen dieser Puppe?“ Sie war bleich geworden, doch erneut grub sich die Zornesfalte zwischen ihre Brauen.

„Ja“, sagte ich einfach und bekämpfte den immer heftiger werdenden Drang, mich ins Innere des Luftschiffes zu übergeben. Meine Schultern bebten, und aus meinen Augen musste immer noch die Panik sprechen, denn Tomkes Gesicht glättete sich fürsorglich, und sie stieg ebenfalls auf den Steg und strich mir durch die Haare.

„Du hättest sterben können“, flüsterte sie mit einem besorgten Lächeln. Ynge und ich wären darüber … traurig gewesen.“ Ich nickte und schloss kurz die Augen, um mich zu besinnen. Ich war an Bord der *Frijheid*. Hinter mir trappelten die Schritte Friedricks.

„Werdet ihr mich mitnehmen in euer Hochgotland?“

„Kurs wieder aufnehmen!", rief Tomke zur Antwort, und nachdem ein Æronaut die Anweisung in ein nahes Sprachrohr geschrien hatte, drehte sich das Luftschiff ein wenig und nahm dann Fahrt auf. Mir war so tödlich schlecht, dass ich glaubte, mein Magen fräße mich von Innen auf.

„Ich brauche wirklich dringend … einen Eimer."

„Friedrick!" Sie sah auf. „Wo ist der Bengel, er war doch eben noch hier?"

Wir tauschten einen Blick. „Er wird doch nicht … er wird doch nicht deine Puppe gestohlen haben?", sprach Tomke flüsternd meine Gedanken aus. „Warte hier auf den Eimer!"

Sie sprang auf und hastete mit scheppperndem Geräusch über den Gittersteg davon. Ich konnte an nichts anderes denken, als an die Magensäfte und das Frühstück, die meine Kehle heraufkrochen.

Hinter mir erklangen erneut Schritte, doch schon bevor ich mich umwandte, wurde mir klar, dass es schwerere waren als Tomkes. Ich sprang auf die Füße, binnen eines Augenblicks war mein Magen wieder unter Kontrolle – ich wusste, dass Gefahr drohte.

Albert stand mir gegenüber. Er hielt eine Muskete schussbereit und zielte damit auf meine Brust.

„So. Eine Geisel ist besser als gar nichts. Die Tomke wird doch nicht zulassen, dass dir was passiert, oder? Also, ganz ruhig, und ein Stück die Leiter hoch, bitte, damit uns keiner in den Rücken fällt."

„Damit dir keiner in den Rücken fällt, meinst du", sagte ich ruhig. Ynge gab den winzigsten aller Laute von sich, ein erleichtertes Seufzen, als sie meine Stimme hörte. „Wirst du denn hier drin schießen, wenn ich nicht gehorche? Habt ihr nicht Wasserstoff in den Kammern?"

Ich tippte mit dem Finger gegen eine der Kammern, die sich direkt über meinem Kopf befand.

„Darauf kannst du es dann ja ankommen lassen“, schnaufte der Deutsche. „Zurück jetzt auf die Leiter. Ich werde dafür sorgen, dass wir in Hamburg aussteigen.“

Schicksalsergeben seufzend trat ich einen Schritt zurück, tastete rückwärts mit den Händen nach der Leiter. Ich packte sie, stellte mich auf die Sprosse, die mir am nächsten war, und sah Albert fragend an.

„Hoch!“

„Warum hast du die Puppe entführt?“

„Hoch!“

Von unten starrten immer noch neugierige Matrosen aus den Quartieren herauf. Ich hoffte, ihnen nicht allzu sehr wehzutun – mit der unüberlegten Schnelligkeit dessen, der eben noch mit einem Gleiter von den Klippen Helgolands gesprungen war, sprang ich von der Leiter und hielt mich nur seitwärts fest. Mit schmerzhaft geprellten Fingern und gestauchten Fußknöcheln war ich nach der Kürze eines Angstschreis unten – dort warf ich mich in Deckung und zog wahllos einen der heraufstarrenden Likedeelern, in deren Mitte ich gefallen war, mit mir. Es peitschte der Musketenschuss, jemand schrie auf, dann brandete ein Gebrüll aus einem Dutzend Kehlen auf, und ein ungeheures Getrappel und Gedränge ging los. Ich jedoch übergab mich zunächst auf den Boden unter mir, und als all das, was in mir gebrodelt hatte, sich unter meinen Händen verteilt hatte, stemmte ich mich hoch und eilte zur Leiter, wo eine Gestalt blutend zusammengesunken war. Ich packte sie und zerrte sie in einen toten Winkel des Lagerraums in Sicherheit.

„Es tut mir leid. Es ging alles so schnell. Wo hat er dich getroffen?“ Gequält schüttelte die Frau den Kopf – ich kannte sie, es war die Piratin, die mit Eiken am Kohleofen gewürfelt hatte, während ich festgebunden gewesen war. „Ing… Ingken?“, fragte ich, und sie nickte und zeigte auf ihre Schulter, in welche die Kugel von oben eingedrungen war, knapp ihren Hals verfehlend.

„Wenn ich mich auf etwas ganz und gar nicht verstehe, dann auf solche Wunden", gab ich zu und begnügte mich damit, den Flachmann, den sie in ihrer Jackentasche trug, zu entkorken und uns beiden einen Schluck daraus zu gönnen.

Eine schmale Gestalt sprang die letzten Sprossen der Leiter herab und wollte an uns vorbei. Es war Friedrick, und er zitterte vor Anspannung. Ich packte die Schöße seiner Jacke, und er prallte im Lauf zurück und gegen mich.

„Pass auf. Da vorn hab ich mich übergeben."

„Macht nichts", hechelte er und grinste, als habe er Schmerzen.

„Friedrick. Gibt es da irgendwas, was du gerne sagen würdest?"

Friedrick schüttelte den Kopf, doch gleichzeitig wurde er puterrot im Gesicht, und Tränen traten ihm in die Augen.

„Es tut mir leid! Er hat gesagt, er will sich hier verstecken, weil er von der Insel runterwill, aber Tomke außer mir keinen Deutschen an Bord erlaubt hat. Ich wusste doch nicht, dass er herumschießt! Und nicht auf dich, das wusste ich nicht!" Er sank in sich zusammen, und so hockten wir da zu dritt – eine Verletzte, ein Luftkranker und ein schuldbewusster Junge, bis das Poltern und Brüllen in der Gashülle ein Ende fand.

„Vorsicht!", rief Eikens Stimme, ehe er Albert die Leiter hinunterstieß. Halb fallend, halb kletternd kam der dickliche Mann, mit dem ich viele Nächte lang in einer Kammer geschlafen hatte, herunter.

Er wurde gefesselt, in den Laderaum gebracht und dort an eine mir wohlbekannte Verstrebung gebunden. Tomke kam zu mir herüber und hielt mir Ynge entgegen.

„Vorsicht, ich habe mich da …", begann ich, doch sie winkte Friedrick bereits, er solle es aufwischen. „Danke", flüsterte ich, als ich die Puppe entgegennahm. Die blauen Porzellanaugen glänzten vor lauter Wiedersehensfreude, und Ynge schien sich wahrhaftig an mich zu klammern, als ich sie mit dem linken Arm, der mir immer noch am wenigsten wehtat, an meine Brust drückte.

„Was tust du nur? Lässt dich entführen! Hat er dir was getan?"

„Er hat … Dinge in den Riss in meinem Kopf gesteckt", schluchzte Ynge. „Einen Draht und eine … eine Gabel!"

Empört sah ich Tomke an. „Was sagt sie?"

„Er hat in ihrem Kopf nach den Plänen gesucht! Zum Glück hat er sie nicht zerschlagen! Sie sind dort nicht drin, das habe ich doch schon gesagt!"

„Verzeih mir", murmelte Tomke. „Ich habe damit angefangen."

„Was machen wir jetzt mit ihm?", fragte Eiken und wies hinüber in den Frachtraum.

„Ich denke, wir stellen ihm ein paar Fragen und brechen ihm den ein oder anderen Knochen", knurrte Tomke und sah mich fragend an. „Willst du mitmachen?"

„Das … das ist barbarisch!", entsetzte ich mich. „Du musst bedenken, dass er ja nicht wusste, dass er etwas anderes als eine Puppe stiehlt."

„Er dachte, er würde die Pläne stehlen und sie dem Kanzler von Æsta bringen. Das finde ich verwerflich genug, um ein paar Knochenbrüche zu entschuldigen."

„Habt ihr das auch mit den Æronauten des sächsischen Luftschiffes getan?"

„Aber ja", grollte Eiken. „Zunächst hat uns der Mann der Gräfin, der an Bord war, alles Wissenswerte erzählt, und dann haben wir den anderen ein paar Knochen gebrochen."

Ich seufzte auf. „Das war dein Mann, ja? Du warst mit ihm verheiratet?", fragte ich die leere Luft flüsternd, als beide mir bereits den Rücken kehrten, um aus der Gashülle durch einen weiteren winddurchzogenen Schacht in die langgezogene Gondel des Lagerraums zu klettern. Ich setzte mich hin und sah Friedrick beim Putzen zu. Ingken war zu ihrer Koje verfrachtet worden, und Onnen, dessen Wurstfinger geschickter waren, als sie aussahen, nahm ihr die Kugel aus der Wunde. Ihre Schreie hallten ab und an durch das Schiff. Sie jammerte die unterirdischsten friesischen Flüche.

Brachen sie jetzt wirklich jemandem die Knochen? Mitleidlos und voller Hass gegenüber der schwimmenden Stadt? Ich raffte mich auf und stieg nun auch in den Lagerraum hinab. Wie bei meiner Hinfahrt war die Gondel gähnend leer. Tomke saß mit dem Rücken an einer metallverkleideten Wand, Eiken stand an den Träger gelehnt, an welchen auch Albert gefesselt war. Albert weinte leise, doch es war eher das Zeichen eines gebrochenen Herzens als eines gebrochenen Knochens.

„Was … was geht denn hier vor sich?“, fragte ich, und Tomke winkte ab. „Erzähl es ihm selbst“, forderte sie Albert auf.

„Du warst doch in Æsta“, begann Albert beinahe vorwurfsvoll. „Du weißt doch, wie sie da mit Leuten wie mir umspringen! Ich war Gewerkschaftler, und beinahe haben sie mich totgeschlagen. Da hat meine Frau mich auf ein Luftschiff geschmuggelt, und ich war erst in Lübeck und hab mich dann den Friesen angeschlossen.“

„Dann sollte man meinen, du wärst Æsta nichts mehr schuldig.“

„Meine Frau ist nicht mit. Sie war grade wieder schwanger, und unsere Jüngste war anderthalb. Wie sollte sie da mitkommen? Sie ist noch auf Æsta, und der Himmel weiß, was da aus ihr geworden ist! Acht Monate bin ich jetzt schon weg, und ich habe nichts, keine Nachricht, kein Geld, um sie zu mir zu holen!“

„Du bist nicht das einzige tragische Schicksal auf Æsta“, seufzte Tomke.

„Also hast du den Kanzler informiert, dass ich auf Helgoland bin?“

„Ja. Er hat Geld auf dich ausgesetzt. Als es zweimal schiefgegangen war, habe ich gehört, wie du mit Tomke darüber geredet hast, ob die Pläne in der Puppe drin sind. Da habe ich gedacht, bevor ich noch mehr Unheil anrichte, bringe ich ihm die Puppe und kriege vielleicht dafür schon Geld, um meine Familie von Æsta runterzuholen."

„Bevor du noch mehr Unheil anrichtest." Das schien Eiken an etwas zu erinnern. Er hieb Albert mit voller Wucht in die rundliche Mitte, und dieser krümmte sich vergeblich in seinen Fesseln und stöhnte laut auf. Tränen und Rotz tropften zu Boden.

„Da ist ein Kind gestorben! Und Lüta, von *unserer* Mannschaft, der Mannschaft der *Frijheid*, deren Teil du jetzt – wie lange? – fünf Monate warst! Du Bastard! Ich müsste dir für jeden der Dutzenden von Toten einen Schlag verpassen, und für jeden, den du persönlich gekannt hast, zwei, dann wär es ganz schnell aus mit dir!"

Er spuckte Albert ins Gesicht, und der weinte nur fortwährend und bat um Verzeihung. Ich konnte es kaum mehr aushalten. „Bitte, lasst ihn doch", flüsterte ich. „Er konnte nicht wissen, dass sie Luftschiffe schicken, mit Bomben. Das hat er nicht wissen können."

„Er wollte dir ans Leben", sagte Tomke mit einer harten Kante an ihrer Stimme.

„Nein. Wollte er nicht", beharrte ich. Ich trat an Eiken heran. „Tu ihm nichts mehr. Du hast schon einmal den Falschen geschlagen deswegen."

„Aber jetzt schlage ich den Richtigen!"

„Schlag den Herzog, wenn wir es jemals dorthin schaffen!"

Er schnaubte. „Das werde ich. Seine eigene Mutter wird ihn bei der Beerdigung nicht wiedererkennen." Eiken wandte sich wutentbrannt ab und verließ die Gondel zähneknirschend hinaus in den Steuerstand.

„Werden wir denn nach Æsta gehen?", fragte Tomke leise und nahm wieder meine Hand. Ein mulmiges Gefühl grub sich durch meine leere Magengrube.

„Ich werde dorthin gehen."

Sie nickte ernst. „Ich weiß. Aber werden *wir* dorthin gehen? Die Gräfin ist eine mächtige Verbündete. Und die Gewerkschaftler …"

Albert regte sich wieder, er hob den Kopf. „Vielleicht kann ich meine Schuld begleichen", sagte er tonlos. Ich nickte ernst.

„Æsta den Tod", flüsterte Tomke, und ich wiederholte die Worte noch leiser. „Jahrelang vertrieben sie uns von den Küsten, lieferten uns Kämpfe, in denen wir unterlagen. Brachen die Erde auf und färbten den Schnee schwarz. Wir Likedeeler haben Æstas Untergang geschworen."

„Æsta den Tod", spie nun auch Albert, und seine Augen begannen, wieder wie die eines Lebenden auszusehen. Ich erinnerte mich daran, dass diese Worte vermutlich auch schon einmal mein Leben, sicher aber mein körperliches Wohlergehen gerettet hatten, und lächelte grimmig.

Luftschiffpiraten

Zeichnung

Die *Fryske Frijheid* erreichte Hochgotland im Dunkel der Nacht. Gotland, die Insel in der vom Eis gebeutelten Ostsee, war von der Hanse verheert worden – die Likedeeler hatten ihren Luftstützpunkt dieser Insel zu Ehren benannt, und wo er sich genau befand, konnte ich auch nicht sagen, als wir dort festmachten. Die Luft war für ein Hochgebirge nicht dünn genug, und so tippte ich auf den unzugänglichen Gipfel eines Mittelgebirges.

Wir machten an einem Ankermast fest, und öffneten das Schott. Hochgotland machte von oben einen nicht sehr nächtlichen Eindruck. Die meisten Fenster waren zwar dunkel, doch sowohl ganz am Rand des Hafens als auch im Zentrum strömten noch Lärm und Licht aus Gaststätten – oder vielmehr Spelunken.

Gespannte Erwartung stand in die Gesichter der Likedeeler geschrieben, die nun von einer mürrischen Bodenmannschaft willkommen geheißen wurden. In den letzten Stunden war die *Frijheid* durch Nebel geirrt, und auch hier umgab uns Nebel wie eine feuchte graue Decke und trübte die wenigen Lichter des Hafens. Weitere verschwommene Gashüllen wirkten wie bedrohliche Giganten der Vorzeit – angekettet an Ankermasten, damit sie nicht über die Stadt herfielen.

Erschöpft trat Tomke aus dem Steuerstand, wo sie zu dritt navigiert hatten, um Hochgotland zu finden.

„Wo sind wir hier?“

„Auf Hochgotland“, lächelte sie müde und wies mit der Hand nach unten.

„Wo liegt Hochgotland?"

„Ich wäre ein Narr, würde ich es dir sagen, und ich weiß es ohnehin nicht auf Deutsch. Jetzt brauche ich ein Bett."

Wir kletterten von der Landeplattform hinunter, die Verstrebungen aus Holz und Stahl wirkten morsch und rostig, und ein ungutes Gefühl beschlich mich. Piraten waren einfach nicht so zuverlässig wie beispielsweise die Hanse.

Unten konnte ich dunkle Felsbrocken ausmachen, die zwischen den Häusern und unter den Häusern hervorragten – die Kanten waren vom Wind abgeschliffen, dass sie aussahen wie große graue Mehlsäcke. Ich merkte mir das, für den Fall, dass ich einmal einem Geographen über den Weg laufen würde, dem ich dies beschreiben könnte und der mir dann sagen würde, wo um alles in der Welt ich mich aufgehalten hatte. Ansonsten lag hier der Schnee dicker als auf Helgoland, und es war sogar empfindlich kälter. Unmittelbar unter den Ankermasten lagen übermannsgroße polierte Metallkugeln wie Eier im Schnee – der Wind hatte sie teilweise freigelegt, und das Licht der Signallampen spiegelte sich in der kupferfarbenen Oberfläche. Sie waren von einer schlichten, rätselhaften Schönheit, die einen bemerkenswerten Kontrast zu der verrostenden Landeplattform bildete. Weiter im Inneren des Ortes stromerten noch Menschen durch das unwegsame Gelände und die schneidend kalte Nacht, die meisten davon außerordentlich betrunken. Einige Huren standen um ein Kohleöfchen und ließen sich probeweise von kichernden Freiern begrapschen – ich sog die Luft ein und wandte mich ab, doch neben mir grinste der magere Arfst über meine vorgeschützte Unschuld, und sogar der junge Friedrick sah staunend genauer hin.

Das hätte ich mir ja denken können. Alkohol und Freudenmädchen – ein Piratenhafen, kein Stück besser als Æstas ärmstes Viertel – schlimmer gar, unschicklicher.

Dass dies nicht zu allen Teilen stimmte, sollte ich zwar noch erfahren, jedoch nicht in dieser Nacht. In dieser Nacht fielen mir die zahlreichen abgerissenen nächtlichen Vagabunden auf, die immer wieder in unser durch den Nebel und eine einzelne Öllampe extrem begrenztes Sichtfeld taumelten. Der Lärm aus dem Innenraum einer der beiden Wirtschaften, die noch geöffnet hatten, wandelte sich plötzlich in ängstliches Geschrei, kreischendes Lachen und dann einen Schuss, der das sägende Spiel einer Fidel kurz unterbrach. Keiner der friesischen Likedeeler reagierte, doch ich nahm an, dass nächtliche Schüsse auch sie beunruhigen mussten.

Abseits der Spelunken, die vermutlich das Zentrum des zweifelhaften Ortes bildeten, gab es kein Licht mehr, keine Laternen, die an Kneipenschildern baumelten und keine Öfchen, deren schummriges Kohlefeuer ein wenig die Umgebung erhellte. Hier war es nun pechschwarz, und außerhalb des Lichtscheins unserer Lampe waberte der Nebel wie ein lebendes Wesen. Ich fürchtete, einfach an einer unsichtbaren Kante abzustürzen, und im Dunkeln die Flanke des Berges hinabzufallen, doch Tomke und die anderen schienen sich über unseren Weg im Klaren zu sein.

Ein eigenartiges Geräusch schlich sich mit den wabernden Schlieren heran – ein Sirren und Summen, dazwischen ein Ton wie gewaltige schlagende Flügel. Friedrick kam meiner Frage, die von den Friesen sicherlich wieder als töricht gewertet worden wäre, zuvor. „Was ist das? Ist das ein … Spukt es hier?"

„Es ist der gute Geist Hochgotlands", erwiderte Onnen, der Ingken mehr trug als stützte.

„Das ist wahr. Es ist eine Maschine, ihr werdet es morgen sehen", erklärte Tomke nur unzureichend.

„Alle raus jetzt! Nach der Schweinerei ist der Laden dicht!", dröhnte hinter uns eine Stimme, und die letzten Gäste wurden lautstark aus der Gaststätte gefegt. Es klatschte einige Male, Gelächter brandete wieder auf, eine Frauenstimme kreischte, doch das Geräusch wandelte sich plötzlich in rhythmisches

Stöhnen. Nicht nur ich blickte mich um, doch der Nebel verschluckte alle Bilder.

Tomke verlachte unsere Bemühungen, und rasch richtete ich meine Augen wieder nach vorn. „Hochgotland", knurrte ich.

„Lausig", seufzte Onnen, der immerhin seine nicht zu verachtende Menge Körperfett hatte, das ihn wärmte. „Meinst du, wir kriegen ihn noch wach?"

„Na, ich bleibe sicher nicht aus Rücksicht auf seine Nachtruhe hier draußen in der Kälte", schnaufte Eiken zurück und stopfte seine Fäuste in die Taschen. Albert ging gefesselt vor ihm her, wirkte nun jedoch gefasster und nicht mehr so, als wolle er mich inmitten einer mit Wasserstoff gefüllten Gashülle erschießen.

Friedrick taumelte gegen mich, so müde war er, und ich fing den vielleicht Dreizehn- oder Vierzehnjährigen an der Schulter auf. „Na, komm, ich glaube nicht, dass es noch weit ist."

Wir erreichten ein niedriges Warenlager, dessen Dach sich in der Mitte unter dem Gewicht des Schnees nach unten wölbte. Daran schmiegte sich eine winzige Hütte, und Tomke trat mit einem Räuspern vor und hämmerte mit der Faust gegen die Tür.

„Hier sind Tomke Haukestochter und Æronauten der *Frijheid.* Mach auf, du lausiger Geldscheffler!"

Ich ließ meine Augen über die wartenden Gesichter gleiten. Tjarko war erster Steuermann, Onnen zweiter – war Tomke Kapitänin des Schiffes? Ich konnte niemanden ausmachen, der höher stand als Tjarko oder Onnen; außer vermutlich ihr. Vielleicht hielten sie es wie mit ihrem Redjeven und bestimmten es von Zeit zu Zeit neu. Vielleicht war dieser Posten bei ihnen nicht so wichtig wie beispielsweise bei der Hanse.

Sie hämmerte unablässig weiter, während sich nichts im Haus regte. „Unverschämter Hund!", knurrte sie.

Die Tür eines Nachbarhauses öffnete sich – windschief ließ sie von drinnen ein Feuer erahnen. Eine Frau mit gewaltigem, vom Nachthemd unzulänglich verhülltem Busen trat heraus in den Schnee. „Der Jude ist tot. Cholera."

„Cholera?" Die Likedeeler schraken sichtbar vor dem verschneiten Gebäude zurück.

„Letzten Herbst. Das Lager ist leergeräumt."

„Es hätte uns jemand eine Botschaft schicken können!"

„Wohin denn? Weiß ich doch nicht, wo sich wer von den Freunden vom Jud rumtreibt!" Sie schloss die Tür wieder.

„Naja, ein Dach ist ein Dach. Machen wir's wie immer. Offiziere ins Haus, die anderen in die Halle."

Sofort brandete Gemurmel all jener auf, die sich offenkundig nicht als Offiziere verstanden, doch Tomke gebot ihnen mit einer Handbewegung Einhalt. „Im Haus ist der Kerl gestorben, und vielleicht stecken wir uns da mit der Cholera an, und dann seid ihr die nächsten Offiziere. Macht euch ein Feuer in der Lagerhalle, wie immer."

Eiken stieß das unverschlossene Tor auf. Dahinter gähnte ein Lager, dem der Winter hart zugesetzt hatte. Schnee war durch verschiedene Lücken eingedrungen, der Boden war kalt und karg, doch es gab, wie der Schein einer hastig entzündeten Blendlaterne offenbarte, einen Speicherboden, zu dem eine Leiter hinaufführte.

„Alles leer", murmelte Friedrick, und seine Stimme – halb Kind, halb Mann – hallte zwischen den Balken wider.

„Naðan, komm mit", sagte Tomke und nahm meine Hand. Eiken drehte sich herum und starrte mich an, und ich schüttelte heftig den Kopf. „Ich würde mich nicht als Offizier bezeichnen."

„Aber als Gast", sagte sie leichthin. „Das ist ein Befehl."

○ ○ ○

„Im Ernst", schnurrte sie später, als sie sich in der Dachkammer des jüdischen Händlers auf einer Decke ausgestreckt hatte.

„Willst du lieber mit Eiken und Albert im Lager schlafen? Da ist es kalt und zugig, und du warst gerade erst krank."

„Hier gibt es die Cholera", sagte ich misstrauisch und linste in die Ecken, in denen wertlose Reste der Möblierung verstaubten, als könnte ich die Cholera dort vorfinden.

Eine Harmonika mit zerrissenem Balg hatte sich dort vor Plünderung verkrochen sowie zerbrochenes Meißner Geschirr.

Tomke zog eine zweite Decke über sich, die sie wohlweislich in einem Bündel vom Luftschiff mitgenommen hatte. Sie war mit Lammfell gefüttert.

„Wollen wir's nicht wieder so halten wie letzte Nacht? Ich bin müde und mir ist kalt."

„Nein."

„Hast du dir denn eine eigene Decke mitgebracht?"

„Ich ... ich habe natürlich keine Decke dabei. Ich bin wie immer nur mit dem, was ich am Leibe trage, von der Klippe gesprungen."

Sie kicherte. „Es klingt, als tätest du das häufiger!"

„Es kommt mir auch so vor. Mir ist nicht kalt. Dieser Mantel ist von einem sehr guten Schneider aus Aquis und hält vorzüglich warm."

Skeptisch zog sie die Augenbraue hoch. „Ich bin nicht von einem Schneider aus Aquis, aber ich bin sicherlich wärmer."

Ich seufzte und erflehte innerlich Ynges Beistand, doch sie war stumm, wenngleich ich zu fühlen glaubte, dass sie sich in meiner Tasche immer noch an mich klammerte. Vielleicht schlief sie seit ihrem traumatischen Erlebnis.

„Versteh doch bitte, Tomke. Ich ... ich will nicht mit dir in einem Bett schlafen, meine Frau ist gerade ... ich weiß es nicht einmal genau – drei, vielleicht vier Monate tot!"

Sie setzte sich auf und sah mit einem Mal bleich und ernst aus. „Das weiß ich. Das verstehe ich doch auch. Ich will dir nicht das Leben schwer machen. Ich will dich nur ein bisschen wärmen. Außerdem habe ich eiskalte Füße, und sicherlich nehmen sie Schaden, wenn sie weiterhin so kalt bleiben." Nun war wieder ein wenig Schalk in ihre Augen zurückgekehrt. „Geht das nicht? Dass wir wie Freunde sind?"

„Du bist eine Frau."

„Ich weiß. Das haben schon oft Leute zu mir gesagt. Sieh einfach darüber hinweg!"

Wenn ich darüber hinweggesehen hätte, hätte ich mich sicherlich dennoch nicht zu ihr auf das harte Fußbodenlager gelegt. Doch ich tat es, ließ zu, dass sie einen Arm über meine Brust legte und ihr kaltes Gesicht an meine Schulter. Dann verschränkte sie ihre eisigen nackten Füße mit meinen und gähnte behaglich. Ich konnte nicht leugnen, dass sich ihr weiblicher Körper gut neben mir anfühlte, ihre warme Zuneigung, ihr unerschütterlicher Starrsinn, selbst ihre Füße, die begierig an meiner Körperwärme saugten. Ich seufzte schicksalsergeben und versuchte, standhaft zu leugnen, dass sich Körperteile, die nicht von Gedanken geplagt wurden, nach einer innigeren Umarmung sehnten.

Immerhin – ich wurde standhafter gegenüber unsittlichen Annäherungen. Ynge konnte stolz auf mich sein.

Ich träumte jedoch recht unsittlich und hoffte inständig, dass Tomke nichts davon bemerkte. Ich träumte etwas sehr Seltsames – Æmelie lag im Bett, und ich legte mich auf sie, und wir taten, was Mann und Frau in der Ehe eben miteinander taten. Æmelie war sehr schön, und ihre Augen leuchteten, und wir waren glücklich miteinander. Dann jedoch blickte ich zur Seite, und blickte in das Gesicht von Domek, der gerade ebenfalls mit Æmelie schlief, aber gewissermaßen genau dort, wo ich auch gerade lag. Es ergab keinen Sinn und so blickte ich wieder auf Æmelie hinab, und sie sah mich wieder an, und ihre Augen leuchteten dabei. Aber wenn ich zur Seite blickte, lag da Domek auf meiner Frau, und lächelte mich zufrieden an. Ich war so perplex, dass ich nichts zu ihm sagte und die Realität des Traums in Frage stellte. Der Traum platzte wie eine Seifenblase, und als Æmelie und ihre Schönheit verblasst waren, als stattdessen in der Dunkelheit Tomke neben mir eingerollt lag, da schweiften meine Gedanken hinüber zu Domek und zu der Frage, wer auf Æsta mit wem unter einer Decke steckte. Hatte Roþblatt tatsächlich neben dem Kanzler auch Hoesch eingeweiht, den ich ja von Anfang an verdächtigt hatte? Oder hatte ich mich da einfach geirrt, beging der Industrielle einfach nur ein paar mindere Verbrechen gegen die Menschlichkeit, ohne zusätzlich auch noch an der Wiederbelebung von Toten zu tüfteln? Und Domek? Suchte er nicht sicherlich ebenso begierig nach Æmelies letztem Geheimnis?

Ein anderer Gedanke stieg in mir auf – wenn ich die Pläne nicht hatte und Roþblatt hatte sie in Venedig nicht entwenden können, konnte es dann möglich sein, dass Æmelie sie Domek, ihrem Finanzier, übersandt hatte? Hätte er mir das nicht gesagt? Ich seufzte. Tomke gab ein seltsames Geräusch als Antwort von sich.

Æsta war ein einziges Wollknäuel in meinem Kopf, und anstatt es zu entwirren, wünschte ich ihm den Tod. Ich massierte meine Schläfen und lud die Nacht ein, mir noch etwas Schlaf zu schenken.

○ ○ ○

Am nächsten Tag machte ich mir ein Bild von Hochgotland. Hier lag bereits etwa ein Dutzend Luftschiffe unter verschiedensten Flaggen vor Anker – zwischen den offensichtlichen Luftschiffen der Likedeeler, welche einen abgeschlagenen Kopf als Zeichen trugen, sah ich auch die bajuwarischen Farben auf einer Luftschiffhülle, das Wappen der Colonia – einer Hansestadt! – und einiger niedersächsischer Adelshäuser. Ich ging davon aus, dass diese nicht wussten, dass sich Schiffe mit ihren

Farben in einem Piratenhafen befanden, und schon gar nicht, dass sie von Piraten gesteuert wurden.

Entweder, die Wappen waren gefälscht, oder die Piraten an Bord hatten Kaperbriefe der Niedersachsen und Bayern …

Auf dem Weg zum Zentrum des verstreuten, teils extrem windschiefen Dorfes, das sich über die Kuppe und steile Flanke des nebelbedeckten Berges erstreckte, suchte ich jenes Ding, das man mir als guten Geist Hochgotlands vorgestellt hatte. Wenn ich nicht gerade belastende erotische Träume geträumt hatte, hatte mir die Nacht Ideen von gigantischen Metallvögeln eingeflüstert, die wachsam über Hochgotland ihre Kreise zogen, um es vor Entdeckung zu bewahren. Im Nebel konnte ich jedoch hohe, schlanke Sockel ausmachen, mit verschnörkeltem Messing geschmückt. Die Sockel ragten hoch in die Luft, höher als der Gipfel des Berges, beinahe so hoch wie die Ankermasten des Luftschiffhafens. Es waren, soweit ich zählen konnte, sechs von ihnen, und oben leuchtete zum Schutz der Luftschiffe je eine Glühlampe durch den Nebel. Wider Erwarten waren die Maschinen schön – die Muster darauf, teils Jugendstilverzierung, teils Vikingarmuster, glänzten, die Tropfen von Nebel und Tau perlten darauf, als gehörten sie zur Idee des Künstlers dazu. Ich trat näher und legte eine Hand darauf, fühlte den Linien nach und verwischte dabei das Wasser. Ich folgte den metallenen Säulen in die Höhe, wo das Rauschen und Flügelschlagen ertönte. Es waren tatsächlich Flügel, ein innerer Kranz kleiner, vielleicht mit Pergament bespannter Schuppen, die sich eilig drehten, als seien sie ein Schwarm Spatzen, und außen vier immense riesige metallene Schwingen, Schaufeln, die die Luft durchpflügten und dieses Dröhnen und Sirren von sich gaben. Die gewaltige Kraft der Höhenluft, die sie erfassten, konnte meine Hand am breiten Sockel erspüren, der bebte und in einem Rhythmus hin und her schwang, als wolle er sich aus der steinernen Erde reißen. Mit angehaltenem Atem wanderte mein Blick zwischen den immensen Windmaschinen hin und her. Hinter den Flügeln, dort, wo auch die Glühlampe leuchtete, glänzte ein schimmerndes Ei. „Der gute Geist", flüsterte ich und bezweifelte nicht, dass Æmelie mir hätte erklären können, was hier vor sich ging.

Ein Stein prallte plötzlich nahe meines Kopfes vom Sockel der großen Maschine ab. Ich fuhr erschrocken herum – ein Mädchen mit einer Zwille stand dort, struppig, schmutzig und allem Anschein nach völlig verwildert. Wütend starrte sie mich an. „Wenn du dich nicht trollst, ruf ich den Alten, und der hat eine Flinte! Glotz die Dinger nicht so an!", schrie sie mich an, schrill tönte ihre Stimme über dem Wind. Sie legte bereits einen neuen Stein ein, stand keine fünfzehn Meter von mir entfernt.

Ich hob die Hände. „Erbarmen. Ich gehe schon."

„Du bist keiner von uns! Du bist ein Spion! Ich melde dich dem Alten!" Drohend hob sie die Zwille, zielte auf mich. Ich zog mich taktisch zurück.

„Ich bin mit den Friesen hier."

„Weiß jeder, dass sich auch Verräter zu den Friesen schmuggeln lassen!" Sie schoss, und ich tat vorsichtshalber einen Schritt zu Seite. Der Stein prallte gegen meine Schulter, wo der Mantelstoff seine Wucht dämpfte.

„Ich gehe! Ich gehe!"

„Ich habe dich im Auge, Kerl!", keifte die kleine Wilde.

Eilig verfolgte ich unsere nächtlichen Schritte zurück ins Zentrum Hochgotlands, hörte ihre Beschimpfungen aber noch hinter mir. „Ein Geheimnis, dieser gute Geist Hochgotlands. Ts. Als hätten sie hier etwas, was der Rest der Welt nicht hat. Außer verkommene Moral natürlich."

„Verkommene Moral hat man auch überall sonst", flüsterte Ynge, und ich drückte sie tröstend.

Bereits beim Näherkommen erahnte ich einen florierenden Schwarzmarkt, einen Warenumschlagplatz für Verbotenes, Begehrtes und Seltenes aller Art, doch auch für Holz, Stahl,

Baumaterial, Nahrung und Kleidung. Der erste Stand, an dem ich stehenblieb, hatte sehr feine, wenn auch offensichtlich getragene Kleidung im Angebot, und der Händler grinste mich zahnlos an und fuhr auffordernd über die feinen Stoffe. Ein Mann, der sich soeben etwas ausgewählt hatte, schlüpfte in einen mit Lammfell gefütterten Gehrock und betrachtete sich in einem gesprungenen Spiegel. Er war schmutziger als das Kleidungsstück, und leckte sich die zerfurchten Lippen, während er sich von vorne und hinten begutachtete.

„Sie sehen aus, als frören Sie! Hier, feinste Kleidung, die nur die feinsten Herren tragen!“, rief mich der Händler heran.

„Ist … ist schon jemand darin gestorben? Ich bin abergläubisch“, sagte ich und betrachtete die Kleidung, an welcher ich tatsächlich manch schadhafte Stelle ausmachen konnte, die zwar geflickt war, aber verdächtig einem Einschussloch ähnelte.

„Ich bitte Sie!“, grinste der Kerl zahnlos und lieferte keine weitere Erklärung.

„Ich habe ohnehin kein Geld. Ich reise stets ohne Geld, oder so kommt es mir jedenfalls vor.“

„Na, denn haste hoffentlich was zu verkaufen, weil Geld regiert die Welt.“

„Das ist in der Tat so. Ich weiß auch nicht, was ich mir stets dabei denke!“ Frierend wandte ich mich ab. Auf diesem Berg, der sich aufgrund unserer Reisezeit unmöglich in den Alpen befinden konnte, war es dennoch so kalt wie im Polarkreiswinter Æstas.

Wo war ich bloß? Vielleicht waren wir nach Dænemark geflogen oder gar ins südliche Skandinavien – allerdings mochte es dort zwar kalt sein, aber es gab keine so hohen Berge, oder irrte ich mich? Andererseits konnte ich absolut nicht ausmachen, wie hoch dieser Berg war – denn zu allen Seiten umgab ihn der Nebel, als hätten die Likedeeler ihn heraufbeschworen, um ihren Hafen zu tarnen.

Ich setzte mein zielloses Schlendern fort, betrachtete einen Zigeuner mit dressierten Hunden und eine Jongleurin, die die Luftschiffer mit aufblitzender Haut zwischen ihrer gefütterten, wenn auch eng geschnittenen Kleidung erfreute. Unweit davon stand ein Trupp Huren, die auf wackligen hölzernen Stühlen saßen, plapperten und Tee tranken, während sie auf Freier warteten. Auch sie waren wie die Huren Æstas dick verpackt, gewährten jedoch unter den kecken Schals einen tiefen Blick zwischen ihre hochgeschnürten Brüste. Eine rothaarige Hure hatte gar einen Frauenmund tätowiert, dessen Zunge sich nach ihrer Brustwarze ausstreckte. Ich schauderte und wandte mich ab, war jedoch – Schande über mich! – nahe genug gewesen, um diese Tätowierung erkennen zu können. Sie lächelte wissend und schlug die Beine unter den rauschenden Röcken übereinander. Eine Prügelei setzte sich zwischen mehreren Männern in Gang, die mit den Worten: „Dass du dich noch hierher wagst!" eingeleitet wurde. Ich hastete schnell in eine andere Richtung. In der unauffälligen Ecke, die ich ansteuerte, stand eine Frau, die mechanische Apparaturen feilbot. Ich blieb stehen, sah zweifelnd zurück, abwägend, ob bald verirrte Musketenkugeln über den Markt pfeifen würden, doch nun hatte sich eine wilde Truppe mit Messern in den Streit eingemischt, hielt Klingen an Hälse, ritzte Arme und Hände und riss die Prügelnden auseinander. Sie wurden allesamt grün und blau geschlagen, und dann fortgeschleift oder mit Tritten vom Marktplatz befördert. Die grobschlächtigen Schlagetods waren in keinster Weise von den anderen Piraten zu unterscheiden, wurden aber nun von allen mit dankbarem Nicken bedacht. Jemand schien hier trotz allem für Ordnung zu sorgen. „Mit Messern!", dachte ich entsetzt.

Meine Gedanken mussten mir ins Gesicht geschrieben gestanden haben, denn ich erntete den aufmunternden Blick der Marktfrau, die hinter dem Stand die Hände in die breiten Hüften gestemmt hatte. Neben Chronometern in allen

Größen gab es allerhand Tand zu bewundern, der tickte und surrte und sich im Kreis herum bewegte. Sie lächelte mit roten runden Wangen.

„Na, Sie! Wollen Sie mal sehen?“ Ich trat hinzu – sie hatte Käfige mit mechanischen Vögeln, eingezäunte laufende Hunde und Katzen und mehrere unsinnig scheinende Apparaturen, wovon eine angepriesen wurde mit: „Hören Sie die Stimmen der Vergangenheit! Das Chronophon!“ Ich schüttelte ungläubig den Kopf, was sie mit triumphierendem Lächeln zur Kenntnis nahm. Sie war ohnehin mollig und die dicke Kleidung ließ sie noch ausladender wirken, als sie war. Sie nickte geduldig mit dem Kopf.

„Doch, doch. Sie halten es vielleicht nicht für möglich, aber alles, was sie hier sehen, ist die neuste Technik, teilweise aus London oder Paris. Teilweise von mir selbst!“

„Haben Sie etwas von Professor …“ Ich suchte nach dem Namen. „Clockworth?“

„Clockworth-Merenge? Aber ja! Dieser Vogel dort. Er fliegt.“

„Er fliegt?“

„Er fliegt, gütiger Herr. Ich kann ihn jetzt hier nicht fliegen lassen, aber für nur einhundert Mark gehört er Ihnen, und Sie können ihn fliegen lassen, wohin Sie wollen.“

„Sie wollen ihn mir für einhundert Mark verkaufen?“

„Das ist ein Schnäppchen!“, plapperte sie munter.

„Ohne mir vorher zu zeigen, dass er tatsächlich fliegt?“

„Sehen Sie hier? Sehen Sie das, diese Plakette? Feinste Londoner Arbeit! Clockworth-Merenge ist bekannt für das, was er tut!“

„Das ist er in der Tat“, sagte ich und dachte daran, dass dieser unsägliche Forschergeist der Ursprung der Shellys war. Ich seufzte.

„Forscht er nicht vor allen Dingen … an organischem Material?“

„Viel, viel. Doch es heißt, er setzt in der Zukunft nicht länger darauf. Die Zukunft, so sagt er, heißt …“ Verschwörerisch beugte sie sich zu mir herüber, und ihr Atem roch nach Cognac, „… heißt Aluminium!“

Ich betrachtete die mit Schlüsseln an Seite oder Rücken aufgezogenen Tiere. „Sind sie aus Aluminium?“

„Nein, nein! Was denken Sie, viel zu teuer! Aber der Vogel – der ist aus Aluminium. Und er ist so leicht, dass er fliegt.“

„Sehr …“ Ich griff nach ihren behandschuhten Händen und drückte sie. „Sehr interessant!“

„Also, wollen Sie ihn jetzt?“

„Sagen Sie, können Sie außergewöhnliche Dinge besorgen?“

Sie wies mit den Händen, die ich wieder losgelassen hatte, auf den sie umgebenden Tand. „Das hier *sind* außergewöhnliche Dinge!“

„Außergewöhnlicher noch. Sie wissen doch sicherlich, ob bereits Gasbatterien im Umlauf sind. Ob die Pläne kursieren.“

„Gasbatterien? Was soll das sein? Meine Automaten funktionieren mit Uhrwerken.“

„Gasbatterien sind … neuartige Galvanische Zellen. Sie wandeln Wasserstoff oder Methan in elektrische Ladung um, und es sind die besten Batterien, die man sich vorstellen kann. Sie bedeuten eine Revolution!“

„Woher wissen Sie das?“, fragte sie und spitzte die Lippen.

„Vorsicht“, piepste Ynge.

„Weil … ich davon gehört habe.“

„Nun, ich habe noch nichts davon gehört. Gasbatterien!“

„Wenn Sie etwas hören, ich habe im Haus des Juden Quartier bezogen.“

„Bei den Helgoländern!“ Sie lächelte breit. „Du siehst nicht aus wie einer von ihnen.“

„Ich bin ein Gast.“

„Dann sei vorsichtig, sie haben was vor, sagt man. Was Großes. Suchen hier Leute und Schiffe.“

„Ich werde vorsichtig sein. Vielen Dank, Frau …"

„Margaret. Mich nennen alle nur Maschinen-Margaret."

Ich grinste unbeholfen. „Na dann. Auf Wiedersehen."

o o o

Mit wippendem Schritt kam ich in der Spelunke an, in welcher Tomke bereits seit den Mittagsstunden saß. Sie diskutierte mit mehreren raubeinigen Gesellen, und der Tisch war bereits klebrig von Bier und Schärferem.

„Aluminium", sagte ich.

„Was meinst du?"

„Ein mechanischer Vogel, der fliegt. Er ist aus Aluminium. Wenn wir die Flügel aus Aluminium bauen und mit sehr leichtem, reißfestem Stoff bespannen – dann können wir sie lenken."

Sie sah mich an und lachte, während ihre Gesprächspartner ungeduldig und teils sogar wütend mit den Füßen scharrten.

„Schick das Weichei weg!", forderte einer von ihnen unverblümt. „Weiber und Weicheier, was ist aus den Friesen geworden?"

„Ich muss sehr bitten!", begann ich, doch Tomke lächelte mir beruhigend zu und hob auffordernd die Augenbrauen.

„Ich geb dir 'ne Abreibung, wenn du mich nochmal Weib nennst!", schrie sie den Piraten dann unvermittelt an, und er zuckte zusammen. „Dann vergess ich mich, ich vergess mich dann!"

Ich fügte mich grinsend und gesellte mich zum fetten Onnen an die Theke, an der es ebenfalls vornehmlich nach Bier roch, doch auch nach Schweiß und dem ein oder anderen süßlich-rauchigen Opiumpfeifchen.

„Man sollte nicht denken, dass sie sich vor diesen verdammten Arschlöchern behaupten kann. Ich weiß auch nicht, woran es liegt, aber vielleicht haben sie doch noch einen Rest von Ehrgefühl im Leib. Gegenüber einer Dame." Er radebrechte in sehr schlechtem Deutsch und sehr schnellem Friesisch, und ich wunderte mich, dass ich ihn verstehen konnte.

„Alle lieben Tomke", murmelte ich, und er prostete mir zu.

„Ein wahres Wort." Gemeinsam blickten wir hinüber, musterten den dunklen Mann mit den öligen, schulterlangen Haaren, den rasierten Stiernacken mit den obszönen Tätowierungen, die sich bis auf die Kopfhaut ringelten, und den kleinen, frettchenartigen Kerl mit dem lichten Struwwelkopf, der Tomke fortwährend auf die Brüste starrte – oder zumindest dorthin, wo sie sein sollten, denn auch in der Kaschemme war es kalt, und Tomke trug die Uniformjacke der Hanse. Sie selbst fluchte und schrie, trank und lachte, stichelte und verbündete sich, schüttelte den Kopf und die dunkelblonden Haare, denen die Petroleumfunzeln trotz des schmierigen Lichts einen goldenen Glanz verliehen. Wir betrachteten beide ihre etwas zu große Nase, den schlauen, nüchternen Blick in ihren Augen, und den leichten Spott, der wie immer auf ihren Lippen lag.

„Du bist echt ein Glückspilz", grummelte Onnen, und es dauerte einige Momente, bis ich begriff, dass er mich meinte.

„Er hat wohl noch nicht bemerkt, dass dir bislang das Unglück auf Schritt und Tritt folgte. Aber ja, Tomke ist beinahe schon ein Lichtblick", kommentierte Ynge.

„Tatsächlich?", fragte ich sie erstaunt, und Onnen, der sie natürlich nicht hatte hören können, nickte bestätigend.

„Na klar. Es gibt wenige, die so sind wie sie. Meine Frau kann gut kochen und hat mir in den kurzen Monaten, in denen ich auf Helgoland bin, schon drei Kinder geboren. Ich mag sie herzlich gern", seufzte er, obwohl seine Worte nicht so klangen.

„Meine Frau hat an der Hochschule als Mann verkleidet studiert und den Doktortitel in der Physik errungen. Sie hat mir keine Kinder geboren, und sie war eine schreckliche Köchin."

„Und jetzt?"

„Sie ist tot. Ihre Forschungen haben sie das Leben gekostet."

„Dann scheinst du eine Vorliebe für Frauen zu haben, die besser keine wären.“

„Ich habe gar keine Vorliebe mehr. Ich bin Witwer, und ich werde nie wieder jemanden lieben.“

Der hagere Wirt schenkte mir in einem Anflug von Mitleid ein Bier aus und stellte es vor mich hin.

Onnen tätschelte meine Schulter. „Du arme Sau. Dann nehm ich das mit dem Glückspilz zurück.“

Ich blickte ihn an, kurz zweifelnd, ob er es ernst meinte.

„Tomke kann einem dann auch leid tun. Einen Narren gefressen an einem Kerl, der nie wieder jemanden lieben wird.“ Ja, nun dämmerte mir, dass er mich foppte.

„Daran ist nichts … zum Lachen!“, begehrte ich auf.

„Pietätlos!“, murrte Ynge.

Ich trank mein Bier und wich den Blicken der Männer vor und hinter der Theke aus. „Tut mir leid“, murmelte Onnen schließlich. „Vestehe ja, dass du eine schwere Zeit hast. Aber sieh nicht schwarz. Hatte mal einen Freund, hab ihn sehr gern gehabt. Ist aus der Gondel gestürzt, konnten nicht mal seine Leiche nach Hause bringen. Das war vor meiner Frau, also keine Sorge.“

Ich erwiderte sein polterndes Lachen mit einem entsetzten Blick. „Er war … ihr wart …“, vergewisserte ich mich noch einmal.

„Tja“, zuckte er mit den Schultern, „das entscheidet Frigga manchmal so.“

„So etwas wollte Naðan doch gar nicht wissen!“, eilte mir Ynge ungehört zu Hilfe, und ich drückte sie kurz und dankbar mit der Hand. Wenig später erhob sich Tomke und trat zu uns zur Theke. Einige Huren hatten die Kneipe betreten, eine davon hatte sich – ich hatte es gar nicht richtig bemerkt – neben mich an die Theke gestellt. Tomke warf ihr einen bösen Blick zu, schob ihre Hand in meinen Nacken und gab mir einen Kuss, halb auf die Wange, halb auf die Lippen. „Aluminium klingt gut. Ich versuche, mit Vilhelm, dem Hurenbock da hinten, etwas auszuhandeln, er hat einen Kaperbrief von den vlæmischen Baronen, und wenn er das richtige Schiff erwischt …"

○ ○ ○

Das Warten in Hochgotland fiel mir schwer, doch es dauerte nur wenige dunkle Nebeltage, bis erste Erfolge in die Lagerhalle des Juden geschleppt wurden – besonders dünnes, jedoch strapazierfähiges Baumwolltuch, das wasserundurchlässig gewachst war. Mit Friedrick und Onnen trug ich Weidenruten zusammen, aus denen ich ein erstes Konstrukt erstellte – jedoch, um die Flügel zusammenklappen zu können, um sie also für die Piraten brauchbar zu machen, würde ich nicht um Aluminium herumkommen.

Während ich zwei Teile des Flügelgestänges festhielt, damit Onnen sie verschrauben konnte – der eine erstaunliche Auffassungsgabe für solch einen Grobian besaß –, dachte ich noch einmal über die schönen Maschinen nach, jene Rotoren, die ich gesehen hatte, und von denen ich immerhin ausschließen konnte, dass sie Hochgotland mit Strom versorgten, denn Glühlampen hatte ich außer auf jenen hohen Pfeilern nirgends gesehen.

Ich hatte mich noch einmal in sichere Entfernung gewagt und hastig eine Skizze gefertigt, doch auch zurück in der einzigen Sicherheit Hochgotlands – dem Haus des Juden – fehlte mir die Zeit für die Kunst. Das Werkeln an den Flügeln war ein entsprechender Ausgleich, so dass mein Inneres sich weniger leer anfühlte als auf Helgoland, wo mir zunächst Papier gefehlt hatte.

„Diese großen Flügelmaschinen – wozu sind sie da?"

Onnen runzelte seine Stirn, während er die Flügelmutter ein letztes Mal festzog. „Gas. Sind Windräder, die Gas machen. Der alte Verrückte hat mir's mal erklärt. Sie machen Gas für die Luftschiffe."

„Wasserstoff?"

„Denke ja. Strom ist Energie, und die speichert man im Wasser, weil man Strom nicht gut speichern kann. Außerdem macht der Strom ja Luftschiffe auch nicht leichter als Luft, wäre ja total verrückt, mit Strom zu fliegen."

„Komm zum Punkt Onnen", riss ich ihn aus seinem Monolog.

„Jaja, man braucht jedenfalls … lass mich überlegen, das ist kompliziert!" Er kratzte sich am Hals. „Zwei Elektroden in Wasser, mit elektrischer Spannung dran, plus und minus. Dann ist da noch eine Säure drin, wegen der besseren Leitung. Jedenfalls macht der Strom dann, dass sich das Wasser trennt. In Sauerstoff und Wasserstoff. Und der Wasserstoff steigt an einer Elektrode auf, die mit Minus dran. Das Zeug wird in die Kugeln gepumpt, die halb im Boden stecken. Unterm Hafen."

„Elektrolyse", kam mir das Wort wieder in den Sinn.

„Wenn du so was weißt, warum fragst du?"

„Aus Strom kann Gas werden, und aus Gas – wie in der Gasbatterie – kann Strom werden."

„Das trifft sich gut", grinste Onnen.

„Natürlich verbraucht die Umwandlung einen Teil der Energie, sonst wäre es ein Perpetuum Mobile. Und es gibt ja leider keins." Ich blickte Ynge an und seufzte herausfordernd. „Oder, Ynge?" Wie viele müßige Gespräche hatte ich mit Æmelie geführt, nicht einsehend, dass eine sich ewig bewegende Konstruktion nicht möglich war, welche ihre eigene Bewegung zugleich wieder in elektrische Energie umsetzte, um sich selbst anzutreiben!

„Ingken ist doch gar nicht hier", sagte Onnen, der mich missverstanden hatte. „Hat sich entzündet, die Scheißschusswunde. Wenn sie dran stirbt, dreht Eiken durch und bringt diesen Albert um."

„Das … das hoffe ich nicht! Gibt es einen Arzt in diesem Hochgotland?"

„Ja, natürlich. Der ist auch sicher auf verdammte Schusswunden spezialisiert. Friedrick, das da! Die Stange, bring mir die rüber!"

Noch am gleichen Tage konnten wir den ersten Flügel mit Tuch bespannen. Er war fünf Meter lang, und geplant war, ihn an drei Stellen raffen zu können wie einen Fächer. Zudem sollte er mit seinem Gegenstück, dem linken Flügel, halbwegs flexibel, aber untrennbar verbunden sein. Probeweise schwang ich ihn in der leeren Lagerhalle. Er wirbelte Staub auf, und Friedrick wich der Flügelspitze kichernd aus. Obwohl er unvergleichbar leicht war, fühlte ich bereits, dass es schwierig sein würde, ihn in der Luft zu kontrollieren – das weit entfernte Ende bewegte sich grob, wenn ich auch nur die kleinste Bewegung tat.

Ein schwieriges Unterfangen ...

Tomke jedoch war begeistert. Sie kam herein, tat das Gleiche, was ich getan hatte, und schwang den Flügel in der zugigen Halle.

„Wie ein Vogel! Wir fliegen damit wie ein Vogel!"

„Das geht nicht", widersprach ich. „Vögel stellen ihr Schwunggefieder quer, um die Luft von unten durchzulassen, aber Æmelies Konstruktion, die das bewerkstelligen soll, ist zu kompliziert, und nur mit unserer Muskelkraft könnten wir mit diesen Flügeln ohnehin nicht aufsteigen. Schwerer als Luft zu sein und dennoch zu fliegen ... ist eine Herausforderung, der wir uns stellen müssen."

„Du bist ein Klugscheißer. Es wird funktionieren!", lachte sie mich an. „Morgen helfe ich mit – es wird funktionieren, und dann fliegen wir! Ich natürlich zuerst." Onnen lachte dröhnend und patschte ihr mit einer fleischigen Hand auf den Rücken. „Purzel nicht von diesem Berg, da geht's tiefer runter als auf Helgoland!"

Sie versprach zwinkernd, es nicht zu tun, und wir präsentierten unseren Flügel dem Rest der Mannschaft, die damit wedeln durfte, bis der abendliche Eintopf fertig war.

Mit einem dampfenden tönernen Krug in der Hand setzte Tomke sich neben mich und strahlte mich glücklich an.

„Die Verhandlungen laufen zäh. Niemand wagt sich an Æsta heran – sie haben das Glück, dass sie mit der Hanse, dem Kaiserhaus und einer eigenen Streitmacht als Unterstützung dastehen. Noch zumindest, solange sie nicht diese Abspaltungsgedanken wahr machen. Keiner will oder kann ohne Æsta leben." Sie seufzte. „Politik! Aber hier … das hier ist einfach wunderbar." Sie gab mir einen Kuss auf die Wange. „Findest du nicht?"

„Doch." Ich sah sie an, ihre Wangen waren immer noch von Kälte oder Freude gerötet, und der Schein der Öllampen warf den Schatten ihrer Nase auf ihr Gesicht wie den Schnabel eines Vogels. Ich lachte darüber, und ehe ich mich besann, hatte ich meinen Finger auf ihre Wange gelegt und strich über den Schatten. Sie sah mich erwartungsvoll an, und ich weiß nicht recht, warum ich es tat, vielleicht, weil sie sich so sehr für die Flügel begeistern konnte. Ich beugte mich vor und küsste sie, und sie ließ es einfach nur geschehen, forderte nicht mehr als das und schürzte nur ihre Lippen, um den Kuss zu erwidern. Einen langen, stillen Augenblick saßen wir so da, dieser wilde Vogel von Frau und ich, der verrückte Mann mit der Puppe, und wir endeten erst, als jemand einen lauten Pfiff in unsere Richtung sandte.

Eiken jedoch, dem mein erster Blick galt, sah demonstrativ in eine andere Richtung – dennoch hatte sich seine Hand um den Stoff des Mantels gekrampft, der neben ihm lag. Betreten musterte ich meine Schuhspitzen.

„Danke", flüsterte Tomke grinsend. „Hab ich schon gesagt, dass ich dich mag?"

„Ja", gab ich zu. „Mehrmals. Ich habe auch schon gesagt, dass ich dich mag, glaube ich."

„Ach ja? Wann?"

„Auf dem Boot?"

„Ich glaube nicht, dass ich mich daran erinnern kann. Wir sollten das wiederholen", forderte sie mich heraus, und der Schalk lachte in ihren Augen. „Ik mai di gearn."

„Also gut." Ich senkte meine Stimme zu etwas, das kaum mehr hörbar war. „Ich … mag dich auch."

„Wenn du die Flügel fertig hast … bevor wir nach Æsta gehen, habe ich mir ein Geschenk für dich überlegt. Ich bin mir nur nicht sicher, ob es dir gefällt."

„Das klingt … es klingt, als würde es mir nicht gefallen", gab ich nervös zu.

„Es tut nicht so weh, wie man sagt", erwiderte sie rätselhaft und zwinkerte mir zu.

○ ○ ○

Später am Abend entdeckte ich in der Innentasche meines Mantels einige zusammengefaltete Blätter, die offenbar sehr gelitten hatten – jemand hatte sich jedoch die Mühe gemacht, sie zu glätten und dort zu platzieren, wo ich sie früher oder später finden würde. Es waren meine Skizzen von Naðurn Stak, den Klippen, den Lummen. Ich hatte geglaubt, dass sie längst bei Ekkenekkepen am Meeresgrund angekommen seien. Als mein Mantel gewaschen und geflickt worden war, musste sie eine gute Seele gefunden haben. Vorsichtig entfaltete ich die durch die Strapazen zerbrechlich wirkenden Briefbögen. Sie waren mit mir untergegangen. Sie waren mit mir gerettet worden – Himmel, sie waren sogar mit mir geflogen! Ich schüttelte ungläubig den Kopf – die Bleistiftzeichnungen waren noch deutlich zu erkennen, und durch die Einwirkung der Elemente hatten sie etwas sehr Plastisches. Das Abenteuer, die Angst und der drohende Tod waren fast durch die Skizzen hindurch spürbar. Wie immer stellte sich mir die Frage, ob ich dies in ein fertiges Bild würde retten können, ob nicht diese Skizze das war, wofür man Berühmtheit erlangen sollte. Zugleich fiel mir noch etwas auf: Meine Skizze war das letzte Bild von der Landbrücke, die den Stak mit Helgoland verbunden hatte. Es war eine fragile Momentaufnahme, die niemand jemals würde wiederholen können.

Æmelie kam herein – nein, es war Tomke, ich schüttelte heftig den Kopf, um mich in die Gegenwart zu bringen. Nun schlief ich mit ihr in einer Kammer, und schon verwechselte ich sie mit meiner Frau? Wütend starrte ich sie an, doch wie immer schien sie es kaum wahrzunehmen.

„Der Stak", sagte sie verblüfft. „Es kommt mir vor, als läge es Jahre zurück, dass wir in diesem Boot saßen."

Sie kämmte ihr Haar mit einem altertümlich wirkenden Kamm aus Bein, den struppigen Strähnen hatten bereits einige Zähne Tribut gezollt, indem sie abgebrochen waren.

„Gehst du mit all deinen Zeichnungen so um? Auf meine bist du draufgetreten!", stichelte sie dann.

„Ich hatte allen Grund", sagte ich würdevoll. „Ich wünschte, ich hätte Farben!"

„Margaret hat Farben. Ich weiß nicht, ob sie deinem Zweck dienen, aber du kannst es versuchen."

„Maschinen-Margaret?"

„Aber ja. Wenn man im Zweifel ist, wer etwas Bestimmtes haben könnte auf Hochgotland, dann hat Margaret es meistens."

„Ich habe kein Geld. Und ich will keins von dir!"

„Ich denke, sie wird auch auf andere Dinge eingehen."

Sie musste das Entsetzen in meinem Blick gelesen haben, denn sie fügte lachend an: „Der Gleiter! Wenn du ihr den Gleiter zeigst oder deine Pläne, dann überschüttet sie dich mit Farben!"

○○○

Am nächsten Tag stattete ich den Windrädern einen erneuten Besuch ab. Ich hatte eine kleine Erhebung in der Wildnis des abfallenden Gipfels ausgemacht, von der aus ich die Maschinen betrachten konnte, ohne fürchten zu müssen, von Zwillen tragenden Geschöpfen attackiert zu werden.

Ich mochte ihr Rauschen und Summen, das tiefe Dröhnen ihrer Generatoren, die in den metallenen Kugeln hinter den Rotoren verborgen waren. Ich mochte die liebevollen Muster, mit denen man sie versehen hatte, als seien diese Maschinen tatsächlich so etwas wie der gute Geist Hochgotlands. Ja, sie hatten meinen Blick auf das Piratennest inmitten der umliegenden, unzugänglichen Berge verändert – hier mochte es Niedertracht geben, Sünde und gewalttätige Menschen, von denen man sich möglichst fernhielt, in den Spelunken floss der Alkohol in Strömen, ständig wurde geschossen, Messer wurden einander an die Gurgel gehalten, und viele der Freibeuter hatten nichts mit den vermeintlich edlen wilden Friesen gemein. Doch Hochgotland hatte nicht die verzweifelte, gierige Hässlichkeit Æstas. Und somit waren auch diese kunstvollen Maschinen eine liebevolle Schönheit, für die ihr Erbauer inmitten aller Schlichtheit, oft genug sogar Schäbigkeit, gesorgt hatte. Tomke hatte mir erneut Briefpapier geschenkt, und ich fertigte eine Skizze der in den niedrigen Wolken hängenden Luftschiffe und der sich durch die weißen Fetzen pflügenden Windräder. Es war still hier, auf der flechtenbewachsenen Kuppe, und Hochgotland schien weit entfernt.

„Warum sagst du nichts, Ynge?“

Sie schwieg einige Augenblicke, doch ich wusste, dass sie antworten würde, ihre Augen blickten auf diese kluge, unpuppenhafte Weise. „Weil du meine Worte nicht mehr brauchst.“

Ich hatte befürchtet, dass sie so etwas sagen würde, und mir stockte der Atem – ein Kloß saß mit einem Mal in meinem Hals.

„Doch! Doch, ich brauche sie! Hör bloß nicht auf zu sprechen, Ynge!" Zusätzlich zur tröstlichen Gegenwart der Puppe fürchtete ich stets, Æmelies Stimme zu verlieren, auch wenn – nein, gerade weil etwas in mir wusste, dass es früher oder später passieren würde.

„Ich bin doch verrückt! Der Verrückte, der mit seiner Puppe spricht", versuchte ich es. „Das kannst du nicht auf einmal ändern!"

„Ich werde es nicht auf einmal ändern", sagte sie leise.

„Bitte – ist es wegen Tomke? Ich ... sie ... da ist ja nichts ... also gut, ein Kuss vielleicht, aber – du, du solltest mir einmal richtig die Meinung sagen! Dass es so nicht geht, dass ich Æmelies Andenken in den Schmutz ziehe!" Ynge lachte. „Ich bin gespannt auf die Flügel", sagte sie schlicht.

An diesem Tag – ich hatte völlig die Orientierung verloren, welches Datum, geschweige denn, welchen Wochentag wir hatten – war kein Markt auf Hochgotland. Es gab dennoch einige Piraten, die ihre Beute tauschten und Geschäfte abwickelten, das übliche Gemenge aus Huren, Grobianen und verschlagenen dünnen Männern, die ihre Messer schnell zur Hand hatten. Maschinen-Margaret fand ich in einem Steinhäuschen, das zum Marktplatz herausging und an dem ein Schild baumelte, das mir mitteilte: „Maschinen-Margarets feinste Automaten. Skurriles, Wundersames und Unglaubliches!" Vor ihrer Tür standen offene Holzkisten, in denen vor allen Dingen verbogene und teils rußgeschwärzte Metallteile lagen. Ich beugte mich darüber, um zu ermessen, ob ich etwas Nützliches darin finden würde, doch das meiste davon schien unbrauchbar. Mein Anklopfen wurde mit einem „Herein!" beantwortet.

„Frau Margaret, guten Tag“, grüßte ich eintretend. Der kurze Korridor war dunkel, doch aus dem Wohnzimmer der Frau schien ein Lichtkeil, der von zahlreichen Glühlampen stammte. Ein Surren erfüllte die Luft, als ich eintrat, und mein Blick irrte umher, nicht wissend, woran er sich zuerst heften sollte. Der Raum war auf schillernde Weise überfrachtet mit Mobiliar, Büchern, seltsamen Konstruktionen, Teppichen, Kissen und abgelegten Kleidungsstücken, sowie erstaunlicherweise drei oder vier Kindern unterschiedlicher Altersstufen. Es roch nach Tee und der vergangenen Mittagsmahlzeit und alles war von einer unsteten Helligkeit erfüllt, die von drei Glühlampen stammte, die aus eigenartigen Lampenkonstruktionen herauslugten wie Glupschaugen und mich fragend anzustarren schienen. Die wenigen Stellen an den Wänden, die nicht von Bücherregalen verdeckt wurden, waren von dort angepinnten Zeichnungen bedeckt, die auf mich weniger den Eindruck vernünftiger Konstruktionspausen machten, sondern vielmehr wirr wie eine auf Papier gelangte Idee wirkten. Eines zeigte ein Luftschiff unter Wasser, es stand auf dem Kopf und statt mit Gas waren die Kammern offensichtlich mit Wasser gefüllt. Fische waren von Kinderhand drum herum gemalt worden, und das alles war von blauer Wasserfarbe bedeckt.

„Der junge neugierige Gast der Helgoländer“, sagte die Stimme der rundlichen Händlerin, und erst jetzt entdeckte ich sie hinter einem wuchtigen, mit Kissen überfrachteten Sessel auf dem Boden sitzend. Keines der Möbelstücke schien tatsächlich in Benutzung – das meiste stand herum und war mit eigenartigen Erfindungen bedeckt. Menschen, Essen und Getränke hingegen befanden sich auf dem teppichübersäten Boden.

„Wie hießen Sie denn nochmal?“

„Von Erlenhofen.“

„Na, so nennen die Friesen Sie aber sicher nicht.“

„Naðan“, gab ich zu.

„Das ist besser. Apropos von Erlenhofen – diese Batterie, von der sie sprachen? Ich habe mich umgehört. Es heißt, ein Erlenhofen hat dran geforscht und ist gestorben."

„Es war eine Frau, und sie ist ermordet worden."

„Ich verstehe", sagte Margaret, und ich erwiderte kühl: „Das bezweifle ich." Doch sie zwinkerte mir zu.

„Mein Freund Professor Clockworth-Merenge – er schreibt, ein ehemaliger Schüler habe die Weiterentwicklung der Technologie übernommen", fuhr sie fort, als würde sie doch verstehen.

„Er ist ein bösartiger Mensch und zum Glück weniger klug als Frau von Erlenhofen."

„Fräulein von Erlenhofen oder Frau?"

„Frau", flüsterte ich, als sie auf den Grund meiner Seele stieg, ohne vorher zu fragen.

„Na, komm doch rein und nimm einen Tee!", winkte sie. „Es zieht von draußen."

In der Stube war es tatsächlich behaglich warm, doch was diese Wärme erzeugte, konnte ich nicht ausmachen. Als ich jedoch gerade die Tür geschlossen hatte, flackerten die Glühlampen und erloschen nacheinander. Ich gab einen überraschten Laut von mir – doch Margaret lachte bloß. „Wer ist dran?"

„Ich! Ich!", schrie eines der Kinder, und ich erkannte den Schein einer Petroleumfunzel, in dessen Licht eines der Kinder an einem kleinen Gegenstand hantierte.

„Was … Ist das normal?"

„Aber ja. Setzen Sie sich doch schon mal!"

„Ich kann nichts sehen! Und ich falle sicherlich über etwas."

„Unterstellen Sie mir etwa, eine unordentliche Person zu sein?"

Keineswegs, lag mir auf der Zunge, aber ich brachte es einfach nicht hervor. Margaret lachte schallend. Aus der Richtung des Kindes vernahm ich nun die Geräusche eines Uhrwerks, das aufgezogen wurde, und bald setzten die Glühlampen ihr flackerndes Leben fort.

Vorsichtig näherte ich mich Margaret und dem Kind, das weitere Uhrwerkgeräusche von sich gab. Ich betrachtete den Bengel, er war vielleicht fünf Jahre alt und keineswegs ein Automat, wie ich beinahe gefürchtet hatte. Er hielt ein Wesen in den Händen, das wie ein metallener Hamster mit einer Flügelschraube auf dem Rücken aussah. Mit angestrengtem Gesichtsausdruck und im Mundwinkel herausgestreckter Zunge drehte er die Schraube und setzte dann den Hamster in ein Laufrad. Der Hamster begann wie seine beiden bereits schuftenden Geschwister einen Lauf, das Rad drehte sich, ein kleiner Generator surrte und eine Glühlampe erwachte erneut zu unstetem Leben. Ich schüttelte den Kopf. „Das ist doch … warum drehen Sie das Rad denn nicht gleich auf, auf diese Weise ist es doch sehr … umständlich, und Energie geht überdies verloren!"

„I wo!" Margaret machte eine wegwerfende Handbewegung. „Dann würden's die Kinder doch nicht so gerne aufziehen!" Sie zuckte mit den Schultern und wies auf einen Platz neben sich. Es knirschte unter dem Kissen, als ich mich setzte, und ich zog einen metallenen Schmetterling hervor.

„Oh. Das tut mir leid."

„Muss es nicht. Schließlich hat Tutti ihn doch hier hingelegt, nicht, Tutti?"

Das angesprochene Mädchen lächelte mich an und zuckte mit den Schultern. „Ist kaputt?", fragte sie, und ich reichte ihr den Schmetterling hinüber.

„Kann der auch fliegen?"

„Nee. Nur flügeln", sagte das Mädchen und zog eine winzige Schraube auf. Träge schlug der Schmetterling auf ihrer Handfläche mit den leicht verbogenen Flügeln.

Margaret reichte mir einen Tee in einer kleinen Porzellantasse, die sie weiß Gott woher gezaubert hatte. Im durchschimmernden Boden der Porzellantasse war eine kleine mandeläugige Chinesin zu sehen, die ebenfalls Tee trank.

„Was wollen Sie denn von Margaret, Herr von Erlenhofen?", fragte mich die Kuriositätenhändlerin.

„Bei den Friesen hieß es, Sie haben Farbe."

„Das stimmt. Ich habe Farbpigmente, man kann sie anrühren, am besten mit Öl. Die Piraten kommen zu mir, weil ich gewisse Gerätschaften habe. Und mein Geld verdiene ich mit einem ganz bestimmen Gerät, traurigerweise."

„Warum? Was meinen Sie?"

„Ich steche Hautbilder. Dafür benötige ich die Farben. Wer gibt schon Geld genug für meine meisterlichen Blechkunstwerke aus, damit ich meine Kinder durchbringen kann? Aber Luftschiffer und Hautbilder, das ist wie Mehl und Eier." Sie lachte. „Brauchst du denn Farben oder ein Hautbild?"

„Ich benötige ganz gewiss keines dieser barbarischen ... Bilder. Aber was brotlose Kunst angeht, so kann ich Ihnen Ihr Dilemma nachempfinden. Ich brauche die Farben, um ein Bild zu malen, für das ich bereits Skizzen angefertigt habe."

„Ich habe gehört, Sie machen andere Dinge. Sie konstruieren, sagt man. Sie bauen ... eine Flugmaschine."

„Leider keine Maschine. Es handelt sich um einen Gleiter, es ist reine Ærodynamik."

Sie nickte dennoch anerkennend.

„Da ich kein Geld habe, um Ihnen Farben abzukaufen, dachte ich, sie wollen vielleicht ..." Das Licht erlosch wieder. Ein Kind quietschte: „Ich jetzt! Ich!", und erneut ertönte das Ratschen der Hamsterzahnräder.

„Sie wollen vielleicht einen Blick auf den Gleiter werfen. Vielleicht ..." Ich schluckte. „Vielleichte eine Kopie der Pläne."

„Die erhalte ich für die Farben?" Abwägend kniff sie die Lippen aufeinander und nickte dann. „Das ist eine gute Idee. Welche Farben brauchen Sie?"

„Schwarz, Weiß, Rot, Gelb, Ultramarin und Bremer Blau, wenn's geht." Das Licht ging wieder an.

„Hab nur ein Blau. Weiß nicht, welches das ist", gab sie zurück, erhob sich schnaufend und massierte ihre Kniegelenke, die unter einem karierten, wadenlangen Rock verborgen waren. Auf wollenen Strümpfen schlurfte sie zu einem Schrank und öffnete eine immens wuchtige Schublade, aus der ein unglaublicher Plunder quoll. „Hier sind meine Stechsachen drin. Also, für die Hautbilder. Die Friesen kennen das ja noch gar nicht, mit dieser wunderbaren Magnetspule. Sie machen es mit einer Nadel und einem Faden, an dem Farbstaub klebt. Den ziehen sie unter der Haut durch, und dann bleibt die Farbe zurück. Aber mit Nadel und Faden ist das schon fies, nicht?"

„Und mit einer Magnetspule nicht?", fragte ich neugierig, als sie etwas aus der Schublade hob, das wie eine kleine, bronzene Handfeuerwaffe aussah.

„Die Magnetspule bewegt nur eine Nadel. Hoch, runter, hoch, runter." Sie ließ die Pistole wieder in die Schublade sinken und füllte dann Pulver aus Tiegelchen in fünf Briefumschläge.

„Da, bitteschön. Dann komme ich doch gleich morgen einmal vorbei, nicht wahr? Aber wehe, das Kunstwerk ist dann noch nicht fertig!" Sie lachte.

„Da werde ich Sie enttäuschen. Aber vielleicht sind wir mit den Flügeln vorangekommen."

○ ○ ○

Es war ungewohnt, doch nicht unbefriedigend, den lieben langen Tag körperliche Arbeit zu leisten. Tomke hatte den zurückgezogen lebenden Herrn aufgesucht, der für die Wartung der Windräder zuständig war. Offenkundig war sie nicht mit Steinen beschossen worden, sondern hatte von ihm gar einige Bruchstücke Aluminium erhalten, aus welchen sie nun Scharniere zu fertigen versuchte. Zudem konnte sie ein Paar längere

Stangen des kostbaren Guts aus der Prise eines erfolgreichen Kaperfahrers gegen größere Mengen Korn eintauschen. Das Metall war jedoch widerspenstiger als angenommen, und so fluchte sie die meiste Zeit und warf ihre Werkzeuge von sich.

In einer Pause suchte ich mir Holz und Leintuch und bespannte einen Rahmen, um darauf zu malen. Ich betrachtete das Pulver, das Margaret mir gegeben hatte und roch daran, doch noch wollte ich es nicht anrühren, denn ich befürchtete, dass die Farben eintrocknen würden, wenn ich mich dem Bild nicht intensiv widmen konnte. Ich begann jedoch am Abend, bevor alles Licht vom heute blauen Himmel schwand, die Umrisse der Steilküste zu übertragen, dem Flugmanöver der Lumme einen Platz zuzuweisen – und dann kam mir noch ein Gedanke. Ich deutete die horizontale Linie der niedrig hängenden Wolken an, und dann, bedrohlich über Helgoland nahend, die Scheinwerfer schwarzer, halb verborgener Luftschiffe. Ja. Es würde etwas Mitreißendes haben, etwas Unheilvolles – Æsta nahte. Tomke verstrubbelte mir das Haar. „Ich kriege eine Gänsehaut, und das nur von ein paar Bleistiftstrichen“, gab sie zu. „Wie wir da auf See waren … und dann kamen sie aus den Wolken, und wir konnten nichts tun!“ Sie ächzte und ließ ihre Finger in meinen Nacken wandern. „Davon erzählen wir noch unseren Kindern.“

„Jetzt geht sie aber ziemlich weit!“, schaltete sich Ynge ein.

„Also, ich meinen und du den deinen“, ruderte Tomke eilig zurück und wechselte das Thema. „Ingken geht es schlecht. Die Muskete hat ein ziemliches Loch gerissen, und die Wunde hat sich entzündet. Der Doktor war bei ihr, aber der hat auch nicht mehr als Jod auf Lager. Wir nennen ihn aber auch nur so, er ist natürlich kein echter Doktor.“

„Was … was tun wir jetzt? Wollt ihr sie woanders hinbringen?“ Ich hatte kaum Gedanken an Ingken verschwendet, doch mit einem Mal wurde mir klar, dass sie meinetwegen sterben würde, denn ich war hinab in die neugierig heraufstarrende Menge gesprungen.

„Das würde sie kaum überleben. Wir müssen zu Frigg beten und zu Hel, dass sie sie verschonen."

Ich räusperte mich unbehaglich. „Du kannst selbstredend auch zum normalen Gott beten", fügte sie als Ergebnis ihrer verqueren religiösen Erziehung an, doch das Kunstwerk der Klippe war öd und leer geworden.

„Es tut mir leid, dass sie getroffen wurde."

„Sie ist mir teuer. Aber es war für uns alle besser, dass er nicht die Hülle mit der Kugel zerfetzt hat. Mit dem Mündungsfeuer hätte es uns in der Luft zerreißen können. Der Schütze war Albert, nicht du."

„Aber … was passiert mit ihm, wenn Ingken stirbt?"

„Fosite spricht dann Recht über ihn", sagte sie rätselhaft, ganz in ihrem düsteren heidnischen Glauben verfangen. Ich zweifelte nicht daran, dass Fosite auf eine grausamere Weise Recht sprechen würde als unser Herr Jesus Christus.

○ ○ ○

Tomke wachte nachts auf und setzte sich kerzengrade hin. Dann seufzte sie und schmiegte sich enger an mich als gewöhnlich. Ich fand es befremdlich, dass sie dieses gemeinsame Schlafen nun schon seit sicherlich zehn Nächten durchgesetzt hatte, doch warum sie erwacht war, ahnte ich noch nicht.

Erst am anderen Morgen erfuhr ich, dass Ingken gestorben war – zudem hatte Fosites Rechtssprechung Albert bereits ereilt; ein Rachegeist hatte dem Æstaner die Kehle durchgeschnitten, und obwohl ich Ingkens Tod bedauerte, machte mich auch das Schicksal von Alberts Witwe und Kindern zutiefst traurig.

Anstatt jedoch der Beerdigungszeremonie beizuwohnen, bei der sicherlich schreckliche, menschenfressende Heidengötter angerufen wurden, wandte ich mich wieder den Flügeln zu.

„Æsta den Tod. Æsta den Tod", murmelte ich allein in der Lagerhalle, bis sich die Tür öffnete und Margaret hereinstiefelte. Sie klopfte sich den Schnee aus den welligen Haaren und dem dicken Filzmantel und stampfte ein wenig auf der Stelle.

„Besonders viel wärmer als draußen habt ihr's hier nicht", beklagte sie.

Ich wies wortkarg auf ein Kohleöfchen. „Du kannst mehr nachlegen."

Sie trat an die Flügel heran – zunächst natürlich an den bereits fertigen, auf dem ich den anwachsenden Stapel Notizen und Zeichnungen ausgebreitet hatte, der während des Bauens wie von selbst größer geworden war.

„Fein, fein, fein. Wer traut sich, ihn auszuprobieren?"

„Es soll Leute geben, die mutig genug sind, von einer Klippe zu springen damit", sagte ich, und meinte eigentlich Tomke und nicht mich, doch dann fiel mir ein, dass meine Klippe höher gewesen war. Oder vielmehr tiefer?

„Das ist gut, denn ich werde es nicht tun." Sie lächelte und blätterte durch die Pläne, die Skizzen und die wenigen Auftriebsrechnungen, die Onnen oder Tjarko durchgeführt hatte.

„Vielleicht kann ich anderweitig nützlich sein." Schon hatte sie Æmelies originären Entwurf gefunden und hielt ihn ins Licht, das durch die zahlreichen zugigen Lücken zwischen den Brettern hereinfiel.

„Das ist wunderbar. Es ist wirklich wunderbar."

Ich nickte, und Margaret strahlte mich an. „Hast du noch mehr solcher Pläne? Habt ihr sie … erbeutet?"

„Ja", sagte ich dumpf. „In der Hölle."

Sie sah mich beunruhigt, aber schweigend an, und ich breitete die Pläne der anderen Flugmaschinen aus.

„Das hier – dafür bräuchte man eine solche Brennstoffzelle, von der du gesprochen hast", erkannte sie sofort, als sie das von einem Rotor in der Luft gehaltene Gefährt entdeckte, in dem ein einzelner Mann sitzend Platz nehmen konnte. „Da reicht ein Uhrwerk nicht – man hätte es während des Abstürzens nicht schnell genug aufgezogen." Sie kicherte. „Ach, Jungchen, das ist eine gute Bezahlung für die paar Farben. Das macht mir jetzt schon Spaß."

Das Luftschiff über dem Nebelmeer

Öl auf Leinwand

Die Tage auf Hochgotland flossen ineinander und waren lang und beim zunehmenden Sonnenlicht eines gefühlt arktischen Sommers – obwohl wir uns zweifellos irgendwo auf dem deutschen Festland befanden – durchdrungen von Arbeit und zufriedenen wie frustrierenden Momenten.

Tomke beschaffte Aluminium. Margaret baute am Ærokopter, konnte jedoch keine Batterie auftreiben, die genügend Strom hergab, um den Rotor zu drehen und das Gewicht eines Menschen in die Luft zu tragen. Er sah jedoch vielversprechend und ganz und gar außerordentlich aus.

Wir konstruierten Gleiter um Gleiter und erprobten sie in einer Senke, deren Felsklötze hoch genug waren, um einige Sprünge ohne potentiell tödlichen Ausgang zu wagen. Der erste Gleiter aus Weidenruten brach beim zweiten Flugversuch. Ein Gleiter aus Aluminium faltete sich an den Scharnieren zusammen, als das Körpergewicht auf ihm lastete, und ließ Tomke unkontrolliert in den zum Glück unberührten und sicherlich einen Meter hohen Schnee stürzen.

Wir erlaubten von nun an nur noch wenig Spiel bei den Scharnieren. Das Gestänge bildete Flügel, die eine Spannweite von elf Metern ergaben. Es war Wahnsinn. Es war großartig.

Ich selbst schaffte einen Absprung bei gutem Wind und landete sicherlich zweihundert Meter entfernt, als das Gelände der Senke wieder anstieg. Unsanft, muss ich zugeben, doch ich konnte Ynge von dort, wo ich gestartet war, lachen hören, und ich schwöre, dass sie geklatscht hat.

Im Juni entdeckten die Hannoveraner Hochgotland und griffen es, da sie selbst im gleichen Moment enttarnt wurden, unvermittelt mit vier Luftschiffen an. Die Alarmglocken schrillten, Bomben und Schüsse krachten herab und hinauf, Luftschiffe vor Anker gingen in Flammen auf.

Am Hafen wurde einer der metallenen Wasserstoffspeicher von Bomben zerrissen und explodierte, und ich dachte, ich müsse sterben, während ich in der Lagerhalle des Juden bei den Flügeln ausharrte. Einige Huren flohen in die Wildnis und stürzten eine Bergflanke hinab, und eines von Margarets Kindern wurde schwer verletzt, als es von dort, wo es gespielt hatte, nach Hause zurücklief. Tomke ließ die *Frijheid* bemannen, und ich flehte sie an, am Boden zu bleiben, doch stolz gab sie zurück, dass sie gedenke, in der Luft zu sterben.

Die Hanseaten wurden von der schieren Menge an kampfeslustigen Freibeutern, die sich ihnen entgegenwarfen, völlig überrumpelt. Unter dem Kanonenfeuer der *Frijheid* ging das letzte der Hanseschiffe in Flammen auf, bevor es die viel spekulierte Lage des Piratenhafens weitergeben konnte. Wenn die Angreifer überhaupt mit der neuartigen Funktechnologie ausgestattet waren, trugen ihre Morsezeichen offenbar nicht weit genug, denn kein weiterer Angriff erfolgte.

Es gab Gerüchte aus Æsta. Es gab Nachrichten der Gräfin.

Man sagte mir, das Haus Pommern habe versucht, in Helgoland zu landen, sei jedoch vertrieben worden. Was mochte Domek von mir wollen? Dachte er, er müsse mich retten? Wollte er die Tatsache, dass ich in seiner Schuld stand, aufrechterhalten? Je mehr ich über ihn nachdachte, desto weniger traute ich ihm, und ja, auch Margaret, deren Kind man ein Bein hatte amputieren müssen, konnte berichten, dass der junge Herr von Pommern mit Professor Clockworth-Merenge in Kontakt stand. Er hatte überall seine Finger im Spiel. Ich glaubte nicht, dass er so besorgt um uns war, wie er stets vorgab.

Derweil gab es Annäherungen zwischen den Gewerkschaften und den Niederbroichs sowie den friesischen Freibeutern, die sich neben Rache und Waffenhilfe für die Gewerkschaften auch eine fette Prise versprachen. Es gab letztendlich einen Plan.

Wenn wir nicht flogen oder bauten oder verzweifelt fluchten und schworen, nie wieder zu versuchen, den Vögeln die Lüfte streitig zu machen, malte ich Helgoland und den Stak, und dachte dabei nicht nur einmal an mein unfertiges und bei Madame verstecktes Bild von Æmelie.

Irgendwann war es fertig.

Irgendwann war alles fertig.

Auch der Plan, wie wir Æsta den Tod bringen würden.

○ ○ ○

Ich faltete die Bleistiftskizzen, die das Meer und den Angriff der schwarzen Luftschiffe überlebt hatten, und steckte sie an ihren Platz in meiner Manteltasche. Ich hatte sie ein letztes Mal herausgeholt, um mich zu entscheiden, ob das Gemälde nun vollendet war.

Ich hatte mir angewöhnt, während des Arbeitens Handschuhe zu tragen, die meine Fingerspitzen freiließen und strich mit den Fingerkuppen über das vom Wasser aufgeraute Papier.

„Fertig?“, fragte ich das Bild.

„Es ist fertig“, sagte Ynge, und gleichzeitig sagte es Tomke, die hinter mir aufgetaucht war wie ein Geist.

„Es könnte das erste Bild sein, das ich fertig finde“, murmelte ich.

„Es ist an der Zeit. Wir werden Hochgotland verlassen.“

Ich sah Tomke ernst an. „Es war schön hier.“

Sie nickte und lächelte, und in ihrem Lächeln steckten eine Wehmut und eine unbestimmte Angst.

Sie wandte ihren bangen Blick der Leinwand zu. „Da kommen sie aus dem Nebel. Æsta."

Æsta. Ich würde dorthin zurückkehren. Aber was hatte ich geglaubt – dass ich mein Leben in einer Piratenhochburg fristen würde, in der jede zweite Nacht jemand über seinem Bier erschossen wurde?

Ich zieh mich selbst der Übertreibung. Dennoch – ich hatte meine Zeit in Hochgotland zurückgezogen in der Lagerhalle eines toten jüdischen Händlers verbracht. Die Welt war bereits unmittelbar vor der Schwelle voller tödlicher Gefahren.

Dann konnte es auch gleich zurück nach Æsta gehen. Um Æmelie zu holen.

Ja, ein Teil von mir hatte sicherlich gewünscht, all das hinter sich lassen zu können, aber es steckte noch eine Nadel in meinem Fleisch, und diese Nadel gehörte Professor Roþblatt.

Entschlossen sah ich Tomke an.

„Wir werden nach Æsta gehen. Wir werden es tun, wie ihr es ausgeheckt habt."

„Das befürchte ich auch", sagte sie tonlos und schenkte mir einen langen Blick aus grüngesprenkelten Augen. „Willst du das Geschenk?"

„Das Geschenk, das ich vermutlich nicht mag?", erinnerte ich mich unbehaglich und lächelte dennoch. „Ich denke, ja."

Wir brachten das Gemälde ins Haus des Juden, in die Dachkammer, in der wir viele Nächte verbracht hatten. Das Bild war wesentlich breiter als hoch und zeigte die roten Steilküsten mit den weißen Einschlüssen, die anbrandenden tiefgrauen Wellen und die mit der Gefahr spielenden Seevögel in ihrer ganzen Pracht – die Scheinwerfer der nahenden Luftschiffe enthüllten sich dem Auge erst beim genauen Hinsehen in den Wolken, und drohten mit geballter, schwarzer Faust. Ich nickte dem Bild noch einmal zu, bestätigte ihm seine Vollendung.

Als wir in die Richtung des Marktplatzes gingen – dem guten Geist Hochgotlands mützenlüpfend unsere Aufwartung machend – wurde ein an einer Sieche gestorbener Mann auf die Straße gebracht, wo man ihn auf einen Karren lud. Er war nicht der Erste. Seit die Hannoveraner Hochgotland gefunden hatten, gab es einen Todesfall nach dem anderen, und das bestätigte meinen inneren Drang, den Berggipfel endlich wieder zu verlassen. Unter den abgestürzten Æronauten musste es auch mindestens einen Tuberkulosekranken gegeben haben, der mit seinem letzten, giftigen Atemhauch die weiße Pest nach Æsta gebracht hatte. Zielsicher klopfte Tomke an Margarets Tür und warf dem Toten nicht einen einzigen Blick zu.

„Oh nein! Ich hoffe doch, du schenkst mir einen ihrer verrückten Aufziehautomaten."

Tomke machte einen verneinenden Laut, als das Mädchen, das Margaret stets Tutti nannte und das hoffentlich auch noch einen ordentlichen Namen besaß, öffnete und dann quietschend in den dunklen Flur entkam.

„Kommt in die Stube!", hörten wir Margarets Stimme wie immer aus dem einzigen erleuchteten Zimmer des Hauses. „Ich bin fertig."

Mit einer aufkeimenden Nervosität trat ich in das mit Gerümpel völlig vollgestopfte Zimmer.

„Ich möchte, bevor du ...", begann ich, doch Tomke beugte sich über eine Zeichnung, die Margaret hervorkramte und murmelte zustimmend. „Also, bevor hier irgendwas passiert, möchte ich sagen, dass ich nicht gedenke, mein Leben nur noch an gesetzlosen Orten zu führen und deshalb – hört ihr mir zu?"

„Du kriegst ein Hautbild."

„Ich … ha! Das habe ich mir gedacht, dass du so etwas vorhast, und wie ich gerade schon sagte, ist eine Rückkehr in die Zivilisation fest eingeplant, und ich werde …"

„Es ist ein Geschenk!"

„… mich auf keinen Fall mit einem Hautbild … beschenken lassen!“, brachte ich meine Ausführungen zu Ende.

„Es ist dieses Hautbild. Du bist jetzt eine Legende, Naðan. Eine Legende der Æronautik.“

Ich wollte widersprechen, doch was sie hochhielt, war ein geradezu überwältigendes Detail aus einem Traum, und ich schnappte kurz nach Luft. „Woher … woher habt ihr das?“

„Ich wusste, dass es dir gefällt“, schnurrte Tomke, und auch Margaret blickte selbstzufrieden drein und faltete ihre Hände über ihrer rundlichen Mitte. „En Djik.“

Auf dem Papier war die Risszeichnung eines mechanischen Flügels – nein, genau jenes mechanischen Flügels, den Æmelie in meinem Traum getragen hatte, der aus ihrem Rücken herausgewachsen war, und den sie an mich übergeben hatte. Die Symbolträchtigkeit des Augenblicks nahm mir die Widerworte aus dem Mund.

„Wir stechen es dir auf den Rücken. Niemand wird es sehen, zumindest nicht in deiner Zivilisation.“ Tomke zwinkerte, doch dann wurde sie ernst. „Wir geben dir einen Flügel.“

„Mit einem kann man nicht fliegen“, flüsterte ich.

„Ich weiß. Den zweiten bekommst du, wenn … danach.“

„Hautbilder sind eine Sitte, die von rohen … Umgangsformen und fehlendem Anstand spricht. Sie sind barbarisch“, gab ich zu bedenken.

„Ja, das stimmt. Nimmst du das Geschenk, oder nimmst du es nicht?“

Ich nickte mit zusammengepressten Lippen, und diese winzige Bewegung zauberte ein strahlendes Lächeln auf Tomkes Gesicht.

„Sei bloß vorsichtig, dass du dich nicht nur verschandeln lässt, um einem Frauenzimmer zu gefallen“, empfahl Ynge, und ich musste ihr insgeheim recht geben.

„Aber es sind Æmelies Flügel“, sagte ich leise, und Tomke und Margaret tauschten einen Blick.

„Du hast gesagt, es tut nicht so weh, wie man sagt."
„Natürlich nicht. Sie bauschen es auf, damit man Achtung vor ihnen hat. Harte Männer."
„Bist du sicher? Hast … hast du Erfahrung?"
„Eine sogar an einer besonders schmerzempfindlichen Stelle. Ich zeige es dir bei Gelegenheit."
Margaret kicherte, und ich ahnte, warum.
„Ich bin so gespannt darauf, Margarets Nadelgerät auszuprobieren!" Bei ihrem beinahe kindlich-begeisterten Lächeln gefror mir das Blut in den Adern.
„Wird … wird Margaret es nicht malen?"
„Sie malt es auf deinen Rücken, und ich steche es dann. Ich habe schon Hautbilder mit Nadel und Faden gemacht, auf Helgoland."
„Beruhigend", ächzte ich und fand es zutiefst verstörend.
„Ich bin ehrlich sehr gut darin!"
„Natürlich, du bist ehrlich sehr gut … in allem", schnaufte ich und wand mich unter den Blicken der Damen.
„Du wirst dich ausziehen müssen. Zumindest zur Hälfte", empfahl Margaret.
„Obere Hälfte", kicherte Tomke unnötigerweise, und mit zitternden Fingern kam ich der Aufforderung nach, wobei ich mich beschämt zur Wand drehte. Meine Hände waren schweißnass.
„Du lässt dir den Rücken vollmalen?", fragte Ynge, als ich sie mit dem Mantel zu Boden gleiten ließ. Ein Kind im Krabbelalter robbte neugierig auf die Puppe zu, und ich hob sie eilig hoch und deponierte sie auf Margarets Bücherregal.
„Du sagst mir währenddessen, wie du es findest. Es ist … es ist so verdammt heiß hier drin!" Vorwurfsvoll blickte ich in die Runde, und Tomkes Wangen waren tatsächlich auch ein wenig gerötet vor Aufregung.
„Setz dich auf den Stuhl."
„Da … ist ein Stuhl?"

Schnaufend räumte Margaret aufgeschlagene Bücher, Stoffreste und mit metallen klimperndem Inhalt gefüllte Beutel von etwas herunter, das sich tatsächlich als Stuhl entpuppte.

„Wird zwischendurch das Licht ständig ausgehen?“, machte ich einer meiner zahlreichen Befürchtungen Luft.

„Nein, nein, Stenni kurbelt Ersatzhamster auf, er ist ein zuverlässiger Junge.“

Er schien zumindestens ein sehr unauffälliger Junge zu sein, denn ich musste einige Augenblicke suchen, bis ich den etwa Neunjährigen inmitten all des Plunders fand.

„Jetzt setz dich schon!“

Es dauerte, bis Margaret alle Details ihrer Flügelzeichnung auf meinen Rücken übertragen hatte – und dabei hatte es noch nicht einmal angefangen wehzutun. Ich seufzte schicksalsergeben.

„Wie findest du es?“, fragte ich Ynge, und Ynge sagte: „Naja. Dein Rücken scheint fast zu klein für diese Schwinge. Sie müsste über deinen Kopf hinausgehen.“

„Nein, danke.“

„Sprichst du wirklich mit deiner Puppe?“, fragte Margaret, und als ich nicht antwortete, erläuterte sie Tomke, dass sie als Rechtshänderin von rechts nach links vorgehen musste, um den Kohlefettstift auf meinem Rücken nicht zu verreiben.

„Zeigst du es mir nochmal?“, fragte Tomke mit vor Aufregung bebender Stimme.

„An mir?“, fragte ich in einem Anflug von Panik.

„Ganz ruhig. Tomke kann das. Wir fangen … hier an.“

Finger strichen über meinen Rücken. „Ich halte die Haut straff, dann kannst du dich auf das Stechen konzentrieren.“

„Ich will, dass Margaret es macht!“, schrie ich auf, doch da ertönte auch schon das bedrohliche Stottern der Nadel, ein Summen und Sirren wie von wütenden Bienen, und ohne

Vorwarnung durchzuckte mich ein Schmerz, als ritze die Spitze eines kleinen Messers über meine Haut. Ich lachte erleichtert auf. „Das … das tut wirklich nicht besonders weh!“

„Warte ab, es gibt Stellen, da wird es weh tun.“ Einige euphorische Augenblicke später wurde mir schwarz vor Augen. Ich ließ meinen Kopf auf die gnädige Tischplatte vor mir sinken und stöhnte, als alles Blut mich zu verlassen und zu meinen Zehenspitzen in die üppigen Teppiche zu fließen schien.

Eine Hand tätschelte mich. „Das geht gleich wieder. Das ist nur eine kurze Schwäche, geht den fettesten Matrosen so.“

Unbeeindruckt stach Tomke weiter. Und weiter. Und endlos weiter, bis ich dachte, nur noch aus Nadelstichen und wunder Haut zu bestehen. Hamster ratterten in Rädern, Glühlampen flackerten unstet. Das Gerät summte und sirrte und verletzte mich. Die Trance des kurzen Schwächeanfalls wurde von einer zunehmenden Langeweile abgelöst, und diese wiederum von einem gedankenlosen Gefühl der Zeitlosigkeit.

Finger zeigten, Worte fielen, letzte Striche wurden gezogen.

„Es ist fertig“, sagte Ynge.

„Ja, und?“, fragte ich.

„Ich sollte wirklich den zweiten Flügel abwarten, bevor ich es beurteile.“

„Ich finde es sehr gut“, sagte Margaret, die erneut nicht begriff, dass ich mit der Puppe sprach. „Ich hole dir einen Spiegel.“

Während sie hinausging, reckte ich mich, spürte der malträtierten Haut nach und wandte mich aus der verspannten Haltung Tomke zu, die blass und erschöpft aussah. Sie hielt immer noch das Nadelgerät in der Hand, das an eine große Batterie angeschlossen war – eine galvanische Primärzelle, die Vorgängerin der Gasbatterie. Ein Lächeln stahl sich in Tomkes Augen. „Bist du zufrieden?“, fragte ich sie.

„Ich habe noch Angst. Ob du zufrieden bist.“

Das Licht erlosch – der kleine Stenni schnarchte leise in der Ecke. Hände tasteten nach meinem Gesicht, dann spürte ich Lippen auf meinen.

„Wir kommen hierher zurück, oder?“, fragte sie, so nah an meinem Atem. Ich nickte. „Aber ja. Du schuldest mir was. Ein halbes Geschenk ist ... naja ... halb.“

Sie küsste mich, und ihre Lippen, ihre Nase, ihr Kinn, ihre Hände, alles war voller Versprechungen.

„Nein, und jetzt ist's dunkel!“, polterte Margaret und hob die kleine Petroleumfunzel, die neben dem Hamsterrad auf dem Boden stand. Sie drehte sie heller, und wir fuhren ertappt auseinander.

Sie trug einen großen Spiegel, der übersät war mit den Finger- und Handabdrücken kleiner Kinder, und ich verdrehte mir den Hals, um das Hautbild zu betrachten.

Ja, auf der rechten Hälfte meines Rückens prangte ein mechanischer Flügel, eine filigrane, mit Tuch bespannte Schwinge, wie nur die kühnsten Geister sie ersinnen konnten. Ich grinste ziemlich breit und ziemlich dumm. „Das ... das ist ... hm ... schön.“

Tomke quietschte vor Freude, und auch Margaret strahlte über beide Pausbacken.

„Herr von Erlenhofen. Sie sind jetzt ein Pirat“, freute sie sich diebisch.

„Nie im Leben“, bemerkte Ynge jedoch vom Bücherregal. „Aber ein Æronaut auf alle Fälle.“

⭘ ⭘ ⭘

Der Tag des Aufbruchs war gekommen. Ich war ein wenig beunruhigt, denn Tomke hatte zwar tatsächlich eine kleine Flotte bezahlter oder rachedurstiger Piraten um sich gesammelt, die Æsta vielleicht zumindest standhalten konnte – ob sie die Stadt auf dem Eis zu bezwingen vermochte, daran wagte ich noch zu zweifeln – doch von ihrem Plan hatte sie mir gerade einmal eine Winzigkeit erzählt. Vielleicht gab es aber auch nur diese Winzigkeit, und alles andere wurde dem Zufall und dem mächtigen Wöda überlassen.

Es war nicht so, dass ich ihr ein solch spontanes Vorgehen nicht zugetraut hätte.

Die Helgoländer würden zu uns stoßen, sobald wir uns über der Nordsee befanden. Doch sicherlich würde die Hanse auf eine große Ansammlung von Luftschiffen aufmerksam werden, und Tomke rechnete damit, die Flotte bereits vor Norwegen teilen zu müssen, um die Hanseschiffe in die Irre zu führen und Æsta nicht vorzuwarnen.

Vor der schwimmenden Stadt schon würden sich unsere Wege trennen – denn die Rettung meiner toten Frau würde ich im hoffentlich ausbrechenden Chaos selbst übernehmen, während Eiken das Ætherlot ausschalten würde, um die angreifenden Schiffe unsichtbar zu machen. Wir beide würden mit den Flügeln vom Schiff starten.

„Warum Eiken?“, hatte ich gefragt. „Warum fliegst du nicht mit den Flügeln? Du kannst es viel besser und hast häufiger geübt!“

„Ich muss auf dem Schiff bleiben, ich habe ja auch die Leute angeworben, und sie werden unruhig, wenn ich nicht mehr da bin.“ Sie hatte den Blick gesenkt. „Du musst nicht mit hinunter. Wir … holen deine Frau später.“

Die Antwort war nur zögerlich über meine Lippen gekommen. „Auf dem Schiff bin ich zu nichts nutze. Auf Æsta kenne ich mich immerhin ein wenig aus.“

Aber die Tatsache, erneut in Professor Roþblatts Sanktuarium eindringen zu müssen, machte mich glauben, dass ich sehr bald meinem Tod ins Auge blicken würde.

Zum Glück blieb mir wenig Zeit, um darüber nachzudenken, denn schon am Tag nach dem Erhalten meines halben Geschenks betraten wir die *Frijheid* erneut. Überall, wo weder Nebel noch Schneewolken hingen, war mittlerweile sicherlich bereits Juli, und in Aquis hatten sie nun einen kurzen Sommer und würden das Wintergetreide ernten.

Margaret schloss mich in ihre Arme und atmete ihren Cognacduft in meine mottenzerfressenen und sicherlich auch verlausten Kleider.

„Du bist der einzige feine Herr, den's auf Hochgotland je gegeben hat", sagte sie gerührt und schnäuzte sich.

„Aber ihr habt mich zu einem Freibeuter gemacht. Schämt euch!", lachte ich und erwiderte ihre Umarmung herzlich.

„Hab mir gedacht, ich bring dir was Hübsches mit. Zum Abschied." Umständlich griff sie unter ihren weiten abgewetzten ledernen Mantel und zog einen zusammengefalteten Seidenzylinder hervor. „Da. Is was ganz Feines."

Mit einem Schlag ihrer Hand entfaltete sie den Hut und setzte ihn mir auf den Kopf. „Ein feiner Herr auf Luftreise. Und das hier gibt's noch dazu." Sie hielt mir einen einfachen Spazierstock aus dunklem Holz entgegen. Der Messingknauf glänzte poliert.

„Du weißt, dass ich aus einem Luftschiff springen werde. Mit den Flügeln."

„Ja, das weiß ich wohl. Aber du kannst die Sachen ja dort lassen. Und denk dran, dass du für den zweiten Flügel wiederkommst, Junge. Ich wünschte, wir hätten den Ærokopter fertig bekommen, aber du hast wohl recht, dafür brauchen wir diese Gasbatterie."

„Der Stock – ist er … ist er eine deiner Erfindungen?"

„Aber ja, eine immens wichtige sogar." Sie grinste. „Wenn du den Knauf abschraubst, ist feinster Cognac darin, der dich in schwachen Stunden stärken kann."

Leicht enttäuscht nickte ich, woraufhin sie erneut breit grinste. „Dann – lebt wohl, ihr alle! Kehrt mir heil zurück!"

Als die *Frijheid* sich vom Ankermast entfernte, winkten wir mit Tüchern den wenigen zu, die gekommen waren, um uns zu verabschieden. So manche Hure winkte mit ihren weißen

Armen Adieu, und so mancher Æronaut seufzte sehnsüchtig neben mir.

Wir hatten eine weite Reise vor uns.

○ ○ ○

Als die Nacht hereinbrach, hatten wir die großen Hansestädte weiträumig umgangen und querten Dænemark, welches Friesenland war, Richtung Nordwesten, um keine Aufmerksamkeit auf uns zu ziehen. Wir würden das Morgengrauen über den friesischen Inseln erwarten, um die anderen Flottenteile zu uns stoßen zu lassen, aber dieser längere Aufenthalt nahe der Küstenlinie war der heikelste Augenblick, und daher löschten wir unsere Scheinwerfer und hingen beinahe lautlos in der sternklaren Nacht. Unter uns rauschte das nun eisfreie Meer – unruhig spiegelten sich die Sterne in der wilden Schwärze Ekkenekkepens.

Schweigend saß ich mit Tomke und Tjarko im Steuerstand, und wir blickten hinaus und hielten Wache.

Ich hatte einen Bogen Papier und einen Kohlestift auf den Knien und starrte hinaus mit dem Bedürfnis, das ganze Blatt einfach nur zu schwärzen und die Endlosigkeit der Dunkelheit einzuatmen. Ich wurde müde, und das Hautbild brannte auf meinem Rücken.

Tjarko weckte mich aus meinem schweigenden Zustand des Dahindämmerns, als drei Likedeeler uns bei unserer stetig unaufmerksamer werdenden Wacht ablösten.

„Komm“, sagte Tomke mit ihrer kratzigen Stimme und nahm meine Hand. Eine Gänsehaut lief über meinen Rücken, das leere Blatt und der Kohlestift fielen zu Boden, und ich ließ sie dort.

Schweigend brachte sie mich zu einer Kabine, in der drei unbequeme leere Pritschen standen – die Decken zweier waren jedoch zerwühlt, so dass ich annahm, dass die, die dort geschlafen hatten, bereits zur nächsten Deckschicht abberufen worden waren. Hand in Hand standen wir in der Kabine im Inneren der großen Lufthülle und horchten auf die Laute des Schiffes – das Ächzen des Axialstegs, um den herum sich Kammern und Gerüst des Luftschiffs erstreckten. Fußtritte auf den Leitern. Gewechselte Worte, die ihre Form verloren hatten, als sie bei unseren Ohren anlangten. Tomke sah mich verlegen an.

„Ich ... ich dachte, wir könnten nochmal nebeneinander schlafen, so wie auf Hochgotland“, murmelte sie.

„Heißt das irgendwie, dass wir Abschied nehmen werden?“, fragte ich unbehaglich.

„Hoffentlich nur für ein paar Stunden“, flüsterte sie.

Sie umarmte mich endlich, und wir küssten uns in dem Gefühl, dass uns eine viel zu kurze Ewigkeit durch die Finger geronnen war.

„Ich hab Angst“, gestand ich.

„Ich auch. Angst vor diesem verdammten Æsta. Aber es sollte auch Angst vor uns haben.“ Sie strich über meinen Rücken. „Tut es weh?“

„Nicht wirklich. Es brennt.“

Sie küsste mich wieder, und Ynge verhielt sich so ruhig wie nie.

„Ich glaube, ich liebe dich“, sagte Tomke, als wir uns voneinander lösten. Ich schwieg verdattert, doch sie kam einem zu langen Schweigen zuvor. „Antworte bloß nicht! Das ist schon in Ordnung. Aber ich liebe dich eben, damit wirst du leben müssen.“

„Damit kann ich leben“, flüsterte ich und schluckte ein zittriges Gefühl in meiner Kehle hinunter.

„Ich ...“, begann sie, aber dann schwieg sie doch und warf ihre Lufthansejacke zu Boden. Ohne mich anzusehen, zog sie das wollenen Hemd aus und schließlich ihre einfache leinene Unterwäsche. Sie wandte mir den Rücken zu dabei und sah dann lachend über die Schulter. „Da, jetzt siehst du mein Hautbild!“

Eine nach friesischer Art stilisierte fliegende Möwe flog über ihren Rücken – oder war es eine Lumme?

„Dann hast du schon zwei Flügel."

„Das merkt man doch, so gut, wie ich fliegen kann."

Ich strich mit meinem Finger über das Bild, das mit verschlungenen Mustern gefüllt war, wie die vikingschen Verzierungen an den Häusern Helgolands. Es war nurmehr grau und musste, trotz ihres geringen Alters, wohl schon einige Jahre alt sein.

„Ich habe noch eins. Margaret hat es mit ihrer Maschine gemacht." Sie grinste spitzbübisch, und ich konnte meine Finger nicht daran hindern, ihrem warmen Rücken und dem Schauder darauf nachzuspüren.

„Du bist der erste, der es sieht", sagte sie leise. „Außer Margaret natürlich. Deshalb bin ich … ganz schön aufgeregt, wie du das findest."

„Ich fürchte, ich finde die meisten Hautbilder recht … barbarisch. Oder anzüglich."

Sie wandte sich um und zeigte mir ihre Brust.

„Es ist anzüglich", stellte ich fest, und sie kicherte. Ihre kleine, zarte linke Brust zierte ein Kranz aus fliegenden Vögeln, wie man sie beim Vogelzug aus der Ferne sah. Sie zogen einen geometrisch sehr gleichmäßigen Kreis um ihre dunkle, in der Kälte aufgerichtete Brustwarze. Ich schluckte. „Wie kommst du nur … darauf, so was zu tun?"

Sie kicherte erneut und drückte sich dann wärmesuchend an mich. „Also findest du es scheußlich, ja?"

Mit ihrer üblichen unbeugsamen Bestimmtheit schob sie mich hinüber zu der einzigen unbenutzten Bettstatt in der niedrigen Kabine.

„Scheußlich nicht. Es ist schon … es ist eine gute Idee. Aber es ist im höchsten Maße unsittlich."

„Warum? Es sieht doch keiner, außer dir und mir. Und du bist der, den ich liebe." Ich stieß mit den Beinen gegen die Bettstatt und setzte mich ans Fußende. Mein Atem ging schneller, sie beugte sich über mich und küsste mich, und in meinem Augenwinkel tanzten diese Vögel, und lockten mich. Ich hob meine Hand und fuhr vorsichtig darüber. Tomke seufzte, als wäre sie sehr erleichtert. Als habe sie damit gerechnet, dass ich schreiend weglaufen würde.

Sie küsste mich mutiger, sie öffnete ihren Mund dabei, und es kam mir ganz wunderbar vor und nicht einmal halb so seltsam wie der Kuss, den Gräfin Elsbeð mir gegeben hatte.

Herrgott, vielleicht war Tomke ihre Tochter! Ich schob den Gedanken beiseite und fuhr mit den Lippen hinunter zu den Zugvögeln auf ihrer Brust. Tomke sog die Luft ein und knöpfte mich mit zittrigen Fingern aus allen möglichen Kleidungsstücken, bis wir beide nur noch mit Hosen bekleidet waren. Sie setzte sich entschlossen auf meinen Schoß, atemlos küsste ich ihren Hals, ihre Schulter, die in der Kälte bebenden Muskeln ihrer Arme. Wenig hatte ich darüber gewusst, wie wunderbar man eine Frau überall küssen konnte. Sanft drückte ihre Hand mich hintenüber, und ich schloss in dem Taumel, den die Küsse in mir verursacht hatten, die Augen und ließ zu, dass sie mir Stiefel, Hose und Unterwäsche abstreifte. Ich schämte mich, völlig nackt zu sein und sie dabei so unglaublich gierig und offensichtlich zu begehren. Ich hielt die Augen geschlossen, als sie mich auf den Bauch küsste und mich mit ihren Händen liebkoste, schamlos und völlig selbstverständlich.

„Es ist sehr kalt", sagte sie, ich öffnete die Augen und sah, dass auch sie nun nackt vor der Bettstatt stand und aus ihrer Hose trat. Nackt, da war ich mir sicher, war sie so schön wie niemand sonst. Ich breitete eine Decke aus und zog sie darunter, und wir lagen nebeneinander und genossen das Gefühl, sich selbst kalt zu fühlen und doch warm zu sein für den anderen.

„Hat Gräfin Elsbeð dich eigentlich verführt?", kicherte Tomke in mein Ohr.

„Oh Gott!“, flüsterte ich, und sie lachte laut auf.

„Sie ist ... ganz und gar schrecklich!“, teilte sie mir dann mit gespielt ernsthafter Miene mit. „Ich hoffe, sie war nicht zu unsittlich, du bist ja ein empfindsamer Kerl.“

„Hör auf zu reden. Bitte.“ Meine tastenden Finger hatten innegehalten, gefangen von der Erinnerung an die Gräfin. Ich zog die Decke ein Stück herunter, um mit dem Anblick von Tomkes Körper diese Gedanken zu vertreiben. Sie drückte sich wärmesuchend an mich, ihre weiche weiße Haut fühlte sich in höchstem Maße wundervoll an, und das Atmen fiel mir schwer.

„Das wollte ich schon immer“, gab Tomke flüsternd zu. „Aber sag, ich habe dir Zeit gelassen, oder?“

Ich nickte und küsste sie und betastete das Hautbild auf ihrer Brust, fand ihren Bauchnabel und die Löckchen in ihrem Schoß. Sie seufzte, lächelte und sah mich mit glänzenden Augen an, als freue sie sich über mich. Sie war weich und warm und feucht und ganz und gar richtig.

Nach endlosen Momenten der Liebkosung fanden wir zusammen, sie zog mich über sich, und ich war erstaunt, begierig und froh zugleich. Tomke kicherte über alles, was ich tat und sagte, über jeden Kuss und jede Zärtlichkeit, und sie überschüttete mich mit dieser eigenartigen Liebe, die sie für mich empfand. Als ich mich ganz in ihr verlor und auflöste, da sanken wir ineinander, als wären wir ein einziges Wesen, und die Laute, die wir von uns gaben, waren nur für das Ohr des anderen bestimmt. Aber das dauerte nur einen Moment, und kurz darauf wurde ich mir wieder bewusst, dass wir zwei verschiedene Menschen waren, und dass wir uns trennen würden, und dass mit recht großer Wahrscheinlichkeit mindestens einer von uns beiden sterben würde. Ich stöhnte unter dem Schmerz auf, und in ihren Augen glänzten Tränen, zugleich vor Lust und Traurigkeit.

Wir trennten uns schweigend und schmiegten uns aneinander, wie wir es nun schon seit einer halben Endlosigkeit des Nachts taten.

„Ich will nicht ... allein sein", vertraute ich flüsternd der Dunkelheit an, und Tomke umschlang mich mit ihren Armen.

○ ○ ○

Die Einsamkeit eroberte uns mit den Rufen im Morgengrauen zurück. Hastig kleideten wir uns an, während durch das Sprechrohr bereits durchgegeben wurde, dass sich die Flottille der Likedeeler versammelt hatte – wie vermutet war jedoch auch abseits der vielbefahrenen Routen ein Patrouillenboot der Hanse gesichtet worden, und nun hieß es, sich darauf vorzubereiten, dass gut gerüstete Hanseschiffe die Piraten verfolgen könnten. Die Dampfmaschinen wummerten wieder, die Propeller trieben das Luftschiff in den Norden – und an einem Abend, der so weit im Norden sehr spät erst hereinbrechen würde, würden wir Æsta erreichen.

Æsta hatte seinen Standort verändert – doch das war offenbar bereits bekannt und für günstig befunden worden, denn die Maschinen, die an Land die Rohstoffe freilegen sollten, produzierten Schwaden von Rauch und Dampf, die sich mit der niedrig hängenden Wolkendecke vereinten. Ich starrte aus einer kleinen Luke hinaus – eine Faust bohrte sich in meinen Magen, und ich hielt Ynge im Arm.

„Du bist nicht allein", sagte sie leise.

„Bist du mir böse?", fragte ich.

„Nein, es ist schon in Ordnung." Trotzdem kam sie mir traurig vor, und auch ich war traurig, denn es ist nicht leicht, herauszufinden, wie sehr man jemanden mag, wenn man gleichzeitig noch jemand anderen so verzweifelt liebt. Vor allen Dingen, wenn diese Andere tot ist und einen niemals mehr zurücklieben wird.

Vielleicht würde ich den Weg zu ihr finden. Vielleicht würde ich sterben, und dann würde ich wenigstens mit ihr zusammen sein – auf einem staubigen Speicher, auf dem sprechende Puppen und Schaukelpferde, von denen die Farbe abblätterte, warteten.

Tomke hatte gesagt, wir könnten Æmelie suchen, wenn der Angriff auf Æsta erfolgreich war. Doch wenn sie das Ætherlot zerstörten, würde vielleicht der Turm der Irrenanstalt einstürzen. Dann wäre Æmelie für immer im Inneren des Eisberges einschlossen, und – oh Gott, die armen Seelen, die dabei, eingesperrt und unschuldig, sterben würden! Nein, ich konnte nur hoffen, Æmelie dort herauszuholen – und dafür musste ich vor dem Angriff auf Æsta ankommen. Ich atmete tief durch. Vor dem Fenster standen die Rauchschwaden, der Dampf des geschmolzenen Eises, der Nebel der Regenwolken. Die Flotte sank tiefer – bis knapp über die Wolken hinab, wo niemand uns aufspüren würde. Die *Frijheid* blieb zuunterst, so dass meine Sicht frei war auf alle dahinziehenden Wolkengespenster, auf dunklere und hellere Fetzen und all die Dinge, die mir von meinem baldigen Tode kündigen wollten.

„Bist du so weit, aarem Knech?", knurrte Eiken hinter mir.

„Ja", sagte ich in die Schwaden und erhob mich langsam.

„Schiss, was?"

„Ja. Du wärst ein Narr, wenn du dich nicht fürchtetest", entgegnete ich, erstaunt über meine eigene Ruhe, und warf ihm einen strafenden Blick zu.

Er grinste und machte eine wegwerfende Handbewegung.

„Wie weit müssen wir fliegen?"

Er seufzte. „Weit. Tief runter und zielsicher. Aber der Wind steht günstig. Þor möge uns gnädig sein!"

Er hatte sich eine Mütze über den friesischen Hahnenkamm gezogen, eine runde Brille sollte die Augen schützen und die üblichen warmen Kleiderschichten seinen Körper vor den Unbilden der Kälte feien. Vor einem Aufprall auf Æsta vermochte uns sonst nur die richtige Handhabung der Flügel zu bewahren, doch wir waren noch nie damit in die leere Luft gesprungen und mit dem Wind kilometerweit gesegelt. Niemals zuvor.

Schweigende Likedeeler versammelten sich im Frachtraum, klopften uns auf die Schultern und traten sich gegenseitig auf die Füße. Unsere Schwingen aus Tuch und Aluminium waren zusammengefaltet – Onnen half dabei, unsere Oberkörper im Gestell zu befestigen. Ich schluckte, und der gestochene Flügel auf meinem Rücken brannte. Riemen wurden festgezurrt, die Flügel an meine Schultern und Arme geschnallt.

„Bei allen Göttern", stöhnte Eiken auf Friesisch. Er war bislang vielleicht zweimal mit einem der Gleiter gestartet und hatte stets eine weiche Mulde voller Schnee unter sich gehabt. Mir waren die Knie so weich, dass ich dachte, ich würde unter dem Gewicht der Flügel zusammenbrechen.

Margaret hatte uns erklärt, dass bewegte Flugobjekte wie Luftschiffe oder Gleiter das unsichtbare Feld des Æthers störten und Wirbel darin hinterließen. Elektromagnetische Funkwellen, die sich durch den Æther ausbreiteten, wurden an den Wirbeln reflektiert. Das Funkmess konnte sich diesen Umstand zunutze machen und das Echo anfliegender Objekte orten. Alle derartigen Apparate hatten jedoch baubedingt einen gewissen Abtastwinkel über dem Horizont. Wenn wir unterhalb dieses Winkels entlangglitten, dürfte uns das Ætherlot nicht entdecken, und für neugierige Augen waren wir viel zu winzig in der Dämmerung – so hofften wir wenigstens.

Tomke trat durch die Reihen der Æronauten und sah ernst in die Runde, als wollte sie etwas sagen, aber dann brach sie nur in ein heiseres Schluchzen aus und umarmte uns und küsste mich auf den Mund. Ich empfand es irgendwie als unpassend, dass sie ihren einstigen Mann und ihren – was war ich denn? - ihren Liebhaber zu diesem Selbstmordkommando verabschiedete.

„Landet auf dem Turm, oder werft das Dynamit einfach auf die Kuppel."

„Wenn wir können", knurrte Eiken, und ich hörte seine zugeschnürte Kehle.

„Bitte", flüsterte sie Eiken zu. „Versucht es bitte!"

„Ich denke, wir werden froh sein, wenn wir auf dem Scheißeisberg landen und nicht irgendwo im Meer."

„Eiken!", warnte sie und sah mich mit einem seltsamen Blick an. „Komm zurück, wegen des zweiten Flügels. Du weißt schon."

„Ich weiß schon", flüsterte ich. Ynge drückte sich in meiner Innentasche an mich – auch sie hatte ich vorsorglich mit einem Riemen an meiner Kleidung befestigt. Den Glücksbringer von Maschinen-Margaret, den Stock, hatte irgendeine rührige Seele am Gestänge der Flügel festgebunden.

Wenigstens hatte ich somit Schnaps dabei. Margaret wäre erleichtert.

Der Moment, in dem ich von der Kante, an der der Wind heulte, in die Leere springen würde, war eine halbe Ewigkeit fort. Ich würde das niemals über mich bringen, würde diesen Schritt niemals wagen.

Doch aus dem Sprechrohr ertönte ein Kommando, Eiken sah mich ernst an und nickte mir zu, und Tomke trat mit beinah verzweifeltem Gesichtsausdruck zur Seite.

Wortlos sprang ich, während hinter mir Schreie laut wurden, Hochrufe, Jubel, unsere Namen. Ich hörte sie nicht. Ich fiel.

ooo

Æmelie. Ich dachte an den Traum zurück, in dem sie mir befohlen hatte zu fliegen. In dem ich stattdessen gestorben war. Ich dachte an sie, an ihr konzentriertes Lächeln; es war nach Weihnachten gewesen, und die Tage waren ruhig und gelassen verlaufen, als wir die Flügelzeichnungen angefertigt hatten. Ich erinnerte mich an den Schein des Kamins und das Licht der Glühlampe. Ich erinnerte mich an die Studien, die wir im Sommer und Herbst am Flug der Vögel unternommen hatten, auf den kargen Feldern von Septfontaines. Ich erinnerte mich an die Rebhühner und Enten, deren Flügel und Federkleid wir auf dem Landgut meiner Eltern untersucht hatten, nachdem mein Vater und mein Bruder sie geschossen hatten. All das hatte sich zusammengefügt – zu diesem einen Moment.

Als ich einige Meter gefallen war wie ein Stein, breitete ich die Flügel aus – mit einer Armbewegung fächerte ich die einzelnen Glieder auf, die Scharniere rasteten ein, und der Wind fing mich auf. Er fuhr unter meine Flügel, und dann trug er mich, so wie er mich getragen hatte, als wir den Sprung nur aus zehn Metern Höhe gewagt hatten. Ich wusste nicht, wo Eiken war, ich wusste nicht, wo die Luftschiffe waren – ich wusste nur, wo unten war, denn dorthin bewegte sich meine Konstruktion, langsamer nun, aber stetig. Ich verlagerte mein Gewicht. Es ging mit den leichteren Schwingen wesentlich einfacher, zudem hielten die Gurte und Stangen die Flügel fest auf meinem Rücken und ließen mich nicht mehr hilflos darunter baumeln.

Ynge jauchzte in meiner Tasche. „Fliegen wir? Fliegen wir?"

„Wir … wir fliegen! Wir sind … so hoch!" Durch die dahinfegenden Wolken- und Rauchfetzen machte ich nun die Küste aus, die Maschinen, die Schneisen, das Menschenwerk. Vom Meer kam eine Bö heran, ich erwischte sie mit der ganzen Fläche meiner Flügel und schraubte mich daran in die Höhe – ich lachte und mein Herz setzte kurz aus, als ich sodann über das graue Eismeer geschleudert wurde. Eiken war nun unter mir, und er trudelte ein wenig, mit einer Hand zerrte er an einem Scharnier, das offenbar nicht richtig eingerastet war. Falls er etwas rief, wurden seine Worte zu schnell vom Wind davongetragen.

Eine weitere Bö ließ ihn hilflos schlenkern, dann jedoch hatte er das Gerät unter Kontrolle, er sandte mir ein Signal mit aufgerichtetem Daumen, und zusammen glitten wir vollends hinaus aus dem Rauch des Festlands in die arktische Sommerkälte.

„Æsta, wo bist du?", fragte ich stumm und ließ suchend meinen Blick schweifen. Ich brauchte nicht lange, um es zu entdecken, und hatten Aufregung, kindliche Freude und Todesangst die äußere Kälte zu vertreiben gewusst, so klammerte sich nun eine eisige Faust um mein Herz.

Es lag ein wenig südöstlich von der Stelle, an der das gefrorene Land zum Wohle Europas aufgerissen und geplündert wurde, und Eiken schaffte es sofort, den Kurs zu wechseln und es anzusteuern, während ich ein wenig mit Wind, Thermik und Gleiterflügeln kämpfte. Ich vermutete, dass Eiken nicht unbewandert in der Kunst des Segelns war, und so nutzte er den nun schrägen Wind gekonnt aus. Ich trieb ein Stück ab, bevor ich die Flügel so richten konnte, dass auch ich Æsta ansteuerte.

Da lag es wieder, wie ich es in Erinnerung behalten hatte – wenn es möglich war, in noch dickerem Rauch, mit noch höheren Schornsteinen, mit Maschinen, die noch lauter grollten und wummerten. Æsta, mit seinem schwarzen Herz.

Der Eisberg jedoch, auf dem die Fahne leuchtete, erschien mir kleiner – die emsigen Arbeiten, die Hitze der Öfen und Fabriken schienen an ihm zu zehren.

„Eiken!", brüllte ich, und der Wind riss mir die Worte von den rauen, erstarrten Lippen. „Einmal herum! Vom Hafen aus sehen sie uns!"

Unsere Flügel waren riesig, und mochte es auch unsere Hoffnung sein, dem Ætherlot zu entgehen, so waren wir nicht unsichtbar für menschliche Augen. Die Nacht wollte nicht hereinbrechen – die Sonne hatte sich dem Horizont genähert, doch sie streifte faul daran entlang –, der Rauch der Schlote zog von uns weg und würde uns entblößen, wenn wir nicht einen Viertelkreis in sicherem Abstand zogen.

Eiken jedoch hörte mich nicht, und ein Blickkontakt mit ihm war nicht möglich – ich konnte tatsächlich nicht mehr von ihm sehen als seine Füße. Ich versuchte, mit gutem Beispiel voranzugehen, und selbst zu einem Viertelkreis anzusetzen, doch die Winde auf offener See waren tückisch, sie warfen die Flügel hin und her, das Gestänge knarzte und das Segeltuch knallte manchmal bedrohlich unter den trommelnden Fingern der Lüfte, die uns erproben wollten.

Was hatte Eiken noch wenige Minuten zuvor gesagt? „Ich denke, wir können froh sein, wenn wir auf dem Scheißeisberg landen und nicht im Meer". So sollte es also sein, so wollten es der mächtige Þor und vielleicht auch der liebe Gott.

Eiken brachte eine kleine Kurve zustande, die ihn nicht auf die qualmenden Fabrikhallen zu Füßen der Ankermasten zuhalten ließ, sondern etwas weiter oberhalb auf die Flanke des Eisberges – ich jedoch hatte meine liebe Mühe. Æsta kam unweigerlich näher, jetzt schälten sich bereits einzelne Gebäude aus der Masse der Ziegel und Backsteine, einzelne Straßen, die in das Eis des Berges getrieben waren. Es würde nicht lange dauern, bis ich Menschen sehen würde – und diese vielleicht mich. Doch eine Hoffnung blieb mir – obgleich es noch hell war, kündeten die Chronometer bereits von der Nacht, und die Menschen würden sich an diese halten, oder? Die meisten von ihnen würden schlafen und mit geschlossenen Läden das Licht der zäh sinkenden Sonne aussperren. Über uns lag immer noch die niedrige Wolkenschicht, und die Sonne malte durch diese Schleier hindurch rosafarbene Schatten und verwirrende Lichtpunkte auf die See. Wir schwebten näher, wie seltsame Vögel, unwirkliche Schmetterlinge. Der Wind pfiff in unseren Ohren, wurde bedrohlich laut. Er brach sich am Eisberg und fügte sich zerschnitten zu Wirbeln zusammen.

Der höchste Turm – der Turm des Spitals – ragte auf wie ein mahnender Finger, doch es würde unmöglich sein, auf seiner Spitze zu landen. Wir würden bei dem Versuch an der Backsteinmauer zerschmettert werden. Eiken wagte es, verlagerte das Gewicht nach hinten und riss die Flügel hoch, wodurch der Gleiter kurz unkontrolliert durch die Luft glitt, ein Stück stieg und sich dann wieder fing. Ich rauschte unter Eikens Flügeln hindurch – und dann waren wir heran, er über mir, auf der Höhe der schneeglitzernden Flanke, ich so niedrig, dass ich mir Glieder und Hals an Dachfirsten brechen würde. Ich schrie auf, verstummte, erschreckt von meiner eigenen Stimme, und dann fielen wir auf Æsta herab – weit weniger elegant als Michæl mit dem Flammenschwert, wie ich es einst gelobt hatte.

○ ○ ○

Ich fiel, und die Welt wurde hart und grausam, eckig und schwarzweiß. Ein Flügel brach, als ich zwischen zwei Dächern der Straße entgegenschlitterte, der andere verhakte sich und riss mir mit einer Wucht den Arm auf den Rücken, dass ich hörte, wie er mir aus dem Gelenk gehebelt wurde. Der Schmerz durchzuckte mich erst später, nachdem ich in einem Gekreisch aus Aluminium, einem Geflatter aus gerissenem Tuch und meinem machtlosen Schrei auf dem Boden aufprallte.

Mir wurde schwarz vor Augen, und eine Zeitlang dachte ich, die Sonne wäre doch so gnädig gewesen, unterzugehen.

Ynges Stimme riss mich aus dem verlockenden Schwarz, das mich wie eine Welle überspült hatte. „Du musst dich losmachen! Uns!“, quietschte sie. Mein linker Arm war lahm und schlaff wie ein gebrochener Flügel, und ein Würgen kroch meine Kehle hinauf, als mich die Pein bei jeder kleinen Bewegung durchzuckte. „Bist du kaputt?“, brachte ich hervor.

„Nein. Aber du.“

Ich stöhnte, löste die Schnalle an meiner rechten Schulter, und als dieser Arm wieder frei war, tastete ich nach der Schnalle an der verdrehten linken Schulter. Ich keuchte vor Schmerz.

„Ferdrait!“, schimpfte ich und presste Kiefer und Lippen zusammen. Wo war Eiken?

Der Arm war frei, ich schnappte nach Luft und presste ihn an meine Seite. Mein linkes Augenlid zuckte, als der Schmerz bis dorthinein fuhr. Einhändig schnallte ich auch meinen Oberkörper vom Fluggerät los und kämpfte mich dann auf die Beine. Es glückte mir nicht, ich fiel vornüber auf die Knie – ich hatte bislang noch nicht bemerkt, dass ich mir einen Knöchel verstaucht hatte.

„Margarets Spazierstock“, durchfuhr es mich, und ich musste wider alle Umstände lächeln. Als Glücksbringer oder Waffe war er gedacht, und jetzt taugte er einfach dazu, wozu er hergestellt worden war – als Stütze. Mit zitternden Fingern löste ich ihn vom Metallgestell und stützte mich schwer darauf, als ich auf die Füße kam. Den Beutel mit Dynamitstangen, der mir, ebenso wie Eiken, ans Gestänge geschnürt gewesen war, hatte ich offenbar verloren. Das würde das Eindringen in den Turm nicht einfacher machen.

Ein Himmel wie an einem kühlen Frühlingsmorgen streckte sich über Æsta aus. Ich bewegte mich vorsichtig, mein rechter Fuß schmerzte beim Auftreten, mein Arm wurde langsam taub.

So wollte ich jetzt in Professor Roþblatts höchstgesicherte Labore humpeln und Æmelies Leichnam herausholen?

„Verdammt.“ Ich konnte nur hoffen, dass Eiken günstiger gelandet war, sein Dynamit noch bei sich hatte und zumindest das Ætherlot würde ausschalten können. Vielleicht erklomm er gerade die Spitze des Eisberges, um von dort aus seine explosiven Wurfgeschosse auf die Kuppel des Turms zu werfen. Ich hingegen konnte froh sein, wenn ich mich während des Angriffs der Likedeeler in Sicherheit bringen konnte. Ich sah traurig auf die zerstörten Flügel, die vor mir in der schmalen Gasse lagen, auf deren Untergrund das Eis glitzerte. Die beiden Häuser, die mich so unsanft in ihrer Mitte empfangen hatten, starrten mich mit stumpfen, fensterlosen Mauern an, und ich konnte wohl dankbar sein, dass es keine Zeugen für meinen Absturz gegeben hatte.

Doch als ich gerade über diesen Umstand nachsann, hörte ich Schritte und Lärm von der Straße her. Mich schwer auf den Stock stützend, wich ich nach hinten aus, doch die Gasse fand sehr bald ein Ende – endete steil an der Flanke des Eisberges. Ich sah hinauf in der Hoffnung, dass Eiken sicher gelandet sein könnte, und mir eine rettende Hand reichte. Er tat es nicht. Ich sah keine Spur von ihm.

Jedoch – obgleich der Lärm auf der Straße seinen Pegel hielt, drang niemand zu mir vor. Ich testete mein Fußgelenk aus, balancierte den Spazierstock in der Hand – er war die einzige Waffe, die ich den Schlagstöcken der Schutzmänner, den Musketen der Kanzlerwache und den seltsamen Repetiergewehren der Shellys entgegensetzen konnte. Ich schluckte. Die Reise war also so verlaufen, wie ich es befürchtet hatte. Ich war nun leider mausetot.

Doch als ich mich gerade zögerlich damit abfand, ertönte nun doch Eikens Stimme, ich erkannte sie sofort, denn der friesische Einschlag fiel mir wieder auf, den ich vorher kaum noch wahrgenommen hatte.

Ich hörte weder Schüsse noch Schreie, als Eiken in mein Sichtfeld trat.

„Wie geht es dir?"

„Ich … habe mir das ein oder andere … Es geht mir gut. Was bedeutet das?"

„Das bedeutet natürlich, dass ich dich soeben verraten habe, aarem Knech. Du scheinst Roþblatt sehr wichtig zu sein."

„Das glaube ich dir nicht."

„Das würde ich an deiner Stelle auch lieber nicht glauben." Er lächelte hinter seinem buschigen Bart.

„Du bist Friese."

„Ich war vor allen Dingen Tomkes Mann."

„Das ist dir wichtiger als deine Ehre als Friese?“ Meine Stimme wackelte nicht einmal.

„Ich verrate nur dich. Ehre ist auch nur ein Wort, oder? Also komm raus hier.“

„Naja. Es ist ja deine Ehre, Eiken“, erwiderte ich achselzuckend. Humpelnd schleppte ich mich aus der Gasse, die Enttäuschung, die ich fühlte, hielt sich erstaunlicherweise in Grenzen – die Luftschiffe würden dennoch angreifen und Eiken und mich vielleicht mitsamt Roþblatts verdammtem Turm vom Antlitz des Eisberges tilgen.

Aber Æsta wird nun wissen, dass sie da sind. Jetzt können sie nur verlieren gegen die Schiffe und Kanonentürme des Herzogs, der Fabrikanten – und der Hanse, die sicherlich auf kurz oder lang mitmischt.

Zudem war meine Sache verloren. Ich hatte Æmelies Leichnam in Sicherheit bringen wollen, das Ölbild ihres Gesichts. Aber wenn alles einstürzte und der verdammte Eisberg im Meer versank, dann hatte ich auch, was ich wollte.

Als ich aus der Gasse trat – in die Dämmerung einer eisigen Sommernacht – krachte etwas auf meinen Schädel herunter und beförderte mich in erneute schwarze Bewusstlosigkeit.

Die Hölle des Professor Roßblatt

Blutiger Handabdruck auf Stoff

Eine Nadel durchdrang die Hauptader meines Halses und spritzte mir etwas, das mein Herz rasen ließ und mich aus der Ohnmacht ans Tageslicht beförderte. Nein – es war kein Tageslicht, es war eine Glühlampe, deren Lichtstrahl mir, von einem spiegelnden Lampenschirm gebündelt, direkt ins Gesicht leuchtete. Dahinter war alles schwarz, und vielleicht war nun endlich eine kurze Nacht über Æsta hereingebrochen.

Etwas schob sich zwischen mich und das Licht – auch das zum großen Teil schwarz, und ich blinzelte mit flachem, raschem Atem. Die Umrisse gewannen an Schärfe. Vor mir tanzte eine schwarze Haube auf ebenso schwarzem, straff zurückgebundenem Haar, das als dicker Pony seiner Besitzerin ins Gesicht fiel. Konzentriert hatte sie das bleiche Antlitz gesenkt und etwas Kaltes berührte meine Brust. Diese Kälte spürte ich einen Augenblick lang überdeutlich, und alles andere war dagegen verstummt – der Schmerz in meinem Arm, die Prellung an meinem Kopf, mein verrenkter Fuß.

Etwas schabte über meine Brust, und ich schielte an mir herab. Die Krankenschwester rasierte mir das Haar ab, und dabei streckte sie die Zungenspitze zwischen ihren schmalen Lippen hervor.

„Ich bin … im Spital", stellte ich fest, denn obwohl bisher alle Zeichen darauf hingedeutet hatten, hatte ich dennoch gehofft, es möge sich um ein Missverständnis handeln.

„Herzlich willkommen, Herr von Erlenhofen", begrüßte mich die knarrende des Professors. „Ich frage mich – dürfen Sie sich Herr Doktor nennen? Wo die Gattin eines Doktors sich doch schließlich Frau Doktor nennen darf?"

„Schön, hier zu sein", lallte ich wagemutig. „Hatte eh vor, Sie für Ihre Verbrechen zur Rechenschaft zu ziehen."

„Tatsächlich? Wissen Sie, was ich glaube? Sie sind hier, weil Sie die Pläne auf Æsta lassen mussten bei Ihrer überstürzten Flucht damals. Das trifft sich vorzüglich."

Ich wagte einen Blick in meine Umgebung – ich schien mich in einem Konferenzraum zu befinden, der vom Wohlstand des Professors zeugte. Hochlehnige Stühle mit roten Polstern, schwere Tische und ein immenser Globus, der mir die Seite zuwandte, die den unermesslichen westlichen Ozean zeigte, standen vor der Fensterfront, die den Raum einmal umlief und nur Nachtschwärze herein ließ. In der Nähe des Ausgangs zum Treppenhaus waren mehrere Wachmänner postiert, bei denen ich auf keine menschliche Regung mehr hoffen konnte. Ich bemühte mich, den gierigen Blick des Professors gelassen zu entgegnen.

„Tatsächlich? Bleiben Sie etwa mit Ihrer Forschung immer noch hinter meiner Frau zurück, obwohl ich Ihnen so viele Monate Zeit gelassen habe?"

„Verzeihen Sie, Fräulein?", fragte der Professor, schob das Fräulein ein Stück beiseite und versetzte mir einen Schlag ins Gesicht. Er traf mich hart auf Nase und Wangenknochen, doch Schmerz wollte sich nicht einstellen. Ich zwang mich zu einem Lächeln, während er sich die Fingerknöchel in den schwarzen Lederhandschuhen rieb. Ich war mir sicher, dass er sich normalerweise nicht auf solch grobschlächtige Therapiemethoden herabließ.

„Betrachten Sie es als Vorgeschmack. Sie werden mir schon sagen, wo diese Pläne sind!"

„Wenn Sie Æmelie wieder zum Leben erwecken, Sie liederlicher Hund, dann kann es sein, dass sie Ihnen antwortet. Ich werde es nicht tun. Sie stehen in Ihrem Schatten, sogar jetzt, da sie tot ist."

Er hieb erneut auf mich ein, diesmal zielte er niedriger, auf meine Lippen, doch sein Schlag war in keinem Fall mit Eikens Fertigkeiten zu vergleichen, und so tat ich mein Bestes, um ihn weiterhin höhnisch anzusehen.

„Niemand wird sich je an Sie und diese erbärmlichen Dinge, die Sie Wissenschaft nennen, erinnern", brachte ich durch das Blut hervor, das mir aus der geplatzten Lippe in den Mund strömte.

„Machen Sie weiter, Fräulein. Schnell!" Er wandte sich ab, die Schultern hochgezogen, als sei er kurz davor, sich auf mich zu werfen und mich mit dem bloßen Hass seiner behandschuhten Fäuste zu töten. Es war mir gleich, ich betrachtete sein Profil, sein grauhäutiges, glattrasiertes Altherrengesicht. Die Glühlampe streckte einige unwillige Lichtfinger nach ihm aus, während die Krankenschwester meine entblößte Brust blank schabte. Mit Pflasterstreifen klebte sie Metalldrähte auf meine Haut. Ich seufzte.

„Sie werden brennen und es mir sagen", stellte Roþblatt trocken fest. „Sie werden nicht widerstehen."

Damit legte er den großen Hebel um und ließ den Strom wie einen hungrigen Wolf auf meinen wehrlosen Körper los.

○ ○ ○

Sie hatte keine Seele. Aber sie würde nicht länger warten.

Er war an einen hölzernen Sitz gefesselt – wie Liegen im Spital war auch dieser mit Lederriemen ausgestattet. War der arme Naðan eben noch mithilfe solcher Gurte Teil eines Gedankenexperiments, Teil einer Flugmaschine gewesen, so war er jetzt ganz und gar Menschenversuch und das Opfer der Maschinerie des Professors.

Als die elektrische Entladung ihn wieder losließ, klapperten seine Zähne, das Blut lief ihm übers Kinn, und dieser Anblick zerriss sie fast.

„Sie werden lachen. Ich weiß nicht, wo die Pläne sind", brachte er hervor.

Eiken betrat den düsteren Raum, dessen Fenster stumpfe nächtliche Schwärze verbargen. Sie fand Eiken verabscheuenswert. Das war er schon immer gewesen, ein widerlicher Mensch.

„Was tun Sie hier?", schnauzte ihn der Professor an, als Eiken sich zu den Wachleuten des Spitals begab – einer aus der Garde des Herzogs war auch dabei. Die Schutzmänner jedoch hatte man am Tor des Spitals weggeschickt. Jetzt bereiteten sie Æsta vermutlich auf den Angriff vor. Alarmsirenen würden schrillen, Schiffe würden bemannt und Geschütze geladen werden.

Eiken zuckte zur Antwort die Achseln und bedachte Naðan mit einem langen, genüsslichen Blick. „Will mir das nur angucken."

Naðan stöhnte. So festgeschnallt musste ihm auch seine Schulter grässlich weh tun. Ynge lag auf dem Boden, denn sie hatten ihm den Mantel ausgezogen und das Hemd geöffnet. Der Professor war ein Untier, ein Satan – aber er herrschte nicht über alle Dämonen. Er würde nicht vermuten, dass sie hier war.

Ihr war warm. Hinter ihr schmolzen Eisblumen an den Fensterscheiben, die den Raum umgaben und die Sicht auf Æsta und das Meer freigaben. Auf den schwarzen Nachthimmel, den kein Mond erhellte.

„Sie sind ein interessanter Fall, Herr von Erlenhofen. Ehrlich gesagt, glaube ich, Sie sind nicht halb so verrückt, wie allgemein angenommen wird. Ich denke, es treibt Sie nicht die Vergeltung her, sondern ein perfider Plan."

„Mein perfider Plan", warf Eiken ein. „Es war meine Idee, herzufliegen mit den Gleitern. Er ist drauf reingefallen."

„Tatsächlich? Und womit haben Sie ihn hergelockt?", fragte Roþblatt.

„Sie wissen schon. Seine Frau. Er ist verrückt danach, sie zu retten."

„Das hieße ja doch, dass er verrückt ist." Etwas wie Bedauern schwang in der Stimme des Professors mit. „Ich glaube, er weiß sehr wohl, was er tut, nur hat er es Ihnen vielleicht nicht gesagt. Einem Barbaren und Verräter muss man ja vielleicht nicht alles anvertrauen, nicht wahr, Herr von Erlenhofen?"

Naðan stöhnte wieder, und Roþblatt nahm das zum Anlass, noch einmal einen Stromstoß durch seinen gepeinigten Körper zu senden. Naðan zuckte wild von Krämpfen geschüttelt, wimmerte und stieß einen schrecklichen Laut aus, und die Puppe wünschte, sie könnte sich die Ohren zuhalten.

„Wo sind die Pläne, Herr von Erlenhofen? Wir wissen beide, dass es sie gibt. Sie hatte sie dabei, bei unserem Gespräch in Venedig, als Sie, mein Guter, sich so bemitleidenswert mit Ihren begrenzten künstlerischen Ausdrucksformen auseinandergesetzt haben."

„Ich … erinnere mich", presste Naðan hervor. „Aber ich weiß nicht, was sie damit getan hat. Ich weiß es nicht."

„Weshalb sind Sie dann hier?"

„Um meine Frau … aus Ihren gierigen Klauen zu reißen!", schrie Naðan.

„Rührend!", kreischte der Professor zurück und schickte einen sehr kurzen, schnellen, wütenden Stromschlag durch Naðans Körper. „Was schert sich jeder um die toten Überbleibsel eines menschlichen Körpers? Was für eine Aufregung um diese hässliche Hülle, gefüllt mit Säften der ekligsten Art! Warum nimmt niemand sie als das, was sie ist? Notwendig, um Geist, Genie, Gedanken mit der Erde zu verankern, die letztlich auch nichts ist als eine nichtswürdige Hülle, gefüllt mit Säften! Das Körperliche steht dem menschlichen Geist zur

Verfügung, und ich lasse nicht zu, dass man mir aus Gründen der Moral stets Knüppel zwischen die Beine wirft!"

Er tanzte mit seinem rechten Bein, dessen Knie steif war, beinahe und ließ seinen metallenen Spazierstock an den Beinen des Stuhls herumklackern, dieser schreckliche Mensch. Flehentlich sah sie zu Naðan auf, der ihn hilflos musterte.

Roþblatt beugte sich über ihn, fixierte ihn mit starrem Blick, fuhr dann mit dem Knauf des Stocks zu Naðans Brust herab und klopfte auf die Klebestreifen.

„Sie werden soviel hiervon kriegen, dass es Sie tötet, mein Guter, wenn Sie mir nicht irgendetwas sagen, was ich hören will. Wie sind Sie hierhergekommen? Mit diesen … Fluggeräten … nach den Plänen, die Sie mir gestohlen haben!"

Naðan wollte protestieren, wollte richtigstellen, wer wen bestohlen hatte, doch Ynge warnte ihn mit einem Quietschen, das angstvoll aus ihr hervorbrach.

„Wir sind geflogen. Von Helgoland über das Meer", sagte Eiken im Rücken des Professors gelassen, und Naðan verzog keine Miene, ergänzte einfach: „Umsetzung … von Muskelkraft … in Flügelschlag."

Es wunderte die Puppe, dass diese beiden Todfeinde sich in einem solchen Moment einig waren – es tröstete sie allerdings wenig, denn was kümmerte sie die Flotte der Friesen, wenn Naðan sein Leben lassen würde, hier, in der Hölle des Professor Roþblatt?

„Er weiß es wirklich nicht, oder? Sagen Sie doch auch einmal was dazu, mein friesischer Freund! Sie haben ihn doch hergebracht! Sagen Sie mir, was ich jetzt mit ihm tun soll."

„Ich schlage vor, Sie geben mir das Geld, das Sie ausgesetzt haben, und dann lassen Sie mich mit solchen Entscheidungen in Frieden."

„Ja, ja. Vermutlich haben Sie recht. Bedauerlich, dass Ihr sicherlich kräftezehrendes Unterfangen, ihn herzubringen, so fruchtlos war. Herr von Erlenhofen, ich denke, ich werde Sie nun töten, wenn Sie mir nicht einen kleinen … kleinen Hinweis geben können."

„Ich fürchte, das kann ich nicht", flüsterte Naðan und schloss die Augen. „Nein", wollte die Puppe ihm sagen, „gib nicht auf!"

Sie sagte es jedoch nicht. Sie sortierte ihre Gedanken. Die schnellen hier hin, die langsamen dort hin. Roþblatts Hand schloss sich um den Hebel, der die ganze Gewalt seiner monströsen Apparatur auf ihren Schützling loslassen würde. Eikens Stimme jedoch hielt ihn für den Moment von seinem anmaßenden Urteil über Leben und Tod ab.

„Fosite richtet dich jetzt, aarem Knech", sagte er zu Naðan und grinste, doch bei Roþblatt hatte er damit einen wunden Punkt getroffen.

Dieser warf dem Friesen einen höhnischen Blick zu, packte das Monokel, das ihm vom Kragen baumelte und klemmte es sich dozierend unter die Augenbraue, als müsse er sein Gegenüber dafür besonders klar vor sich sehen.

„Die Welt ist voll mit Narren, und doch wird die Zweckentfremdung ihrer Körper beklagt!", seufzte er. „Wo doch nicht einmal ihr Geist zu etwas taugt. Ich würde ja sagen, das Aufwachsen unter friesischen Barbaren hat Sie zu einem tumben, abergläubischen Menschen gemacht, doch ich fürchte, auch in einem gebildeten Volk wäre nicht wesentlich mehr bei Ihnen herausgekommen."

„Sie sind ein ganz schönes Arschloch", murmelte Eiken beleidigt, und die Wachen scharrten mit ihren Füßen, als würden sie nun auf den Befehl warten, sich auch des Friesen zu entledigen, doch der Professor lehnte sich zu diesem herüber und streckte einen langen Zeigefinger wie einen Rohrstock aus.

„Die Wissenschaft tritt an die Stelle der alten Götter und Dämonen."

Hätte er einmal die Puppe gefragt, statt sie inmitten des Mantels auf dem Boden liegen zu lassen. Hätte er sie einmal gefragt, denn sie wusste es besser als er.

○ ○ ○

Durch einen roten Schleier und durch all die tanzenden Punkte vor meinen Augen sah ich den Satan hinter dem blendenden Schein der Lampe. Er hatte sich von Eiken wieder abgewandt, und seine Hand streckte sich nach dem Hebel aus.

Aus den Augenwinkeln konnte ich hinter dem Fenster eine Bewegung erahnen. Ein riesiger Schatten schien sich aus der Dunkelheit zu schieben, wie, um die höllische Niedertracht des Professors zu unterstreichen. Doch niemand sonst schenkte dieser Manifestation aus der Unterwelt Beachtung, und ich würde den Teufel tun, und sie darauf hinweisen. Der Moment war verstrichen und hatte mir nicht die Eingebung geschenkt, auf die ich wartete, um mein Leben zu retten. Seltsam war es, dass mir eiskalt war – oder vielleicht ist das stets im Moment des Todes so. Doch vor meinen Augen stieg mein Atem als Wolke auf, und das war in der Tat merkwürdig.

Ich fragte mich, während sich meine Lider fest schlossen, ob ich auch durch den Mund einer Puppe sprechen würde.

Nein, es war nicht Æmelie, die sprach. Was es auch war, es war nicht sie. Es sprach nur mit ihrer Stimme. Aber es war mir ein wahrer Freund.

Die Kälte legte sich wie eine zweite Haut auf mich, die Temperaturen sanken so schnell, dass ich mit einem Aufschrei die Augen wieder öffnete. Das konnte nicht nur das Gefühl des nahenden Todes sein – etwas geschah! Eisblumen verschlossen knisternd die Glasscheiben, die den Raum ringsherum in zahlreichen Fenstern umschlossen – die elektrische Glühlampe flackerte, dann barst das Glas in einem Splitterregen, der mir auf Brust und Gesicht niederging und tauchte den Raum in eine Dunkelheit, die nur von einer Gaslampe erhellt wurde, die unter der Decke baumelte. Nun geschahen mehrere Dinge gleichzeitig: Der Professor umfasste den Hebel und drückte ihn nach vorn, um meinem Leben ein Ende zu bereiten. Stattdessen jedoch schlossen sich seine Finger um glühend heißes Metall, und er kreischte mit einem langgezogenem Schrei vor elendigem Schmerz auf, packte mit der Rechten seine Linke und sank schreiend in die Knie.

Die Krankenschwester und die Wachmänner starrten ihn an und dann auch mich, als hätte ich das irgendwie bewirkt – einer von ihnen ließ mit einem Aufschrei seine Waffe fallen, die ihn entweder mit ihrer Kälte oder ihrer Hitze verbrannt hatte. Ein anderer jedoch erhob drohend seinen Knüppel.

„Nun helfen Sie mir doch, Fräulein! Die Hand! Starke … starke Verbrennung!“, keuchte Roþblatt, und hinein in dieses ausgebrochene Chaos sprach Ynges Stimme: „Es tut mir so leid, Naðan. Die Pläne sind in mir.“

Ich wusste nicht, wo in ihr diese Pläne sein sollten – denn in ihrem Schädel waren sie nicht, aber vielleicht hatte sie sie auch einfach auswendig gelernt, und Æmelie hatte ihre wertvollen Originale verbrannt, was voraussetzen würde, dass Æmelie gewusst hatte, dass eine Art Geist in ihrer Puppe hauste. Es war mir auch gleich, sollten diese Pläne doch in ihr sein, sie waren mir nichts wert, sie hatten nur Tod und Elend gebracht.

Was mich jedoch erstaunte, war, dass im Raum absolute Stille einkehrte, nur der Hebel zersetzte sich in eine weißgelb glühende Substanz, zischte und tropfte zu Boden.

Roþblatt schien seine verbrannte Hand vergessen zu haben, sein Blick suchte meine süße Ynge und fand sie – wie ihr Kopf aus meinem dahingeworfenen Mantel herausschaute. Auch die Krankenschwester wandte den Kopf. „Wer … wer war das?“, piepste sie.

Der Professor lachte glücklich – nur ein einziger schmerzhafter Schluchzer schlich sich hinein.

Er stammelte beinahe ergriffen vor sich hin: „Der geniale Isaac Newton, Gravitationstheorie und Infinitesimalrechnung, und danach hat er sich tatsächlich über allerhand Engel und Teufel ausgelassen. Unglaublich. Sollte er selbst damit recht behalten?"

Immer noch ruhten aller Augen auf ihm und meiner Ynge. „Es ist diese Puppe!", jaulte er auf, tat einen Satz zu ihr hinüber und zerrte sie von dort hervor, wo ich sie so gut befestigt hatte, damit sie nicht während des Flugs abhanden kam. Er packte sie einfach, und dann schlug er ihren Kopf – er schlug ihn auf den Boden, einmal, zweimal, und ich schrie auf wie ein Besinnungsloser. Ynges Kopf klirrte, Ynges Kopf zerbarst in Porzellanscherben, auf denen kostbares Haar befestigt war.

„Ich ... bin ... endlich ... am Ziel!", hechelte der Professor und tastete durch die Scherben, achtete seiner Verbrennung nicht mehr. „Selbst der Kaiser ... muss anerkennen ... Der perfekte Arbeiter! Die Lösung der sozialen Frage! Auslöschung ... aller ... Sorgen!" Ein Stück von Ynges Gesicht war noch da – es war noch mit ihrem Leib verbunden, starrte mich jedoch an wie eine tote Person – eines ihrer überirdisch blauen Glasaugen; es war gebrochen. Die Hälfte ihres Mundes. Damit würde sie nie wieder sprechen. Ich schrie wie ein Wahnsinniger und bäumte mich in den Gurten auf. Schmerz durchzuckte meinen ganzen Körper, doch der Widerstand war geringer, als ich erwartete. Jemand beugte sich von hinten über mich, die Schneide eines Messers durchtrennte bereits einen weiteren Gurt und traf danach die Rückenlehne meines Folterstuhls.

„Jetzt haben wir genug Zeit geschunden. Ich denke, die anderen werden bald hier sein, jetzt, wo ja immerhin dieses Scheiß-Ætherlot ausgeschaltet ist." Eikens Stimme quoll über vor Freude, und ich konnte diese Freude nicht verstehen, konnte nichts davon verstehen. Der Professor jedoch hielt inne in seinem sinnlosen Tasten – denn wie schon andere vor ihm festgestellt hatten, war der Kopf der Puppe leer, er hatte weder einen Dämon noch ein Blatt Papier darin vorgefunden.

Er sah auf. „Was tun Sie da? Weg von dem Stuhl! Mit solchen Finten kriegen Sie mich nicht! So ein Unsinn!" Dann erhob er seine Stimme erneut, schrie einen Namen zur gähnenden Türöffnung des Treppenhauses. „Loðar!"

Einen Moment, in dem das Ticken eines weit entfernten Chronometers zu hören war, schwieg alles, schwiegen Zeit und Raum und auch die Krankenschwester. „Guck nach Loðar!", herrschte der Professor einen der beiden Wachmänner an, doch Eiken schnaubte belustigt. „Loðar ist gestorben. Aber er hat nicht gelitten. Es war ein sauberer Schnitt."

„Er hat ein Messer!"

„Weg von dem Stuhl, sage ich!"

„Auf diesen Hund!"

Die Krankenschwester kreischte und legte sich die Linke vor Mund und Nase, während sie auf den mächtigen Schatten zeigte, der sich schräg hinter mir befand. Eiken warf sich gegen meinen Stuhl, schleuderte mich damit zu Boden und sich neben mich, und während ich noch versuchte, neben all den Splittern, in die sich mein Kopf – nein, Ynges Kopf – aufgelöst hatte, einen klaren Gedanken zu fassen, sah ich die Umrisse eines Luftschiffes, das dem Turm seine Breitseite zuwandte. Eiken packte die Kupferdrähte, die von der schmelzenden Maschine zu meiner Brust liefen und riss sie mitsamt der Pflaster ab, während ich auf allen vieren zu Ynge kriechen wollte.

Die Krankenschwester schrie erneut gellend auf – eine ganze Salve an Mündungsfeuern zuckte – die Fensterscheiben zerbarsten und gaben Raum für die Kälte der Nacht und die Geschosse der Likedeeler. Mit grimmiger Befriedigung sah ich, dass der Leib der Krankenschwester von einer Kanonenkugel erfasst, zerfetzt und zerschmettert wurde. Sollten seine Puppen doch auch alle zerspringen! Fosite hatte Recht gesprochen.

Trümmer regneten auf uns herab, Befehle gellten, auf der Treppe dröhnten Stiefel, auf Æsta läuteten Alarmglocken, als die nächtliche Gefahr erkannt wurde. Ich kauerte mich zusammen und atmete nicht mehr. Ich hatte mich schon viel zu oft damit abgefunden, dass dieser Tag mein Ende war.

Tomke war die Erste, die sich von der *Frijheid* in den Turm schwang. „Æsta den Tod!", schrie sie mit gezogener Pistole und schoss der Wache des Herzogs in die Brust, bevor sie ihr kurzes Schwert aus der Scheide springen ließ. Ihr Lachen gellte durch den implodierenden Raum.

Tjarko folgte, dann Arfst, Wubke und Friedrick, alle mit gezückten Messern, Speeren, Rundschilden oder Pistolen. Als die Spitalsmänner in die Folterstube des Professors eindrangen, sah ich, dass Roþblatt zwischen ihnen ins Treppenhaus entwischte. In der Hand hielt er meine Ynge. Ich jaulte auf, griff nach dem Stock, der neben meiner Jacke hin- und herrollte, und stemmte mich damit und mit einem unirdischen Laut des Schmerzes auf die Beine.

Jemand rief meinen Namen – doch wenig war nun noch wichtig, und mein Name gehörte mit Sicherheit nicht dazu.

o o o

Sie hatte gesprochen. Sie hatte gesprochen, und jeder hatte es gehört, und sie hatte mein Leben damit retten wollen, und nun war sie in Porzellansplitter zerborsten, meine arme, innig geliebte Ynge.

Schüsse knallten, Holzstühle zersplitterten, Schreie und der Lärm von Propellern, Dampfmaschinen sowie der kollabierenden elektrischen Maschinerie des Professors ließen den Raum in einem Inferno versinken. Direkt vor mir fiel ein Wachmann einer Musketenkugel zum Opfer, und ich nutzte die Lücke, um Roþblatt ins Treppenhaus zu folgen. Meine versehrten Gliedmaßen gehorchten mir, doch sie taten es mit einem Schmerz, der mein Sichtfeld an den Rändern schwarz werden ließ und androhte, mich auf kurz oder lang einfach zu Boden zu schicken. Ich presste die Kiefer aufeinander, schmeckte Blut und den Mut der Verzweiflung. Im Treppenhaus schrillte die altbekannte Alarmglocke des Spitals, und aus den unteren Stockwerken erscholl eine Kakophonie aus Angst- und Wutschreien – die Laute der Gefangenen, der Kranken, der Gepeinigten, die nun aus ihren Betten und von ihren Bänken krochen. Befehle wurden gebrüllt, von Schlagstöcken wurde mit dumpfen Geräuschen Gebrauch gemacht. Ich presste mich in die enge Wendeltreppe, die ins oberste Stockwerk des Spitalturms hinaufführte. Der vertraute Paternoster führte nicht bis hier hinauf, und so konnte Roþblatt nur über die Treppe geflüchtet sein. Für einen kurzen Moment war die Welt im Chaos versunken und achtete meiner nicht. Ich atmete gepresst. Mein Körper fühlte sich an, als sei er von winzigen brennenden Fäden durchzogen worden, wie die Haut der tätowierten Friesen.

Roþblatt war nicht nach unten geflohen – nicht zu jenen, die er vorgeblich geheilt und unter der Hand auf seine seelenlose Art und Weise erforscht hatte. Er würde sich verkriechen, bis seine Probleme gelöst waren, bis die Luftschiffe des Herzogs, seines Verbündeten, die friesische Meute bezwungen hatten. Explosionen erschütterten den Grund und übertrugen sich in die Spitze des Turms. Ich packte den Handlauf der Wendeltreppe und zog mich stöhnend die Stufen hinauf in die Dunkelheit. Der Turm wankte unter mir, knirschend gaben die Ziegelsteine Mörtel und Staub von sich.

Er würde einstürzen. Wir würden alle mit ihm in den Tod stürzen.

Die Treppe endete unter einer Falltür aus Holz und Stahl – diese war zugeschlagen worden, der Staub rieselte noch. Ich hörte, wie der Schlüssel abgezogen wurde, wie er klimpernd über den steinernen Boden schlitterte. Flaches, heftiges Atmen war über der Tür zu hören.

„Die Puppe hat gelogen“, schrie ich durch das massive Holz. „Die Pläne sind in der Opiumhöhle von Madame versteckt, im Hafenviertel. Geben Sie mir die Puppe zurück!“

In diesem Moment hörte ich ein Geräusch – ein dumpfer, leichter Schlag gegen die Falltür, dann ein gefährliches Scharren – es war die schmale Klinge, die Roþblatt aus seinem Stock ausfahren konnte, und er bohrte sie durch das Schlüsselloch, streifte meine lahme Schulter damit und wollte sie sodann wieder zurückziehen – doch sie hatte sich im Schlüsselloch verhakt. Entschlossen schlug ich mit meinem eigenen Stock zu, trieb die Klinge mit einigen Hieben mit dem Knauf in die Mechanik des Schlosses und hörte schließlich entweder die Klinge oder den Riegel knacken und brechen. Gleichzeitig gelang es jedoch auch dem Professor, sein Mordinstrument zurückzuziehen – die Tür sprang unter meinem besinnungslos wütenden Ansturm auf, ich stolperte schreiend in die Kuppel des Turms hinein, und sofort bohrte sich die Klinge des Professors in meinen Oberarm, den ich mit dem Stock schützend vor meinen Kopf gehalten hatte, als ich hinauf stürmte.

Der Schmerz blieb aus – zu viel davon war schon in mir, so dass er wirkungslos an mir abperlte wie Wasser, das in ein ohnehin bereits volles Glas geschüttet wird.

Ich hieb mit dem Ende meines Stocks gegen seine Schläfe, er strauchelte zurück, Ynges entstellter Leib schlitterte durch den Raum, das Stockmesser zuckte aus meinem Arm heraus. Blut sprudelte hervor, und nun spürte ich auch Schmerz, aber er war mir so gleichgültig wie Roþblatt seine verbrannte Hand. Ich stürzte vorwärts, um Ynge zu packen, doch auch Roþblatt reagierte schnell, verfehlte mich jedoch. Als ich auf die Knie prallte, um die Puppe zu bergen, sauste seine verbogene, aber dennoch tödlich intakte Klinge über mich hinweg. Der Professor fing die Wucht seines Hiebes jedoch unmittelbar über mir auf und stieß nach unten, um mich auf dem Boden aufzuspießen. Meine Fingerspitzen streiften Ynge, als ich mich herumwälzte und dem Stich entging. Ich schlug Roþblatts Stock beiseite. Margarets Cognac war längst aus dem gläsernen Gefäß im Knauf ausgelaufen und machte den Stock glitschig und für meine verbliebene Hand noch schwerer zu halten. Fluchend entging ich einem weiteren Hieb, traf Roþblatts steifes Bein am Kniegelenk und ließ auch ihn straucheln. Er jedoch nutzte den Schwung, stürzte sich auf Ynge und packte die zerschlagene Puppe, deren spitzenbesetztes Kleidchen nun bereits in Fetzen hing. Hohnlachend kam er schneller in die Höhe als ich, und ich hielt meinen Stock erneut zwischen die Klinge und mein blankes Leben, als er die gewaltige Apparatur des Ætherlots erklomm. Mit einer Hand klammerte er sich an das technische Ungetüm aus verschiedenen metallenen Verstrebungen und Antennen. Das Funkmessgerät rotierte wohl für gewöhnlich, um den Himmel abzutasten, stand aber nach Eikens Sabotage still. Um ihn herum hallten Schüsse und blitzten Mündungsfeuer im von Likedeelern besetzten Himmel.

„Herr von Erlenhofen – Sie sollten sich einmal ansehen. Sie sind ein Wrack!“, lachte der Professor von dem schweren Metalltisch herab. Erst jetzt sah ich zwei Menschen, die das Ætherlot offenkundig bewacht oder bedient hatten, tot in ihrem Blute liegen. Mit dem Rücken zu den großen Antennen des Ætherlots deckte sich Roþblatt mit seinem Stock. „Geben Sie auf!“

„Warum? Damit ich nicht zu Schaden komme? Nein, ich werde dafür sorgen, dass Sie meinen Leichnam zu nichts, zu gar nichts mehr verwenden können!“, schrie ich und versetzte ihm einige Schläge, die er mühelos konterte. Erstaunlich behände trotz seines Beins ließ der alte Mann meinen Spazierstock abgleiten und beugte sich mit einer raschen Bewegung vor, spießte die Spitze seiner Klinge in meine ausgekugelte Schulter. Ich brüllte vor Pein und ließ mich zurückfallen – auch hier drängte Blut hervor und lief über meine malträtierte

Brust. Der Professor lachte und bewegte Ynge in seiner anderen Hand hin und her. „Sprich nochmal, kleines Püppchen."

„Sie hatten eine sprechende Puppe in der Hand und haben sie zerschlagen, Roþblatt – was für ein beschissener Wissenschaftler sind Sie eigentlich?"

Wütend starrte er mich an – Æsta unter uns begann zu brennen, und Roþblatts Wut wurde von seiner persönlichen Besessenheit bezwungen.

„Da draußen schreien sie jetzt in ihrem jämmerlichen Aufstand! Gott gebe, dass sie danach alle tot sind, das wäre für die Gesellschaft am besten – kein arbeitender Ballast mehr, nur noch Maschinen, und Ihre Frau hilft mir dabei!"

In diesem Moment knallten hinter mir Gewehre im Stakkato – viel näher als die Schüsse aus den Luftschiffen über Æsta. Dass ich unter dem Schmerz, den Roþblatts Stich mir beschert hatte, nach vorn taumelte, war mein Glück, denn das verheerende Repetiergewehr verfehlte mich mit sicherlich dreien seiner Schüsse, ein weiterer streifte meine Kleidung auf Rippenhöhe. Die auf mich gemünzten Schüsse verfehlten auch den Professor sowie die Apparatur des Funkmessgeräts und durchschlugen stattdessen an mehreren Stellen die kunstvolle gläserne Kuppel, die uns, von Betonbögen gehalten, überspannte und einen sich bereits erneut erhellenden, sternenübersäten Himmel zeigte.

„Halt!", herrschte Roþblatt die hereindrängenden Wachmänner an. Einer von ihnen war ein Mensch, die anderen waren wandelnde Leichname, von denen der Linke bereits in einem desaströsen Zustand war – Säfte verschiedenster Konsistenz und Farbe rannen aus seinem von einer Explosion zerrissenen Schädel, die Gliedmaßen zuckten unkontrolliert und bedrohlich.

„Sie kommen hinterher, Herr Professor!", erwiderte der Mensch in verzweifeltem Ton und gab einen Schuss die Treppe hinab ab. Ich hörte einen Schmerzenslaut, als jemand getroffen wurde.

„Tötet … vor allen Dingen … diesen Mann und schützt mich!"

Der Wachmann schloss die Tür, ich schleppte mich stöhnend in die Deckung der beiden Leichen und ihrer Stühle, während die Shellys erneut das Feuer eröffneten. Kugeln durchschlugen den toten Loðar und seinen Kollegen und verfehlten mich knapp. Immer wieder konnten die verdammten, für lebende Menschen viel zu massigen Gewehre schießen, und die Shellys ließen sich von keinen Verletzungen davon abhalten, sich mir zu nähern. Ölige Flüssigkeit tropfte aus ihnen heraus.

Der Professor jedoch kletterte über die Verstrebungen des Ætherlots, sprang herab und griff dann nach einem Riegel, der eine gläserne Tür in der Kuppel verschloss. Er rüttelte daran, und wie als Antwort erbebte der Turm erneut unter den Einschlägen von Bomben und Kanonen. Als er die kleine Wartungstür aufriss, kam die Decke der zerlöcherten Kuppel herab – mit einem Schrei wurde der Wachmann, der sich gerade auf die Falltür warf, von Splittern getroffen, und ging blutüberströmt zu Boden. Ich selbst verkroch mich unter den Stühlen der beiden Leichname, die Shellys wurden von handgroßen Glassplittern zerrissen, machten sich jedoch wenig daraus – und der Professor entkam nach draußen.

Nach draußen? Dann war Ynge auch fort – und erneut gab das den Ausschlag, mich durch fallende Splitter von den noch warmen Leichen zu entfernen und dem Professor zu folgen.

Während ich mich zerschlagen auf allen vieren zur Luke schleppte, durch die Roþblatt das Weite gesucht hatte, nahte mit stampfendem Schritt einer der chemisch riechenden Shellys. Seine Waffe war auseinandergebrochen, doch er schien mit seinem zweifelhaften Rest von Verstand begriffen zu haben, dass er mich nun auf andere Weise vom Leben in den Tod befördern musste. Mit dem Kolben des Gewehrs traf er mich im Rücken, und meine Wirbelsäule gab nach und ließ mich alle viere von mir strecken. Splitter auf dem Boden zerschrammten mir das Gesicht und die nackte Brust, meine Hände fanden, glitschig von Blut und Cognac, keinen Halt. Ich schluchzte auf, als der Shelly hinter mir erneut mit seiner Uhrwerkspräzision den Gewehrkolben hob, um meinen Nacken zu zerschmettern. Sinnlos kroch ich vorwärts, wimmernd vor dem nahenden Tod.

Erneut knallten Schüsse, zerschlugen den Gastank des Shellys – Funkenentladungen entzündeten das Gas und ließen die Kreatur in Flammen aufgehen. Ich raffte alles zusammen, was mir an Überlebenswillen verblieben war und kroch zu der Öffnung, die nach draußen gähnte. Ein einziger Blick zurück verriet mir, dass Eiken sich eines der schweren Gewehre bemächtigt hatte und damit lachend die brennenden Shellys zerschoss. Weitere Teile der Kuppeldecke fielen ihm zum Opfer, und ließen den schneidenden Wind in den Turm des Professors ein. Draußen dröhnte die Flottille der Likedeeler, und ich zog mich über die Kante. Schienen und Verstrebungen eines Lastenaufzugs, mit dem die Teile des Ætherlots hinauftransportiert worden waren, gähnten unter mir. An ihnen kletterte Roþblatt abwärts.

„Ich bin über Ihnen!“, brüllte ich, als all der Schmerz einem unvernünftigen Triumphgefühl wich. „Sie springen besser sofort.“

„Seien Sie nicht albern! Sie schaffen es niemals hier herunter!“ Doch seine Stimme war tatsächlich angsterfüllt, denn wenn ich fallen würde, würde ich ihn mitreißen. Das ahnend ergriff er die nächste Gelegenheit, während ich mich mit tauben Fingern an den eisernen Schienen festklammerte, und wich zur Seite auf ein Fenstersims aus, das sich sicherlich sieben Meter unter mir befand. Wegen meines ausgerenkten Arms verlor ich den Halt bereits, als ich mich vollständig über die Kante geschoben hatte, ich sackte hinunter, über einige der in die Mauer getriebenen Verankerungen abwärts – einen, zwei, drei Meter, bis meine Füße unsanft auf einem metallenen Haken Halt fanden, und ich die Finger, die an der rauen Mauer aufgerissen worden waren, am Gleis des Aufzugs festkrampfte. Meine Fingernägel waren abgerissen und blutig, doch ich ließ nicht los. Todesangst verengte mir die Kehle und für einen kurzen Augenblick presste ich mich nur gegen die Mauer – jeder irrwitzige Gedanke an Ynge und Roþblatt war verschwunden. Dieser jedoch hämmerte nun mit dem Spazierstock, den er sich mit einer Schlaufe an den Gürtel gehakt hatte, auf das vergitterte Fenster einer Spitalsetage ein, doch es öffnete sich nicht. Ich wagte einen Blick zu ihm herab, er sah mit buschigen, zusammengezogenen Augenbrauen hasserfüllt zu mir auf.

„Ich werfe Ihre verrückte Puppe hinunter!", kreischte er schließlich.

„Das würde mich wundern. Haben Sie die Pläne mittlerweile gefunden?", presste ich hervor. „Hatten Sie etwa Zeit, danach zu suchen?"

Er grunzte wütend und hämmerte erneut gegen die Gitter.

„Sie haben sich selbst ausgesperrt, Professor."

Ein Schatten drohte über mir. Mein Leben hing nun am seidenen Faden, und doch war es mir gleichgültig. Ich hatte geschworen, diesem Satan das Handwerk zu legen, und wenn es nur über meine Leiche möglich war, dann hatte Fosite das eben so gefügt. Störrisch machte ich mich auf den Weg, kletterte abwärts durch Schmerz und Wind und kalte Dämmerung, durch den heraufwehenden Lärm schreiender Menschen, Schüsse und Explosionen. Noch zwei Meter – noch einen. Meine Gliedmaßen wollten mir nicht mehr gehorchen. Ich würde mich auf ihn fallen lassen und ihn mit meinem Gewicht zum Absturz bringen. Wir würden zusammen fallen und an der Flanke des neben dem Turm aufragenden Eisberges zerschellen. Ich kicherte leise, als alles sich legte, Schmerz,

Verzweiflung und die Grausamkeit meines Schicksals. Der Professor hatte Ynge in der Armbeuge an seinen Leib gepresst, und der Rest ihres Gesichts lächelte mir aufmunternd zu. „Ich lasse sie nicht allein", schwor ich mir in diesem Augenblick. „Nie wieder springe ich ohne sie."

Als ich sprang, vorwärts katapultiert nicht durch meine versagenden Muskeln, sondern nur durch Ynges Lächeln, geschah etwas. Ich verstand in dieser Sekunde natürlich nicht, dass es ein Hakenwerfer war, der schräg über mir krachte, Mörtel und Steinsplitter platzten unter dem Aufprall ab und durchsiebten die Luft. Noch während ich sprang, verfing ich mich in dem Seil, das vorher noch nicht da gewesen war, doch meine Füße trafen den Professor an der Stirn. Er taumelte, ich packte mit meinem heilen Arm das Seil, das sich mit einem Haken in den widerstrebenden Aufzugskonstrukten in der Wand verfangen hatte und bremste damit meinen unweigerlichen Fall. Der Professor fiel ebenfalls, Ynge schien in der Luft zu hängen, und wir griffen beide nach ihr, er im Fallen, ich während sich meine Finger um das verdrillte Seil zu lösen drohten, während mein ganzes Gewicht an dieser einen gepeinigten Hand hing. Ich griff mit meinem verletzten, widerstrebenden, sich unsäglich langsam bewegenden Arm nach der Puppe und schloss gequälte Finger um ihren Leib. Doch auch Roþblatt, gierig sowohl nach den Plänen als auch nach dem Leben, das ihm winkte, solange er eine Möglichkeit fand, sich festzuhalten, packte ihre zarten bleichen Beine unter dem Kleidchen. Meine rudernden Füße fanden die Gitterstäbe des Fensters und einen Halt, um das schreckliche Gewicht halten zu können, das mich in die Tiefe zog.

Unter uns gähnte Schwärze. Neben uns glitzerte die Flanke des Eisberges. Blitze schossen lautlos am Fuße des Turms auf die Straße – die Teslaspulen, die Amok liefen.

Dann ging endlich ein Ruck durch meinen Körper, als das Gewicht zweier Menschen und einer Puppe an dem Seil nach unten zerrten. Es wollte mich schier zerreißen, meine Finger wollten aufgeben, ich wollte aufgeben – aber die schwarze Tiefe ließ mich nicht, sie ließ mein Herz hämmern vor Angst und meine Kehle so eng werden, als würde ich ersticken. Der Professor kreischte und griff mit beiden Händen nach der Puppe, kroch daran hoch, um meinen lahmen Arm zu erreichen, um sich an mir in Sicherheit zu bringen.

Ynges Mund bewegte sich, als seine gierigen Hände an ihrer zarten Kleinkindbrust angelangt waren.

„Du musst mich loslassen", flüsterte sie durch die Kälte, und ihr eines verbliebenes Auge beschwor mich, es zu tun. Ich schüttelte stöhnend den Kopf. Wie zur Antwort knirschte es, und mit einem Geräusch wie dem einer freiwerdenden Seele auf dem Weg ins Himmelreich zersprang die Puppe in der Mitte. Professor Roþblatt schwieg ergeben, als die Nacht ihn nahm. Er fiel, Ynges zerbrochenen Leib umklammernd, und ich schrie ihm all meinen Verlust hinterher, als sein Gewicht von mir abfiel. Zwischen uns – zwischen dem Teil von Ynge, den ich immer noch umklammert hielt, und dem Stück des Porzellanleibs, das er mit sich in die Tiefe riss, taumelten weiße, wie Schnee leuchtende Blätter. Wie verspielte Schmetterlinge folgten sie Roþblatt, als er mit dem dumpfen Hall seiner unwürdigen fleischlichen Hülle auf der Flanke des Eisberges aufschlug und als dunkler Fleck dort liegen blieb, verrenkt, zerschlagen, vergangen.

„Naðan!", schrie eine Stimme – es war Onnen aus der *Frijheid*, die über mir schwebte. „Halt dich bloß fest!"

Schluchzend blickte ich den flatternden Träumen hinterher. Der perfekten, vollkommenen Galvanischen Gasbatterie der Dr. Æmelie von Erlenhofen. Mein Sichtfeld verengte sich. Ich würde jetzt stürzen. Onnens Stimme rief irgendetwas, ermahnte mich – beschwor mich. Ich war geistesgegenwärtig genug, um mich auf dem schmalen, überfrorenen Sims des vergitterten Fensters niederzukauern, das Seil ohnmächtig umklammert, den Blick hinabgerichtet in die Tiefe. Schwärze umfing mich.

Dr. Æmelie von Erlenhofen auf dem 7. Kongress der Außerordentlichen Naturwissenschaften in Venedig

Öl auf Leinwand

Ich war aufgewacht, als eine die Schienen hinabkletternde Gestalt mit langem dunkelblondem Zopf ein Seil um meine Hüfte schlang. In einem schrecklichen, schwerelosen Moment hatte ich mich in der Luft befunden, zwischen den Luftschiffen, die sich bekämpften und über den Arbeitern, die den Aufstand probten, und wenig später hatte ich meine Augen im Laderaum der *Frijheid* wieder geöffnet. Wie immer hatte ich mich übergeben, zum Glück war jedoch nicht viel mehr als Galle in meinem Körper. Ich hatte in Krämpfen gelegen, in Schmerzen, in Blut und Magensaft, und Onnens kundige Hände hatten unzählige Verletzungen an mir festgestellt.

Ich hatte geschlafen. Ich war wachgeworden, weil mir eine Schulter eingerenkt worden war. Ich hatte geschlafen. Ich war wachgeworden und hatte nach Ynge geschrien, nach den Plänen, die ins Leere hinabgetorkelt waren und nun dort lagen, um von jedem gefunden zu werden, der klug genug war, sie aufzusammeln. Ich hatte geschlafen. Währenddessen war der Schmerz an mich herangeschlichen, jene Pein, die vom Verlust meiner Frau sprach, vom Verlust ihrer Stimme. Vom Verlust ihrer Puppe. Jener Schmerz war geradezu körperlich und war all der Schmerz, der mich bislang noch nicht ereilt hatte. Ich erwachte und krümmte mich zusammen.

Ich war nicht mehr an Bord der *Frijheid.* Ich war in einem Zimmer. Ich schluchzte und vertraute all mein Leid den geblümten Wänden an, den Wänden eines kleinen, geschmackvoll eingerichteten Gästezimmers.

Doch viel zu früh öffnete sich die Tür, und eine Stimme sagte leise: „Liebes, ich denke, er ist wach."

Gräfin Elsbeð trat hinein, gefolgt von Tomke, die nun sauber war und gekleidet wie ein reiches Mädchen. Ich betrachtete die beiden mit ihren kühlen, markanten Nasen. Ich rang nach Luft, und mit einem inneren Knall kehrte meine Fassung zurück.

„Sind Sie ihre Mutter?"

„Ist das alles, was Ihnen auf dem Herzen liegt, Herr von Erlenhofen?"

Ich setzte mich auf. Gewandet war ich in eine weiße Unterhose, die mir bis zu den Knöcheln reichte sowie Verbände über zahlreichen Wunden. „Ich habe es mich nur gerade gefragt", sagte ich nüchtern.

„Nun. Tatsächlich bin ich ihre Tante. Doch ihre Mutter ist nicht hier, um auf die kleine Tomke zu achten." Sie bedachte Tomke mit einem langen, teils spöttischen, teils liebevollen Blick. „Ihre Mutter hat ein Luftschiff bestiegen, um ein Land jenseits des Meeres zu finden und ist nie zurückgekehrt."

Tomke starrte zurück, Erstaunen und so etwas wie Wut lagen in ihrem Blick.

„Das ist das erste Mal, dass ich darüber spreche, Herr von Erlenhofen. Aber ich denke, auch Ihnen sollten ein paar Antworten zuteil werden, nachdem ja auch uns welche zuteil wurden."

„Die Pläne … sie … sie gehören mir!"

„Aber ganz, wie Sie wünschen", lächelte die Gräfin. „Ich lasse sie sogleich holen."

„Alle … alle Pläne – und keine Abschriften machen!"

Das Lächeln der Gräfin wurde schmal. „Was fürchten Sie? Derjenige, der sie zum Üblen nutzen wollte, ist tot. Verdammen Sie nun alle, die Nutzen aus einer solchen Energiequelle ziehen möchten?"

„Ich bin der Erbe dieser Pläne. Ich werde darüber bestimmen, wer Nutzen daraus zieht!", fuhr ich sie an. „Holen Sie mir jetzt, was von Rechts wegen mein ist!"

Die Gräfin rauschte aus dem Raum und schlug die Tür zu. Tomke trat näher, zunächst langsam, dann immer schneller. Schließlich warf sie sich in meine Arme, verbarg schluchzend ihren Kopf an meinem Hals.

„Es tut mir leid!", hörte ich heraus.

Ich atmete durch. „Was tut dir leid? Dass Eiken mich zum Schein dem Wolf zum Fraß vorgeworfen hat?"

Sie verstummte. „Wusstest du das?", fragte ich gnadenlos, und sie setzte sich auf, wischte sich die Tränen aus dem Gesicht.

„Es gab verschiedene Pläne, und ich wusste, dass das Eikens favorisierter war. Er hat sich dadurch die größten Chancen ausgerechnet, unauffällig ans Ætherlot zu kommen. Ich habe ihn gebeten … ich habe ihn bekniet, es anders zu versuchen! Aber sobald ihr aus dem Luftschiff gesprungen wart, oblagen alle Pläne ihm."

„Du hättest es mir sagen können."

„Sie haben dir nicht vollends getraut. Nicht nach der Sache mit Albert. Ich habe mich ihnen gebeugt."

„Das war sehr freundlich von dir. Mir gegenüber, dem du kurz zuvor noch von Liebe und all diesen Dingen erzählt hast."

„Eiken hat mir versprochen, dich zu beschützen. Wir dachten, du würdest überzeugender sein, wenn du es nicht wüsstest. So viel lag in eurer Hand!"

„Wir?"

„Ja, auch ich", gestand sie mit gesenktem Blick.

„Er hat mich gut beschützt. Zugesehen, wie ich sehr überzeugend beinahe zu Tode gefoltert wurde." Sie wurde bleich.

Ihre Kehle bewegte sich, als sie schluckte. „Ist wenigstens etwas daraus geworden?“, fragte ich kühl, und sie wagte es nicht, mich erneut zu umarmen. Auf dem Nachttisch neben mir lag der Splitter von Ynges Gesicht, und ich zog meinen Finger zurück, bevor ich ihn berühren konnte. Ich fühlte mich so leer, dass es mir beinahe egal war, was aus Æsta geworden war. Was mit den Likedeelern geschah.

Tomke rang um ihre Fassung und fand sie dann wieder. „Die Gräfin hat all das Chaos geschickt genutzt. Sonst wäre es wohl kaum ein Sieg gewesen. Sie hat die verwirrten Haustruppen des Herzogs gegen die nahenden Schiffe der Hanse geschickt, ihnen weisgemacht, dass es Friesen sind. Sie haben sich gegenseitig gut beschäftigt. Bis die Schiffe ihren Fehler bemerkt hatten, war Æsta bereits fest in der Hand ... meiner Tante. Die Gewerkschaften haben die Fabriken besetzt, es hat Krawalle in den Straßen gegeben zwischen den Arbeitern und den Truppen der Reichen, während die Piraten die Speicher der Herzogs und die Fabriken geplündert haben. Als Hohendorf sich vom Rest der Stadt abgelöst hat, ließ Elsbeð das Haus des Kanzlers besetzen. Jetzt hat Hohendorf wieder an Æsta festgemacht, und meine Tante wartet auf kaiserliche Schiffe, um den Kanzler mitsamt der Aufzeichnungen des Professors an Ihre Majestät auszuliefern.“

„Also beugt ihr euer Knie nun vor der Gräfin, ihr freien Friesen.“

„Es war ein gemeinsamer Sieg. Aber wir beugen unser Knie vor niemandem, und du weißt das“, sagte sie stolz, doch dann erweichte sich ihre Miene wieder. „Naðan, bitte – wir wollten Rache an der Stadt und du Rache an Roþblatt.“

„Dann haben wir ja, was wir wollten. Rache und dazu eine fette Prise. Eiken hat es sicher auch genossen. Aber ich – ich wollte nur meine Frau aus diesem Keller holen!“

„Wir haben sie im Keller gefunden und geborgen“, flüsterte Tomke. „Damit du sie begraben kannst.“

Ich schloss die Augen und sank zurück auf die Kissen.

„Hat er … hat er etwas mit ihr gemacht?“, fragte ich mit erstickter Stimme.

„Offenbar hat er Drähte an … ihren Kopf angeschlossen. Aber sie ist unversehrt. Was auch immer er vorhatte, sie schien ihm unversehrt wertvoller.“ Wir schwiegen beide, ich kämpfte mit Tränen und Erinnerungen und schließlich räusperte ich mich. Sie strich sich eine Strähne ihres widerspenstigen Haars aus dem Gesicht.

„Gedanken … vergehen, denke ich, wenn man stirbt. Oder?“, flüsterte ich. „Sie sind dann nicht mehr in unseren Köpfen.“

„Ich weiß es nicht“, antwortete sie, und eine Träne lief ihr über die Wange. „Ich weiß nicht, was aus Gedanken wird.“ Sie strich über das Fragment von Ynges Gesicht. „Ich habe seltsame Geschichten gehört. Was … was ist mit Ynge passiert?“

„Diese Pläne, nach denen alle Welt sich verzehrt hat – Æmelie hat sie irgendwie in Ynge versteckt.“ Ich zwang mich zu sprechen, und als ich es einmal tat, kochten all die unbeantworteten Fragen in mir über, alles, was eine Antwort suchte. „Nicht in ihrem Kopf, sondern in ihrem Körper, obwohl ich schwören kann, sie hatte nur einen feinen Riss im Schädel. Vielleicht dadurch … vielleicht hat sie sie hindurch geschoben. In Venedig. Ich weiß es nicht.“

„Ich habe gehört, sie hat gesprochen. Und Dinge sind geschmolzen.“

„Ich weiß nicht, was da geschehen ist.“

Wir schwiegen erneut, und Tomke nahm behutsam den Rest von Ynges Gesicht in ihre Handfläche. „Hast du mir nicht einmal von einem Geist erzählt, der … der es warm werden lässt? Damals, auf Fositeslun? Es war nur … ein Gedankenexperiment, hast du gesagt.“

„Ein Geist?“, sann ich nach. „Ein Dämon. Der Maxwell'sche Dämon. Aber Gedankenexperimente … können nicht in Puppen drin sein. Sie sind ja nur …“

„Gedanken. Und wir wissen nicht, wo die hingehen, wenn kein Körper mehr da ist", seufzte Tomke. „Aber Æmelies Gedanken von den Fluggeräten sind wahr geworden. Vielleicht auch Maxwells Gedanken von einem Dämon. Wirst du mir jetzt immer böse sein? Ich habe wirklich ernsthaft gehofft, dass ich Eiken umgestimmt hätte, und er vielleicht einfach das Ætherlot mit Dynamit bewerfen würde." Sie sah mich an, und streichelte mein wundes Gesicht. „Du bist ganz und gar zerschlagen. Es tut mir leid, dass dir das geschehen ist!"

Ich nickte. „Aber du hast recht, wir haben, was wir wollten."

„Weißt du, deine Frau. Ich … ich wünschte wirklich, sie würde leben, und du könntest bei ihr sein. Ich wünsche das wirklich, weil ich dich liebe und weil du es nicht verdient hast, ein unglücklicher Mensch zu sein. Aber … aber es ist egal, was ich wünsche. Es tut mir leid." Sie brach in Tränen aus, und ich ließ es zu, dass sie mich umarmte, dass sie sich an mich drückte und meine Verbände und kleinen Wunden mit ihren Lippen oder Fingerspitzen berührte.

Tomke hatte mir nicht vertraut. Ich hatte aber auch niemals nach ihren Plänen gefragt. Hatte ich es so genau wissen wollen?

„Weißt du, ich glaube, ich wollte gar nicht wissen, was ihr vorhabt", gab ich zu, und sie seufzte mit einem kleinen Schluchzen und küsste mich endlich auf den Mund, und ich merkte, dass ich hungrig war nach jedem Gefühl außer dieser Leere und Gleichgültigkeit, also umarmte ich sie und drückte sie an mich, und ich stöhnte vor Schmerz, und wir weinten um alles Mögliche.

Irgendwann stand Elsbeð im Türrahmen und sah uns schmallippig an. Ich fragte mich, was in ihr vorging, und dachte unbehaglich an die Nacht mit ihr zurück. War sie eifersüchtig? Auf ihre Nichte? So, wie Eiken eifersüchtig gewesen war und meine Qualen kalt in seine Pläne einkalkuliert hatte?

„Ihre Pläne, Herr von Erlenhofen", sagte sie kühl und legte sie ebenfalls auf den Nachttisch, neben die Vase mit den staubigen, kunstvoll aus Seidenpapier gefalteten Blumen. Die Pläne waren feucht, angerissen, schmutzig. Aber sie waren von Æmelies kleiner Schrift bedeckt, von Zeichnungen, Gleichungen und Abschätzungen, und sie bargen irgendein Geheimnis, das ich nicht fassen konnte. Diese eine Unfehlbarkeit, auf die der Professor hingearbeitet hatte.

Oder sie bargen es nicht, und jeder täuschte sich in Æmelies Genie. So sehr ich ihrem großartigen Geist vertraute, so sehr hoffte ich dennoch, dass sich vielleicht auch hier wieder Fehler eingeschlichen hatten.

„Ihr Freund Domek", sagte die Gräfin kühl, „befindet sich übrigens in diesem Haus in Gewahrsam. Seine Loyalität war etwas zweifelhaft in den letzten Tagen. Vertrauen Sie ihm?"

„In wie weit war sie denn zweifelhaft?"

„Ich habe den Verdacht, dass sein Interesse an den Forschungen und vor allen Dingen den Unterlagen des Professors doch größer war, als es sein sollte. Er wollte vor den Friesen in den Turm gelangen. Vielleicht ist ihm an diesen Erkenntnissen gelegen."

Ich blickte zur Seite. „Ich würde ihn gerne sehen."

○ ○ ○

Ein wenig irritierte es mich, dass Domek in einem Gästezimmer eingeschlossen war, das meinem so ähnlich sah, dass ich dachte, man hätte mich im Kreis herumgeführt.

Er sah mich flehentlich an, als ich mich hineinschleppte, man hatte ihm mit einer Handschelle das Fußgelenk am Bettgestell befestigt.

„Naðan! Wie schön, dich zu sehen!" Nervös blickte er den neuen Hausdiener der Gräfin an, welcher mich hergeführt hatte – er war außergewöhnlich schön und gut gebaut für einen Hausdiener und seine Manieren waren nicht die besten. „Können wir allein sprechen?", fragte Domek.

„Sicher. Lassen Sie uns allein?"

„Wenn Sie meinen. Ich warte vor der Tür."

„Du siehst übel aus, mein Freund", murmelte Domek, als der Hausdiener die Tür, die sich geräuschlos in den Angeln bewegte, schloss. Stille kehrte ein.

„Ich sehe immer übel aus, wenn du mich länger nicht gesehen hast."

„Der Bart." Domek lächelte. „Ich habe gehört, dass du unter Barbaren warst. So würde ich dich auf keinen Geburtstag mehr mitnehmen."

„Domek – ich habe gehört, du hast Interesse an Roþblatts Forschungen."

„Jeder hat Interesse daran. Es bringt nichts, das alles zu verbrennen und einzuäschern. Es muss einen Rahmen finden, der Ethik und Anstand wahrt. Du wirst doch hoffentlich nicht dieser Gräfin vertrauen – ich habe gehört, sie hat Æmelies Pläne gefunden! Du wirst doch auf keinen Fall die Pläne der Gräfin überlassen!"

„Ich habe die Pläne. Aber ich kann nicht sicher sein, dass sie nicht bereits jemand kopiert hat. Sag mir eins, Domek: Warst du an den Forschungen des Professors beteiligt? Bist du deshalb hier, auf Æsta? Weil du auch bei ihm deine guten Beziehungen hast spielen lassen? Hast du … ihm von der Gasbatterie erzählt?"

Als ich meinem nun schon seit Monaten gehegten Verdacht Luft gemacht hatte, fühlte ich mich besser. Domek jedoch sah mich belämmert an. „Aber … aber nein! Das wusste doch keiner von uns! Dass er da so etwas züchtet! So eine Absonderlichkeit, etwas wider die Natur! Hoesch will mechanische Menschen erschaffen, aber alles nur aus Metall – keine toten Körper. Das betrachte ich als zukunftsweisend! Leichen gehören pietätvoll bestattet, und ich würde doch sicherlich niemanden unterstützen, der in den Tod eines meiner fähigsten Mündel verstrickt war!"

Ich lachte, wenig überzeugt. „Nun, ich bezweifle, dass irgendjemand hier all die Verstrickungen in ihrer Gänze versteht. Aber ich hoffe für dich, dass du so wenig davon verstanden hast, wie du vorgibst."

„Ich hoffe für dich, dass die Gräfin nur wenig davon verstanden hat. Dass sie Æsta nun für sich selbst und das Kaiserhaus in die Knie wirtschaftet und sodann abgelöst wird von einem ehrlichen Mann."

Domek griff meine Schulter und sah mir eindringlich in die Augen. Der Hausdiener hatte mir ein gestärktes Hemd gebracht – das sauberste und sicherlich teuerste Kleidungsstück, das ich seit Monaten trug, aber darunter war ich verletzt, versengt und verrenkt, und ich stöhnte unter Domeks Berührung auf. „Du darfst ihr nicht vertrauen! Was mit den Plänen zu tun ist, solltest du mir überlassen!"

Ich wünschte mir Ynges gutes Urteil, wünschte mir den Ratschlag ihrer Stimme. Aber sie war nicht mehr da, und ich musste fortan alle Entscheidungen allein treffen.

„Nun gut", seufzte ich und schob ihm einen Umschlag unter das Laken seines Bettes. „Ich bin diese Bürde leid. Nimm die Pläne, tu damit, was du willst."

Mit einem dankbaren Lächeln schob Domek den Umschlag in seinen Schuh und bewegte den Fuß darin, bis es aufhörte zu knistern. „Danke, mein Freund. Wo kann ich Kontakt zu dir aufnehmen?"

„Erst einmal nirgendwo. Ich werde mich vielleicht beim großherzigen Haus Pommern melden, wenn ich wieder in zivilisierten Ländern bin." Ich lächelte, stand auf und klopfte an die Tür. Der Hausdiener ließ mich in den Korridor. „Ich denke, dieser Mann ist vollkommen ungefährlich. Ohne konkrete Anklage haben Sie außerdem eigentlich nichts in der Hand, um ihn festzuhalten", sagte ich, während der unverschämt gutaussehende Diener die Tür schloss und wortlos mit den Schultern zuckte.

Es gab wenig für mich auf Æsta zu tun. Das Arbeiterviertel, in dem Madame nach wie vor Opiumhöhle und Bordell betrieb, war nur wenig verheert worden – allerdings hatten manche Brände, die die Fabriken heimgesucht hatten, auch benachbarte Gebäude in Brand gesetzt, eisigen Untergrund geschmolzen und die Stadt auf dem Eisberg als teils skurrile Ruine zurückgelassen. Ich holte das Ölbild ab, wickelte es zusammen mit der Puppenscherbe in ein Tuch, und war bereit, die Insel zu verlassen. Æmelie wurde in einem Sarg – einem richtigen, hölzernen diesmal, auf die *Frijheid* getragen, und einige Menschen, deren Angehörige ebenfalls den Ambitionen des Professors zum Opfer gefallen waren, drückten ihre Anteilnahme aus. Ich sah bekannte Gesichter zum letzten Mal und bedankte mich mit einem Lächeln. Es hatte einen ökumenischen Gottesdienst und einige Begräbnisse auf dem Eisberg gegeben, doch Æmelie würde nicht hierbleiben, nicht an der Stätte, an der sie soviel hatte erleiden, so geduldig auf mich hatte warten müssen.

Kanzlerin Elsbeð von Niederbroich verabschiedete uns. Ich trug einen sehr edlen Gehrock. Zusammen mit dem Spazierstock, den Eiken in der zerstörten Kuppel des Ætherlots gefunden und mir mit einem „Nichts für ungut" übergeben hatte, sowie dem Zylinder, der sich noch an Bord des Luftschiffes befunden hatte, ergab sich jener feine Herr, den Margaret in mir gesehen hatte. Ich fühlte mich seltsam entrückt – die hagere Kanzlerin reichte uns zum Abschied die Hände und lächelte ihr schmales, falsches Lächeln, dann waren wir an Bord und winkten den Menschen Æstas zu – eine eigenartige Geste gegenüber einer Insel, die noch wenige Tage zuvor beschossen, zerbombt und verbrannt worden war.

Tomke nahm meine Hand. Sie trug ein dunkles Kleid, und sie sah aus, als würde sie daraus hervorspringen und in die Weite des nördlichen Himmels davonfliegen. Ich hielt ihre Hand fest, damit sie bei mir blieb.

„Werden die Friesen nun Æsta gehorchen?“, flüsterte ich.

„Könntest du dir das vorstellen?“, erwiderte Tomke und lachte. „Aber lass uns die Kaperbriefe ein wenig ausnutzen, die die Gräfin uns gewährt. Nichts wird so schnell kalt wie politische Beziehungen.“

Epilog: Zwei Flügel

Hautbild

Das Geräusch der Nadelmaschine endet abrupt. Die Gesichter der beiden Frauen tauchen in meinem Blickfeld auf.

„Ihr seid hoffentlich fertig."

„Zwei Flügel, Herr von Erlenhofen", lächelt Margaret. Sie ist überglücklich darüber, dass mein Vertrauen in sie so groß ist. Aber ich denke, ihr Ærokopter verdient es, dass wir ihn fertigstellen.

„Ich will dich auch nicht zu lange aufhalten, Margaret", sage ich, denn ihr Blick gilt wieder Æmelies Plänen, die unter zwei Briefbeschwerern liegen.

„Erwarte keine Wunder. So eine Erlenhofenzelle – bis ich die Gedanken deiner Frau verstanden habe, können Jahre ins Land gehen."

„Vielleicht wird die Gräfin schneller sein", gibt Tomke zu bedenken und tupft mir mit einem Tuch den Rücken ab.

„Möglich. Aber sie hat zu wenig Phantasie."

„Ich wünschte", grinst Tomke und küsst mich auf die verwilderten Locken, „ich könnte Domeks dummes Gesicht sehen."

„Ich finde, die Skizzen haben einen gewissen künstlerischen Wert", erwidere ich. „Aber die meisten Leute geben mittlerweile mehr auf Wissenschaft als auf Kunst." Domek jedenfalls besitzt nun ausgezeichnete Studien der Klippen Helgolands und der fliegenden Lummen. Ich hoffe, er weiß es zu schätzen.

Mein Bild von Æmelie ist fertig.

Ihren Leichnam und die letzte Scherbe von Ynge habe ich auf einem kleinen Friedhof in der Eyfalia bestatten lassen, und ich habe lange dort gesessen und nachgedacht und um sie geweint. Nur ein Priester war zugegen und ein Bestatter. Ihren Eltern habe ich einen Brief geschrieben – mit der Kutsche ist das Grab von Aquis aus einfach zu erreichen, und sie mögen es besuchen, wenn sie bereit dazu sind.

Ich habe ihr Bild behalten, eines der wenigen vollkommenen Bilder, das mir jemals gelungen ist. Ernst blicken ihre Augen mich an, und ich glaube, sie ist nicht unglücklich mit mir.

Ich bewege meine Schulterblätter und kann die Flügel darauf spüren, oder zumindest bilde ich es mir ein. Auch Tomke blickt mich gerade so an, wie Æmelies Augen mich aus dem Bild heraus betrachten, und ich frage mich, was sie sehen. Sie sind sicherlich erstaunt, denn es ist selten, dass jemandem wie mir Flügel wachsen.

Glossar

Die friesische Sprache und andere Übersetzungen

Aarem Knech – armer Kerl, Würstchen, Tropf
Anno Noctis – A.N. – im Jahr der Nacht, Zeitrechnung nach Einbruch der Kaltperiode im 9. Jahrhundert
Aquis – Aachen
Bambola – Puppe
Birke es hiir – Birke ist hier
Colonia – Köln
Dji hat keen Seel. Oawers dji teowt iip wat. – Sie hat keine Seele. Aber sie wartet auf etwas.
Dochter – Tochter
en Djik – ein Flügel
En hi hat is itsoch omdat alle Friisen ümmer frai wee skel, din' n wat geboorn en din' n wat no ni geboorn sen, slongs de Win oawer de Hemmel wait en de Welt bestunt. Wear bes di fraier as bi de Friisen, miin Moat? – Er erwählte uns, dass alle Friesen Vollfreie sein sollten, der geborene und der ungeborene, solange der Wind vom Himmel wehen und die Welt bestehen würde. Wo bist du freier als bei den Friesen, mein Freund?
Eyfalia – die Eifel
Ferdrait – Verdammt
Ferdrait Fraihait – Verdammte Freiheit
Foor – Vater
Fositeslun – Fositesland, Helgoland
Fryske Frijheid – Friesische Freiheit, feststehender Begriff für den Sonderstatus, den Karl der Große den Friesen gewährte.
Hallem – Düne
Harke tu, wat ik tu sooin hoa! – Hört, was ich zu sagen habe!

Ik mai di gearn. – Ich liebe dich.
Lever dood as Slaav – Lieber tot als Sklave.
Per dio, un brutto gioco! – Bei Gott, ein hässliches Spiel!
Redjeven – Rechtssprecher, vergleichbar mit dem Häuptling der Sippe
Schtjülli – hübsch
Sek en Skit! Ferdrait Skit! – So ein Scheiß! Verdammte Scheiße!
Tomke es miin Wüf! – Tomke ist meine Frau!
Wee sach! – Sei still!